蒙太奇杀手

时雪唯
著

江苏凤凰文艺出版社
JIANGSU PHOENIX LITERATURE AND ART PUBLISHING, LTD

目录

CONTENTS

第一章

百鬼夜行

10月31日，万圣节前夜，23点30分，夜精灵酒吧。

李沐晨是酒吧中最格格不入的存在，因为她还是个“人”，而身边来回穿梭、随着音乐摇摆雀跃的都是“鬼怪”。他们像上足了发条的玩具，不知道是被注入了物理还是化学的原动力，不知疲惫，不知烦恼，不知身在地球，还是外太空，或者某个异度空间，不知自己是谁，不知情为何物，就那么单调而有力地摇晃扭动着。

李沐晨根本没有心思化装庆祝万圣节前夜，她刚刚在今天中午失业，也算是失恋，来酒吧只为买醉，排解郁闷的心情。她混迹在这些活蹦乱跳的“鬼怪”之中，时不时跟着大喊几声，鬼叫几下，倒也算痛快。

“小姐，你知道人们为什么要在万圣节前夜打扮成鬼怪吗？”隔着吧台正在随着节奏韵律猛力晃动摇酒壶的调酒师小哥也是一副鬼面装扮，他对于李沐晨这个酒吧里唯一的人类很感兴趣，主动搭讪。

李沐晨把剩下的一点伏特加一饮而尽，眼神迷离，双颊泛红，伸手招呼调酒小哥赶紧再给她倒上一杯，嘴巴里含糊不清地敷衍：“为什么啊？”

调酒小哥一面忙活倒酒，一面饶有兴致地解释：“万圣节就是西方的鬼节，传说这一天鬼魂和怪物会造访人间，混在人类之中。咱们人类打扮成鬼怪的样子就可以避免被鬼怪认出来。所以，小姐，你不化装，又跑到这个群魔乱舞的地方来，真的很危险呢。你看看，酒吧里的这些妖魔鬼怪，也许真的有非人类混在其中……”

调酒小哥的话没说完，李沐晨哈哈大笑着打断他：“没错，这里真的有鬼怪混进来，不瞒你说，我就是那个混进来的鬼怪！”

“啊？小姐，你可真会说笑。”调酒小哥没想到李沐晨会如此搭茬儿，一时间有些不知如何应对。

李沐晨做了个噤声的手势，神秘兮兮地说：“你不知道吗？真正的鬼怪是会伪装成人类的样子的，我就是其中一个……”

话没说完，一把塑料镰刀被粗鲁地甩在吧台上，打翻了李沐晨面前的酒杯。

调酒小哥和李沐晨一起望向镰刀出现的方向，那是一个打扮得性感妖娆的“死神”，宽松的黑色斗篷随意地搭在肩头，露出一侧香肩，斗篷下是一袭塑胶质地的黑色塑身短裙，紧紧包裹着“死神”凹凸有致的身躯，斗篷的大帽子罩住了女人的半张脸，剩下半张脸上的妆浓得像面具。跳跃的彩色灯光在这个性感“死神”身上如跳舞一般晃动。李沐晨根本看不清这人的本来面目。

“死神”的身后还有两个“怪物”：一个是头顶着一把斧头的“僵尸”，另一个是满脑袋插满注射器的“科学怪人”。他们一边一个站在“死神”身后，一看就是跟班。

“死神”一边嘴角上挑，露出玩味的邪笑，在聒噪的音乐中轻轻吐出三个字：“给我打！”

没等李沐晨反应过来，“科学怪人”的拳头已经砸在她的头上。她只感觉到脑袋“嗡”的一声，整个人便从高脚椅子上跌下去，重重砸在了地上。

紧接着，四只脚不断地在她蜷缩着的身上踢来踢去，疼痛感像一股泥石流淹没了她，她的嘶喊声混在劲爆的鼓点声和人群的嬉闹声中，显得微不足道。

“哼！我警告你，别再找老吴的麻烦，你要是再纠缠他不放，就不只是挂彩这么简单了！”

恍惚中，李沐晨听到那个“死神”提到了老吴。她顿时醒悟，原来这个“死神”是来替老吴教训她的，她的两个跟班也是老吴的马仔。

调酒小哥伸着脖子，挥舞双手，赔着笑劝说：“死神小姐，有什么话好好说，别打人啊。你要是再这样，我、我只能叫保安过来了。”

“死神”一扬眉毛，指着地上的李沐晨高声叫道：“小子，你知道她是谁吗？这个女人勾引我爸爸，是个不要脸的贱货！”

李沐晨听到“死神”刺耳的声音，尽管全身疼痛难忍，还是强撑扶着吧台站起来，不服输地对着“死神”调侃：“据我所知，老吴只有一个儿子。他是你爸爸？”

“死神”仰脖大笑，帽子随之滑落，露出一张稚嫩妖娆又嚣张跋扈的面庞。她摇头晃脑地扯着嗓子回击：“我是老吴的私生女行不行啊？我警告你，别再纠缠老吴，老吴不会再在你身上浪费一分钱，找他家的黄脸婆摊牌也没用，那个黄脸婆早就知道老吴在外面的事。你要是再敢去老吴的公司闹事，下次就打断你一条腿！”

李沐晨看到从调酒小哥和另外两个看客面具和妆容后面透出来的、落在她身上的鄙夷的目光，恨不得马上挖个地洞钻下去。没错，她是个刚刚被甩的、为了钱出卖自己的、人人唾弃的插足者，但她也要脸，被所谓的前情夫的私生女如此当众羞辱，她也会羞愧难当。她必须马上逃离，不单单为了避免继续挨打，更为了避免被羞辱。

“想跑？”“死神”看出了李沐晨的意图，一挥手，身边的“科学怪人”马上朝李沐晨扑了过去。

李沐晨一看这架势，用尽全身力气恨不得四脚着地狼狈逃跑。她一边像无头苍蝇似的胡乱冲撞，一边下意识地求救：“救救我，谁来救救我！”

然而没有人来救她，她和从她身后追过来的“科学怪人”被一群围观看热闹的鬼怪围住，这群鬼怪甚至挡住了她逃生的路。

“科学怪人”在李沐晨身后，一把抓住她的头发，用力一扯，她整个人向后仰倒，身体失去平衡，双臂胡乱在身前挥舞想抓住什么。慌乱中，她似乎真的抓到了什么，那是一条男人的手臂，虽然隔着衣袖，她还是能够感受到这个男人手臂上有力的肌肉。他应该是个强健的男人，应该是电视里、小说中那种会英勇挺身而出、怜香惜玉的男主角。

然而，不是，男主角并没有像故事中一样在女主角最危急的时刻出手相救，或者说现实中根本没有什么英雄救美的美好桥段。李沐晨感觉到那条手臂的主人居然往后缩了缩，嫌恶似的想摆脱她的碰触，完全没有搭救她的意思，同时，眼前的纷杂中有一双冷漠的眼睛闪过。随后，李沐晨的手彻底脱离了那条手臂。她的指甲纵然有千般不舍，万般不甘，也只能从那条手臂的衣袖上脱离，从那人的手背上用力划过。她又一次狠狠地栽倒在地，蜷缩着身体，任凭两双脚如雨点一般落在身上，剧痛侵袭四肢百骸。

没人救她，没人愿意救她，因为她是个爱钱的女人，因为她是混在人类中的鬼怪，尽管表面上，她才是这群魔乱舞的地狱中唯一正常的人。

不知道过了多久，劲爆的音乐声又在李沐晨的耳边响起，迷迷糊糊中，她听到了熟悉的声音，还是那个调酒小哥。

“鬼怪小姐，你恐怕是史上最狼狈的鬼怪了吧，居然被人类欺负了。”调酒小哥的声音近在咫尺，他嘴巴呼出来的气息扑到李沐晨的耳边，“鬼怪小姐，你没事吧？我下班了，可以送你回家，跟我走吧。”

刚刚恢复意识，李沐晨便警觉绝对不可以跟这个男人走，他对自己的不怀好意明显得甚至能够显现在那张面具之上。他把自己当什么了？在听过“死神”对她的揭底之后，就连一个调酒的路人都敢对她心怀不轨了？

“走开！别碰我！”李沐晨用尽仅有的力气推开贴在她身上揩油的男人，起身朝着一个绿莹莹的牌子跌跌撞撞地前行，那个绿色牌子就是她的出路——安全出口。

一直到户外的冷风吹在脸上，李沐晨才意识到自己走错了门。她没能从酒吧正门出去，而是穿过了后门。此时，她站在酒吧的后巷之中，面前唯一的光亮是几十米之外的路灯，而她距离那光亮，还有一段黑暗的路程。

回去，还是穿过这段黑暗，走到光明之中？不，没有回头路了，回去的话一定会再遇见那个趁火打劫的酒保，那么就走过这段黑暗，走上与来时完全不同的一条路吧。

这样想着，李沐晨迈开步伐。刚刚眼眶挨了几拳，不知道是不是打坏了眼睛，她视力模糊，浑身的疼痛也让她无法维持平衡，于是这么一段路被她走成了跨越千山万水般的艰难险途。

终于，她还是体力不支倒在地上，意识又要就此离她而去。不行，不能晕倒在这种地方，在这种地方晕倒，醒来的时候就真的置身狼窝了，里面的那些妖魔鬼怪不会放过她的。

就在意识游离前的片刻，李沐晨看到了一双脚。那是一双男人的脚，正在缓步靠近倒地的自己。

糟糕！她真的被鬼怪发现了！李沐晨不敢想象，自己再次醒来的时候会面对怎样的局势，会置身于地狱吗？还是说，她将永远不会醒来？

悦耳舒缓的声音把李沐晨从沉睡中唤醒。那是一个男人低沉厚重的说话声，低音炮一般的质感，好听得像是从世界顶级奢华的音响中播放出来的。而且，男人在说英文。

尽管李沐晨的英语只停留在高中的水准，但她一直爱看英剧和美剧，她还是听得出这个男人的英语口音很地道的，是那种散发着英伦绅士气息的地道英式英语。不同于她从前认识的一个金主，一个堂堂英语培训学校的校长，操着一口中式英语，还透着一股本地方言的乡土气。李沐晨甚至能想象到这个讲英语的人一定是仪表堂堂、温文尔雅的英国绅士模样，金发碧眼，搞不好还会带着点皇室贵族的气质。糟糕，她又开始做女人都爱做的那种白日梦了。她告诉自己打住，自己这样的人成不了故事中幸运的女主角。

睁开眼，她首先看到的是宽阔考究的乳白色吊顶，还有不远处那盏水晶灯。虽然头痛欲裂，李沐晨还是强撑着坐起来，环顾自己所处的环境。

很显然，这是一间四星级以上的酒店房间，自己正身处卧室套间，坐在宽敞柔软的大床上，而那低音炮一样的男声正是从外间传来的。若不是男人的声音随着沉稳的脚步声忽近忽远，她真的要怀疑这声音来自外间的高档音响，一个趁火打劫的龌龊老头正在看外文的电视节目。

掀开软绵绵的被子，她总算舒了一口气，身上的衣服还在，毛衫、连裤袜和短裙都原封不动。她更加确信外面的男人是个绅士，但这让她倍加矛盾，不知该庆幸还是该失落。自己对这个男人来说毫无吸引力，这男人根本不会成为她的下一任金主？

“感觉怎么样？要去医院吗？”刚刚好听的英伦腔换成了纯正的普通话，从敞开的房门传进来，就像在寂静的夜里从收音机里传出来的男主播的声音，而且是主持情感节目的男主播，声音低沉温和，却带着置身事外的丝丝冷漠。紧接着，一个穿着酒店白色浴袍的高个子男人现身，是一张东方面孔。他一只手还握着手机，另一只手举在头顶，用毛巾擦拭刚刚洗过的短发。他就这样靠在门框上，声音淡漠，眼神冰冷。

无疑，这是个好看的成熟男人，亚洲男人，三十五六岁的样子，身材颀长，面容俊秀，眼神深邃清冷，尽管没有华丽、彰显身份的外包装，只是穿着简洁的白色浴袍，还是散发着温文尔雅的学者气质。这形象跟声音，绝配。

李沐晨在内心里欢呼雀跃，这一次，她终于遇见了良人；这一次，她终于不用再跟那些虽然有钱却庸俗不堪的暴发户老男人为伍。

“你是……”李沐晨直视那双毫无感情的眼睛，又注意到了男人左手手背上的三道红印，“你是昨晚在酒吧对我见死不救的那个人？”

李沐晨恍然想起了那双眼。她记得她在最狼狈的时候曾经胡乱抓到过一只男人的手臂，而后看到人群中有那么一双冷漠的眼闪过。她隐约想起那个人当时戴着一张吸血鬼的面具，面具下那双冰冷的眸子尽管只是瞬间瞥过，她却没来由地记忆深刻，深刻到像印在脑海里。此时脑海中的那双眼正好跟眼前的这双眼重合。最重要的是，她还记得她的指甲在那个男人的手背上用力划过。

“当时不救你，是因为你死不了，毕竟众目睽睽，他们不会下死手。”男人把毛巾随意一丢，走向李沐晨，随意地坐在床边，直视李沐晨的眼，像满不在乎似的，“后来之所以救你，是因为在酒吧后巷，有人要置你于死地。我赶到的时候，水果刀已经抵在你的喉咙上了。”

李沐晨下意识地摸了摸自己的喉咙，难以置信地惊叫：“不会吧？老吴要我死？”

“是不是那个老吴我不知道，也没兴趣知道。”男人说着，从床头柜的抽屉里取出了一个厚厚的、沉甸甸的大信封，高高在上、施舍一般丢到李沐晨面前的被子上，“但我这里有你感兴趣的东西，只要你通过我接下来的考核，这些钱就是你的——一个月的薪水。”

李沐晨贪恋般地看着男人桀骜不驯的脸，听着男人虽然沁着冷意却动听如天籁般的嗓音，一时间没反应过来，甚至把目光移向她最爱的钞票的速度也慢了半拍。

几秒后，李沐晨终于反应过来，一把抓过信封，拆开清点那一沓红色钞票。

“薪水？而且这些只是一个月的？你、你什么意思？”一边数，李沐晨一边头也不抬地问，说话的时候嘴角像被一股无法抗衡的力量向上提拉。

“雇用你，这是5万元，你一个月的薪水。”男人波澜不惊，好像说的不是5万元，而是5元。

“月薪5万元！你、你要我做什么？”李沐晨总算把目光从“旧爱”移到这个“新欢”脸上。她不傻，甚至精通察言观色，能够在初见时迅速从男人看她的眼神中读出她可以从对方身上榨取的数目，她自然看得出眼前这个极品男人看她的眼神带有鄙夷和嫌恶。男人有他的骄傲和清高，他跟以往贪图她美色的那些人不同。况且昨晚在酒吧，他见过她最狼狈不堪的丑态，知道她的底细。李沐晨是真的宁愿这月薪5万元可以用她的身体和青春来换，可问题是，她预感绝对不会这么容易。

男人跷起二郎腿，优哉地说：“你的工作很简单，就是以闺密的身份陪在我女儿身边，根据我的指示做一些事情而已。最终的目的就是让这个狂傲的小姑娘心甘情愿地接受我这个在她出生之前就远走英国，抛弃了她们母女的亲生父亲。当然，你要掩饰身份，决不能让她知道你是我派去的卧底。”

李沐晨愕然：“你有女儿？你女儿的年龄大到可以将我称作闺密？她跟我年纪差不多吗？你到底多大年纪啊？”

男人有点不耐烦：“她今年20周岁，应该比你小四五岁吧，是个问题女孩。至于我，我18岁那年玩世不恭，酒后乱性，事后又一走了之去了英国留学。”

李沐晨很快便算出了男人的年龄，39岁，比她足足大了15岁。

如果只是掩饰身份去做个卧底闺密，这样就能月入5万元，那真是比出卖自己来得轻松惬意多了，这么好的事情李沐晨绝对不能错过。况且，她的雇主还挺养眼养耳的，李沐晨几乎要对这个男人一见钟情了。如果不是对方知晓她不堪的底细，她真恨不得对这个男人穷追猛打。

“等一下，既然你知道我的过去，你怎么会找我这样的人去跟你女儿做闺密？你就不怕……不怕近墨者黑？”李沐晨没有被天降的馅饼砸晕，还有些基本的警惕心和思考能力。

男人嘴角牵动，绽开一个自嘲又邪气的冷笑：“我不是没有找过品学兼优的好女孩去跟她交朋友，可最后好女孩全军覆没。之所以想找你，无非是想另辟蹊径，尝试一下她能不能接受你这样的闺密。”

原来如此，这个男人的女儿也是个麻烦女孩。也对，从小就没有父亲，在单亲家庭长大，母亲又是年纪轻轻的未婚妈妈，她想顺利度过青春期，长成一个心理健康、充满正能量的阳光少女，还真不是一件简单的事。

“那，你女儿的妈妈呢？你会跟她再续前缘吗？”李沐晨带着点私心小心翼翼地问。

“她妈妈死了，我和她妈妈的事情你不需要知道，在她面前也没必要提起。提了，你可能就不再是她的朋友了，按照你们现在小年轻的话说就是——友尽，在我这里，也等于被解雇。”男人瞥了李沐晨一眼，眸子冰冷，再次强调，“记住，友尽等于解雇。”

李沐晨紧紧攥住装着5万元现金的信封，嘴里喃喃念着：“我不需要知道，不需要知道，提了就友尽，友尽等于解雇。”

男人对李沐晨的反应还算满意，歪着头审视了她片刻，眼神中的嫌恶渐渐散去，反而凝聚出些许的怜悯。

李沐晨的眼死死盯着信封，像生怕一眨眼这些钱就会消失不见一样。她突然想到了刚刚男人说的一句话，他刚刚提过“考核”，也就是说如果她没有通过考核，这还没焐热的5万块就不是她的。

“那个，你说的考核是指什么？我、我高中都没念完，英语也忘得差不多了。”李沐晨怯怯的，谈及自己的学历有着难以掩饰的自卑，但现在为了得到这份轻松难得的工作，她不介意捡起书本，甚至去读个夜校，只要给她机会就行，“什么时候考核？能不能给我一点准备的时间，最好还有考核的范围，划个重点什么的。”

男人不苟言笑的脸终于被李沐晨逗乐了，他一边微笑一边摇头：“考核现在就进行，其实很简单，也不用做任何准备。”

李沐晨一只手紧紧按着信封，另一只手下意识地按住胸口，不自觉地往后缩了缩身子：“你、你想、想……”

男人笑意更浓，夸张地上下打量着李沐晨：“如果现在你面前有一面镜子，就不会胡思乱想了。别说你现在的脸像一幅泼墨画，就算你干干净净、顾盼生姿，我也不可能对你有什么兴趣。我说的考核很简单，因为考核只是一个问题，你只需要实话实说，诚实地回答我这个问题，只要答案符合我的预期，就算通过。”

李沐晨捂住胸口的手松懈下来，却满心失落，调整好心绪之后战战兢兢地问：“什么问题？”

男人收敛笑意，面色恢复冷峻，沉吟了片刻才极为认真地开口：“你，相信这个世界上有鬼吗？”

12月25日，圣诞狂欢夜，23点10分，夜精灵酒吧。

李沐晨紧紧攥着付洁的手，在熙攘的人群中穿梭。

劲爆的音乐鼓点刺耳喧嚣，付洁不得不把嘴巴凑到李沐晨的耳边大声叫喊，才能对话。

“找到她了吗？那个贱女人今晚真的会来吗？”说话的付洁今年20岁，比李沐晨小了4岁，她成为李沐晨的闺密已经一个多月了。

李沐晨把付洁拉到吧台，要了两杯百利甜酒，指了指不远处的卡座说：“找到了，就是那个女人，她化成灰我都认识她。她就是老吴新认的干女儿。哼！情妇就情妇，小三就小三呗，非要说成干女儿，真是恶心到家了。”

付洁朝着李沐晨所指的方向望去，只见卡座的中心位置坐着一个跷着二郎腿，被几个男人簇拥着，众星捧月般的女人，果然年轻貌美，甚至比她的闺密李沐晨更胜一筹。

“果然是个贱坯子，你打算怎么报仇？”付洁喝了一大口甜酒、愤愤不平地问。

李沐晨坏笑着从随身的小包里掏出一个小牛皮纸包，凑到付洁耳边耳语：“我从朋友那里搞到了强力泻药，无色无味的，只要混到她的酒里，不出半小时，她肯定拉到爽，而且要爽一晚。现在的问题是她认识我，我根本没法靠近她把药下在她的酒里，所以呢，小洁，就要靠你出马啦。”

付洁仗义得很，当仁不让地从李沐晨手里接过那个小纸包：“放心吧，我付洁出马，没有搞不定的。”

话虽如此，付洁也等了约莫半小时，才等到那个众星捧月的女人离开那些拍马屁的小鲜肉，那女人在舞池中乱摇了一会儿，最终坐到吧台那边被一个头发染得五颜六色的年轻男人搭讪。

付洁终于有了机会。她凑到那女人的另一侧，瞅准时机，趁女人跟那个杂毛男人面对面讲话的时候，把药偷偷下到了女人面前的酒杯中。

“你真的不考虑出山了？”

付洁临走时听到女人那边的杂毛男人这样问。

女人怪笑两声，不屑地说：“开什么玩笑？老娘现在有冤大头供养，有的是钱。出山？你叫他想都不要想！”

付洁背过身，懒得继续听这两人的对话，冲着李沐晨的方向打了个OK的手势。

下药的过程被不远处的李沐晨看在眼里，等到付洁欢快地跑回她身边邀功的时候，李沐晨冲付洁竖起了大拇指。

李沐晨得意地笑："走，咱们跳舞去，待会儿只要去洗手间门口守着，就能看好戏啦。我要把那个贱女人的狼狈样录下来，发到网上。"

两个女孩又喝了两杯甜酒，手拉手进入舞池，随着聒噪的旋律尽情蹦跶，仿佛两个没心没肺、上足了发条的玩具娃娃，精力旺盛，浪荡不羁，年少轻狂。

这两个女孩的友谊始于一个多月前，像极了两人都喜欢的美剧《破产姐妹》。李沐晨因为被有钱人无情抛弃，告别了以往挥金如土的富贵生活，落魄到靠变卖从前的名牌度日，幸好她有一套自己名下的房子可以作栖身之所，还有一辆车代步。而付洁更惨，无父无母，无学历、无工作，因为寄人篱下受尽委屈而从姑姑家出走，成了李沐晨的租客。

20分钟后，两个不知疲乏的女孩踩着节奏晃着身体来到洗手间，每人从随身的小包里掏出化妆品，对着镜子补妆，顺便等待好戏开演。

她们这一补妆就补了5分钟，进出洗手间的女孩个个浓妆艳抹，妖娆诱人，肆意张扬，可进进出出的就是没有她们等的那个女人。

"怎么回事？是不是你的药有问题，还是她早就走了？"付洁脸上的笑意渐淡，她意识到好戏可能不会上演了，"糟了，该不会那杯酒被那个'杂毛'喝了吧？你有亲眼看到她喝下那杯酒吗？"

李沐晨也突然意识到她们的计划可能要泡汤，苦着脸撇嘴："没有，不过现在想想，杂毛男人离开吧台的时候，手上好像是端着一杯酒。"

李沐晨话音未落就听见洗手间门外传来一男一女的说话声和脚步声。

"姐姐，你没事吧？不能喝就别逞能啊。"一道稍显稚嫩却因为醉酒而说话含糊不清的男声传来。

"不是酒的问题，哎哟不行了。"女人痛苦的声音伴随着急促慌乱的脚步声，听起来像两个人因为醉酒体力不支，走路东倒西歪、到处乱撞。紧接着，一个捂着肚子痛苦呻吟的女人跌跌撞撞地撞开了洗手间隔间的门。

女人刚一关上隔间的门，便发出了不可描述的声音，听得李沐晨和付洁龇牙咧嘴，捂着鼻子想赶快离开。

好戏是上演了，可两个女孩很轻易便认出，登场的演员不对，这个拉肚子的女人根本不是那个贱女人，而是一个徐娘半老的30多岁的成熟女人。

李沐晨拉着付洁出了洗手间，第一眼便看到一片五颜六色，那是一个正靠在门口吞云吐雾的年轻男人的发型。看来，刚刚说话的就是这个年轻的男人，也是他把那个成熟女人搀扶着送到洗手间的。

这个人的发型太特殊了，特殊到让人过目不忘，李沐晨一眼认出，他就是刚刚在吧台跟她的仇人搭讪的那个杂毛男人。

"咦？是你？"杂毛男人伸着脖子，像意外看到熟人一样，笑嘻嘻地对着李沐晨和付洁的方向说道。

李沐晨觉得杂毛男人的笑容怪怪的，惊讶之余还有调侃戏谑的成分，让人看了很不舒服。她转头去看付洁，付洁也跟她一样不愿意面对对方，两个女孩心照不宣，手拉手跟杂毛男人擦肩而过，像躲避瘟神一样跑开。

"搞什么？不会这么巧吧？同一个晚上，同一间酒吧，还有别人吃了泻药？"两人走远后，李沐晨回头看了一眼洗手间门外那个抽烟的杂毛男人，突然顿悟，"哎呀，会不会是那个'杂毛'拿了那杯下了药的酒借花献佛，给了刚刚那个女人喝？"

付洁却没有答话，而是一脸恍惚，像担心身后有人追上来一样，拉着李沐晨又快步走出好远。

总算站定，李沐晨拍了拍付洁的肩膀问："小洁，你怎么了？"

"没什么，咱们还是找找那个贱女人吧。"付洁敷衍了她几句。

李沐晨不傻，当然看得出付洁的心虚。她假装不经意地问："怎么？你认识那个‘杂毛’？”

话虽这么问，其实李沐晨已经有了答案，付洁一定认识那个杂毛男人。因为杂毛男人当时对着她们说了一句“是你”，而李沐晨可以肯定，自己绝对没有见过这个杂毛男人，也就是说，这句“是你”是说给付洁听的。

相识一个多月，付洁对于李沐晨而言仍然是个谜。

“不认识，咱们还是快找人吧。”付洁抵触地说，四处张望寻找她口中的“贱女人”。

很快，两人找到了正在舞池里嗨到疯狂的那个女人，人家看上去一点儿也没有不舒服的样子。

李沐晨懊恼地跺脚，借着音乐的掩饰，爆了一句粗口，意思是那泻药可不便宜，就这样白白浪费了。

付洁却没有李沐晨的懊恼，她别过头，满脸愁云，仍时不时朝洗手间的方向望去。

第二章

罪恶伊始

新年第一天，清晨6点10分。

手机铃声把横躺在沙发上熟睡的覃智勋吵醒，他听得出那是好友杭天的手机铃声，便没有着急起身，而是用脚踢了一下脚边四仰八叉躺倒、依然沉睡的杭天。

昨晚的跨年夜，杭天特意赶到覃智勋的侦探事务所陪伴他这个孤家寡人，两人在阳台一边喝啤酒聊天一边观赏庆祝跨年的烟火。覃智勋还好，只是微醺，倒是身为刑警的杭天一不小心喝大了。

“杭天，快醒醒，搞不好是你们支队的电话，需要你这个新上任的副支队长出任务。”覃智勋揉了揉有些抽痛的太阳穴，加大了脚上的力度。

杭天翻了个身，竟然没有起身的意思。宿醉让这个训练有素的刑警变成了一个赖床的孩子，他一边嘟囔一边闭眼胡乱伸手去抓手机：“不可能，忙活了一整年，张局亲自给我放的假，元旦三天，特许休息。不然我哪敢找你喝酒？”

话音刚落，杭天的眼睁开，盯着手机屏幕的来电显示，马上一个激灵，接通电话：“张局……是……好的……我20分钟后就到。”

杭天一个激灵坐起来按下接通键的时候，覃智勋就已经彻底清醒，他知道，这是又有工作找上门了。刑警就是这样，24小时乘365天保持手机开机，没有特许的假期不准喝酒，以备随时进入工作状态。

“20分钟就能到，犯罪现场离这里不远？”覃智勋说着便迅速往洗手间走去。

杭天一看这架势，知道覃智勋也要跟着他赶往犯罪现场，不禁有些为难，走到洗手间门口说：“智勋，你别让我为难啊，要是小案子我还能给你透透风，找你帮帮忙，可这次是张局亲点要我负责的大案，你这个编外人士……”

“放心，我现在有你们张局的特许，可以以顾问的身份参与侦办工作。”说着，覃智勋已经用冷水洗了脸，把洗脸池让给杭天，“获准当顾问参与的第一案就是大案，我的运气还真的不错。”

“张局特许你当顾问？这怎么可能？”杭天知道他们张局铁面无私、不苟言笑、不懂变通可是出了名的，怎么可能突然改变主意。

覃智勋简单刷了牙，拉着胡乱抹了把脸的杭天出门，边走边说：“我成立了一项专项慈善基金，专门资助因公致残、致死的残疾警察和殉职警察的直系亲属。虽然没有直接以此作为交换条件要求参与侦办，但这点面子你们张局还是给的，反正我也是无偿帮忙，多个人多份力。快走吧，详细地址发过来了吗？”

“那岂止是多一份力，有你在，什么大案都不在话下啊。”能有覃智勋帮忙，杭天由衷地开心。他的这个好友覃智勋是个无心继承家业、一心想当侦探的富二代。高中时他们曾一起约定考警校当警察，但因为覃智勋的父亲从中作梗，覃智勋的警察梦破灭。为了反抗父亲，他干脆放弃家族产业继承人的身份，从父亲那里分了点儿家产，自己出来搞了一个不赚钱的侦探事务所。虽然覃智勋以私家侦探的身份帮杭天破了不少难案疑案，但私家侦探这个头衔始终上不了台面，也有许多限制。没想到覃智勋居然用做慈善的方式，用钱“买”了一个顾问的职位，只为能够光明正大、毫无顾忌地参与警察的工作。这个覃智勋，为了自己的理想还真是视钱财如粪土啊。

顾不得吃早点，两人在接到电话的19分钟后赶到了指定地址——天鹅湾小区。

天鹅湾是金海市的新楼盘，是高档社区，因为房价高昂和刚刚交房不久，所以小区的入住率不高，十分冷清。正对大门的楼王位置的高层门前停着几辆警车，警察和警戒带圈画出了一般人不能进出的范围。

一名穿便衣的年轻男子迎向覃智勋和杭天，招呼他们跟他走。

“小孟，从今天起覃侦探正式晋升为覃顾问，帮咱们的忙。”杭天对他的手下小孟介绍。

小孟笑嘻嘻地跟覃智勋打招呼，然后转向杭天说：“杭队，我们出发前已经接到张局的通知啦。大家知道覃顾问能够加入队里帮忙，那是人心振奋啊。”

覃智勋当然听得出小孟的弦外之音，恐怕除了杭天，大家都以为自己是花钱买了个顾问的头衔，他们对此颇为不屑。也难怪，自己从前的推理功勋都记在了杭天身上，其余人只知道自己是个爱凑热闹的私家侦探，并不知道自己到底有多大能耐。而从现在开始，覃智勋终于可以从幕后走到幕前，告别尴尬的身份，大大方方地推理，大大方方地当个侦探了。

三个人上了电梯，小孟说：“杭队，覃顾问，案发在1804室，死者名叫唐馨，女性，26岁，算是独居吧。推测案发时间是今天凌晨1点左右。技术队和法医也是刚到，跟你们前后脚，你们来得及时。”

杭天挑眉，对自己的得力属下发问：“小孟，什么叫‘算是独居’啊？”

小孟撇嘴，露出不屑的神色：“根据对死者邻居的走访，我们得知这个女死者唐馨被包养了，她的情夫会时不时过来过夜，频率不定，所以我觉得她算是独居。”

覃智勋的关注点倒不是“算是独居”和女死者情妇的身份，他问小孟：“你说技术队和法医也是刚到，这么快就推测出了案发时间？还有，这么早，是谁发现了尸体报案的？应该不是死者的情夫吧？”

电梯门打开，小孟先一步跨出去，指了指右手边，边带路边说：“覃顾问，你这两个问题我可以一起回答。不是法医推测的死亡时间，而是我根据报案人的描述推测出案发时间在凌晨1点左右。因为这个报案人，是一个正好住在对面楼18层、窗子正对案发房间窗子的高中女生，她在凌晨1点的时候目击了凶手站在窗前。当时她并不知道对面房间里出了命案，因为房间里没有开灯，她只是隐约看到窗帘被拉开一半，有个人影站在窗前，用手在窗子上比画，她当时还以为是这房子的主人大半夜擦窗子呢。今早5点30分，女生起床，这才看到对面的窗子上画着一个红色的笑脸。女生觉得这不像恶作剧，便叫醒家长，家长觉得不妥，于是报了案。”

小孟说完，三个人也正好套上鞋套，戴上手套，站在了1804室门口。

“我看这门锁没有被破坏的痕迹，要么是凶手技术开锁，要么是有钥匙，要么就是死者给凶手开的门。”杭天弯腰观察了门锁十几秒后率先迈过门槛。

三人站在案发房间的门口一眼望去：房间的装修特殊，尸体形态古怪，大片血迹触目惊心，地面散落的物体杂乱，窗子上的确有用血迹画上的、大大的红色笑脸。这个红色笑脸由三道弧线和一个点组成，就好像放肆大笑的这个人的左侧脸颊上有一颗美人痣。覃智勋觉得如果凶手留下的这个笑脸犯罪标记是他独特的签名，那么这颗“美人痣”绝对不会是凶手不小心填上的一个污渍，而是属于这个笑脸的一部分。这个多出来的圆点到底有何寓意呢？

覃智勋小心地避过地面上的血迹来到窗前，近距离观察巨大的血迹笑脸。以这三条弧线的粗度来看，凶手一定是用了什么工具蘸着血迹“作画”的。果然，一条吸汗的发带就在窗下不远处，几乎被血液浸透。

透过窗子，覃智勋的确看到了另一扇正对着这间房的窗子，因为楼间距不是很大，他可以把对面房间的情形看个大概。那的确是个典型的女高中生的房间，粉色系墙纸，单人床，衣柜，正对窗子的书桌，书桌上堆积如山的书本。

天鹅湾小区是新小区，入住率并不高，对面的高层中角度合适、能够看清这间房的窗子，除了正对这间房的女高中生的房间，只有一扇其左侧的窗子显示里面有人居住。只不过那个房间里的床铺整齐，窗帘也是拉开的，像昨晚并没有人回来住过。也对，跨年夜夜不归宿、疯玩一宿的人不在少数。

“这、这什么房间啊？怎么这么怪？”杭天显然看不懂房间的装修和陈设，他更加搞不懂，尸体为什么会以如此形态呈现。

杭天话一出口，就遭到了房间里其他人异样的目光，尤其是一个正在拍照的年轻女性技术员。那女人回头看了杭天一眼，低下头浅笑。

房间有将近20平方米，没有家具。一面墙是大镜子，镜子对面的墙上有几条两端被固定在墙上的粗绳。地上也随处散落着各种绳子和带子，此外还有卷起来一半的垫子、彩色的如同砖块一样的立方体和一个粉色大皮球。然而最显眼的要数从房间最中央顶棚垂下来的一个红色“大秋千”。红色的纤薄布料展开，半包裹着一个横躺在里面的女人。布料只包裹了女人身躯中间的部分，她的头部和双臂以及双腿都裸露在布料外侧，向下垂着，悬在空中。血迹大部分都集中在尸体下方，形成一片不小的血泊。

覃智勋看杭天一脸狐疑，是真的没见过这阵仗，又不忍心好友刚升职就被同事鄙视无知，只好解释：“没办法，谁叫咱们的副队长为了工作废寝忘食，根本没时间交女朋友呢，对于女人的周边一窍不通也是情有可原的。杭天，这是一间瑜伽室，女死者应该是瑜伽爱好者中比较专业的。地上是瑜伽球、瑜伽砖、瑜伽伸展带、弹力带、瑜伽垫，墙上的是瑜伽墙绳，至于这个从房顶悬下来的、包裹尸体的红色布料就是练习空中瑜伽的反重力吊床。这东西很薄，卷起来可以变成承受身体重量的绳索，展开后又可以像这样包裹身体，甚至练习者可以盘腿坐在里面冥神静思，如同被豆荚包裹一样。”

“哦，空中瑜伽啊，听说过，听说过。”杭天做出一副恍然大悟的表情，然后默默掏出手机开始百度。

法医是个40多岁的中年男人，是个主任，姓马。他在取证拍照过后，小心翼翼地踩在血泊之中靠近吊床，弯腰检查死者的伤口。

“凶手下手稳、准、狠，一刀直插心脏，死者根本没有挣扎和呼救的可能。人在短时间内若心脏停止供血便会失去意识，而后死亡。凶手并没有拔刀，所以没有喷射血迹，只有尸体下方的血泊。”马法医又观察了一番尸体，打算跟助手一起把尸体放下来进一步观察，做初步尸检。

覃智勋注意到仍然插在女死者心脏处的黑色塑料刀柄，那更像一把很普通的水果刀的刀柄。他走到厨房，找到刀架，果然，一套刀具中少了一把小型的尖头水果刀，而这套刀具的刀柄都是黑色塑料。

凶手是就地取材，并没有自己携带刀具而来。结合之前杭天说的，房门没有被破坏，凶手很可能有房门钥匙，或者凶手跟死者相熟，是死者给凶手开的门，再加上现场地面一片狼藉，各种瑜伽用具凌乱散落，有发生打斗的痕迹。这种种迹象都在指向一个可能性——激情杀人。也就是说，凶手并不是以杀人为目的来到死者的家，他的杀意是后来随着与死者发生争执而产生的。

但有一点例外，应该说是很明显的例外，那就是激情杀人的凶手不会留下犯罪标记，只有变态连环杀手才会在犯罪现场留下属于他自己的签名。而这间瑜伽室的窗子上被凶手用死者的血画了一张大大的笑脸。

造成这样的矛盾有两种可能性：要么是激情杀人，作为犯罪标记的血迹笑脸是凶手在犯罪后刻意留下的，旨在给警方调查造成误导，从而让自己脱罪；要么是变态连环杀手杀人，就地取材的凶器、事先配了钥匙或者是精通开锁技术顺利进入房门，这些都是凶手特定的犯罪模式。

不，不对，还有第三种可能：凶手并非激情杀人，也并非连环杀手，他是一个目标明确的谋杀者。

“怎么样？有什么想法吗？”杭天走到覃智勋身后。

“有个初步推想。”覃智勋转身，带领杭天回到案发房间的门口，抬头望向房门的上方，目光在触及中央空调送风口时满意地收回，“但在我讲出推想之前，还有两点需要确认。首先，我想请马法医检查一下死者双手的指甲。”

马法医听到覃智勋的话马上说：“刚刚就检查过了，死者双手的指甲做了美甲，美甲完好无损，指甲缝里也很干净，没有皮屑。”

覃智勋冲马法医点头，又转头望向小孟：“还有一点要麻烦小孟，你跟电业局确认一下，凌晨1点左右这间房的耗电量。”

小孟下意识便应承下来：“没问题，我这就打电话去问。”

“耗电量？”杭天揉了揉抽痛的太阳穴，不明所以地问，“耗电量跟案情有关？”

“是否有关就看小孟的结果了。”覃智勋说着又在房间里扫视观察，目光在地上散落的各种带子上停留许久。

刚刚那个暗暗笑话杭天无知的年轻女技术员走过来，站在覃智勋旁边，冷冷地问：“怎么？这些东西有什么不对吗？”

覃智勋当然能够感觉到对方对自己的不友好，他也习惯了。对于自己这个空降的编外顾问，估计大部分人都是不满意的，只不过这个生面孔的女技术员不同于其他人碍于杭天的面子对自己客客气气，而是毫不掩饰对他的抗拒与些许敌意。

“我觉得，凶手可能是个女性。”覃智勋没有直接回答，而是下意识脱口而出。

“什么？”女技术员的不友好更甚，俨然把覃智勋当作了女性公敌，“你凭什么说凶手是女人？”

对于对方的敌意覃智勋根本不接招，反而友好地伸出手：“对了，还没有做自我介绍，我叫覃智勋，请问你是……”

“查到啦！”还未等女技术员回话，覃智勋就见小孟从门外跑进来，兴冲冲地说，“电业局那边直接给了我一张柱状图，说现在这个小区的住户都在使用电力微信，通过手机就能实时监测用电量，这张图死者的手机上也应该有。覃顾问，你看看。”

覃智勋接过小孟的手机，果然，零点至凌晨3点的柱状图明显偏高。也就是说，除了常开的冰箱，在案发时间段内，有其他大功率的电器被开启，并且持续了三小时。这个大功率电器是在凌晨3点左右关闭的，而那个时候唐馨早已死去，凶手也应该早已离开。也就是说，这个大功率电器是可以定时关闭的。这个结果正合他意。

杭天看到覃智勋嘴角微微上扬，赶忙好奇地问：“到底怎么回事？智勋，你现在可以公布答案了吧。”

“好吧，那我就说说我的推理。”覃智勋这话一出口，屋子里正忙于取证和尸检的工作人员全都暂停手中的工作，抬头望向覃智勋这个全场焦点。这个花钱买顾问职位的私家侦探到底有没有真才实学，这个不务正业的富二代到底是不是个凭半分钟热情胡乱凑热闹捣乱的纨绔子弟，答案马上就会揭晓。

“我认为，凶手可能是个女人。”覃智勋清了清喉咙，对于第一次正式出山，成为全场警察的焦点，他还真的有些紧张。但热衷推理将近10年，正式入行做侦探6年，他沉积下来的自信不会轻易消逝，他依旧自信满满，说话掷地有声。

“你凭什么说凶手是女人？”这一次，女技术员当着大家的面不客气地问。

“首先，现场除了血迹笑脸这个本应该是变态连环杀手留下的疑似犯罪标记，其他明显迹象，包括门锁没有破坏痕迹，现场有打斗痕迹，凶器是就地取材，这些似乎都在指向一种最大的可能性，凶手与死者熟识，是死者为其开门，引她进入家中的。在瑜伽室两人一言不合起了争端，两人扭打，而后凶手一气之下去厨房取凶器回来杀人。也就是说，这是一次激情杀人案件。”覃智勋把自己刚刚的分析娓娓道来。

小孟忙不迭点头：“没错，除了窗子上画了大大的血迹笑脸，这就是一个激情犯罪的现场啊。咦，不对，我记得刚刚马法医说了，死者的指甲……”

“没错，死者的指甲也是个反证。如果死者与凶手有过打斗，而且是能够把现场弄得这么一团糟的打斗，她的美甲不可能完好无损，指甲里不可能没有凶手的皮屑。所以我推断，现场的打斗痕迹是凶手伪造的。”覃智勋说着望向在场的人，想看看大家对他的说法是否认同。

马法医第一个赞同：“没错，我初步检查了尸体，除了心脏的致命一刀，没有其他的抓挠伤、防御伤和瘀青，等等。当然，有些瘀青痕迹是肉眼无法看到的，还需要回去进一步通过仪器观察。尽管如此，根据目前尸体的状况，我也倾向于死者临死前并未发生过打斗。”

杭天回过味来：“智勋，你的意思是，这不是激情杀人，凶手来到这里目的明确，就是为了给唐馨致命一击？”

“是的，所以我推理的犯罪过程是这样的：首先，凶手配有房门钥匙，可以在凌晨悄悄开门进入房间。凶手为什么要选在这个时间段进来犯案呢？是因为凶手对死者有一定的了解，了解死者是个小三，跨年夜情夫要在家里陪老婆孩子，小三落单，并且不会出去娱乐，而是会在家里面一边健身做瑜伽，一边等待奇迹出现——情夫抽空过来陪她跨年。至于凶手通过何种途径了解死者，甚至知道死者在跨年夜会独自在家，我想一定是通过网络。”

女技术员听得认真，听到这里，忙找出装着唐馨手机的证物袋，举起来说：“没错，我刚刚看了死者的手机微博和微信朋友圈，唐馨31日下午4点多曾经发过一条微博，称要一个人孤独地跨年，幸好有最爱的瑜伽陪伴。她的微信朋友圈里也是这么写的，还配有她做空中瑜伽的图片。”

杭天叹了口气，很多人喜欢在网上晒自己的日常和心情，没想到唐馨这一晒给凶手提供了可乘之机。

在场的人也在脑海里勾画着案发前这间房里的情景，在合家团圆的热闹跨年夜，女死者唐馨孤身一人在家，玩她喜欢的空中瑜伽，房间的一侧有一台笔记本电脑和一个音箱，估计当时她还播放着瑜伽音乐，再加上昨晚午夜前后的鞭炮声，她的确有可能听不到开门声。

“接下来，在确定了唐馨的情夫远在自己的家里陪家人跨年，绝对不会过来之后，凶手便用事先准备的房门钥匙悄悄开门进屋。然后凶手便目的性很强地去了厨房取凶器。她之所以就地取材拿死者家里的水果刀当凶器，就跟她杀人后伪造打斗现场一样，是为了误导警方，让警方认为这是一场激情杀人。”覃智勋继续分析。

杭天摸着下巴，蹙眉问道：“可误导警方是激情杀人对凶手有什么好处呢？”

“既然不是激情杀人，凶手却刻意伪造发生打斗的现场，造成激情杀人的假象，自然是对凶手掩饰身份有好处。凶手伪造的现场很容易让警方模拟这样的案发过程：死者唐馨给登门做客的凶手开门，后来两人在瑜伽室里起了争执，发生扭打，矛盾升级，凶手才去厨房取凶器回来杀人。而一旦警方如此推定，就很可能会把这个凶手排除。也就是说，要么凶手对于死者来说是陌生人，深夜死者不会给其开门，请她进门做客；要么就是凶手跟死者认识，但两人关系极其恶劣，死者也不会给其开门，让其进门做客。”覃智勋给出解释。

小孟举手提问：“覃顾问，那我就不懂了，既然凶手要伪造激情杀人的现场，又为什么留下犯罪标记呢？凶手既然会伪造现场说明还有点智商，他不知道一般都是连环杀手才会在现场留下自己的签名吗？”

覃智勋冲小孟微笑：“问得好，我刚好要说到这个笑脸。关于这个血迹笑脸，其实有两个问题值得深究：第一，凶手为什么要留下它；第二，凶手为什么要在窗子上留下它。先从第一个问题说起，我认为凶手并非连环杀手，这个血迹笑脸也并非犯罪标记，凶手留下这么一个跟伪造激情杀人现场相互矛盾的笑脸，其实另有目的。而凶手的目的要从杀人手法说起。”

杭天又看了一眼唐馨的尸体，满地的凌乱和血泊，还有窗户上那个大大的血腥笑脸，他好像明白了些什么。

覃智勋继续讲解：“最初进入这间房间的时候我就感觉不对劲，现场是一间瑜伽室，地面上到处是可以当作凶器的瑜伽绳，很多是没有弹力的，用来勒毙死者再合适不过。死者唐馨又是这么一个瘦弱的女人，趁其不备取一条没有弹力的绳子、带子勒颈杀人要比绕到厨房取水果刀再回来杀人方便得多。要知道，凶手在房间里走动得越多越可能引起唐馨的注意，而且用绳索勒毙死者也不会发出求救声，更重要的是，现场会干净许多。可凶手为什么要舍近求远，宁可用刀具制造血腥现场，甚至把自己身上也搞脏呢？这样对他犯案后逃离现场绝对是不利的。”

杭天恍然大悟，一拍额头叫道：“我懂了，因为凶手没有那个力气或者说没有把握能用绳索勒毙女死者，而用利器趁其不备，准确地一刀致命比用绳索胜算大太多。尽管女死者看起来身材瘦弱，但凶手也是个女人，是个没有练过什么跆拳道、摔跤、武术的弱女子。”

覃智勋点头：“是的，身体素质是凶手无法突破的瓶颈，所以她只能用这种简单血腥的杀人手法，再加上如果她本身就具备一定的医学知识，能够在短时间内准确找到心脏的位置，下手稳、准、狠，那么用水果刀刺入心脏杀人就是她的首选，同样可以一招制敌，让死者无法反抗且无法呼救。”

马法医适时补充：“没错，凶手下刀的位置很准，并且没有犹豫和试探。我觉得能够在当时的情景下，趁其不备迅速找准位置，稳、准、狠地下刀，凶手搞不好是具备一定医学知识的人。”

覃智勋继续：“凶手知道，自己舍近求远选取如此杀人方式恐怕会引起警方的怀疑，怀疑她是个弱女子，没法用勒毙的方法杀人，所以她才用死者的血在窗子上留下这个大大的笑脸，误导警方她之所以选用见血的方式杀人是为了留下这个变态的标记。这个笑脸正对着死者，是对死者的一种嘲笑。这也是凶手对死者的一种情感表达，其实就跟凶手憎恨死者，所以在杀人后还要虐尸本质是一样的，而并非变态杀手的签名。”

“也就是说凶手刻意倒置了因果关系，事实上她是因为只能选用血腥杀人方式所以留下血迹笑脸，在她的误导下，警方会以为是凶手要留下血迹笑脸嘲笑死者才选用血腥杀人方式。这个凶手还真是有些小聪明。”女技术员难得对覃智勋的观点表示赞同，又问，“那么笑脸嘴边多出来的那个点又是什么意思？”

覃智勋无奈地耸肩，大方地承认：“这一点我还没有答案，可能是凶手跟死者之间的某种不为人知的渊源的体现吧，恐怕只能在逮到凶手后，她认罪的时候问她了。”

“可惜啊，聪明反被聪明误，凶手在窗户上画血迹笑脸的那一幕被对面大楼的女高中生看到了。”杭天唏嘘嘲讽。

覃智勋转而面对杭天：“你正好说到了我刚刚提的第二个问题，就是凶手为什么要在窗户上留下这个血迹笑脸。凶手为什么不能在尸体上，或者墙面上、地面上画一个更小的血迹笑脸，而一定要在窗户上尽可能大地画下这个笑脸呢？其实她的目的很简单，就是让对面住着的女高中生清晨起床拉开窗帘的时候能够看到对面窗上的诡异笑脸从而及时报警。我认为，凶手在做犯罪准备的时候除了了解唐馨的基本情况，还了解了这间房间对面楼的情况，知道对面的房间里住着一个女高中生学霸，每天早起，哪怕是元旦都不例外。”

女技术员又指了指装着唐馨手机的证物袋：“我刚刚看过唐馨的微博，她的确在微博里提过对面的女高中生是个学霸，说羡慕人家的生物钟，等等。凶手只要关注唐馨的微博就能知道这点。”

杭天搔着下巴分析说：“也对，唐馨是个小三，情夫要跟家人过节，要不是窗子上有这么个印记，如果光等情夫来找，还不知道什么时候能发现尸体报警呢。可警方尽早发现尸体，对凶手又有什么好处？”

覃智勋微微一笑，把目光指向马法医。

马法医马上明白：“对尸检工作来说，越早发现尸体，对于死亡时间的推定就越准确，甚至可以精确到某一个小时。根据初步尸检，也就是对尸僵、尸瘢和肛温检查的情况，初步得出的结论是，死者死于昨晚11点至零点。”

覃智勋松了一口气：“果然，就跟我猜测的一样。”

小孟马上发出了疑惑的声音：“不对呀，报案的小姑娘跟我说，她是凌晨1点多一点的时候看到这间房里有个人在窗前比比画画的啊。没道理凶手杀人后留下来伪造现场要花一个多小时吧？不就是把现场弄乱，再画个笑脸吗？几分钟完活儿的事啊。难道凶手还在房间里做了其他的事？”

“应该不会。”女技术员回答了小孟的疑问，“我们刚刚全面检查过，贵重首饰和现金都在，并且其他房间也没有被翻动的痕迹。”

覃智勋对女技术员微微点头：“凶手的目的单一明确，只为杀人，所以我认为其在犯案后并没有在此逗留。”

杭天性急地问：“没有逗留？可马法医推测的死亡时间跟对面女生目击凶手的时间的确隔了一小时左右啊。”

覃智勋冷哼一声，走到窗前放眼去看对面女高中生的房间，那间房里现在空无一人："讽刺的是，凶手百密一疏，在留下掩饰杀人手法选择问题和促使对面女生及时报警的血迹笑脸时，不巧被对面的女生看到了。她原本以为女生会按照唐馨微博里说的一样，作息规律，凌晨1点一定在熟睡，清晨5点多一定起床拉开窗帘。可她没想到，跨年夜其实是一柄双刃剑，女生在凌晨1点不一定入睡。这个高中女生虽然按照她的预想在清晨5点多发现了窗子上的血迹笑脸，也确实报警了，可她也成了戳穿凶手制造死亡时间诡计的一个重要证人。"

"没错，"小孟像突然想起什么似的，"那个高中女生跟我说，本来她每天晚上十一点半是一定要睡觉的，可昨晚是跨年夜，午夜前后外面一直在放鞭炮，但好在没人在两栋高层的中间放炮，都是去小区里的小广场放炮的，噪声还不至于让她无法入睡。可是凌晨1点的时候，不知道是谁在两栋楼之间放鞭炮，一个响炮好像就在她窗前炸了一样，一下子把她给炸醒了。本来她想忍一忍的，但放炮的没完没了，好像邻居从窗户往外扔炮仗一样，她就起来拉开窗帘想看一下，结果放炮的没看着，倒看到了对面房间的人影。唉，只能说，凶手运气太差。"

杭天唏嘘了一声，转而问覃智勋："你说凶手制造了一个死亡时间的诡计，也就是说，马法医刚刚推测的死亡时间是有误的？"

"是的，就像小孟说的，没理由伪造现场要花一个多小时的时间，对面女生在凌晨1点的目击证词也可以佐证这一点。所以我认为死亡时间并非昨晚11点至零点，而是零点至凌晨1点。而马法医推断的死亡时间之所以会早一小时左右，那是因为尸体所处的环境温度发生了变化，而且这个温度变化持续了三小时左右。"覃智勋说着，又把接力棒递给马法医。

马法医从工具箱中掏出温度仪，看了下说："死亡时间的判定中，除了死者本身身体状况，尸体所在环境的温度、湿度等均为影响判定结果的因素。现在室内的温度是22摄氏度，我刚刚做出的初步判断是在室内温度持续保持22摄氏度左右的前提下。如果这间房间在案发之后曾有三小时温度发生过较大的改变，那么死亡时间的判定也要做出相应改变。但这只是初步的判定，既然现在对于死亡时间有了疑问，只要回去做进一步尸检，通过眼球化学法判定死亡时间，就可以排除温度干扰得出准确结论。”

杭天突然击掌，兴奋地说：“我懂了，怪不得你要知道这间房子昨晚的耗电量。你是觉得，凶手在杀人后开了空调，改变了室内的温度！可是这个凶手还是孤陋寡闻了，不知道现在的尸检技术，破她的诡计是分分钟的事儿，这还真是天网恢恢啊。”

小孟挠头：“改变温度，那么是制热还是制冷呢？”

杭天白了小孟一眼：“你小子放假放傻了吧，既然马法医推断的死亡时间比目击证人看到凶手的时间早，而且是通过肛温来推断死亡时间的，那么一定是制冷啊，温度下降三小时，尸温也跟着降低，看起来像死得更久一些。这不是基本常识嘛。”

小孟挠头赔笑，转移话题化解尴尬：“唉，这个凶手可真会挑时候，赶上跨年这辞旧迎新的当口犯案，这也算是给咱们这些辛苦了一年的刑警一个特殊的新年礼物了。”

杭天讪笑着感慨：“是啊，幸好这血迹笑脸不是什么犯罪标记，这案子不是什么连环礼物，这种礼物啊，一个就够了。”

女技术员看覃智勋的目光柔和了许多。她走近覃智勋，低声说：“看来你这个顾问也是有两把刷子的，在这么短的时间里，你就能推理到这个地步。现在我也觉得，凶手八成是个女人。那么为什么凶手要大费周章地误导警方死者的死亡时间呢？”

覃智勋冲女技术员微笑点头算是回应，解释说：“当然是为了不在场证明。凶手虽然伪造了激情杀人的现场，但还是担心警方会怀疑她，于是她给自己上了双重保险，用低温误导警方死亡时间，从而给自己制造不在场证明。综上所述，杭天，我认为你们要找的嫌疑人是个这样的人。”

杭天一听这话，欣喜地对一旁的小孟说：“太好了，智勋要做侧写了，你赶快做记录，有嫌疑人特征范围的框定，咱们就好办多了。”

覃智勋面对杭天对他无条件的信任，觉得既欣慰又感动。他冲杭天点点头，郑重地说道：“凶手是个女人，这个人跟唐馨有仇，具备杀人动机，而且是一个唐馨不会给她开门让她进入家里的人；此外，这个女人可能具备一定的医学知识，但绝对有限，因为她不知道眼球化学法可以排除尸体环境因素得出准确的死亡时间；她有可能从事临床医学工作，所以敢于果断下刀，当然，也有可能凶手有过经验，身上还背着别的命案，甚至有前科；最重要的一点，这个女人在被你们警方找上之后，马上会抛出一个看似完美的，实则很容易被推翻的不在场证明，因为她的不在场证明的时间是2017年的，也就是跨年夜零点前的。零点之后的2018年，尤其是零点至凌晨1点多这个时间段，她没有不在场证明。”

覃智勋说完一席话过后，现场的人都摩拳擦掌、干劲满满，大家看覃智勋的眼光仿佛加上了粉丝滤镜。他们在用眼神传递同一种心声：看来这个顾问侦探不但不算是给他们捣乱的，还是他们的得力帮手，怪不得杭天如此看重他，他果然是个像模像样的侦探。这案子应该很快就会有个结果，虽然元旦三天的假期肯定泡汤了，但是好在三天内八成能找到靠谱的嫌疑人。

女技术员举起了装着凶器的证物袋：“我刚刚检查过，刀柄和刀身上都没有任何指纹，但是有擦拭过的痕迹。凶手在犯案后擦去了指纹，血迹笑脸也是用地上那个吸汗的发带蘸着血画上去的，凶手没有留下任何指向性证据。找到了嫌疑人之后，怎么确认她就是凶手呢？”

覃智勋刚想回答，却被杭天抢过话头：“这个就是咱们警方的工作范畴啦，智勋能帮咱们圈定嫌疑人到这个地步，作为顾问已经算是超额完成任务了。至于找证据这种事，我相信一定不难。首先，凶手就算做了一番伪装，也是一定会出现在监控里的……”

杭天话音未落，门外一个便衣刑警小跑着进来，上气不接下气地打断了新晋副队长的话：“不好了，不好了，杭队……”

杭天没好气地责备：“什么不好了不好了，这都死人了，能好吗？小孙，有话好好说，重说。”

小孙吞了口口水，脸上错愕的表情更甚：“杭队，你不是让我去物业查监控吗？我刚刚一直在物业看监控。”

“怎么？凶手熟知监控的位置，全都躲过了？”杭天的心一沉，没有监控作为间接证据指证的话，事情还真的要复杂一些。

小孙抹了一把额头的汗珠，为难地说：“不是，监控没法躲，问题就在这里。这天鹅湾小区是高档社区，高层每一层的监控都能覆盖整个楼层走廊，看到一梯四户四个房门。我刚刚快进看过从昨晚7点多死者回家到今早5点55分民警赶到期间18层的监控，这1804室的房门就没开过啊。没人进来这一点还好说，可能是凶手趁死者开窗时爬窗进来，藏在床下或者什么地方伺机而动，可没人出去不行啊，凶手总得出去吧？可要是爬窗出去，从外面怎么锁窗呢？”

“死者在微博和微信朋友圈里都提过，因为房子刚刚装修完不久，所以尽管是冬季，她还是会每天定时开窗放味。凶手关注了死者的微博和微信朋友圈，很有可能是趁这个开窗的机会从窗子潜入房间，躲在床下或者什么隐蔽的地方伺机而动，等到女死者做瑜伽时，小心翼翼地从隐蔽地点出来，去厨房取水果刀。”女技术员严肃而笃定地说，“可就像小孙说的，凶手进来的途径好说，可她犯案后离开的途径确实是个问题。窗户和门我们都检查过，门没有强行开锁和技术开锁的迹象，所有窗户也都从里面被锁，且没有被破坏的痕迹。”

杭天眉头拧成一团，也是被吓得一个趔趄，不禁环视四周，难以置信地反问：“凶手离开没走门，也没法走窗，这怎么可能？咱们这么多人手早就把这间房子搜了个遍啊，别说没凶手，就连什么暗门、机关、密室、保险箱都没有啊。”

“对呀，凶手就像凭空消失了！”小孙夸张地说。

女技术员一脸愁容：“难道是监控被人做了手脚？但这么短时间内，可能性不大吧？不管怎么说，监控得拿回去好好检查一番。”

小孙从挎包里掏出一个移动硬盘：“那是，我把最近7天的监控都拷贝下来了，这监控也只能保存7天，每7天就自动覆盖一次。”

虽说监控被做手脚篡改的可能性目前看来最高，但覃智勋不想忽视空间因素。他环视四周：“房间里所有的窗子都在第一时间检查过吗？会不会有哪扇窗子根本没锁，是民警进来之后有人趁乱混进来偷偷锁上的？”

小孟忙不迭摇头：“不会的，最先出警的民警在物业开门后就十分警惕，我们来之前，四个民警一直守在门口，没人进来过。出警记录仪也一直开着，不可能是咱们自己人动手脚。”

覃智勋有些无措地原地转了一圈，低声喃喃自语：“这么说，这就是一间密室喽？凶手就像一个肉眼看不到、摄像头录不到的鬼魂，杀人后穿墙而出？”

小孟摆手，一本正经地说：“不对不对，要是鬼魂的话，肉眼是看不到的，但录像是可以录到的！至少可以录到个虚影！”

杭天一听这话，直接给了小孟的肩膀一拳：“虚影个屁！”

小孟挠头：“开玩笑啊，杭队，本人绝对秉持唯物主义至上的三观，这个世界上根本没有鬼！”

覃智勋趁杭天和小孟交谈的时候，像仍然不放心似的走到房子里的每一扇窗前检查，重点检查案发房间的窗户。所有窗户都完好无损，开关正常，而且就和绝大多数住宅一样，窗子只能从房屋里面打开，从外面除非打破玻璃，否则无法开窗。

覃智勋又打开案发房间的窗子探头往外看，这外面的状况是在他意料之内的。如果是个有一定胆量的攀岩达人，利用斜下方的空调箱作为中转点，移动到消防通道应该不成问题。但一个女性凶手即便有这个能力，她又是怎么从外面锁窗的呢？窗子的扳手在室内，必须彻底关闭窗子之后再向下扳动扳手才能成功锁窗。相比较而言，似乎监控更容易被做手脚。

没错，凶手一定在监控上做了手脚。她不可能没有离开这间屋子，这间屋子根本没有可以躲过警方搜查的藏身地点。警察已经把这里搜了个遍，凶手绝对已经离开！

覃智勋有些局促，刚刚推理时的自信已经消散了大半。他意识到自己恐怕要出师不利，凶案现场是个密室，这可能会让他彻底推翻之前的推理。也就是说，他刚刚当着这么多新同事的面讲出的一番推理可能大错特错。

女技术员走到覃智勋身侧，用力拍了一下覃智勋的肩：“喂，我说顾问先生，我刚刚不是说过了吗？所有窗子我都检查过，你是不信任我们的专业能力呢，还是不信任我们的职业道德？”

覃智勋连忙摆手赔笑，眼神仍然在房间里飘忽不定，像在寻找凶手可能的藏身之处。他心不在焉地说：“没有没有，我对你们完全信任，只是我本人有点强迫症，不反复确认的话就会睡不着觉。哦，对了，继续刚刚的介绍，我叫覃智勋，以前也跟杭天的队伍打过不少次交道，但从没见过你，还不知道你怎么称呼。”

“我叫薛嫱，调过来才一个月，你没见过我，我可是听过你的大名的。”薛嫱说话语气很硬，气质高冷，虽然脸上带着笑，却有种拒人千里的气场，“听说你是全国私家侦探中最富有的土豪，全国土豪中最厉害的侦探，并且慷慨解囊建立了一个专门资助警察和警察家属的慈善基金，也是因此获得特权给我们分局当顾问参与侦办工作。”

覃智勋挠挠头，尴尬地微笑，面对强势的异性，他的气势本能地弱了下去，有些局促地伸出右手：“你好，萧蔷，在以后的合作中还请多多关照。”

薛嫱一愣，随即白了覃智勋一眼，气愤地转身走开了。

覃智勋一下子从之前的恍惚中走出来，莫名其妙地摊开双手，无辜地望着一旁尽力掩饰偷笑的杭天。

“我说错什么了吗？她态度那么冲，我已经尽力友好啦。”覃智勋向杭天抱屈。

杭天笑着摇头，一本正经地说：“你呀，跟女孩子说话的时候心不在焉，难怪人家生气。人家叫薛嫱，薛嫱，不是‘成也萧蔷，败也萧蔷’的萧蔷。”

面对一本正经地胡说八道的杭天，覃智勋没忍住扑哧一声笑出声：“拜托，是‘成也萧何，败也萧何’，萧何，不是曾经的台湾第一美女萧蔷。”

“萧何？不是‘成也风云，败也风云’吗？”杭天歪着头，夸张地张大嘴巴。

覃智勋怔了一下，苦笑着摇头：“你呀，我知道你是用自我牺牲、假装无知逗乐来转移我的注意力，让我放松。放心吧杭天，虽然这次我可能出师不利，但身为侦探，这点抗打击能力还是有的。这案子越是复杂，我越有可能一战成名，不是吗？”

杭天嘿嘿傻笑：“看来是我多虑了。智勋，你放心，我代表我们全队全力支持信任你。这样吧，接下来排查嫌疑人的工作交给我们，一有进展我马上通知你，你先回去休息吧。”

覃智勋还想留下来跟进，毕竟凶手进出现场的谜题还未解开，他刚刚的推理可能要全盘否定，可还没等他开口，门口传来了一个男人的叫喊声。

“警察同志，误会，这是误会，我没有鬼鬼祟祟，别抓我啊！让我掏名片，行不行？我就掏个名片。”

很快，小孙把这个絮絮叨叨的男人带到杭天和覃智勋面前。这是一个戴着眼镜、斯斯文文的中年男人，身材有些发福，但穿着考究，脖子上还挂着一部名牌单反相机。

“杭队，我刚刚在监控里就见到过这个男人。案发前他就一直在单元楼门口鬼鬼祟祟，拿着相机东拍拍、西拍拍，还混进楼里挨层地拍，也来过18层。保安说他不是这里的住户，昨晚还盘问过他，把他给赶出去了。正愁找不到这个嫌疑人呢，他自己就找上门来了。”小孙没听到覃智勋关于凶手是女性的推理，俨然已经把这个中年男人当成了头号嫌犯。

“误会误会，自我介绍一下，我叫程伟业，是个专门追踪报道刑事案件的自媒体人，是个网络大V，在场的各位，应该有人听说过我，见过我的照片，能够为我证明吧？”程伟业想挣脱小孙的钳制，伸手进口袋里掏名片。

“什么自媒体，你还是自认倒霉吧，跟我们走一趟，回局里做笔录。”杭天一听说这个程伟业居然在案发当晚那么敏感的时间里挨层闲逛，马上锁定了这个可疑分子，觉得他一定跟案件有关，绝不是凑巧。

覃智勋仔细打量了一下程伟业，又掏出手机点了几下，举到杭天面前，低声说：“他的确是专门追踪报道刑事案件的网络大V程伟业，我的微博还关注了他。”

杭天一听这话更加头大，他跟覃智勋都意识到一个问题，不亚于监控没有拍到凶手出入的谜团——难道这个程伟业的职业嗅觉敏感到事先就知道有命案要发生，所以提前到这里蹲点？

“说，为什么来这里？”杭天没好气地问。

程伟业讪笑，低头看了看自己的背包，又看了一眼死死钳制他的小孙。

杭天冲小孙使了个眼色，示意他松手。

程伟业恢复自由，似笑非笑地瞥了一眼小孙，缓慢地从背包里掏出一个白色信封，递给杭天：“这是我30日中午收到的，不，说收到不合适，其实是我上午出门，中午回家后在自己的背包里发现的，应该是凶手一直尾随我，趁我不注意塞在我的背包里的。你们看了内容就知道我为什么会出现在这里了。”

杭天戴着乳胶手套，直接把信封接过来，小心地打开。白色信封里只有一张白色的打印纸，上面贴着几个从报纸杂志上剪下来的印刷字，组成了一句话：“跨年夜，天鹅湾小区8号楼1单元，我要杀人。”右下方的落款则是一个用红色记号笔画上的笑脸，三条弧线和一个圆点。这是凶手的签名无疑。

程伟业干笑两声，讲话颇有领导气势：“我当时不是没有想过这是谁的什么恶作剧，但是干我们这一行的，尤其是身为罪案类信息传播自媒体的网络大V，我得对得起我的职业，对得起我的百万粉丝。所以宁可信其有，不可信其无，我宁可牺牲跟家人团聚跨年的时间，大晚上过来这里等待。只不过，从昨晚7点一直到零点，我等了足足五个小时，被保安赶出去后冻得涕泪横流，都一无所获；把进出单元的人和保安都拍了个遍，但没有一个是可疑分子。我本以为被耍了，却不愿意就此死心，就抱着一丝希望一大早赶过来看看是不是真的有命案发生。没想到，没想到这不是什么恶作剧，我收到的这封信的确是杀人预告。”

杭天用力揉了揉头发，懊恼之情表露无遗。他很不喜欢“杀人预告”这个词，因为这个词指向的是连环杀手，如果跟“连环”沾了边，也就代表着还会有人遇害。他转头求助似的看着覃智勋，无声发问：这到底是怎么回事？难道你刚刚的推理错了？

覃智勋却一直低头看着手中的“杀人预告”，内心愈加不安，原本他对自己的推理自信十足，但紧接着便有两颗重磅炸弹相继爆炸：一是监控没有录到凶手出入；二是凶手犯案之前给自媒体人程伟业发出了杀人预告，预告中还有标志其身份的签名。覃智勋有种预感，他刚刚的推理大错特错，搞不好必须全盘推翻，凶手搞不好真的是一个藏在暗处策划、实施诡计，戏耍警方，等着看警方笑话的变态连环杀手。

也就是说，这一次，他覃智勋正式与警方合作，以顾问身份协助侦办的第一起案件，就遇到了一个难得的高智商对手。覃智勋还意识到了更重要的一点，由于自己这个顾问身份等同于花钱买来的，所以自己在潜意识里太急于向大家证明自己的实力，急功近利，这才导致自己在搜集信息非常片面的前提下就做出推理。这个错误的推理才刚刚诞生就夭折了，他想自证的行为造成了相反的效果，证明了他的确能力不济，至少心态不对。

元旦的一整晚，覃智勋几乎一夜未眠，一方面是因为他一直在反省自己急功近利的态度，另一方面是因为傍晚薛嫱打给他的一通电话。薛嫱在电话里明确告诉他，警方已经仔细甄别，监控录像没有任何被篡改的痕迹。也就是说，凶手进出犯罪现场根本没有走门，或者说，凶手压根儿没有进出过现场。

覃智勋首先排除了后一种可能，凶手不可能没有进出过现场。犯罪现场在18层，凶手不可能从外部操控什么机关完成从厨房取刀，回到瑜伽室杀人等一系列复杂的动作。此外，现场没有遗书，死者微博、微信朋友圈等都没有出现任何她欲轻生的征兆。

那么只剩下一种可能，凶手进出现场是通过窗子。那么问题又来了，凶手就算是个玩极限运动的攀岩高手，胆量极大，敢于在18层的高度作业，他也有可能趁唐馨开窗放味的时机通过窗子潜入房间伺机而动，但他犯案后是如何离开的呢？如果还是原路返回从窗子离开，他是怎么从外面锁窗的呢？

还有一个重要的问题，之前覃智勋一直忽略的问题：凶手为什么锁窗？一个变态连环杀手为什么费力气制造一个密室杀人案件？他为了掩饰自己，大可以直接从窗子进入、离开，临走时不必锁窗，不是吗？

是因为不锁窗的话，警方赶到后就会以房间低温为基础判定死亡时间吗？这样他就无法掩饰真正的死亡时间了？可如果是变态连环杀手，跟死者并无直接纠葛，警方怀疑不到他，他又何苦误导警方关于死者的死亡时间呢？

覃智勋想了足足一夜，在各种矛盾点中绕来绕去，始终找不到一种可以解释一切的可能性。覃智勋觉得，他必须摒弃之前的推理，调整心态，重新思考。好在覃智勋对于面子这种事一向无所谓，他还是要继续大大方方地跟进这起案子，只要最终能够做出正确的推理，就算挽回尊严了。

清晨，杭天打来电话："智勋，我们找到了一个嫌疑人，可以说跟你之前做的侧写比较吻合，只是……唉，还是见面说吧，方便的话，你马上过来。"

覃智勋内心既苦涩又感动，虽然监控和杀人预告都属于推翻他之前推理的线索，但杭天仍然在按照他的侧写寻找嫌疑人。他绝对不能辜负杭天的这番信任，这案子他必须全程跟到底。

根本没有心思吃早饭，覃智勋直接驾车前往分局，到了之后直接去了观察室与杭天会合。两人一起透过单面玻璃观察审讯室里面的女性嫌疑人。

女人看起来二十四五岁，相貌姣好，风姿绰约，身材凹凸有致，很会打扮，一身名牌，神态有些桀骜不驯，时不时看表，像急着离开。

覃智勋端详了片刻，在女人的脸上找不到一丁点儿的心虚，总之，这不是一个凶手在杀人后短时间内应对警方该有的状态。看来自己之前的推理可能大错特错，还是说，这个女人是个演技派？

杭天为覃智勋介绍，嫌疑人名叫李沐晨，24岁，跟死者唐馨有过节，是那种登门后唐馨绝对不会开门的不速之客，而且是一见面恐怕就会厮打在一起的那种紧张关系。

这两个女人第一次见面是在万圣节前夜，地点是夜精灵酒吧。当时唐馨带着两个小弟当众把李沐晨打到鼻青脸肿，李沐晨当晚极其狼狈，被众人围观挨打不说，还被戳穿了情妇的身份。

值得一提的是，李沐晨和唐馨的情夫是同一个人，叫吴昱刚，是个房地产大亨。只不过唐馨是新欢，吴昱刚厌倦了旧爱李沐晨，甩了她。但李沐晨不是省油的灯，被甩后直接杀到吴昱刚的公司大吵大闹，威胁对方给她一笔青春损失费，否则就要吴昱刚身败名裂，要找吴夫人告密。

据李沐晨刚刚的口供，她认为是吴昱刚给唐馨指派了两个小弟，让唐馨带着他们去夜精灵酒吧教训她，警告她不要再纠缠吴昱刚，还说再纠缠就打断她一条腿。

“也就是说，与唐馨有纠葛，唐馨不可能请她进门这点，李沐晨符合；杀人动机，李沐晨也有。”覃智勋总结杭天的意思，又问，“李沐晨到底哪里不符合我的侧写呢？”

“往后就都不符合了，李沐晨高中都没毕业，压根儿不懂医学知识。最重要的一点，李沐晨有不在场证明，而且是一整晚的不在场证明。”

“哦？一整晚的不在场证明，难道有证人？”覃智勋当然知道，如果是一个证人，那么有可能是伪证；如果是一群证人，或者是有监控为证，那这个不在场证明就可以坐实。

杭天脸色稍稍变化，带着些哀伤的口吻说：“是，她有一个人证，说是昨晚一整晚，李沐晨都跟这个人证在一起，就在李沐晨的家里。这个人我也算认识，叫付洁，是个20岁的小姑娘，是咱们警察家属，也是你慈善基金的受益者之一，所以我倾向于她不会说谎。但这孩子似乎是叛逆期还没过去，任性得很，也有一定的可能性为了所谓的姐们儿义气而撒谎。最让我介怀的一点是，这个付洁，她可能具备一定的医学知识，她的母亲生前是个急诊科医生。”

覃智勋读出了杭天的潜台词——有一种可能性，那就是付洁教给了李沐晨医学知识，也就是告知她心脏的准确位置，然后为李沐晨做伪证，李沐晨前往杀人。但付洁的父亲是殉职的警察，这让杭天从情感上不愿意怀疑她。

“你们没有彻底搜查两个女孩的住处？有没有检查过她们的手机，看她们有没有跟什么可疑的人联系？”覃智勋问。

杭天叹了口气：“别提了，这两个精着呢，尤其付洁又是警察家属，因为我们除了杀人动机等于什么也没有，也找不到任何李沐晨曾经出入唐馨住处的证据，她不让搜查屋子。唉，毕竟是老付的女儿，我们真的不想为难她。李沐晨除了不让彻底搜查屋子还算配合，一副问心无愧的样子，乖乖把手机给我们检查，但没什么异常。”

李沐晨真的问心无愧吗？覃智勋决定亲自会一会这个女人，这个除了具备动机，其他没有任何线索证据指向的女人。得到杭天的同意后，覃智勋步入审讯室。

李沐晨正等得不耐烦，看见有人进来，马上起身，气鼓鼓地问：“我什么时候能走？你们这是做什么？我是嫌疑人吗？不是说了嘛，我有不在场证明，那个贱人死的时候我在家里，跟小洁在一起，小洁能为我做证！”

覃智勋抬手示意李沐晨坐下，温和地说：“少安毋躁，坐下，回答我几个问题，回答完毕你就可以离开。”

李沐晨打量了一下覃智勋，歪嘴一笑，调侃说：“哟，这位警察叔叔倒是蛮帅的，看在你长得赏心悦目的分儿上，我就多待一会儿吧。”

覃智勋不动声色，落座后直视李沐晨的双眼，淡淡地问：“你是做什么工作的？”

李沐晨大大方方地说：“以前是专职情妇，现在失业，还没找到下一任金主。”

覃智勋微微蹙眉：“你跟付洁是什么时候认识的？怎么认识的？”

李沐晨早就回答过这些问题，面对重复提问，她不耐烦地学机器人说话，硬邦邦地回答：“11月初，我因为被甩没了经济来源，便转租房子的其中一间，付洁是我的租客，我俩一见如故，成了好朋友。”

在覃智勋眼里，李沐晨虽然一身名牌，妆容精致，身着性感，但她的幼稚暴露了孩子气的本质，她看起来更不像凶手了。

“那，付洁是做什么的呢？20岁，还在上学吗？”覃智勋继续。

提到付洁，李沐晨收起玩世不恭的机器人口吻，打抱不平地说：“小洁早就辍学了，跟我一样高中都没读完。她跟我说她父母双亡，之前一直在姑姑家寄人篱下，后来因为受不了人家的冷遇，就自己跑出来打零工。她现在也失业，我看她可怜，我俩感情又好，在她找到工作前就不收她房租了。我俩现在就靠在网上卖二手名牌过日子。当然，那些名牌都是我之前用老吴的钱买来的。”

“31日晚上到1日清晨，你一直都跟付洁在一起，寸步不离？你们在做什么？”覃智勋进来审讯室之前简单扫了一眼审讯记录，虽然已经知道答案，但他还是要听李沐晨亲口说一遍，听听重复回答会不会出现不一致的地方，也就是说听听李沐晨有没有可能在说谎。

李沐晨抚着额头，感叹说：“果然，真的像电影、电视剧里演的一样，你们警察都是复读机，同样的问题没完没了地问。我最后再说一遍，我前天晚上，哦，不，是从31日中午开始一直到刚刚被你们带来这里跟小洁分开审讯，这段时间里我一直跟小洁在一起。跨年夜我俩就待在我家，一起看跨年演唱会，演唱会看完了，我俩就喝酒彻夜聊天。后来天亮，我俩才倒在沙发上睡着，一直到中午，饿醒了，就一起出去吃饭。你们不是可以定位手机位置吗？定位一下就会知道，我一直跟小洁在一起，在我家里。”

“手机又没有长在你身上，定位手机没意义，”覃智勋淡淡地问，“你说你们彻夜聊天，都聊了什么？”

李沐晨夸张地大笑：“警察叔叔，年轻女孩子凑到一块儿能聊什么？八卦娱乐、美妆护肤、情感经历，什么不能聊啊？”

“情感经历？什么情感经历？”覃智勋相较于李沐晨的夸张放

肆，一直冷静稳坐，像一个提问机器。

李沐晨无所谓似的："就是小洁给我讲她的男朋友，说什么他们是真爱啊。我说这世界上哪有真爱？我是宁可相信这世界上有鬼，也不相信这世界上有真爱。男人啊，都是一个德行，走肾不走心。然后我们就辩论起来，我给她讲我遇到的那些恶心的色老头，她给我讲她的男朋友多么优秀，绝对是一股清流。我们具体的对话你要不要听？"

覃智勋可没兴趣听幼稚对话："暂时就是这些问题，我去知会一声，你们应该很快就可以离开了。但是没有警方允许，近期不可以离开金海市，手机……"

"保持开机，让你们随时能够找到我们嘛，这套词之前已经说过了。"李沐晨不耐烦地翻了个白眼。

10分钟后，小孟带着李沐晨离开审讯室，要送她离开，李沐晨却坚持在走廊里等付洁出来，两人一起走。

覃智勋靠在杭天的办公室门口，眯眼望着走廊里的李沐晨，眼神中尽是深不见底的疑惑。他有种直觉，这个女人绝对不像表面上如此简单。

李沐晨四处张望，眼神飘到覃智勋的时候故意跟他神秘地眨了眨左眼，然后抛过去一个甜蜜魅惑的笑。

小孟在一旁当然看得到李沐晨的媚眼，厉声训斥："老实点儿，你把这里当什么地方？"

李沐晨还没来得及反击，就看见付洁跟之前见过的名叫杭天的副队长走了出来。堂堂副队长杭天居然在对付洁笑，而且那笑容里分明有长辈对晚辈的关爱。

"搞什么？对小洁就和颜悦色，对我就声色俱厉，大吼大叫的，你们这也太区别对待了吧？"李沐晨撒娇似的抱怨着。她当然知道自己被警察区别对待的原因，她曾经是个被包养的情妇。

杭天冷笑一声，对李沐晨说："付洁跟你不一样，她父亲是我们的同行，她是警察家属，你不知道吗？"

付洁的父亲是警察？李沐晨惊得下巴差点脱臼，原来区别对待的原因是这个。但她并没有马上去看付洁，而是马上恢复自信的微笑，打趣说："当然知道，但我也算是警察家属啊，我男朋友是警察。"

杭天一时间没反应过来，有些结巴："什、什、什么？你男朋友是警察？"

李沐晨对着杭天干笑一声，眼神扫过围观的小孟和几个男便衣，转而对着不远处的覃智勋叫道："亲爱的，因为人家牵扯进命案你就装不认识人家，好过分噢！"

杭天怔了一秒，然后"扑哧"一声大笑："李沐晨，这么多警察，你非要挑一个最帅的，可这个最帅的，偏偏是我们这里唯一不是警察的，他是我们局里的顾问。"

"不是警察？"李沐晨错愕地去看覃智勋，却见覃智勋已经一个转身进了办公室。

覃智勋和杭天站在窗前，一起目送着李沐晨和付洁两人上了停在街边的出租车。

"怎么样？智勋，你觉得李沐晨算得上嫌疑人吗？"杭天严肃地问。

"算，当然算，这个女人不简单，有些小聪明。"覃智勋望着出租车远离的方向，一时间有些出神。

"怎么不简单？该不会是因为人家百里挑一只调戏了你，你就对人家刮目相看吧？"杭天严肃不过三秒，又拿覃智勋打趣。

覃智勋收回目光："李沐晨并不是为了调戏我而调戏我，而是在你说出付洁的父亲是警察之后，付洁和她的反应都很不对劲的情况下，她为了转移你们的注意力才拿我开玩笑的，为的，就是避免话题在付洁父亲身上停留。很明显，这对好友之前从未提及付洁的父亲。在你提及付洁父亲是警察的时候，付洁一脸嫌恶，显然，是她不愿意涉及这个话题；李沐晨的惊愕却很自然，她在眼神匆匆扫过付洁之后便马上转移话题，算是帮付洁化解尴尬。我总觉得，李沐晨对付洁有点讨好的意思。以她的性格脾气，真的会因为可怜付洁而免去她的房租吗？要知道，她现在可没有收入，还要拿自己的老本养活一个付洁啊。我总觉得，这个李沐晨一定有秘密，而且是个心机深沉的演技派。”

杭天瞠目结舌，夸张地反问：“不会吧？在我，哦不，是在我们这些人看来，李沐晨看起来就是个胸大无脑的花瓶，怎么到你眼里，就是个心思细腻、随机应变、心机深沉的不简单女人啦？”

覃智勋拍拍杭天的肩，意味深长地说：“杭天，送给你一条职场和情场上的金科玉律——永远别小看女人这种生物。”

第三章

破产姐妹

新年第六天一大早，李沐晨收到了从英国寄过来的快递，是一只奢侈品皮包，寄件人写的是MR.GOODMAN。

李沐晨迅速拆包，背着新皮包先是到客厅里的镜子前照了照，然后又站在茶几前，微微仰头对着电视上方的鹿头装饰笑嘻嘻地说："谢啦。"

付洁出去买早点，李沐晨一个人在家，于是她大大方方地掀开客厅角落一块翘起的地板，从下面取出一张小小的手机卡，安装到双卡手机上。很快，李沐晨的手机接到了没法显示号码的来电。这张不记名的手机卡，又是这样的来电，除了她的新任雇主没别人。

"喂，早上好，"李沐晨的声音中透着甜蜜的喜悦，"你的礼物收到了，我很喜欢，这算是通过第二次考核的奖励？"

"是的，"低音炮男声从电话中传过来，"奖励你能够跟她成为真正的朋友。她最近怎么样？"

李沐晨走到阳台低头去看楼下小区里停车位上的一辆黑色大众："别提了，最近走霉运，被警察给盯上了。警察居然在我家楼下盯梢。你还记得万圣节前夜打我的那个'死神'吗？她死了，警察居然怀疑到我头上来。”

“我是问她最近怎么样。”男人毫无感情地重复。

“你不是也看见了，小洁一切都好啊，还是每天跟我念叨她男友多么优秀，跟我畅想他们两个人美好的未来。我呢，就一个劲儿地夸她那个研究生男朋友，我越夸，我俩感情越好。”李沐晨邀功似的说。

男人的声音柔和下来，调侃说：“你倒是有点小聪明。我最近有些忙，大概一周之后能回国，如果那时候警察不跟踪监视你了，我们就见面谈。”

李沐晨的心跳漏了一拍，一想到一周之后能再次见到他，她竟然有种春心萌动的陌生感。她记得上一次有这种感觉是在高一，隔壁班校草的目光落在她身上的时候。

“对了，虽然我没有问过小洁，但是我听警察说，小洁的父亲是警察。”李沐晨小心翼翼，试探性地问，“你是警察吗？”

对方沉默了片刻，这几秒让李沐晨后悔又紧张，生怕一个多余的问题害得她再没了机会见他，月薪5万元的好差事也就此告吹。

“我不是警察，你说的警察是小洁的养父，多年前就殉职了。只不过她以为那是她的亲生父亲，她并不知道我的存在。所以我才需要你的存在，在我觉得适当的时候，我需要你慢慢渗透，让这个叛逆的孩子慢慢接受我。”男人说这些的时候，难得的温情脉脉。

李沐晨似乎感受到了男人从电话那边跨洋流淌而来的父爱浓情，对付洁羡慕不已。能被这么一个优秀的人默默关爱着，这个人又是她在这个世界上唯一的至亲，付洁真的很幸福。她突然觉得自己在从事的是一份虽然秘而不宣却十分有意义的好工作。

“但是关于这些事，她不提，你千万不要主动问……”

“我知道。”李沐晨打断男人，“以小洁的脾气，问了就会友尽嘛。你放心，之前在公安局，警察提到她父亲的时候我就注意到了，小洁脸色很不好看，我还特意帮她转移警察的注意力，免得话题继续令小洁抵触反感。她跟她的警察父亲到底有什么心结，我相信等她足够信任我的时候会主动跟我讲的，在那之前，我绝不问。”

“很好，那么一周后见吧。”男人准备挂电话，突然又想到什么似的，“对了，你说之前在酒吧欺负你的那个‘死神’死了，警方在怀疑你？”

“是啊。不过你放心，他们没证据，不能把我怎么样，小洁就是我的不在场证人。案发的时候，我跟小洁在一起呢。”李沐晨一边啃苹果一边无所谓似的说，又走回客厅抬眼冲电视上方的鹿头挥手，“这一点你也能为我证明，不是吗？”

男人哽了一下：“你没有跟警察提过我和你客厅里的摄像头吧？”

“当然没有，虽然我和小洁一起在客厅里面的视频能够为我做证，但我根本不需要，反正我是无辜的。你放心，我不会多嘴的。而且之前警察说要搜查我家，也被我和小洁一起拒绝了，他们根本没那个权限。看在小洁的面子上他们也不敢强行搜查。”李沐晨的潜台词是，她绝对不会跟警察提起任何有关付洁亲生父亲雇用她跟付洁交朋友的事，因为一旦把自己的雇主卷进来，也就意味着付洁会知道此事，友尽等于被炒鱿鱼。

“那就好，相信你是个聪明人，应该不会跟钱过不去。”男人似乎松了一口气，“适当的时候，你可以因为避免摄像头被警方发现而提前拆下那东西。绝不能让小洁知道我在关注她的一举一动，这是前提，你懂吗？”

“放心，我会顾全大局，以你跟小洁的父女关系为重的。”李沐晨信誓旦旦地说，同时调皮地冲着鹿头眨了眨左眼。

“总之希望命案什么的尽快过去，免得你们总是跟警察打交道。希望你以后不要再给小洁招惹这种麻烦。”男人说完，也不等李沐晨再说什么，直接挂断电话。

李沐晨失神地看着黑屏的手机，竟然也没了兴趣再去关注她从前最爱的名牌包。平生第一次，她有了一种失恋的感觉。她从来不在意别人的责备，可这个男人最后一句话让她既委屈又伤心。她也不想招惹这样的麻烦啊。都怪那个唐馨，那个麻烦的女人，一定是她自己惹上了什么麻烦，结果却波及她李沐晨。

“砰”的一声，房门被用力关上，门口站着一个失魂落魄的付洁。在李沐晨回头的同时，付洁手中的早餐包子掉落到地上。

“小洁，怎么了？”李沐晨忙上前，一面紧张地上下打量像丢魂一样的付洁，一面把她拉到客厅的沙发上坐下，“出什么事了？你不是出去买包子了吗？楼下的警察为难你了？”

付洁空洞的双眼渐渐聚焦，看清了面前满脸关切的李沐晨之后，她“哇”的一声哭出来，双手抓住李沐晨的双肩用力摇晃，歇斯底里地大叫：“他不要我了，他要跟我分手！”

“分手？赵良实，那个研究生？”李沐晨当然知道这个消息对于对爱情盲目崇拜、一根筋，且无比执拗的付洁来说，无异于世界末日般的噩耗，“为什么啊？你先别急，慢慢说。”

付洁哭得厉害，抽噎到说不出话来，直接把手机掏出来递给李沐晨。

李沐晨打开微信，一面起身走到电视前，一面调高手机音量，重新听了一遍付洁早起外出买包子的途中跟男友赵良实的对话。

赵良实平静地说：“付洁，我们分手吧，我仔细考虑过，我们俩不合适。”

付洁有些尴尬地说：“今天又不是愚人节，你别闹了。”

赵良实苦口婆心：“我是认真的，付洁，我们是两个世界的人，根本不合适，我们的开始就是一个错误，是错误早晚都要结束的。”

付洁有些急了：“什么两个世界？你果然还是嫌弃我没学历、没前途，是不是？可我们不是说好了，一起攒钱，等你毕业之后我们就买房结婚，不是吗？你别忘了，你这学期的学费也有我的一半！”

赵良实冷笑：“哼，是你自愿帮我交学费的，我又没有逼你。而且你别忘了，这学费也有我的一半。咱们还是好聚好散吧，再纠缠下去，对我们谁也没有好处。”

付洁带着哭腔，固执又强硬：“不可能，我不可能跟你分手，我已经是你的人了，就算死，我也不跟你分手！”

赵良实阴狠地说：“你爱死不死。”

付洁歇斯底里地大叫：“赵良实，我对你一片真心，付出了所有，你竟然这么绝情。我不会一个人去死的，我会跟你同归于尽！”

赵良实又缓和下来，温和地说：“小洁，你冷静一下，这样吧，分手这么重要的事情咱们还是面谈吧，我下午3点下课，你来我学校找我吧，咱们老地方见。”

付洁可怜兮兮地说：“良良，你也再考虑一下，这世界上不会有人比我还爱你，你知道的，我们两个早就打了死结，是分不开的。”

李沐晨回头看了一眼埋头哭泣的付洁，背过身从口袋里掏出振动了一下的手机，微信中“MR.GOODMAN”发来了三个字：“陪她去。”

李沐晨正担心付洁不让她陪同，身后的付洁就哽咽着说：“沐沐，你一定要帮我，帮我想想办法，怎么才能让良良回心转意，我真的不能没有他。你一定有办法的，对不对？”

李沐晨忙上前揽住付洁的肩膀，让付洁靠在自己肩头，坚定地说：“放心吧，我一定帮你，待会儿我陪你一起过去，亲自跟这个赵良实聊一聊，我倒要看他到底是哪根筋搭错了，居然傻到放弃这么专情的好女孩。”

吴昱刚曾经送给李沐晨一辆红色宝马轿车，还不到中午，李沐晨就驾车带着付洁前往郊区的大学城。即使选择路线最短的自驾，从城区到郊区的大学城也要花费将近两小时。本来李沐晨想晚点出发，但付洁似乎一分钟都等不了了，说什么也要提前赶到。

一点半赶到赵良实就读的科技大学，李沐晨和付洁把车停在校门口，假装大学生混进了校园。但是去哪里找赵良实成了问题。幸好李沐晨利用自己的美貌勾搭了一个戴着厚厚眼镜片，看起来就是个书呆子的矮个子男生，用男生的账号登录了科大的官网，根据赵良实的学号查到了他的课程表。

一点半，赵良实下午的公共课还没开始呢。但这样更好，付洁提议直接到公共课的教室，假装学生混进去上课，最好坐在赵良实的附近。

两个人找到了即将要上课的公共课教室，因为心虚，不敢大大方方地直接走进去，而是在门口徘徊。

“沐沐，我刚刚往里看了，良良还没到。”付洁在门口来回晃了好几次往里面打探，然后走到李沐晨身边，“怎么了？你在看什么？”

李沐晨一直伸着脖子去看不远处一个中年男人。那男人40多岁，微微发福，戴着副眼镜，虽然衣着低调，但李沐晨一眼就看出了男人大衣的品牌是奢侈品牌。这个人当然不是大学老师，所以他才会跟她们俩一样在门口徘徊，四处观望。李沐晨在网上见过这个男人，知道他叫程伟业，是个网络大V，专门跟进各种具有话题性的刑事案件。

“他怎么会在这里？”李沐晨嘀咕。她记得之前被叫去公安局审讯的时候跟这个程伟业在审讯室外擦肩而过。难道程伟业在跟进唐馨的案子？难道程伟业也把她当作了嫌疑人，所以跟踪她？

“谁呀？”付洁显然没有认出程伟业。

“没什么，不用管他，咱们还是专心等……”李沐晨的话没说完，她的眼神已经定格在不远处手拉手走过来的一对俊男靓女身上。男的她当然认得，付洁的手机壁纸就是他，相册里全都是两人的合照，他就是赵良实。女生是个清爽可人的文静女孩，书卷气很浓，穿着素雅保守，却都不是便宜货，一看就是家庭条件优渥的乖乖女。最重要的是，这两人手拉手，有说有笑，就在李沐晨望向他们的时候，赵良实还用手指亲昵地刮了一下女生的鼻头。

真够狗血的，不过李沐晨早就猜到了，赵良实绝对有了新欢，所以才提出分手。没想到她们这次提前赶到还有这样的意外收获。

还没来得及安抚身边的付洁，李沐晨就感觉自己身边一阵疾风“嗖”地刮过，一眨眼的工夫，付洁小豹子一般竟然已经扑向面前的赵良实和那个乖乖女。

“赵良实！”付洁整个人像燃烧起来一样，冲到那对情侣面前，眼睛里像要射出刀子，满腔委屈愤恨地问，“她是谁？”

赵良实被打了个措手不及。他怎么也没想到一向听话的付洁这一次居然提早赶来，还在这里蹲点等他。他马上挡在已经花容失色的乖乖女前面，绝情地说：“付洁，你冷静些，这里是学校！有什么话咱们以后再说，你先离开！”

付洁的牙齿咯咯作响，一字一顿地问：“她——是——谁？”

李沐晨刚要上前劝阻付洁，余光却瞄见已经有三个围观的女生掏出手机开始录像了。

“喂，你们干什么？不许拍！”李沐晨凶巴巴地对那三个女生大叫。成功威吓三个女生收起手机之后，她又看到了不远处那个程伟业，对方正举着专业的单反，镜头直指付洁和赵良实。

李沐晨想去阻止程伟业，却听到身后的付洁已经号啕大哭。

付洁彻底变身，成了一个撒泼耍赖的疯妇，竟然想去扯乖乖女的头发，想用指甲去抓挠乖乖女的脸。乖乖女也哭了，但人家就算哭也是那么优雅温柔，楚楚动人。而付洁就像发狂的狮子，打不到乖乖女，她就把愤恨的拳头砸在赵良实身上。最后，骚乱引来了老师，引来了保安，李沐晨和付洁被赶出校园，这场闹剧总算落幕了。

天色渐暗，李沐晨和付洁坐在车里。李沐晨把她那份汉堡消灭得一口不剩，付洁的汉堡却一口未动。付洁就那样双手捧着汉堡在嘴边，眼神呆滞，半晌没动。

李沐晨借口出去丢汉堡包装，到车外给她的雇主发了微信：“赵劈腿，小洁崩溃。”

很快，对方回复：“带她回家。”

李沐晨回复："遵命。"

付洁说什么都不肯走，非要去赵良实在校外的出租屋找他理论。不得已李沐晨只好骗她："小洁，你不是要我帮忙挽回赵良实吗？这方面我有经验，对付男人就得欲擒故纵，这种时候你越是纠缠不放，他越不把你放在眼里。听我的，你晾他几天，保准他主动来找你。到时候他如果不来找你，我把他绑过来。"

"不，不行，我得去出租屋等他，那是我们的小屋，我们的双人床，我不允许那个女的玷污！"付洁说着，眼泪又涌了出来。

一个多月的相处，几乎是朝夕相对，李沐晨对付洁的执拗早就佩服到五体投地，也难怪她的雇主要雇用她来打头阵、做铺垫。这样的女孩，那位如果突然站出来要相认，搞不好会挨付洁的巴掌。李沐晨以往都让着她，但现在她怒其不争，也来了脾气，掏出随身的小镜子举到付洁面前，厉声呵斥："你看看你现在是什么鬼样子，你以现在这副模样过去发疯赵良实就会回心转意了？你只会反衬那个女孩的美好！听我的，你现在得以退为进。"

"可是……"付洁还想说什么。

李沐晨不给付洁反抗的机会，丢下小镜子便发动车子，不容置疑地说："没有可是，你现在要是再纠缠下去，你们俩就真的彻底完了。听我的，我有办法，咱们回去从长计议，你有我这个军师，那个女孩可没有。这场仗你稳赢。"

付洁靠在李沐晨的怀里不住抽泣，身子一抖一抖的，已经哭到全身无力，面前茶几上一整包纸巾被揉成了无数团，随处丢弃。

李沐晨问付洁："小洁，你会不会宁愿从未认识过赵良实？"

付洁狠狠抹了把眼泪，想都没想地说："不会，沐沐，我跟良良是真爱，他就是我命中注定的人。从小我就没有父亲，妈妈工作又忙，她加班的时候就把我丢在姑姑家里，姑姑、姑父，还有我那个人见人爱、像天使一样的表妹都把我当成累赘，我的存在只会反衬表妹的优秀。后来我妈也死了，没人给我姑姑我的生活费，姑姑一家就更不待见我。你能想象这些年我是怎么过来的吗？如果不是良良的出现，如果不是因为他懂我、爱我，有跟他的未来作为动力，我恐怕早就自杀了！”

李沐晨心疼地搂住付洁：“我懂，赵良实是个在对的时间出现的错的人。”

付洁一把推开李沐晨，叫道：“你不懂，良良不是错的人，他只不过是跟其他人一样，被那种乖乖女的外表骗了。我必须让他回心转意，我这辈子跟定他了！”

“是是是，他是对的人，我一定会帮你挽回他的。”李沐晨像哄孩子一样地安抚着，又假装不经意地试探，“你说你从小没有父亲，他在你很小的时候就死了吗？”

付洁完全沉浸在失恋的悲痛中，反而跟以往不同，属于不设防的状态，这才肯多说几句：“他在我1岁那年就死了，哼，殉职了。我对他没有任何记忆，当然，也没有任何感情。半年前有几个人去我姑姑家，说是什么慈善基金会的，要给殉职警察家属捐钱，有二三十万吧。可我那个姑姑居然把那笔钱，那笔本该属于我的钱全都拿去给出国留学的乖乖女表妹当生活费啦！我父亲用生命换回来的仅有的这点钱，就被我那个表妹用在国外开派对啦！讽刺不？也是因为这样，我彻底跟他们闹翻了，搬出来租房住。”

“你姑姑简直不要脸，太过分了！对了，殉职的警察不是英雄吗？你怎么总是一副不以为荣、反以为耻的样子呢？”李沐晨好奇地问，“你为什么总是避而不谈？”

“英雄？”付洁突然提高音量，鄙夷地说，“我本来可以有幸福的家庭，可就因为他要当英雄，我才落到今天这个地步！我恨他！”

李沐晨感慨着说：“你还有爱你的妈妈，不是吗？她是急诊科医生，是治病救人的白衣天使。有这样的妈妈多自豪啊，我可真羡慕你。”

付洁讪笑两声："我妈妈，我妈妈也算是一个极品，她就是个工作狂，对那些病患伤员比对我好一万倍。可最后她的工作回馈给她什么了？她的工作要了她的命啊！于是只剩下我这个孤儿在这世界上，良良就是我唯一的亲人，是我一生的依靠。"

果然，付洁的心理是不健康的，甚至可以说到了畸形的地步。她怨天怨地，认为自己的不幸都是别人造成的。不过也算情有可原，境遇如此，环境使然。李沐晨想，但愿付洁的亲生父亲能够治愈这个女孩，给她迟来的父爱和幸福的未来。

付洁哭着哭着便疲惫地斜躺在沙发上，眼角还挂着未干的泪，她临睡前嘴里还在嘀咕："我爸妈死得太不值了，太屈辱了，好人没有好下场，善恶有报都是骗人的，当好人有什么用？反而坏人活得快活。"

付洁话说了一半，李沐晨更加好奇，但她很快打消了这份好奇心，因为好奇心这东西换不回酬劳，反而可能害她破费。这个世界上恐怕只有警察和侦探才会因为好奇心而赚钱，她李沐晨又不是什么警察和侦探，为好奇心买单的事她只做过看电影，花点钱买张票，换取精彩故事的结局。

李沐晨打定主意，她绝对不能因为好奇就这个问题对付洁刨根问底，这样的举动很可能会引起付洁的反感，友尽的后果就是丢掉这么一份轻松赚钱的好差事。很显然，付洁对她有太多秘密。仅仅相处一个多月，付洁对她不能完全信任这很正常。她也不稀罕这个雇主女儿的信任和真正的友谊，她在意的只有这份好差事。

清晨7点，敲门声把在沙发上昏睡的李沐晨吵醒。她浑浑噩噩地去开门，开门的一瞬间她立马清醒，门外站着的居然是之前审过她的警察，还有那个帅气的顾问。

"呦，这不是杭警官和覃顾问吗？这么早，又来找我做什么？还在怀疑我啊？"李沐晨靠在门框上，阴阳怪气地反问。

杭天苦笑："不是怀疑，只是想找你和付洁了解一下情况。付洁在吗？”

李沐晨翻了个白眼，侧身把他们让进来，指着餐厅的方向：“咱们去餐厅聊吧，小洁还在沙发上睡呢。这小妮子失恋哭了大半个晚上，快哭到虚脱了。没什么事儿就别吵醒她了。”

杭天为难地搓了搓手掌：“还真得吵醒她，因为这次来，我们主要是找她的。”

“找她做什么？你们还在怀疑她给我做伪证？”李沐晨瞧了一眼睡在沙发上的付洁，不耐烦地反问。

杭天跟覃智勋对视一眼，叹了口气说：“赵良实死了，案发时间是昨晚零点左右。我们来是想从付洁这里了解一些赵良实的情况。据我们所知，昨天下午你和付洁去了科大，还引起了骚乱。”

“赵良实死了？天哪！他死了！”李沐晨惊愕地瞪大眼，马上捂住嘴巴，朝付洁的方向看了一眼，小声说，“这次你们不会又认定小洁有杀人动机吧？没错，昨天下午小洁跟赵良实的确起了争执，但5点多的时候我们就往回赶了。”

“是的，你的车，包括车里的你和付洁都出现在沿途的好几个监控之中，监控可以证明你们没有折返回科大附近。这一次你们的不在场证明很扎实。我们这次来主要是想了解赵良实的情况，付洁是他的女友，应该知道一些别人不知道的事情吧。”覃智勋解释。

李沐晨半张着嘴巴，随即阴阳怪气地说：“不光是监控能为我们证明吧，从我家楼下一直跟到科大的那两个警察也能证明我们的清白吧？”

覃智勋眯眼审视李沐晨，这个女人果然不简单，警方的跟踪监控居然被她发现了。

客厅里的付洁还是被门口的声音吵醒了，她睡眼惺忪地坐起来，莫名其妙地望着家里突然出现的两个警察。

半分钟后，房间里传出一声极端痛苦且爆发力十足的号啕哭声。

让付洁冷静并且接受事实足足花费了10分钟，但她的泪水和哽咽怎么也停不下来。没办法，覃智勋和杭天只能在这种情况下询问。

“一定是那个女的，一定是她杀了良良！一定是良良想通了，还要跟我在一起，跟她提出分手，所以她就把良良给杀了！”付洁情急之下居然抓住杭天的双手，“你们快去抓她啊！”

杭天有些尴尬，挣脱付洁之后说：“那个女孩我们当然也查过，可是人家一整晚都在学校宿舍，也有不在场证明。况且，我们怀疑杀害赵良实的凶手跟杀害唐馨的凶手是同一个人。所以才来问你，你知不知道赵良实和唐馨有什么关联。”

“同一个人？”李沐晨先坐不住了，“不会吧？你们为什么会这么认为？”

覃智勋从公文包里掏出两张照片：一张是唐馨家的窗子，一张是赵良实出租屋的墙壁，窗子和墙壁上都画着红色的、大大的笑脸，三条弧线中嘴巴那条弧线的左侧还有一个圆点。

“你们从前见过类似的东西吗？”覃智勋来回望着李沐晨和付洁，像要捕捉她们俩在看到这血迹笑脸时的各种微反应。

李沐晨和付洁一起摇头，都是一脸茫然。李沐晨说：“从来没见过，这应该是聊天的表情吧，笑脸的表情，这、这是凶手留下的？”

覃智勋不答，把照片收起来。

李沐晨倒吸一口冷气，以往只在电影、电视、小说里出现的变态残忍的连环杀手居然就在她身边犯案，接连死的两个人都是她认识的人。等一下，两名死者都是她认识的人，她感觉自己已经身不由己地卷入了一场风波旋涡，难以抽身。看来这月薪5万元真不是好赚的。这下糟糕了，她的雇主搞不好会更加迁怒于她，觉得是她李沐晨害得付洁卷入这些麻烦之中。

“付洁，赵良实跟唐馨有什么关联？他们俩认识吗？”覃智勋在出神的付洁眼前晃了晃手。

付洁回过神，仍然满脸哀伤，坚定地摇头：“良良不会认识那个女人的，他从没跟我提过。”

覃智勋点头说：“的确，根据我们的初步调查，这两人的确没有什么交集。如果非要说有什么关联，那么这个关联就是——你，李沐晨。”

李沐晨吓得一个激灵，随即明白覃智勋的话。的确，她跟唐馨有过节，她也算认识赵良实。可问题是她真的什么也不知道啊！

覃智勋转而问付洁：“我们查到去年8月和‘十一’黄金周，你和赵良实有过两次出境记录，都是跟着旅行团出国旅游，而且两次都是泰国曼谷，为什么？”

付洁一下子急了，叫嚣着反问：“情侣不能一起出国旅游吗？良良跟我都没出过国，正好是假期，他不用上课，我们想出去玩玩，见识一下，不行吗？”

“为什么时隔短短两个月出国游两次，而且两次都是泰国，两次都是同一个旅行社，甚至同一个导游？”覃智勋追问。

付洁怒视覃智勋，想也不想就说：“第一次去我因为水土不服几乎一直在酒店里休息，回来以后一直觉得遗憾，良良就说带我再去玩一次，不可以吗？至于旅行团和导游，那都是良良选的，凑巧吧！”

“可据警方调查，赵良实家境贫困，而你也没有收入，你们哪来的钱出境游？”覃智勋咄咄逼人地问。

付洁咬了咬嘴唇，辩解说：“钱是一个慈善基金会捐的，放在我姑姑那里，我从她那里偷来了几万块。”

覃智勋苦笑，跟杭天对视一眼。

李沐晨回想起昨晚，付洁不是说那笔捐款被她姑姑全部拿去给出国留学的表妹当生活费了吗？昨晚付洁的话和现在她对警察说的话明显相互矛盾，若其中之一是谎言，李沐晨敢肯定，现在面对警察，付洁在撒谎。如果付洁真的能够从姑姑家偷出钱来，就会直接给赵良实交学费，那么赵良实的微信上也就不会说什么学费也有他赵良实的一半。

“我说，你们问这些做什么？这些跟良良的死没有关系吧？有这个闲工夫追究这些无关紧要的事，你们不如做点正事儿，快去查凶手啊！”付洁气急败坏地叫嚷，“凶手一定是个连环杀手！”

覃智勋瞥了付洁一眼，淡淡地说：“是不是无关紧要的事，不是由你来判定的。”

李沐晨眼看付洁就要跟对方吵起来，马上转移话题：“对了，我昨天下午在教室门口看到程伟业，就是那个网络大V，他拿个相机在偷拍，很可疑！而且几天前我在警局见过他，他也牵扯进唐馨的案子了吧？要说连环杀手，我看他最可疑！”

覃智勋不搭李沐晨的茬，还是向付洁提问：“昨天晚上赵良实去超市买了最大号的旅行箱和20米的尼龙绳，你知不知道他要做什么？”

付洁茫然摇头，还是没什么好气地说：“箱子的话，可能是为寒假回家准备的吧。绳子我就不知道了，也许是晾衣服，也许是绑什么东西吧。”

“距离放寒假还有一段日子，他为什么一定要昨晚在超市马上关门的时候去买？而且寒假回家也不用那么大的箱子装行李吧？我们在他的出租屋里找到了他的小旅行箱。”覃智勋不留余地地问。

付洁用力拍打沙发扶手，哭喊着：“我不知道！不知道！你们不是警察吗？自己去查啊！不要来烦我！”

李沐晨看得出付洁是真的被赵良实的死讯搞得心烦意乱，真的对箱子和绳子的出现没有丝毫怀疑。李沐晨毕竟旁观者清：为什么偏偏是昨天？那是因为昨天付洁说了要和赵良实同归于尽的话，还找上门闹事，并且大有纠缠到底的架势。最大号的箱子能装什么？能装下一个身材还算瘦小的女人；绳子用来做什么？付洁说过，赵良实有一辆摩托车，以前总会载着付洁去兜风，而箱子装了人要想固定在摩托车后座，必须用绳子捆绑。总结一下，箱子和绳子可能都是运尸抛尸的工具。

面对付洁的崩溃哭喊，覃智勋和杭天对视一眼，两人都没有说话，静静等待付洁冷静下来。

覃智勋趁这个空当打量狼藉的客厅，茶几上是乱七八糟的零食袋子，无数团纸巾散落于茶几和其附近的地面上。他又抬眼去看正对面墙上的50英寸电视，以及电视上方那只与房间整体装修风格十分不符的鹿头。

“你们俩昨晚在做什么？”覃智勋顿了一下，不经意似的问，“该不会又彻夜聊天了吧？”

李沐晨不客气地说：“我们不是有不在场证明了吗？怎么还问？”

“我是想知道，你们俩是否一直待在一起，有没有谁半夜睡着。”覃智勋强调。

“没睡没睡，小洁心情不好，哭了大半个晚上，到天亮才睡的。”李沐晨说的是实话，她和付洁昨晚真的几乎一夜没睡。她除了听付洁的哭泣，就是听她讲述她和赵良实的往事。对她来说，昨晚真的很煎熬，所以期间她两次说要方便去了洗手间，每次都在里面尽可能多待一阵子，为的就是避开付洁刺耳的哭声和永无休止的牢骚埋怨。

覃智勋还想再问，却被杭天的举动打断了。

杭天的手机振动，他掏出手机接听电话，瞬间脸色就变了：“好的，我知道了，我们马上赶到。”

眼看两人要走，付洁突然一把抓住杭天：“我要见良良最后一面！”

杭天刚刚的耐心友好一扫而光，一把甩开付洁，扭头就走，丢下一句：“对不起，你不是死者家属。”

房门关上的瞬间，付洁再次崩溃，扑到沙发上放声大哭。

李沐晨看着崩溃的付洁，不住地叹气。兜里的手机振动，才让她回过神，一定是雇主的微信。

果然，MR.GOODMAN发来一条消息：“现在只有一个办法能够让小洁振作，你们一起追查真凶。”

李沐晨恍然，对呀，这种时候一定得给付洁找点事情做，她急需一个心理寄托。而且这种时候，她绝对不能把自己刚刚的猜想——赵良实想杀害付洁这种事告诉她，就算说了付洁也绝对不会相信，而后就是友尽。所以李沐晨现在能做的就是装作不知道，跟付洁一样，只把赵良实当作遇害的付洁男友。

紧接着又是一条消息："如果你能先于警方找到真凶，还原真相，我会支付巨额奖金。"

巨额奖金！李沐晨原本因为彻夜未眠而昏沉、隐隐作痛的头像被注入了一股清流，瞬间清醒而振奋。她被"巨额奖金"这四个字蒙蔽了双眼和内心，忽略了一个本应该注意到的问题——父亲怎么可能让女儿陷入危险之中，去跟一个潜藏的杀手周旋？

"小洁，别哭了，哭解决不了任何问题，我们现在能做的就是给赵良实报仇！"李沐晨坐到付洁身旁，一把把她拉起来，直视她的双眼，慷慨激昂地说。

付洁的肩膀耸动，哀伤之色渐渐散去，变得坚毅甚至阴狠。她从牙缝里挤出几个字："我要报仇！"

李沐晨赞同地点头："没错，但是想报仇首先要知道凶手是谁。现在警方对于凶手的身份我看也是毫无头绪，所以就得靠咱们自己。我想，由你亲自找出凶手，赵良实在天之灵也会欣慰的。"

付洁双眼放光，双手抓住李沐晨："沐沐，你会帮我的，对吧？帮我找出凶手！"

"放心，我一定帮你，咱们也当一回侦探。"李沐晨信誓旦旦之后几次欲言又止。

李沐晨想说：小洁，你有很多事瞒着我，对吧？你要我帮忙，总得对我说实话，对我和盘托出才行吧？不然我就算帮忙，也是做无用功。

但最终李沐晨把这些话咽了下去，她不能冒着惹怒付洁的风险去探寻真相，尤其是在付洁遭受了失去挚爱的打击之后，这个时候这个小姑娘就是一个一碰就会爆炸的火药桶。她得等待付洁因为急于调查真相而主动坦白，绝对不能冒着惹怒她的风险去逼问，否则巨额奖金没到手，月薪5万元也得泡汤。

第四章

同时异地

1月6日凌晨1点多，覃智勋被杭天的来电唤醒。他知道，杭天这个时间来电意味着什么，要么是案情有重大突破，要么是他最不愿意接受的事情发生了，能够彻底推翻他之前推理的事实出现——又有命案发生，且命案现场同样留有血迹笑脸。

果不其然，杭天在电话中简明扼要地说："智勋，大学城那边又有凶案发生，你绝对想不到这次的死者和报案者是谁，详细地址我马上给你发过去，你快点往这边赶吧。"

从覃智勋所在的城区到大学城有将近两小时的车程，覃智勋挂断电话迅速穿衣，驾车前往。

凌晨的街道冷清，覃智勋把将近两小时的车程缩短到了一个半小时。在车上，他开着免提与杭天通话。杭天告诉他，这次的死者名叫赵良实，是付洁的男友，而报案者不是别人，正是网络大V程伟业。

死者是第一起案件中嫌疑人不在场证人的男友，报案人是第一起案件中凶手对其发出杀人预告的自媒体人。说这次的案子跟之前的案子没关系，鬼才会相信。也就是说，这真的是一起围绕在这几个人周围的连环杀人案件。虽然这一次付洁和李沐晨的不在场证明坐实了，有跟踪监控的警察证明她们傍晚就回到了市区的家，并且再没有外出，但覃智勋可以肯定，目前涉案的三个人：李沐晨、付洁和程伟业，绝对跟这两起案件脱不开干系。

赵良实是科大的研一学生，去年暑假在校外租了一间20多平方米的小屋。出租屋所在的房子又老又旧，那栋楼只剩下为数不多的几个住户。赵良实所在的单元只有四户人家，好处就是清净，房租又便宜，坏处就是没有物业管理：单元门的门锁早就坏掉，形同虚设，任何人想进就进；楼道里尽是居民堆放的杂物，也是火灾隐患，没人管理也就没人清理；楼道里的声控灯光线昏暗不说，还坏了几个。

覃智勋踏入这间破旧的一居室，看到了赵良实的尸体。他的死状与唐馨不同，他被以坐着的姿势绑在了一把木椅子上，双臂、双腿和身躯全都被绑得死死的，没有挣扎的余地，就像凶手曾经拷问过他，想从他口里得知什么一样，但赵良实的嘴巴被胶带牢牢封住，胶带还在头部缠了好几圈，又像不想让赵良实说话。初步看来赵良实身上除了致命伤也没有其他伤痕。椅子是倒地的，赵良实上半身平躺，双腿向上弯曲。凶器是一把水果刀，垂直插入心脏，这一次凶手也没有拔刀。除了地板上的血泊，染血最多的就是被丢弃在尸体最近的、被血泊浸染的一只大号旅行箱。与唐馨案件还有一点不同，那就是血迹笑脸这一次没有被画在窗子上，而是墙壁上，凶手是随意用赵良实的围巾蘸着血液画上去的。

马法医在拍照留证后开始初步勘验尸体："死因也是心脏失血，刀子垂直刺入心脏。值得一提的是，凶器并不是直接刺入的，刺入心脏之前还刺穿了死者胸前口袋里的什么东西。"

几个人围上前，近距离观察马法医手指的伤口周围。虽然赵良实的毛衣已经被血液浸透，但这更让毛衣下面一个长方体的东西形状突显，那小小的长方体就在赵良实左侧心脏的部位，凶手刺入的地方。

杭天摸了摸自己胸前的口袋，马上就反应过来："一定是香烟，赵良实毛衣下面还有格子衬衣，估计衬衣胸前的口袋里装着的就是香烟。只可惜，这小子没有像电视里那些大佬抽雪茄，用金属香烟盒，软包香烟没能替他挡住这一刀啊。”

虽然没有当场剪开衣物确认那是香烟，可覃智勋在房间里看到了烟灰缸和打火机，几乎可以确定那就是香烟，可他总觉得有些奇怪：“把香烟放在衬衣口袋里，然后又在衬衣外面套上毛衣，胸前凸起一块，这样不太美观吧？”

薛嫱似乎是习惯性地反驳覃智勋：“人家在自己家里，犯不着还要注意美观吧。而且这房子的确挺冷的，在家里套上毛衣是为了取暖，又不是为了美观。”

杭天也拍拍覃智勋的肩：“智勋，这次我同意薛嫱的意见，你不吸烟，也没法了解我们这些邋遢烟民的不拘小节。”

覃智勋点头承认：“也对，也许凶手在行凶的时候也没注意到这个细节，就算注意到了也懒得先取出香烟。”

杭天分析：“相比香烟，我倒觉得凶手捆绑赵良实这点更值得在意。这架势一般就是要拷问啊，凶手给赵良实和唐馨的待遇完全不同。但赵良实身上没有被拷打折磨过的痕迹，指甲、牙齿都完好无损，凶手还用胶带缠了好几圈封住赵良实的嘴巴，分明不想让他说话啊。这凶手到底要干什么？”

覃智勋茫然地摇头，就眼下的状况，他真的猜不透这个凶手。

助手在马法医的示意下剪断了捆绑的尼龙绳，两人又把赵良实的尸体从椅子上挪动到地上，此时尸僵还没有大范围形成，赵良实“乖乖”地平躺在了地上。

“根据尸僵、尸瘢和肛温初步判断，”马法医抬腕看了看表，“死者的死亡时间在零点左右。”

“又是零点左右，看来凶手对这个时间情有独钟啊。”杭天嘀咕着，突然扫到了身后小孟那张变色的脸：“我说小孟，你是不是又胡思乱想了？告诉你啊，端正三观。凶手特意选这个时间犯案，搞不好就是为了装神弄鬼，吓唬你们这种疑神疑鬼的人。”

小孟马上做出坚定的表情，转移话题：“那是，那是，对了，杭队，我刚刚走访过这单元的其余三户人家，他们都说今晚没有听到什么动静。”

“周边监控情况呢？”杭天问。

小孙马上回答：“杭队，赵良实的出租屋就这么一扇窗，窗子临街，而且正对路对面的监控，我马上就去交管部门调监控。只不过这个单元的门是监控死角，凶手如果走门，咱们就看不见了。”

覃智勋走到窗前检查，窗户仍然是从里面锁死的，再加上外面正对着监控，他有一种预感，凶手绝对不是从这里出入现场，也就是说，监控仍然什么都没有录到。这一次，凶手走的应该是门。

杭天伸手招呼薛嫱：“小薛，技术队那边有什么发现没？”

薛嫱遗憾地摇头：“跟上次一样，凶器也是厨房三件套刀具中最小的水果刀，刀柄上的指纹被抹去了，地面也有一些擦拭过的痕迹，凶手在离开之前做了一些善后工作。目前没有发现什么有价值的线索。”

“杭队，你过来一下。”马法医招呼杭天，“我初步检查过，死者身上除了致命伤没有其他明显伤痕，最重要的是，没有被捆绑后的挣扎伤，此外，死者的后脑有被钝物击打的痕迹。”

杭天和覃智勋都凑了过去，对于钝物击打后脑这个情节十分在意，毕竟这也是上一次命案中没有的。

法医助手维持着赵良实侧卧的姿势，马法医拨开赵良实后脑的头发指给大家看：“你们看，这一下可不轻，应该造成了一定程度的颅内出血。死者被击打后应该马上就陷入了昏厥。”

薛嫱从厨房走出来，手里还拎着一只分量不轻的老式铸铁平底锅：“这锅被随意丢在了地上，而且这间屋子里我找来找去，能够当作钝物击打死者的最佳武器，就是这锅。马法医，您比对死者的后脑伤痕确认一下吧。”

马法医接过平底锅，在赵良实的后脑上比画了一下，又掂量了一下平底锅的分量，点了点头。

覃智勋据此推断犯案过程：“死者没有挣扎的痕迹，后脑又被钝物大力击打，也就是说，凶手很可能是事先潜伏在屋子里，趁赵良实不备，用平底锅击打他的后脑的，待其倒地昏厥之后，又把他牢牢地绑在了椅子上。”

马法医又撸起赵良实的袖口和裤腿展示给大家看：“死者的手腕、脚踝都没有被捆绑后挣扎留下的痕迹，我倾向于死者被打晕后，一直到死亡这段时间，他都处于昏迷状态，没有过挣扎。”

杭天挠挠头：“会不会是凶手也没料到用平底锅打这一下会打得这么重，他打晕赵良实和封住他的嘴只是为了方便把他捆绑起来，避免他大声呼救？本来打算等赵良实醒来以后跟他说点什么的，结果没想到赵良实怎么都不醒，凶手觉得一直等下去不是办法，也意识到自己没掌握好分寸，赵良实凶多吉少，就干脆一刀了结了他，然后放心走人？”

“现在揣测凶手的目的没什么意义，还是按照常规，先调查赵良实的社会关系吧。既然赵良实下午在教室门口跟付洁和新女友发生过争执，那么绝对有必要找这两个女孩聊聊。既然你派去跟踪李沐晨的人能够证明李沐晨跟付洁傍晚就回了市区并且没有离开过，那么现在的重点就是确认新女友有没有案发时间的不在场证明。”覃智勋揉了揉太阳穴，沉重地说，“从凶手捆绑赵良实这点，还有赵良实与付洁的关系看来，我更倾向于凶手是跟赵良实和唐馨有恩怨的人，而不是随机选择目标的变态连环杀手。”

“小孟，虽然现在是大半夜，但是你要马上就去查那个新女友，去赵良实学校宿舍找他的同学问，天亮前我要知道结果。”杭天开始分派任务：“小孙，你怎么还在这里？监控监控！”

打发走两个得力手下，杭天用眼神示意覃智勋跟他一起离开：“现场勘查还得一会儿，咱们先去楼下车里跟报案的大V先生聊聊吧。”

程伟业坐在警车后座，警察没收了他的手机和相机，以免他这个网络狂人泄露案情。毕竟也是见过世面的专门跟踪报道刑事案件的半专业人士，目睹尸体对程伟业来说不算什么，他还算镇定自若。

杭天坐在后排，坐在程伟业的身边，覃智勋坐在前面的副驾驶，一起询问程伟业发现尸体的经过。

“首先，自媒体先生，你得跟我们讲讲，你昨天中午怎么会出现在科大，又怎么会成为尸体的第一发现人。”杭天看似友好地问。

程伟业再一次把手缓缓伸向背包，从里面掏出一个信封，还是白色信封，里面的打印纸上同样被贴上了一行字——科大逸夫楼第六公共阶梯教室，下午即将有好戏上演，好戏的主角将会被我杀死。右下角同样有一个多出一个圆点的笑脸签名。

杭天戴着手套，直接接过来一看，再也无法伪装友好，怒斥道：“你又是什么时候收到这个的？为什么第二次了，你还是不报警？”

程伟业讪笑：“抱歉，还请你们理解我的职业特性，一旦报警，我就会被你们警方拦在案件之外，根本没法近距离跟进。”

“你，你……”杭天气结，“你知不知道，如果你第一次提早报警，也许唐馨就不会死；第二次如果你报警，赵良实就肯定不会死！”

程伟业终于面露愧色，沙哑着嗓子说：“我原本以为我能够救他的，不但能救他，还能亲自拍到凶手，抓到凶手。没想到，唉，是我的失策，这点我承认，凶手比我想象得神奇多了。但我除了没报警，已经做到了我所能做到的全部。我一直在跟踪赵良实，甚至在他家门外挨冻守到了凌晨。其间我为了确认他的安全还特意敲开门，提醒他注意安全，以社区人员的身份提醒他最近附近有窃贼，要他关好门窗。他也答应我了，他说大冬天的他不开窗。我还提醒他注意家里能够藏人的地方，他跟我说他这间出租屋就是个20平方米的一居室，连大衣柜都没有，一目了然，根本没有藏人的地方。”

“你说凶手神奇？你这是什么意思？”覃智勋在意的是这个“神奇”，他们可没有跟程伟业透露过唐馨的案子里凶手留下的那个来去无踪的谜团。难道这一次，程伟业一直守在赵良实家门口也没有看到凶手？

程伟业一脸夸张的疑惑，不住地瘪嘴摇头，倒吸凉气，喃喃念着：“没错，神奇，我只能用这个词来形容凶手，因为他，他可能是我们人类看不到的存在。”

“少故弄玄虚，到底怎么回事？”杭天没好气地问。

程伟业还沉浸在自己的疑惑中，百思不得其解地把眉头拧成一个结，一边回忆一边自言自语似的说：“我10点多敲门提醒他的时候，他还活得好好的，那之后我就一直在4楼与5楼中间的缓台上坐着，从4楼门口看不到我，我却能看到4楼。可凌晨1点我怎么敲门都没人回应，我敢肯定这期间根本没人进过他家，更没人从楼道经过！如果窗子也是锁好的，那么凶手是怎么进去杀人的？你们说，不神奇吗？”

杭天不耐烦地打断程伟业：“从头说，把你从收到这封信一直到报警这段时间的所有细节都给我说清楚！”

程伟业几乎用尽全力深深叹了口气，五官扭曲，极为痛苦地讲述了因为他的自负自私而害得一条人命陨落的整个经过。

这次的杀人预告也是不知道什么时候被凶手放进程伟业背包的，他看到这封预告信之后也曾考虑过是否报警，但最后还是为了自己能够名利双收选择沉默。

程伟业上午收到杀人预告后马上出发前往指定地点，等候着所谓的好戏。原本他以为凶手不可能未卜先知，他说有好戏就一定有好戏吗？除非他就是好戏的制造者、参与者。可没想到真的被他等来了所谓的好戏，好戏的主角自然就是被两个女生争抢的赵良实，他的劈腿就是戏剧的矛盾中心。程伟业一点也不怀疑这一点，因为他也注意到有两个警察模样的男人跟他一样躲在暗处观察前来闹事的一对女孩，后来是其中一个警察去叫保安和老师制止付洁闹事，把她们俩赶出了科大。那两个警察仍然跟着两个女孩离开了科大。所以程伟业当下便决定跟踪赵良实。

赵良实下课之后先是陪同新女友去食堂吃饭，极尽能事地哄女孩开心。通过偷听他们的谈话，程伟业得知，原来女孩的父亲是个土豪，开了个生产电子元件的工厂，而这跟赵良实的专业正好对口。怪不得赵良实一定要甩掉没什么“功用”的付洁，给这个女孩当牛做马，只要表现好，成功入赘，将来他就是工厂继承人啊。

晚饭过后，赵良实又去自习室一直待到了将近20点，然后一个人回到他租住的小屋。程伟业一直紧随其后，因为此时的赵良实一直自顾自地走，从未回头，从未观察四下，所以程伟业跟得很近，甚至跟在赵良实身后不远进了同一个单元门，从楼梯上看到赵良实进了4楼的家门。

程伟业守在4楼与5楼间的缓台处等待，一直等到将近21点，赵良实出门。这一次虽然赵良实还穿着之前的羽绒服，却戴上了羽绒服帽子和口罩，把自己捂了个严严实实，密不透风。一路走得也是小心翼翼，鬼鬼祟祟，总是四下张望。

程伟业当时就觉得不对，赵良实之前为了保持发型立体，一直不戴帽子，这次他戴上了帽子，还有口罩，又神神秘秘、鬼鬼祟祟，这个时候出门，绝对是要做见不得人的事情。他远远跟着，生怕引起赵良实的注意，更加不敢掏出相机拍照，因为天太黑，相机要拍照必须开闪光灯，这一闪就会被警惕的赵良实发现，他就再没机会看到赵良实的秘密了。

结果赵良实竟然进了附近最大的超市。超市晚上九点半关门，顾客已经很少，工作人员也忙着整理货品，准备下班。赵良实选择这个时候来，又这副打扮一定是不想让人记住他。果然，他买的东西很不对劲，是一个最大号的滑轮旅行箱，还有一根20多米的尼龙绳。

把尼龙绳装进旅行箱往回走的时候，赵良实更加警惕，几乎每走几步就要四处张望一番，到后来干脆一路小跑。他这种状态，程伟业根本没法近身，更加不能像之前那样跟着进单元门，只能先在楼下蹲点，等到赵良实上楼，他家的窗子亮了灯之后，程伟业才轻手轻脚地上楼。

之后程伟业还是蹲守在4楼与5楼中间的缓台处，利用缓台处堆放的破旧家具杂物和腌菜缸隐蔽好自己，侧耳聆听，不放过任何脚步声，他稍一侧头就能通过楼梯栅栏看到赵良实的房门。他就这么一直保持警惕，全神贯注地等待着凶手登门。并且，他可以保证，其间他绝对没有打瞌睡，不可能错过什么。

22点，程伟业等得有些心焦，虽然他猜想这次凶手应该也会在零点左右下手，但他心里就是不托底，于是以社区工作人员的身份敲了门。当时赵良实活生生、好端端地开门跟他说话。程伟业让他注意门户安全，最近附近不太平，门窗一定要反复确认是否锁好。赵良实说他这房子采暖不好，冬天他压根儿不开窗，但房子虽然破，门倒是实打实的防盗门，他还换了超B级的锁芯。程伟业让他检查家里可能藏人的地方，赵良实说房子就这么大，没什么家具，连个能藏人的衣柜都没有，床下堆的都是杂物也没法藏人。程伟业看赵良实不像被人威胁的样子，也就认为凶手一定还没来，便继续在楼道里等待。

这一等就过了零点。程伟业想，也许凶手由于天气原因或者是路况原因耽搁了。再等等吧，等到1点再说。可到了1点，凶手还没来，程伟业坐不住了，便又去敲门。可这一次，无论他怎么敲门，到最后用脚大力踹门，甚至把6楼熟睡的邻居都给吵醒，下来一探究竟了，赵良实的房内就是没有人回应。程伟业霎时间心灰意冷，他猜想赵良实恐怕凶多吉少，便马上报警。

程伟业刚讲述完，小孙的电话适时打来：“杭队，我快进看过监控，赵良实房子的窗户一晚上都没有开过。20点15分，窗子亮灯，20点55分熄灯，21点35分又亮灯，直至警方赶到破门而入，到现在都还亮着。”

这几个亮灯、熄灯的时间点还真的跟程伟业描述的过程吻合，赵良实下晚自习回家，又出门去超市，又回家，时间吻合。虽然这说明程伟业的话是有一定可信度的，但杭天高兴不起来，反而更加愁容满面，如果程伟业没有说谎，他真的一直守在赵良实家门口，并且没看见任何人出入，那这个凶手真的堪称“神奇”二字了。

从车上下来，覃智勋和杭天站在楼下仰望赵良实家亮着的窗子。杭天叹了口气问：“智勋，你说这个赵良实大晚上鬼鬼祟祟地去买大箱子和绳子，是想做什么？为什么偏偏是今天？”

覃智勋冷哼一声：“肯定不是做好事，但他绝对没想到，他买来的绳子成了凶手捆绑他的工具。也就是说，这一次对于凶器和捆绑用的绳子，凶手又是就地取材。他不但神龙见首不见尾，还是个轻装上阵，不携带任何凶器的即兴发挥者。”

清晨七点半，杭天和覃智勋离开李沐晨的家匆匆下楼，直到上了车覃智勋才问：“杭天，看你的样子，应该又有命案发生了吧？也就是说，我之前的推理大错特错，凶手的确是个连环杀手，而且犯案的间隔时间越来越短，这次竟然只隔了几个小时。”

杭天发动车子，一连叹息三声后才说：“是啊，这下事情可真的闹大了。小孟在电话里跟我说，这一次的案发现场是户外，周围都被记者给包围了，好几个记者拍到血迹笑脸，马上传到了网上。唉，我再也无力掌控了。”

案发现场离李沐晨的家非常近，也就200米，杭天驾车拐了两个弯便到了。那是一条红灯区的偏僻窄巷，死者就横躺在巷子中央，羽绒服敞开，胸前插着一把折叠刀，刀柄上还有一串钥匙，看来这把刀是被拴在钥匙环上随身携带的。不用等待确认，覃智勋觉得这串钥匙，包括这凶器，一定都是死者本人的，凶手的犯罪模式就是就地取材，找利刃做凶器，况且凶手也不可能把自己的钥匙串留在现场。

马法医初步检查尸体时从死者的羽绒服里面口袋掏出了一个钱包和一部手机递给薛嫱。

覃智勋看到钱包里有不少现金和银行卡，手机也是当下最流行的iPhone最新机型。再结合之前两起案件，唐馨家里的现金、首饰一样不少，赵良实的笔记本和手机也都在。也就是说，这个凶手不但来去无踪，而且来的时候空手，走的时候也空手，洒脱得很。

薛嫱从钱包里掏出身份证，对比身份证照片和死者的脸，确认是同一人后，向其他人介绍："死者名叫尹清华，20岁。"

覃智勋把目光移到窄巷墙壁上那个大血迹笑脸，目光停留在笑脸嘴边的那个点上，整个人像陷入了迷阵之中，找不到出路不说，连往哪个方向走都不确定，又自责，又懊恼。从前身为侦探的他总希望能够棋逢对手，现在真的来了个劲敌，他却觉得茫然无措了。

"我去，这头发，现在的小年轻到底是什么审美？"

杭天的声音打断了覃智勋的思路，覃智勋回头一看，原来马法医移动了尸体，死者的羽绒服帽子滑落，露出了一头五颜六色的半长发。

薛嫱指了指插在死者胸前的折叠刀，又指了指死者尹清华的头发："我觉得这个尹清华应该是个小混混，弄这样的头发是为了彰显个性。而且他随身携带这么一把不小的折叠刀，已经是管制刀具的长度了。还有，这里是红灯区啊，好人才不会来这里呢，所以他八成是个混混。"

"是啊，虽然这窄巷里没有监控，但外围的街道还是有天眼覆盖的，到时候调监控看看死者到底是自己走进来的，还是被人掳劫到这里的。"杭天转向小孙和小孟："小孙，你找几个人跟你一起研究监控，同时对比之前两个案发现场周围的监控，看看能不能找到身形、步伐相似的人。小孟，你带几个人负责走访排查尹清华的社会关系，看看这个尹清华为什么大晚上跑到这里来。还有，最重要的一点，查查尹清华与赵良实以及唐馨的关系。”

小孙一听要通过大量的监控排查嫌疑人，不禁皱了皱眉，但很快便应承：“没问题。”

小孟一听要查一个小混混的社会关系，也无奈地撇嘴，要知道，混混的社会关系，那就是一群混混，跟一群混混打交道可不是什么好差事，还不如回去跟大量监控较劲呢。

就在现场的工作人员都沉默的空当，大家突然听到薛嫱略微激动地说：“等一下，死者右侧脸颊有一枚血指纹！”

“不会吧？刚刚怎么没发现？”杭天反问。

薛嫱指了指尹清华的长发，解释说：“一开始是羽绒服帽子遮挡，后来帽子摘了，头发垂下来又遮挡住了。这枚指纹比较浅淡，以当时的出血量，还有尹清华双手的染血状况来看，这枚浅淡的指纹可能不是尹清华的，而是凶手的！”

覃智勋瞬间从颓废中脱离，几乎是跑到薛嫱身边，亲眼看着薛嫱拍照，拓印血指纹，然后用棉签取血样。

杭天也凑过来，先是看了看尹清华的双手。的确，尹清华的双手已经浸泡在了地上的血泊之中，先不说尹清华被刺中心脏后，没理由用沾血的手去摸自己的脸，就算他摸了也不会留下浅淡的血指纹，于是杭天也兴奋地说：“看来可能是凶手不小心留下的血指纹，估计是这尹清华头发太长，遮住了一半的脸，巷子里又太黑，凶手没有注意到自己的手也沾了少许血液，更没有注意到他把血指纹留在了尹清华的长发下面。这一次凶手终于露出破绽了。”

薛嫱一边忙活一边说：“总之要把这枚血指纹与死者的指纹比对一下，只要这上面的血是死者的，指纹又不是死者的，那么八成就是凶手的了。”

覃智勋兴奋之余疑惑地反问：“也就是说，凶手给了尹清华致命一击之后，手指碰触了尹清华的脸颊。摸脸啊，凶手对这个尹清华到底是怎么样一种情感啊？”

杭天用力击掌：“先不管是什么情感，但愿凶手有前科，指纹库里有他的指纹记录！”

覃智勋的笑容却没有持续几秒，他突然冒出一种很不好的预感，指纹不会带来突破，这一系列的悲剧并不会就此结束，还会继续。而凶手仍然带着他谜一样的杀人动机隐藏在浓雾之中。

傍晚6点，覃智勋仍然置身分局，跟小孙和其他几个人一起奋战，看监控看到眼疲劳，看什么都重影。三起命案附近的监控全都要看，空间范围设定在命案现场方圆500米，时间锁定在案发前一小时到案发后一小时，这可是大工程。

马法医站在门口敲了敲门，吸引了办公室里一群人的注意。他同样面容憔悴，神态忧郁，嘴巴微张想说什么，又顿住，第三次才张开口：“尹清华的尸检结果也出来了。”

杭天走向马法医：“怎么了？老马，你是不是太累了？脸色比我们这些‘辐射脸’还难看啊。”

马法医挤出一丝苦笑，艰难地说：“杭队，昨晚我连夜给赵良实尸检，因为尸体发现得及时，我经过多种检验方法，得出的结论是死亡时间在零点左右，这点不会错。问题是，尹清华的死亡时间。”

覃智勋缓缓起身，走向马法医，脚步越发沉重，不好的预感像一块压顶的大石向他压来。

马法医望着覃智勋走过来，长长地叹了口气：“尹清华的死亡时间我也经过了反复确认，也是零点左右。置信区间正负30分钟，也就是说是晚上11点30分至12点30分。”

杭天一时间没反应过来：“都是零点左右死的啊？看来这个凶手还真就对这个时间情有独……”

小孟突然惊叫一声：“我的妈呀！这不可能啊！赵良实的出租屋

在科大附近，尹清华死在城区的红灯区，这两个地点之间车程将近两小时啊，最快也得一个半小时吧。凶手是怎么在一小时之内从一处赶到另一处的啊？”

覃智勋揉了揉太阳穴，顺势又懊丧地把头发揉乱，闷声说：“有这么几种可能：第一，两名死者的死亡时间推断有误；第二，两名死者其一被移动过，也就是两个现场有一个是假冒的案发现场，它只是抛尸现场而已，比如尹清华，他其实死在了距离赵良实死亡现场一小时车程以内的地方，后来被凶手移动到车程超过一个半小时的那条窄巷；第三，凶手有两个人，而且相约在同一时间相隔很远的地点一起以同一种手法犯案，留下同样的犯罪标记；第四，凶手有，好吧，有高速的飞行器。”

办公室里面静得出奇，隔了半晌，马法医才开口：“我可以保证，第一种可能性可以排除。这两具尸体发现得早，众所周知，距离死亡时间越短，越容易精确死亡时间。更何况我说过了，我用了多种方法验证，几种方法得出的结论都是相同的。根据我这么多年的工作经验，我自信不会出错。”

杭天咳嗽了一声：“那么我做主，再排除最后一种。飞行器的可能性排最末，不到万不得已我不想考虑。这东西毕竟太张扬，就算在晚上，飞行器在天上飞也会被发现的，更何况还有噪声污染，不可能不引人注意。而一旦有人注意到，凶手就等于留下了他身份的线索，毕竟飞行器是稀有物件，金海市个人拥有的可能性不大，几乎都登记在飞行俱乐部名下。直升机那阵仗就更大了，不可能的。”

覃智勋恢复了元气，抬头目光炯炯地直视杭天：“那么剩下的两种可能性，咱们就得去找薛嫱确认了。看看技术队那边有没有找到什么证据，能够指向这两种可能。”

覃智勋话音刚落，小孙就指着马法医的身后：“薛嫱，你、你什么时候来的？”

马法医侧身让开，大家的目光都集中在薛嫱身上。薛嫱的脸色也不比马法医好，她怔怔地站在原地，一时间竟然忘了开口。

“小薛，刚刚我们说的那四种可能，你是不是都听见了啊？”杭天首先回过神，低沉地问。

薛嫱重重点头：“是，我刚刚就在马法医后面，听到了你们的全部对话。很遗憾，我这边的发现也排除了刚刚覃顾问说的第二和第三种可能性。”

覃智勋皱眉紧紧盯着薛嫱，用眼神追问她：你们技术队到底发现了什么？

“首先，我们技术队对两个现场都进行了地毯式的勘验，并没有发现尸体转移的痕迹，血迹痕迹符合第一现场的血迹特征，因为血泊痕迹一般就是在第一案发现场。而且两名死者既然都是心脏中刀死亡的，如果是死后移动尸体就必定要有一个容器装尸体，否则移尸过程中一定会留下血迹，也会引人注意。可是死者身上衣物染血状况显示，死者死后并没有被移动过，衣物上更加没有被装入什么容器的不自然褶皱。”薛嫱说完，目光转向马法医。

马法医接过接力棒：“两具尸体的尸瘢状态也显示他们没有被移动过，而且两个现场的出血量也都正常。如果有运尸过程，那么应该会有一定量的血液丢失在半路才对。”

杭天一拍桌子，颓然栽坐在椅子上：“这么说来，就只剩第三种可能了，凶手有两个人？”

薛嫱轻咳一声，尴尬地提醒杭天：“杭队，我刚刚说了，第三种可能性我们这边恐怕也得排除，凶手应该不是两个人，而是——一个人。”

“开什么玩笑？”杭天又腾地从椅子上跳起来，冲着薛嫱叫道，“能有什么证据证明凶手是一个人？”

薛嫱深吸一口气，郑重说道：“你们一定还记得我在尹清华右侧脸颊发现的那枚血指纹吧。经过比对，指纹不属于死者尹清华，指纹库里也没有。血指纹的血液，其实也不属于尹清华，而是属于……”

“赵良实。”覃智勋幽幽地吐出三个字截断薛嫱，替她给出最为震撼的答案。

薛嫱望向覃智勋，缓缓地却是重重地点头。

小孟的声音颤抖，急促而惊恐地说：“也就是说，赵良实在零点左右被杀，凶手沾染了他的血，然后凶手又在一小时之内，很可能是更短的时间内，瞬、瞬移到红灯区的窄巷，不知道是在杀人后还是杀人前，摸了尹清华的脸，把血指纹印在了尹清华的脸上！”

杭天用力挠头，爆了一句粗口，跺着脚说：“凶手还真是一个人。”

小孟脸色愈加难看，苦着一张脸，不住地撇嘴倒吸凉气，终于还是没忍住，说了不该说的话：“也许、也许凶手不是一个人。”

杭天一拍桌子，怒斥小孟：“你小子是不是刚刚没注意听我们分析案情，溜号了吧？”

小孟忙不迭摆手：“不是，我的意思是，凶手不是两个人，也不是一个人，而是……毕竟监控都拍不到他嘛，程伟业的口供也……既然凶手不是人，当然也就可以瞬间移动……”

杭天当然明白小孟的意思，气急败坏之下直接把手边的鼠标丢向小孟，可鼠标不是无线的，鼠标线一弹，鼠标反弹回来打到杭天的膝盖。杭天揉着膝盖，狠狠地白了小孟一眼。

覃智勋等待办公室安静下来，隔了半晌沉着地说：“其实我们都犯了一个想当然的错误，这也难怪，因为在潜意识里我们已经把这个凶手妖魔化，就因为他从未出现在监控中，在前两起案件中离奇地从密室中消失。尽管理智告诉我们，密室之谜绝对有解，只是我们还未找到，但潜意识这个东西很奇妙，所以就有了小孟口中妖魔化的凶手。”

小孟莫名其妙：“什么想当然的错误啊？”

“这个想当然的错误就是我们认定了人死之后才会流血。可实际上，人活着流血的情况更多见。”覃智勋循循善诱，望向众人，“我的意思是凶手有两个人，其中之一在早前就收集了还活着的赵良实的血液，小心保存，在红灯区的窄巷杀人后用自己的手指沾着赵良实的血液在尹清华的脸上留下血指纹。”

杭天刚刚还在考虑要不要上网看看本地新闻有没有什么关于UFO的，现在听覃智勋这么一说，好像走进死胡同的人又发现了新出路，兴奋地说：“没错啊！我们刚刚就掉进了自己潜意识设下的陷阱啦。可如果是这样，这个凶手，应该说这两个凶手这么费尽心机，得事先偷到赵良实的血，得把血指纹印在尹清华的脸上，他们俩又得在相同时间，在相隔很远的地方，分别犯案杀人，这么折腾到底有什么目的啊？”

“目的嘛，恐怕就是网络时代最为流行的炒作。”覃智勋嘴角上挑，带着侦探洞悉谜底的狡黠笑容，“我想这两个凶手的目的除了本身心理变态，喜欢高难度、高智商的犯罪，喜欢挑衅警方，还有就是想制造社会恐慌。他们想成名，享受由他们带来的整个城市陷入恐慌的氛围，享受身边的人因为他们的存在人心惶惶，享受人们谈他们色变，享受大众对他们的恐惧。因为无论是凶手拥有来去无踪的隐形本领，还是拥有短时间内在相隔甚远两地瞬移的本领，凶手犯案前一定会事先通知网络大V程伟业，抑或根本有两个在同一时间、不同地点，以相同手法犯案的凶手，只要这些信息外传，就足以在金海市卷起一阵舆论的龙卷风，把凶手推上热议头条的风口浪尖。我想，这就是他们在杀人前特意找上程伟业，给他发出杀人预告的原因。他们摸准了这位大V的作风，一定不会及时报警，不会把他们的杀人计划扼杀在摇篮；他们也有把握他们的智商凌驾于这位大V之上，能够把他牵扯其中，成为他们的一颗棋子，却无法撼动和破坏他们的杀人计划。最重要的是，这位大V还能成为他们的宣传推广专员，免费给他们打广告。”

杭天听后猛地蹿起来，冲小孟大叫：“那个程伟业呢？”

小孟做了一个让杭天尽管放心的手势，自信地回答：“放心，头儿，程伟业毕竟是赵良实案子的重要相关人，还在审讯室里待着呢。而且我们没收了他的手机。待会儿再好好对他进行一番保密教育……”

覃智勋给小孟泼了盆凉水：“恐怕没那么简单，对于程伟业这种自媒体人来说，信息，尤其是如此劲爆的信息就等于是他的财路，人为财死，鸟为食亡，仅凭没收手机和保密教育就能够封死程伟业这条通道？我不太乐观。”

“先不说程伟业。”杭天忧心忡忡地问，“智勋，照你这么说，凶手有两个，都是挑衅警方的高智商连环杀手，那么他们为什么要选定这三名死者呢？小孟下午去排查尹清华的社会关系，走访了尹清华的父母和跟他一起混的几个小混混，他们都不认识唐馨、李沐晨、付洁和赵良实。看起来，尹清华这名死者是游离在外的。”

“凶手有两个，假定为A凶手和B凶手，所以很可能死者也要归于两类，现在看来，唐馨和赵良实因为有付洁和李沐晨作为联系的纽带，他们俩属于A类，而尹清华属于B类。如果我们没能在凶手下一次犯案之前逮到他，恐怕下一个死者跟尹清华会有某种关联。”覃智勋自言自语地碎碎念，“当然，也有可能A凶手还会乘胜追击，下一个死者还是A类的。难道、难道这是一场两个变态凶手亦敌亦友的杀人比赛？”

小孟吞了口口水，愕然惊呼：“杀人比赛？不会吧？”

杭天眉心紧锁，一脸愁容：“看来对李沐晨和付洁的跟踪监视还是不能撤下来，凶手A搞不好就是她们周围的某个关系人，否则也不会选定她们俩的仇敌和男友下手。”

“没错，咱们的调查得兵分两路：一方面深入挖掘尹清华的社会关系，另一方面就是继续跟踪监视李沐晨和付洁。”覃智勋看了看时间，“杭天，你问问跟踪的同事她们俩在哪儿，我还是想跟她们谈谈。另外，关于跟踪监视的人，我想你有必要换人以更加隐蔽的形式进行下去，李沐晨早就发现了警方对她们的跟踪监视。在对方已经发觉的情况下再跟下去是做无用功。”

第五章

业余推理

付洁的慷慨激昂没持续一分钟，她的表情很快又暗淡下来，丧气地说：“可怎么调查呢？就连警察都对凶手毫无头绪，就凭咱们两个又能做什么？”

李沐晨用力握住付洁的手，信誓旦旦地说：“小洁，你放心，我上学的时候最喜欢看的就是侦探小说，也算有点基础。而且咱们俩是两名死者的关系人，调查起来比警方有优势。你现在情绪不好，思绪也乱，很多事情可能想不起来。这样，你跟着我的思路，回答我的问题。”

付洁抬眼直视李沐晨，狠狠地抹了一把眼泪，神色坚毅：“的确，我毫无头绪，现在只能靠你啦，你问吧。”

“其实还是刚刚警察问过的问题，小洁，你好好想想，赵良实和唐馨有没有什么关联，或者相似点。”李沐晨觉得，既然她们俩对于案发现场、案发过程，等等，一无所知，只知道两名死者的身份，还有犯案现场都有那么一个血迹笑脸，那么只能把这两点作为切入点进而调查下去。

付洁咬住嘴唇，深呼吸让自己冷静，思索片刻还是茫然地回答：“唐馨是你的仇敌，良良是我的男友，咱们俩是好姐妹，也难怪警察要来问我。的确，要说唐馨和良良有什么关联，那就是通过咱们俩啊。这个凶手难道，难道就是咱们身边的人？”

李沐晨紧锁眉心，她不是没想过这个问题，她的这份好差事很可能把她卷入了一场风暴的中心，不明身份、不明目的的凶手可能就在她们身边。但她没想过就此退出，一来她舍不得月薪5万元的工作，二来她不想跟MR.GOODMAN断了往来。

“呀！我想起来啦！”付洁突然大叫，一把抓住李沐晨的双肩，用力摇晃着说，“我想到还有一个中间人，这个人认识良良，也有可能认识唐馨！”

“谁？”李沐晨也看到了希望之光。

“沐沐，你还记得圣诞夜咱们俩在夜精灵酒吧给唐馨下泻药的那次吧，当时咱们守在洗手间，没等到拉肚子的唐馨，却等到了另外一个女人。”付洁语速极快地说。

李沐晨当然记得那次：“我记得那是一个30多岁的女人，你认识那女人，对吧？我记得你当时看到她的样子有点不对劲。”

“她叫金妍，是旅行社的导游，我跟良良两次参团去泰国，都是跟她的团。酒吧那晚我也奇怪呢，居然碰见了她。”

李沐晨恍然大悟：“我懂了，这个金妍既然是你们的导游，一定认识你跟赵良实，而她有可能认识唐馨是因为那个头发五颜六色的‘杂毛’。毕竟你给唐馨下药的时候，‘杂毛’正在跟唐馨攀谈，而后来又是‘杂毛’搀扶拉肚子的金妍去洗手间。也就是说，很有可能‘杂毛’就是那杯下了药的酒的运输工具，‘杂毛’是唐馨和金妍的中间人，而金妍是唐馨和赵良实的中间人。通过‘杂毛’和金妍，就可以把唐馨和赵良实联系起来。”

付洁用力地点头，抓起一旁自己的手机就要拨。她找到了金妍的号码，手指却停在空中，迟迟没有按下拨通键。

“怎么了？”李沐晨不懂，付洁为什么迟疑，她不是很心急地想找到凶手吗？眼下找到这么重要一条线索，她有什么可迟疑的？

“警察一定监控了咱们的手机号码，不能让警察知道我找过金妍。咱们得想办法出去找个公用电话什么的。”付洁抬头，眼神在与李沐晨碰撞的瞬间又躲闪开。

“为什么不能让警察知道？要不咱们把这条线索告诉警察吧，帮助警察破案也算是为赵良实报仇啊。”李沐晨试探性地提议。

付洁坚决摇头，双手用力握住李沐晨的手，不容置疑地说：“沐沐，不行，绝对不能让警察知道。我、我跟良良，我们俩在泰国做了不好的事情，不能让警察知道。你也知道，我爸是殉职的警察，我不想、不想给他抹黑。”

李沐晨表面上不露声色，但心底敢肯定付洁在撒谎。付洁一向不愿意提及，甚至不屑提及那个殉职的警察父亲，这会儿却说不想给他抹黑，这怎么可能？但李沐晨不会戳穿付洁的谎言，更不会追问不好的事情是什么。她的工作内容只有服从MR.GOODMAN的命令和逢迎付洁。至于巨额奖金，李沐晨并不强求。

“这样吧，咱俩去附近的SPA会所，我在那里有年卡，也有关系不错的女美容师，最重要的是那里是男士止步的，跟踪咱们的那两个警察不亮明身份就进不去。咱们去那里打电话。”

半小时后，两人置身于SPA会所的单间，李沐晨已经把跟她关系不错的女美容师的手机放在了付洁的手心，然后打发走美容师，房间里只剩她们俩。

“赶快给金妍打电话吧，问问她是不是认识唐馨，知不知道唐馨和赵良实有什么关联，最好能问出一个同时跟他们俩有关系、有杀人动机的人。”李沐晨把巨额奖金的希望寄托于这个女导游。

付洁拨通金妍的手机号码，然后跟李沐晨一起屏气凝神，等待着电话接通。

电话没人接。付洁还想再拨，李沐晨拿过手机，直接打去金妍所在的旅行社。

“什么？金妍没去上班，你们也打不通她的手机？有没有去她家找她啊？”李沐晨有一种很不好的预感，金妍这个关键人物竟然会在这当口失联，一定是出了什么事。

挂断电话，李沐晨叹息着说：“旅行社那边说晚上会派人去金妍家里找她。咱们就等消息吧，也许是她病了，手机刚好没电；又或者她被警方找去问话了，问你跟赵良实去泰国旅行的事，之前他们对这点还挺在意的。”

付洁无措地问：“那咱们现在怎么办？那两个警察还守在外面，而且我不知道金妍家在哪里啊。”

李沐晨思索片刻，拿定主意：“既然暂时找不到金妍，咱们就去找那个‘杂毛’，晚上再去夜精灵酒吧碰碰运气吧。反正你是去酒吧借酒消愁，警察就算跟进去也没什么。现在咱们就回家休息，养精蓄锐。”

晚间8点，夜精灵酒吧依旧没心没肺地狂欢着，劲歌热舞，炫目灯光，人们像暴风雨中的树苗一样毫无思想地摇摆。李沐晨和付洁置身其中像两座岿然不动的小山，稳稳地从狂摆的树木中穿过。灯光从她们脸上掠过的时候，可以看到两张神态凝重的脸，仿佛她们刚刚从葬礼赶来这里一样。

李沐晨径直走向吧台，她一眼就认出正在给客人倒酒的那个男人正是万圣节前夜想对自己做不轨之事的酒保，圣诞节那晚付洁在吧台给唐馨下药的时候，这个酒保也正好在吧台内。

“嘿，还记得我吗？”李沐晨决定不计前嫌，瞬间换上一副娇羞媚笑的脸，讨好对方。

酒保抬头，一眼就认出她，意味深长地边笑边说：“记得，当然记得，鬼怪小姐，上次看见你的场景那么难忘，我想忘都忘不了呢。”

李沐晨尴尬地笑笑，甜丝丝地问：“帅哥，跟你打听一个人。你有没有见过一个头发染得五颜六色的年轻男人？圣诞节的时候他来这里玩过，还在吧台跟一个女人搭讪来着。”

酒保一边擦拭酒瓶一边想也不想便说：“当然记得，他叫尹清华，20岁，是个不学无术的小混混。”

“哇，你这么清楚啊。”李沐晨和付洁对视一眼，两人都挺庆幸，这趟真的没白来，竟然找到了那个杂毛男人的熟人，对杂毛男人似乎非常了解。

酒保瞪大眼，夸张地说：“现在整个金海市恐怕只有不上网的老古董才不认识尹清华吧，敢问两位美女高寿啊？”

李沐晨懒得跟这个讨人厌的酒保废话，她马上掏出手机上网。果然，好几个软件推送的头条新闻都是尹清华。

新闻所配的图片是从高处仰拍的画面。只见在一条破败窄巷中，一个男人仰面躺在被冰冻的血泊之中，他的周围是正在勘查现场的警察，以及警戒带。第二张图片，男死者被警察移动，露出了一头绚丽多彩的半长发。图片下方还有介绍，死者名叫尹清华，20岁，是个不学无术的小混混。

李沐晨和付洁当然不是老古董，只是因为赵良实的死，两人卷入案件之中，她们这一下午都沉浸在郁闷哀伤的心情中，根本没心思上网，两人都是昏昏欲睡，更加想不到案情会被发布到网上。

李沐晨很快注意到新闻图片的拍摄角度，这恐怕是无人机的航拍，是有人偷拍发布的，也就是说并不是警方想透露案情和被害者的信息。

再往下看，李沐晨更是惊愕到瞠目结舌，新闻的最初发布者竟然是那个网络大V程伟业，他自称是独家跟进案件发展的知情者，也是被牵扯进案件的关系人。谁想知道金海市三起连环案以及笑脸杀手的详情和后续，就得关注他的微博。

李沐晨直接进入程伟业的微博去看最原始的揭秘版本。

程伟业的微博里竟然有三起命案的几十张照片，分别是唐馨家的小区以及单元楼、赵良实的家和赵良实的死状、尹清华的死亡现场，还有最为浓墨重彩的部分，两个被放大的血迹笑脸的特写照片——除了唐馨死亡现场的血迹笑脸没有被他拍下，赵良实和尹清华死亡现场的血迹笑脸都被他拍摄了下来。

程伟业还介绍了三起命案的发生时间、地点和受害者的身份，以及无法解释的诡异之处。

第一起命案发生在跨年夜零点左右，也就是新旧交替的跨年时分，女死者是家住天鹅湾小区的唐馨。案发当晚，唐馨独自在家，她家门外的监控录像并没有录到有任何人在案发前后出入过死者的家，并且录像没有被篡改的痕迹，家里的所有窗子也都被从里面锁好。也就是说，这是一起目前警方也束手无策的密室杀人案。凶手使用的凶器是死者家里的水果刀，一刀直插心脏。现场的窗户上留下了用死者血液画上的血迹笑脸图案，并且这个笑脸与一般意义的笑脸不同，它多出了一个圆点。凶手在杀人前一天便给程伟业发出匿名信杀人预告，预告了大致时间和大致地点，却没有预告被害者的身份和具体住户。

第二起命案发生在1月5日晚间11点30分至1月6日零点30分，因为尸体发现及时，在法医尸检的基础上，死亡时间可以精确到一小时之内。案发地点是科大附近的出租屋，男死者是科大研一男生赵良实。案发现场同样是一间密室，死者家窗子临街且正对监控，但监控并没有拍摄到凶手从窗户出入。这一次，凶手同样给程伟业发出匿名的杀人预告，所以程伟业才会跟踪赵良实，蹲守在他家门外，甚至好意提醒他注意门户安全。在赵良实家门口寸步不离的程伟业同样没有看到任何人通过房门出入。也就是说，这又是一起根本连凶手的影子都没捕捉到的密室杀人案。赵良实同样是被自家的水果刀杀害，凶手又一次就地取材，一刀插入死者心脏致命。现场墙壁留有特殊的血迹笑脸图案。

最为诡异的是第三起命案发生的时间和地点，时间跟赵良实案件相同，也锁定在1月5日晚间11点30分至1月6日零点30分，但地点是与科大车程相距将近两小时的红灯区窄巷。第三起命案的死者为20岁的小混混尹清华，凶器是尹清华随身携带的钥匙链折叠刀，还是一刀插入心脏毙命。这一次的案发现场在户外，不再是什么密室，可仍然没人看到凶手踪影。窄巷墙壁上同样留有血迹笑脸。诡异之处在于，尹清华的脸上有一枚凶手留下的血指纹，血指纹的血液却属于几十公里之外的第二个死者赵良实。这一次犯案，凶手并没有给程伟业发出预告。

程伟业给这个连续犯案的连环杀手取了一个名字——笑脸杀手。那么问题来了，笑脸杀手为何从不使用自己的凶器，一定要就地取材，选用利器刺入心脏杀人？笑脸杀手到底是如何出入两个密室的，来无影去无踪的谜题何解？笑脸杀手为什么杀人后要在现场用死者的血留下一个大大的血迹笑脸？笑脸杀手为何要在笑脸上加上一个圆点？笑脸杀手如何在短短一小时之内往返车程将近两小时的两地杀人，难道他拥有瞬移的超人本领？笑脸杀手选择目标有何规律，三名死者有何共同性？笑脸杀手为何在前两次杀人之前都给程伟业发出杀人预告，第三次却没有预告，是因为知道程伟业无法同时出现在两个案发地点吗？

李沐晨本来还想看下面网友的留言热议，却被付洁发出的惊呼声阻止。她一抬头，发觉付洁已经是脸色煞白，浑身战栗。

“小洁，你不要紧吧？”李沐晨以为付洁是因为看到了赵良实的死状而悲痛，可一抬头，在付洁脸上看到的却不是这种感情，而是——恐惧。

付洁就像惊弓之鸟，突然惊叫一声，迈步就跑。李沐晨本来还想问问酒保有关杂毛男人和唐馨圣诞夜的对话内容，但眼下还是追付洁要紧。她一面大叫着让付洁冷静不要跑，一面推开面前挡路的人跟上去，生怕弄丢了付洁，没法跟MR.GOODMAN交代。

一路追到酒吧门外，李沐晨可算一把抓住付洁。她有些控制不住脾气，厉声喝问："小洁，你怎么回事？跑什么啊？"

付洁环顾四周，像受惊的小兔子瑟缩在墙角，眼神空洞，嘴里喃喃念着："下一个就是我，下一个就是我，他们都死了，下一个就该轮到我了。"

"为什么是你呀？"李沐晨觉得付洁的恐惧没什么来由，但转念一想，付洁如此反应一定有不为她知的原因，眼下付洁惊慌无措，正是她洞悉她身上秘密的最好时机，"别急，咱们回家，你慢慢说。"

李沐晨要带付洁回家，在客厅的那只鹿头面前，让付洁和盘托出她的秘密。李沐晨心想，MR.GOODMAN也一定想知道他这个宝贝女儿到底掩藏着什么他不知道的隐情，如果李沐晨有本事让付洁彻底敞开心扉，MR.GOODMAN一定会对她的表现很满意。

把付洁送上车，李沐晨并没有着急上车，而是对付洁说刚刚自己光顾着追她，把手机落在了酒吧吧台那里，给她五分钟，她取了手机马上回来。

付洁瑟缩在车里，从里面锁好车门，一再嘱咐李沐晨快去快回，她担心那个笑脸杀手就在周围。

李沐晨踩着高跟鞋，不顾姿势体态，不顾扭了脚踝，快速跑回酒吧吧台。

"死神美女跟'杂毛'的对话？"酒保漫不经心地说，"别说，我当时还真的听到了他们的对话，但我为什么要告诉你？"

李沐晨迅速掏出两张百元大钞拍在吧台，用眼神催促酒保。

酒保慢悠悠地收好钞票，徐徐地说："其实你何必问我，他俩的对话你那个小妹妹应该也听到了啊。"

"她也听到了？"李沐晨眉头微蹙，转而说，"她那晚喝醉了，根本不记得，你快说吧。"

"是那个'杂毛'主动过来跟死神美女搭讪的，一开始死神美女懒得搭理他。后来那个‘杂毛’好像提了一个什么人，死神美女才多跟他说了几句，说让‘杂毛’告诉那个人，她是不会再出山的，她现在找到了冤大头供养。‘杂毛’听说她不会再出山，就没再说什么，没过两分钟自己觉得没趣儿就走了。”

“‘杂毛’走的时候有没有端着酒？你有没有注意到，他拿的是他自己的还是那女人的酒？后来他跟谁一起，你有没有注意到？”李沐晨因为心急，时间紧迫，一连问了几个问题。

酒保对李沐晨刮目相看：“呦，鬼怪小姐，你怎么这么多问题？你在查‘杂毛’的死吗？难不成你是侦探？”

“业余侦探。”李沐晨懒得跟酒保废话，她几乎是下意识又掏出了两张大钞，把钞票拍在吧台上。为了巨额奖金，她甘愿大出血。

酒保收好钱，赔着笑说：“‘杂毛’走的时候是端着酒，但咱这酒吧环境你也看到了，我怎么可能注意到他拿走的是不是自己那杯？至于后来，我好像远远看见他去跟另一个女人搭讪。”

“‘杂毛’是常客吗？”李沐晨追问。

“不是。圣诞夜是我第一次见他，他那头发，我以前要是见过不可能没印象，不过要是他以前来的时候还没染发，那我就不好说了。”酒保说完，从吧台下面扯下一张便笺纸放到李沐晨面前，“侦探小姐，这是我的号码，你要是还有问题可以电联我，我可以随时有偿回答。”

开车把付洁带回家，李沐晨并不急着追问，她担心自己的咄咄逼人会让付洁产生警惕，于是把付洁搀扶着坐在沙发上，给她倒上一杯她最爱的果酒，坐在她身边轻抚她的后背。

“金妍失踪，良良死了，那个跟金妍认识的‘杂毛’也死了，跟‘杂毛’认识的唐馨也死了，下一个就是我，一定是我。”一口气喝光一杯果酒后的付洁又一次像祥林嫂一样念叨着这套说辞。

“到底怎么回事啊？”李沐晨温和地问，“是不是跟你说的你跟赵良实在泰国做的不好的事有关？”

付洁茫然点头：“我跟良良，我们在泰国，我们……”

眼看付洁欲言又止，李沐晨知道自己得再给她加把火，斟酌着说：“之前你跟警察说你跟赵良实去泰国旅游的钱是你从姑姑家偷的，可你也跟我说过，那笔钱早就被你姑姑拿去给表妹当出国留学的生活费了。小洁，你跟赵良实去泰国其实是免费出游，对吧？是金妍替你们出资并且报名参团的。因为如果你们有这笔钱，赵良实就不会交不起学费，没道理有钱不交学费而两次出国游。他的学费应该是你跟他两次泰国游赚来的，而且是两人协作赚来的，所以他才会在微信里说他的学费有你的一半，也有他的一半。”

付洁难以置信地瞪着李沐晨，良久才开口：“沐沐，你、你真的很聪明，我、我……”

李沐晨压抑自己的急切，耐心地等待付洁的解释，可是付洁就像喉咙里卡着一根骨头一样，好几次开口都发不出声音。无奈，李沐晨只好继续自己的猜测：“至于你和赵良实是如何通过免费游赚钱的，我想这就是你说的你跟他做的不好的事情。而这种事，其实以前唐馨也做过，她也曾是金妍提供的免费游的旅客之一，只不过，金妍想让她再出山是不可能的，因为唐馨已经找到供养她的冤大头，不必再去做那种更为不堪的事情。所以圣诞夜在酒吧，唐馨才会通过金妍的手下‘杂毛’回绝金妍的邀请。这种不堪的事情，你跟赵良实却在金妍的安排下做过两次，所以金妍的手下‘杂毛’才会认识你。其实当时在洗手间门口，‘杂毛’的那句‘是你’就是跟你说的，因为我根本不认识那个‘杂毛’。”

“别、别说了！”付洁捂住耳朵尖叫。

李沐晨没有再说下去，因为她的意思已经再明显不过，相信针孔摄像头那边的MR.GOODMAN如果在实时观看，也会马上明白——金妍是个皮条客，她在国内物色人选输送到泰国，供她联系好的客户享用，而她的客户可能有特殊的喜好——小情侣。

“我、我也不想这样的，一开始我是坚决拒绝的，可是良良好不容易才考上研究生，不能因为没有学费就不读了吧？而且如果我们俩错过这个机会，就算在这座城市打拼10年也不一定能够有钱买房结婚，为了我们的将来，我不得已……”付洁埋头为自己解释，“良良说他跟金妍是老乡，我也是通过良良才认识金妍的，我不能让警察知道我跟金妍的关系，不能让他们知道我做过的事。”

李沐晨心想，也许因为付洁还有廉耻心，不想给自己已故的父母抹黑，所以才会去泰国而不是在本地出卖皮肉。也是因为付洁本身就不是什么冰清玉洁的女孩，所以才会不嫌弃她这个以被包养作为职业的情妇，跟她交朋友。她们俩也算是一丘之貉了。

“小洁，现在最重要的问题是，你们几个人，或者说你们几个做的事到底得罪了什么人？为什么会有人专门针对你们下杀手呢？”李沐晨说了好多安慰付洁的话，告诉她现在害怕、哭泣全都没用，如果不向警察寻求帮助那就必须自救，自救的方法除了保护好自己就是查明凶手的身份。

“我真的想不到啊！”付洁用力捶自己的头，狂躁地大叫，“我们就算得罪什么人也是泰国人啊，而且我和良良都是只跟金妍联系的，连‘杂毛’都没见过！”

“你先别急，慢慢想，先不用担心那个笑脸杀手会找上你，他要是有点本事就会知道咱们现在被警方跟踪监视，他是不会冒着被警察发现的风险来找咱们的。而且网上说了，这个凶手都是就地取材找利刃做凶器的，这样，咱们把家里的刀具、剪刀什么的都丢出去，这样你也能安心一些吧。”李沐晨把狂躁的付洁揽入怀中，像个知心的大姐姐一样温言软语地安抚她。

等到付洁终于冷静下来，李沐晨才继续发问：“小洁，你好好想想，还有谁知道你们几个做的事，咱们接下来就去找这些知情人。我觉得，凶手要么是知情人之一，要么凶手会瞄准他们继续作案。”

付洁很肯定地摇头：“没有，应该没有别人知道。我原本也以为我们做的事只有金妍知道，我从来没有见过那个‘杂毛’啊。”

李沐晨心想，付洁没见过杂毛男人，杂毛男人却见过她。也就是说，在付洁看来，这事儿只有她跟赵良实以及中间人金妍知道，可站在金妍的角度，这事儿绝对不止这么几个知情人。金妍做的这个行当除了杂毛男人一定还有别的同事。只可惜现在金妍下落不明，否则找到她问问就能够锁定凶手的范围或者是接下来被害者的范围。

要不要把她现在掌握的线索告诉警察呢？李沐晨犹豫不决。一方面，她觉得身为公民，她有义务把这些告诉警察，毕竟她不是什么专业侦探，及早告知警察可以加速警方那边的调查侦办，让凶手早日落网，避免再有伤亡；可另一方面，如果她把这些事告诉警察，那么她跟付洁友谊的小船就会马上翻船，月薪5万元的好差事就此泡汤，她也就再没机会见MR.GOODMAN了。这真的是一个两难的选择题。

“呀，我想起来啦！还有一个人也知道我们做的事！”付洁突然兴奋地大叫。

“谁？”李沐晨抛下那道令她为难的选择题，把注意力转移回来。

付洁不回答，迅速掏出自己的手机，在微信里调出来一个名叫“悔悟”、头像是一片蓝天的网友资料。

“唉，只可惜我把我跟她的聊天记录都删了。”付洁沮丧地说，“这个‘悔悟’从我跟良良第一次泰国游回来之后就一直跟我联系，说知道我们做的事，劝我迷途知返，跟我说良良不是好人。我嫌她烦，删了她好几次，她总是换个名字又加我。”

“那你为什么还留着她？这次为什么没删？”李沐晨追问。

“因为不久前，她没再说话，我就把她给忘了。”付洁用力敲了敲头，“我想想啊，她是什么时候开始不再烦我的呢？对了，就是咱们俩认识之后不久，她就在网上消失了！”

偏偏是这个当口消失了，李沐晨觉得这个“悔悟”绝对有问题：“小洁，你好好回忆一下，她都跟你说过些什么，能想到多少就说多少。”

“都是些劝我的大道理啊，她说了什么很重要吗？”付洁有点莫名其妙。

“很重要，如果我们能够从她对你说过的话中找到她身份的线索，从而找到这个知情人，说不定能从她那里得知凶手的身份和杀人动机！”李沐晨觉得，在目前杂毛男人和金妍的线索全部中断的情势下，这个“悔悟”是她们唯一能够抓住的线。

就在付洁歪头陷入回忆时，李沐晨的手机振动，她偷偷打开一看，不出所料，是MR.GOODMAN。

“我明天就回国，明晚见面，你先不要轻举妄动，一切见面详谈。”

看来，这个不省心的宝贝女儿做的事已经引起了这位身在国外的亲生父亲的注意，这位失职20年的父亲要回来给女儿收拾烂摊子了。李沐晨突然担心MR.GOODMAN会采取釜底抽薪的办法，不顾付洁的反对，强行把她带到英国去。这样一来，不但巨额奖金和月薪5万元的好差事泡汤，她也别想再见这个让她动心的男人了。

“我想起来啦！”付洁又一次兴奋地抓住李沐晨，“我曾经问过这个‘悔悟’，她是怎么知道我在做什么的，结果她说她知道金妍，她是过来人，她为她过去的罪孽耻辱感到后悔，劝我迷途知返，否则以后一定会后悔万分。”

又是金妍，“悔悟”的这条线索又转回失联的金妍。李沐晨眉头紧锁，难道这条线又断了？等一下，自己干吗这么认真？付洁的事情明天交给MR.GOODMAN不就好了？也许她明晚就可以卸任了，干吗没事找事？难道还真的当业余侦探当上瘾了？

“真是奇怪，这个‘悔悟’为什么会在我跟你认识不久后就销声匿迹了呢？”付洁把怀疑的眼光撒向李沐晨，这眼光让李沐晨一个激灵。

李沐晨产生一个猜想，她把这个猜想分享给付洁："会不会、会不会这个'悔悟'就是、就是唐馨？你想啊，按照我之前的推测，唐馨以前也是跟着金妍做这种事的，后来她不做了，算是过来人。她有可能从什么途径知道你在步她的后尘，所以想劝说你也退出。可后来她发现你跟我成了朋友，而我跟她有过节，所以她就懒得再规劝你，也是担心她再跟你联系会被我发现，知道她就是'悔悟'，知道她的过去，跑去跟老吴通风报信，让老吴甩了她。"

付洁击掌，恍然大悟地感叹："没错，你说得有道理！这个'悔悟'搞不好就是唐馨！否则她也不会被笑脸杀手选中。也就是说，笑脸杀手的确瞄准了我们这些人！"

第六章

密室之谜

看监控录像看到头晕眼花，覃智勋不知道什么已经趴在桌子上睡着了。杭天的一声怒喝一下子把他惊得从椅子上弹起来。

"怎么了？不会是又有……"覃智勋话说到一半，马上打消了自己的那个想法。他刚刚还做梦在金海市的好几处又发现了同时死亡的遇害者，梦里的他还在推理，不仅仅有两个凶手在玩一个杀人比赛的游戏，而且有一个杀人比赛的组织。

杭天冲覃智勋晃动手里的手机，然后冲小孟吼道："程伟业呢？他不是一直在咱们眼皮子底下吗？"

"是啊，没走啊，还在审讯室里呢，他手机、相机都在我这里呢。"小孟无辜地说。

杭天把手机往桌子上一丢："这老小子的微博在一小时前更新了，现在网上都炸锅啦。"

覃智勋马上掏出自己的手机去看，果然，笑脸杀手登上了各大网站的头条，程伟业的微博也比覃智勋昨天看的时候多了100万的粉丝，因为他的微博和他拍摄的照片就是案件的第一手资料。

覃智勋无奈地干笑两声："光顾着想案子的事情，我居然忘了还有云存储这回事儿，看来程伟业相机里的照片全都在拍摄后第一时间上传到了他的云盘，他也早就授意他的团队在今晚抛出这个重磅炸弹，甚至不惜以让自己遭受网民唾骂作为代价。”

杭天难以置信地一拍桌子说：“就是啊，这网上已经有很多人骂他了，就因为他两次都没有第一时间报警，他明知道会是这种结果，却还是……”

“不奇怪，现在有些人为了出位博眼球，不惜以自黑为代价。程伟业就是其中之一，网友越是骂他，他就越出名。”覃智勋鄙夷地说。

小孟捧着手机说：“也有一部分人在责备咒骂程伟业的人，说应该把矛头指向凶手和警察，说凶手这么能耐，来去无踪，警方束手无策，就算提前报警，警察也捉不到这个影子杀手。也就是说，只怪凶手太厉害，警方太无能，不怪程伟业。凶手和咱们警方替程伟业分担了大部分的责任。不过也有人说这些人都是程伟业的水军。”

杭天气愤地一拍桌子，直冲审讯室，想找程伟业算账。

“等一下，”覃智勋抬手阻止杭天，黑着一张脸说，“无人机航拍不可能那么清晰，也就是说程伟业不可能知道尹清华脸上有血指纹的事情，还有具体的死亡时间，可是他的微博上已经公开这两点。我想，咱们大家，哦不，应该说咱们之中跟程伟业有过接触的人都必须马上检查一下周身，是不是被程伟业偷偷放了窃听器。”

杭天一听这话几乎气炸，他用力胡乱摸自己的全身，把身上所有口袋都翻了过来，果然，在羽绒服袖子的装饰小口袋里发现了一枚小小的窃听器。

杭天又爆了粗口，气势汹汹地朝审讯室冲。

覃智勋并没有跟上去，他知道杭天不能把程伟业怎么样，走正规法律程序的话，窃听警方办案并泄露案情的罪名免不了会让程伟业有一点小小的牢狱之灾，但这一点程伟业肯定已经预料到了，这就跟网友们对他的咒骂一样，都是成名得利的一点代价而已。接下来杭天要做的就是被上级训斥，然后制订一个把恶劣影响缩减到最小的公关方案。而覃智勋对这些工作根本没兴趣，他觉得他能够帮忙缩减甚至消除恶劣影响的办法只有一个，那就是破案，找出凶手。

本来覃智勋不想关注程伟业的微博和网民的议论，但以他们目前掌握的信息和线索他又找不到别的突破口，便想通过上网来打开自己的思路。

程伟业不愧是出色的博主，有自己的团队，甚至幕后可能有几个公司的支持，坐拥数目不小的水军。这些网络推手各司其职，竟然在短短几小时之内把笑脸杀手打造成了罪恶版网红。笑脸杀手的连环案件也成了热议头条，网友们有关案件的探讨猜测如洪水一般汹涌而来。

程伟业的团队还在微博上发起了一个有关凶手推测的投票选举。

A．笑脸杀手拥有高科技武器——隐形衣，隐形衣必须赤身裸体穿着，所以无法携带任何凶器，只能就地取材。

B．笑脸杀手拥有高科技装备——飞行器，低噪声，可隐形于冬季夜晚的天空，短时间内来往科大和红灯区窄巷，从而在一小时之内于两地杀人。

C．笑脸杀手为两人，两人相约进行一场杀人比赛，比赛规则为凶器就地取材，谁的杀人迷局让警方无法破解，为赢家；谁的诡计先被识破，先被逮捕，为输家。第一起案件发生之后，他们相约在同一时间于两地杀人。不携带凶器和在犯案现场留下血迹笑脸就是他们的犯罪标志，用以与其他犯罪行为进行区分。

覃智勋苦笑，程伟业的窃听器直接获取了他对于案件的分析推测，这个团队倒是省事儿，直接把他的观点拿去做文章了。

虽然目前只有三种选项可供选择，第三个选项也是他自己分析推理得出的结论，可是此时覃智勋侦探的直觉告诉他一定还有很多他们未察觉到的选项。他并不想现在就确定一定有两个杀手，一定有一场杀人比赛。

A选项，就算凶手拥有隐形衣，能通过房门离开，录像也会录到房门打开。所以这是网民们投票率最低的一个选项。

B选项，就像杭天说的，飞行器的阵仗太大，很可能会被发现，一旦被发现，警方很容易通过飞行器找到凶手。毕竟现实不是科幻片，现实中能拥有这东西的人毕竟是少数，这么大的物件想藏也不是容易的事。凶手应该不会蠢到选用什么飞行器。因此网友们选这一项的也不多。

C选项是覃智勋自己的推理。此时覃智勋又觉得有疑问，从犯罪心理来讲，如果凶手有两个，他们在进行一场比赛，同时异地以同样方式杀人，又把程伟业牵扯进来以扩大影响，也就是说两个凶手都是有表现欲的。那么他们就应该让大众知道有两个凶手和这场比赛的存在，又何必在尹清华的脸上印上沾有赵良实血液的指纹呢？此举明明是想让人们认为凶手只有一个人啊。尽管如此，仍然有绝大部分的网民选了这一项。

小孟凑过来："覃顾问，你有什么见地吗？"

"暂时还没有。对了，小孟，跟踪李沐晨和付洁的人和车换了吗？跟踪监视有什么发现吗？"覃智勋的那种看似不靠谱的直觉又回来了，他总觉得笑脸杀手跟这两个女人脱不开干系。

"换了，人和车都换了，我刚刚得到消息，她们俩白天去了SPA会馆，晚上去了夜精灵酒吧。付洁的情绪很不稳定，刚刚死了男友嘛。因为情绪不稳定，在酒吧没待多久就回家了。她们俩这样，应该不算异常吧？"小孟反问。

覃智勋点头："不算异常，但你最好还是嘱咐跟踪的同事一定不能掉以轻心，我总觉得她们俩跟案子有关。对了，你们找到付洁和赵良实两次泰国游的导游了吗？"

"没有，"小孟有点不以为意，"杭队派的人傍晚回来说那个导游今天没去上班，去她家里找，人也不在家。一定要找到这个导游吗？"

覃智勋原本也以为这不是什么重要的事，他只是对付洁和赵良实两次泰国游有一点介怀而已。可现在这点介怀已经升级为巨大的疑虑，因为这个导游居然会在这个节骨眼儿失踪！

“找，一定要找到这个导游，这方面你们一定要跟进。”覃智勋郑重而客气地嘱咐，“对了，我想回去一趟唐馨的案发现场看看，你帮我跟杭天说一声，把房子钥匙给我。”

小孟没有给覃智勋唐馨家的钥匙，倒是给了覃智勋一个执掌钥匙的搭档——薛嫱。

“正好，薛嫱刚刚说她也想再去前两个案发现场检查一番，看看有没有什么遗漏的，也要先去唐馨家呢，你们一起吧。”小孟说这话的时候，脸上闪过一丝热心大妈般的笑意。

覃智勋驾车，载着薛嫱重回唐馨的家，两人再次置身于那间瑜伽室之中。

覃智勋小心避开地上的血迹走到窗边，开窗把头伸出去，再次去看左侧的空调箱和只相隔几米的消防通道。

“怎么？你还是觉得凶手进出这里是通过窗子？”薛嫱一面在房间里四处巡视观察一面问。

“是，按照排除法，首先排除自杀，其次排除楼层的监控被篡改过，也就是说凶手进出住户并非走门，还要排除凶手在房间外杀人的可能性，最后排除第一案发现场在别处的可能。我想来想去，就只剩下一种可能性，那就是凶手是通过窗户进出这个房间的。”覃智勋关上窗户，继续说，“我看了一下，还是之前的观点，这扇窗和消防通道之间正好有空调箱可以作为中间点，只要是有些胆量、身手利落的人都可以借此进出房间，如果有安全装备加持那就更不在话下，所以关键的问题在于如何从外部把窗子锁上，以及凶手为什么要锁窗。”

薛嫱调侃似的问：“我一直想问你，你是否还坚持你之前的推理，认为凶手是女性，留下血迹笑脸是为了掩饰在凶器上选择的局限性，伪造打斗现场以及开空调改变室温都是为了混淆视听？”

覃智勋谦虚地笑笑，大方地承认：“没错，我要推翻我之前的推理，几乎全部推翻。因为凶手是个连环杀手，他的很多行为特征是由他的杀人模式规定的，而不是因为这一起命案的现场而决定的。”

“是啊，就像网上说的，就地取材的凶器、来去无踪的凶手、现场的血迹笑脸，这些都是这个连环杀手的犯罪模式，或者是两个杀手约定的共同的犯罪模式。”薛嫱一面说一面继续环视整个房间，搜寻着上一次勘查的遗漏之处。

覃智勋被薛嫱的话提醒，分析说：“如果结合后面两起案件来看，这第一起唐馨的案子似乎是最为复杂的，因为现场遗留了很多后面两个现场没有的线索，也就是多出来的因素。我觉得，我们可以从凶手在这个现场的‘多此一举’来试着分析。”

“多此一举？”薛嫱被覃智勋的话吸引注意力，停下脚步，“你是说故意伪造的打斗现场，被丢得乱七八糟的瑜伽用具，对了，还有开空调，这些都是后面两起案件所不具备的。”

“是的，凶手应该不会无缘无故地做这些无用功，如果他的这些举动不是为了掩饰他自己的身份，误导警方死亡时间，那么只剩下两种可能：一是他对唐馨的感情因素区别于后面两名死者，也就是他刻意地对唐馨区别对待；二是他这样做有技术层面的需求……”覃智勋的话越说越小声，最后竟然呆若木鸡。

薛嫱凑上前，伸手在覃智勋面前晃了晃：“你怎么了？”

覃智勋回过神，也不理会薛嫱，先是原地转了一圈，像在找什么东西，然后突然像发现宝藏一样蹲下身捡起地上一条瑜伽弹力带。那是一条首尾被系在一起的粉色乳胶质地的带子，又细又长，宽度大概20厘米，长度却有两米多。

“这带子有什么不对吗？”薛嫱看覃智勋摆弄带子几秒后，没忍住好奇地问。

“小薛，你赶快登录唐馨的微博，看看她以往发的照片里有没有这条弹力带。”覃智勋不答，反而很严肃地给薛嫱下达命令。

薛嫱二话不说，马上掏出手机，找了片刻后说：“的确有这么一条粉色的弹力带，你看。”

覃智勋接过手机一看，嘴角扬起一抹笑：“原来如此，原来关键就在于这条带子！”

“这条带子怎么了？”薛嫱一把夺过覃智勋手中的瑜伽带不满地问，“你不要再卖关子了，好不好？”

覃智勋像没听到薛嫱的抱怨，又四下打量着。他的眼神在窗子左侧的墙绳部位停留片刻，又在窗台上停留片刻。他注视着窗台上那只粉色的哑铃几秒，突然无奈地苦笑：“我居然连这么简单的诡计都没有察觉。其实凶手早就把线索呈现在我们面前了，只不过第一次的时候我误入歧途，走了岔路，走了凶手为我铺垫的岔路。”

“凶手呈现什么重要线索啦？”薛嫱追问。

“其实第一次我们没能找出这些最有用的线索也情有可原，因为当时太多线索混杂在一起。而后面两起案件发生后，唐馨案发现场中这些多出来的线索就突显出来了。这样，咱们马上来做一个实验。”覃智勋说着走到墙绳旁边，把手中那条首尾系在一起的弹力带圆环套在了固定墙绳的墙钉上。

薛嫱瞪大双眼，退后几步安静观察，她觉得也许这个侦探顾问真的有些能耐，很快就会有见证奇迹的时刻到来。

覃智勋小心地拉着一端被固定在墙绳上的弹力带圆环，一直伸展到不远处的窗台上，让带子从窗台上放置的两千克重的哑铃下方穿过，然后另一头套在打开状态下的横向窗户扳手锁上。

“这样做又有什么用，窗户还是没有锁……”薛嫱话说一半突然大叫一声，“啊，难道、难道是热胀冷缩？”

“是的，凶手利用这个房间的特性，利用房间里众多瑜伽工具的其中四个制造了一个机关，一个在他离开房间后能够自动启动，扭动窗户扳手锁从而锁窗的定时机关。这四个工具分别是固定墙绳、突出于墙面的墙钉、凶手特制的弹力带，还有用以改变力的方向，使得弹力带产生的力能够配合扳手锁关锁、向下发力的哑铃。而启动这个机关的因素就是温度，而且是下降的温度，利用热胀冷缩的原理，使得乳胶质地的弹力带紧缩而产生力。接下来咱们就打开空调等等看吧，看看窗锁会不会自动锁上，看看我这一次的推理是不是正确。”覃智勋说着，走到房门边，开启中央空调，把这个房间的温度下调到空调的最低温，定时在三小时后自动关闭空调。因为根据电力微信的显示，案发那晚大功率的电器只运行了三小时。

薛嫱把挂在门口的两个人的羽绒服取进来，她并不打算在其他更加温暖的房间等待，她想目睹这个实验成功。她自己都为自己的想法惊奇，她居然已经拥有百分之百的信心，相信实验一定会成功，覃智勋这一次的推理绝对正中标的。

覃智勋搬了两把椅子，就摆在窗前，两人并排坐下，穿好羽绒服，等待着温度下降，窗户自动关锁。

因为是新楼盘，新窗户，所以哪怕没有扳动扳手锁锁窗，关闭的窗户也严丝合缝，不会自动打开或者被户外的风吹开。覃智勋觉得，凶手之所以选择如此形式的密室，窗户的条件就是先决因素之一。也就是说，凶手事先调查过唐馨的背景，包括她住处的环境，得知有瑜伽室的存在，瑜伽室窗外有空调箱和消防通道，室内有弹力带、墙钉、哑铃，有中央空调，窗户在没有锁的情况下的密闭性也很好。这种种因素结合在一起，凶手的密室杀人手法也就呼之欲出了。

等待的空当，薛嫱盯着面前的粉色弹力带发问：“看起来好像是这条带子给了你启发，这条弹力带有什么不对劲吗？”

“当然不对劲，这条带子的弹力很不对劲，似乎不是给成年人塑形锻炼用的，更像儿童的玩具或者给受伤生病的恢复者复健用的，总之一句话，这条带子太松了。而且它除了颜色跟唐馨微博照片上的弹力带一致，宽度、长度都不一样。”覃智勋解释。

薛嫱一点就通：“我懂了，这条弹力带是凶手带来的，他带走了原本唐馨的粉色弹力带，用他准备的这条代替了原本的那条。而这条弹力带的弹力大小、长度、宽度，其实都是凶手通过多次试验确定下来的。凶手很可能通过唐馨的微博照片了解了这间瑜伽室的环境，墙钉到窗台和到窗户扳手锁的距离，结合方位、距离，弹力带的弹力大小、长度、宽度，还有最重要的温度，做过很多次实验，在实验多次成功的基础上才最终确定了这条固定长宽、阻力的弹力带作为他的关窗工具。”

“是的，其实通过微博照片观察瑜伽室的环境，想到利用墙钉、瑜伽弹力带和哑铃制造这个自动关窗的机关并不难，这只是一个最简单的物理力学实验，难的是如何掩饰，让警方不会想到这一点。所以凶手才会伪装打斗现场，让现场一片凌乱，这样一来，窗台上的哑铃，关窗后弹落在地的弹力带就会掩藏在凌乱之中。还有空调，空调也是凶手浓墨重彩的一笔，他甚至拉上了对面的女高中生作为他布局的一颗棋子。”

“什么意思？”薛嫱又有些迷糊，“又跟对面的女高中生有关？”

“上一次我的推理完全中了凶手的圈套，凶手想掩饰他曾开过空调，就像用伪造的打斗现场去掩饰哑铃和弹落在地的弹力带一样，但电力部门的记录很难更改。于是他想糊弄警方，让警方以为他开空调只是为了改变室内温度，让法医误断死亡时间。为了达成这个目的，凶手特意在杀人后，也就是凌晨1点开窗，把点燃的炮仗往对面女高中生的窗前丢，为的就是吵醒她，让她开窗看到自己，看到他正在窗子上画血迹笑脸。”覃智勋说着，玩味地苦笑，这个凶手还真的是了不得，之前他太过轻敌了，他这次的对手绝对是个高智商罪犯。

薛嫱恍然大悟：“没错，凶手早就知道这房间凌晨之后，也就是在唐馨死后开过三小时空调的事情瞒不过，警方一定会注意到耗电量的问题，以及这个耗电的电器可以自动关闭的问题，可想而知警方就会怀疑到凶手开了空调，进而怀疑凶手开空调的原因，所以他就故意在杀人后在窗子上画血迹笑脸，并且给自己找了个证人证明凌晨1点之后他在案发现场。而法医初步断定的死亡时间会因为温度下降而提前，这样一来，就会有一个时间差，警方会认为凶手没理由在杀人后又在现场逗留一小时，所以就会怀疑他开空调是想伪造死亡时间，从而给自己制造不在场证明。也就是像你之前分析的一样。”

“所以我才说上一次的分析竟然完全掉进凶手制造的圈套，等于配合了凶手，真是惭愧。”覃智勋自嘲地拍了一下额头。

薛嫱倒吸了一口凉气，感叹：“要真的是这样，这个凶手也太可怕了吧？居然有这样的筹谋，甚至给咱们警方铺了一条错误的路，咱们还真差点在这条错路上越走越远。咱们原本以为凶手大费周章是为了掩饰自己的身份，可现在看来凶手的目的跟掩饰身份无关，他到底有什么目的啊？”

“炫技。”覃智勋沉声说，“凶手一直在炫技挑衅警方，同时也是在给自己、给笑脸杀手造势。他大费周章就是为了打造密室杀人案件。”

“难道这真的是一场杀人比赛？凶手是两个变态？”薛嫱下意识地弯起双臂环抱自己，打了个寒战。

两人陷入各自的沉思之中，但目光都牢牢锁定窗子上的机关，生怕错过那一瞬即逝的关键时刻。

时间一分一秒地流逝，距离打开空调已经过去两个小时，覃智勋原本笃信此番二次推理没问题的信心也在一点点地流逝。不知道是不是他隐隐的担忧被身边的薛嫱发现，薛嫱竟然像个老友一般很自然地给他鼓劲：“放心吧，既然凶手设定的空调定时关闭是三小时，也就说明低温要持续一段时间才行，我觉得这次的推理绝对没错。”

覃智勋有些意外，感激地冲薛嫱笑笑，看来这个女人也不是那么难以相处。

距离空调自动关闭还有35分钟的时候，在覃智勋和薛嫱的目睹之下，特制的弹力带终于在热胀冷缩的原理下收缩，并且收缩力达到了足以扳动扳手锁的程度。横向的窗户扳手锁被向下拉动，变为纵向，锁窗成功。而那条弹力带也因为扳手锁变为纵向而从上面滑落，因为弹力的作用从哑铃下方滑过，另一端也从墙钉上震落。最重要的是，弹力带掉落的位置就是最原始的犯罪现场照片中显示的位置，偏差不过几厘米。

“太好了，成功啦！”薛嫱因为一时兴奋从椅子上跳起来，冲着仍平静端坐的覃智勋绽开代表钦佩和成功喜悦的大大笑容。

覃智勋却低沉地说：“只可惜，破解密室之谜也仅仅是解开一个谜题，对于得知凶手的身份没有任何帮助。”

薛嫱用力拍打覃智勋的肩膀，响亮地说：“别这么说嘛，密室之谜破解至少可以安抚舆论啊，这样一来网民们就不会鼓吹笑脸杀手是什么看不见的鬼魂啊，现实中存在隐形衣，或者杀手有自己的飞行器这类言论啦，一定程度上也能起到减少社会恐慌的作用。”

薛嫱的话又一次无意中给了覃智勋提醒：“没错，公开唐馨密室之谜的真相可以让公众打消疑虑，但我觉得你们张局绝对不会同意把如此详细的犯罪实例公之于众，顶多告知民众密室谜题已经破解。”

“为什么啊？”薛嫱毕竟刚刚工作不久，又是刑事技术警察，根本不懂身为副局长的立场。

覃智勋无奈地说：“一来，在凶手落网之前公布他的手法可能会激怒凶手，从而导致更加恶劣的后果；二来，警方的侦查进展一旦公开，就会给暗中的凶手以提醒，从而给他时间和机会制订应对之策，不利于后续的侦查；三来，可能会引起不良的社会影响。”

薛嫱懊丧地呼出一口气，感叹说：“也对。警方要顾全大局，不能公开详尽的真相，这正中凶手下怀。无论是一个凶手还是两个凶手，他的目的就是制造热议话题。就像你之前说的，否则干吗发出杀人预告给程伟业，他就是想炒作，想火。唉，这年头那些个网红为了博眼球而炒作已经有点无下限了，这个凶手更是丧心病狂，不惜以杀人为代价。可他又跟那些网红啊，明星啊不一样，人家火了之后能够获得经济利益，可他如果想出来‘领奖’，最终的归宿就是监狱或者死刑啊。”

“是的，凶手肯定不是为了利。”覃智勋看着窗户玻璃上倒映的自己的模糊的轮廓，仿佛看到了那个一直掩藏在迷雾中的模糊的凶手。他低声问：“你真的只是为了名吗？还是说出名只是一个过程，你真正想达到的目的是出名之后的某种连锁反应？”

第七章

迷人危险

晚间10点过后，李沐晨大大方方地驾车出门，直奔金海最奢华的五星酒店。她临走前着实跟付洁费了一番口舌，告诉付洁家里已经没有任何利器，而笑脸杀手患有强迫症，是不会为了付洁破例自备凶器的，况且外面还有警察在监视，笑脸杀手如果在这个时候动手就等于自投罗网。

虽然警方已经换了跟踪监视的车和人，但李沐晨稍加观察，还是锁定了一辆银色尼桑车里面的两个人。本来付洁还有些怀疑，但李沐晨说自己这个时候离开正好可以做一个实验，只要她前脚刚走，那辆车中的其中一个人马上跟着离开，就证明她的推测没错。如果错了，李沐晨马上赶回来。

实验的结果是李沐晨猜得没错，付洁透过窗帘眼睁睁地看着李沐晨的车子刚刚开走，那辆银色尼桑车里就下来一个男人，男人直奔小区里的一间小便利店，而银色尼桑车马上跟着开走了。由此，付洁总算放心了。

李沐晨当然知道自己被跟踪，但她无所谓，因为在付洁和警察看来自己就是坦诚地去会见一个未来的金主，一个有钱的男人，这正符合她的人设。离开付洁之前李沐晨也说过，她这也是为了她们俩以后的生计，坐吃山空不是长远之计，必须把握这个长久的饭票。

其实哪怕警察会对她有所怀疑，哪怕付洁坚决不肯放她走，哪怕有再多的阻力，也没法阻挡李沐晨。她等了两个月才等到男人的召唤，谁也没法阻挡她狂奔向那个人。

在五星酒店的总统套房中，李沐晨又一次见到了她最近两个月一直心心念念的男人MR.GOODMAN。

“早上好。”李沐晨一进门便跟对方打招呼，尽管身处从未去过的顶级豪华套房，但她的目光没有像以往一样被奢华的环境吸引。因为好久不见，李沐晨毫不掩饰自己灼热的目光，从对方给她开门后就一直望着那双深邃漆黑的眼睛。

男人关上门，也大方回应李沐晨的目光。他的眼扫过李沐晨的全身，显然，她精心打扮过，她的衣领开得恰到好处，引人遐想，目光顺着洁白的脖颈向上，固定在李沐晨的盈盈双眼。两人就这样站在门口对视着，没人先露出怯意，像一对斗兽一般，在等待对方先发出袭击和主动出击之间犹豫着。

最终，雄性的那一只果然率先发起攻击。他迎着李沐晨的目光，一个跨步便用他宽厚高大的身躯把李沐晨压在房门上。男人贴近，彼此耳鬓厮磨，不同频率的呼吸近在咫尺，试探摸索。

李沐晨从未有过这种感觉，男人的双眼、诱人的呼吸、挺拔的身躯，甚至他由平缓到急促的呼吸声，她手指穿过的他的柔软的头发，都对她散发着致命的吸引。她深陷迷人的危险中，既胆怯又憧憬。她享受着男人进攻前的每一个轻吻，每一步试探和入侵，手掌摩擦皮肤渗入骨髓的每一丝温暖。迷迷糊糊中，她冒出了一个大胆的想法，这种感觉，这种她从未有过的感觉，该不会就是传说中的爱情吧？

在柔软温暖如云端的大床上，李沐晨依偎在赤裸的胸怀中，贪婪地呼吸着男人的味道，心满意足地柔声叫道：“早上好。”

男人的臂膀把她搂得更紧，低音炮般动听的声音伴随着温热的气息在她的耳侧摩挲：“这算是你对我的爱称？”

李沐晨的头又像只撒娇的小猫一样在男人胸前蹭了蹭，像想钻进他的身体一般：“你不觉得我们很有缘吗？我们的名字都跟早上有关，我的名字意思是沐浴在晨光之中，而你的名字就是早上好。”

男人忍俊不禁，轻吻李沐晨的耳朵，轻柔地问：“我的名字叫谷德宁，难不成你音译成了‘Good morning’？”

李沐晨仰头与男人对视，蜻蜓点水地在男人唇上轻吻一下作为回应。

男人的脸上却闪过一丝落寞：“不是‘Good morning’，而是‘Good evening’，晚上好。你在早上，而我已经到了晚上。”

李沐晨不爱听这话，因为这话在她听来就是男人在暗示她，这只是一场情爱游戏，男人并没有打算跟她天长地久，因为他们的年龄不合适。其实说白了，不是年龄不合适，男大女小相差十几岁的婚姻也很常见，而是身份、地位都不合适，如同一个在白昼，一个在黑夜，属于两个世界。即使李沐晨早就知道这一点，知道自己只是男人的玩物，眼前这个男人也不例外，他们只是在享用她的肉体，但面对她喜欢的这个男人，她本能地逃避这个事实。

男人感受到李沐晨在他怀中微微颤抖，垂目看了她一眼，腾出一只手臂从床头柜取了一只精巧的小盒子，拿到李沐晨眼前：“送给你的。”

换作以往，看到这样的小丝绒盒子李沐晨一定会心花怒放，此刻她却破天荒地期待这盒子里不是什么钻石，而是男人亲手为她制作的什么不值钱的小玩意儿。

打开盒子，果然，是钻石，是一枚钻石胸针，镂空星星的造型，数不清的小碎钻组成了两颗耀眼的星，在昏黄温馨的灯光下熠熠生辉。只是这以往她最贪恋的光，此刻却比不上男人双眸中的星辰。

“谢谢。”李沐晨突然被自卑感包围，觉得自己一下子被从云端抛向地面，瞬间回归自己的位置。自己只是一个被谷德宁雇用的员工，今天的这一场风花雪月，对方对她的临幸，是她用两个月时间无数次穿着性感内衣在客厅的针孔摄像头前走来走去，甚至搔首弄姿换来的，在谷德宁眼中，她不过是出卖色相赚额外奖金。

目光和注意力没有在钻石胸针上停留多久，李沐晨倒是借着台灯暖黄色的光看清楚了她手指抚过的、男人左胸膛上那一块小小的凹凸。

“这是什么？”李沐晨下意识地发问。

男人的身躯轻微地颤抖了一下，敷衍似的说：“没什么，一块胎记。”

“胎记？”李沐晨觉得这不像胎记，倒像疤痕。她凑过去仔细看，的确，那是一块很难看，甚至称得上狰狞的疤痕，像一只多脚的小蜘蛛嵌入皮肤。李沐晨看着莫名觉得心慌。

“说正事儿吧。”疤痕仿佛被按下的开关，谷德宁的口吻突然恢复从前的冰冷，搅着李沐晨的手臂也同时缩回，“付洁的事情我很震惊，我考虑过了，权衡利弊，我打算放弃她。”

李沐晨本以为谷德宁这位父亲会为了保全女儿付洁而带她回英国，但转念一想，她马上回过味来，放弃的根本原因就在于那句“权衡利弊”。谷德宁是个商人，在英国搞不好还是个有头有脸的上层社会人士，他怎么能够把一个曾经在泰国有过劣迹的女孩带回自己的交际圈？如果哪天他生意上的竞争对手挖出他女儿的这段不堪过往，接下来产生的各种危机，如股价大跌什么的，简直不堪设想。对这种人来说，名声跟利益是挂钩的。

“可是小洁现在有可能正处于危险之中，那个该死的笑脸杀手很可能在暗中伺机而动。”李沐晨还是想替付洁从这个有钱有势的父亲这里争夺一些利益和保护，“不管怎么说她都是你的女儿，你真的忍心丢下她不管？”

谷德宁沉吟片刻，近乎绝情地说："我在金海市的财产都已经转移到国外，只剩下一套公寓，虽然不大，但也算个栖身之所。我打算把这套房子留给她，希望她好自为之吧。至于那个什么杀手，我想应该不足为惧吧，毕竟现在有警方的介入，你不是说有警察24小时跟踪监视你们吗？"

"好吧，那你准备以什么名义把房子过户给小洁呢？"李沐晨还想问：是不是房子过户之后，你就再也不会回国，因为再无牵挂了？但她始终没有问出口。

"这一点我还没想好。"男人眼帘低垂，似乎睡意来袭，无所谓地呢喃，"我也好久没回老房子去看看了，明天你陪我过去吧。"

第二天一大早，谷德宁乘坐李沐晨的车，为李沐晨指路，来到了金海市市中心的一栋有些年头的高层住宅。

谷德宁所说的公寓的确不大，也就30平方米的面积，里面的装修也颇为老旧，但是打扫得挺干净。谷德宁告诉李沐晨，因为对这套老房子怀有特殊的感情，他专门雇了家政公司，每隔一段时间就要来打扫灰尘。

"我回去之前想一直住在这里，你愿意留下来陪我吗？"谷德宁语气淡淡的，但十分自信。他相信李沐晨愿意陪他住总统套房，也同样愿意陪他住局促公寓。

李沐晨有些受宠若惊，她忙不迭点头，兴奋地钻进谷德宁的怀中，像只在大海上漂流了一个世纪的孤舟终于找到温暖的港湾，想在这里停靠终生。总统套房再奢华，那毕竟是花钱暂时租来的地盘；小公寓再怎么简陋逼仄，那也是属于自己的家。虽然不是她李沐晨的家，但这里承载着谷德宁的过去，他的青春和故事，李沐晨对这小小的空间充满了好奇和好感。

午餐是在附近的小餐馆吃的。他们特意错开了中午的高峰，选在1点过后才下楼进餐，谷德宁不习惯嘈杂纷乱的环境。两人吃的是谷德宁小时候最喜欢吃的馄饨。吃饭期间，透过小店的玻璃窗，李沐晨看到了那辆银色尼桑，那个眼熟的警察刚刚拎着几个包子开门上车。这年头当警察也真的是不易啊，李沐晨默默感叹。

饭吃到一半，谷德宁起身去接电话，像不想让李沐晨听到一样故意去洗手间的方向。

李沐晨隐约听到谷德宁在讲英语。她心想，既然是跟外国人通话，那一定是在谈工作，又是讲英文，何必躲着自己呢？别说是商务英语了，就算是英语话家常她也听不懂啊。

远远看着谷德宁，想到这个男人很快就要离开金海，回到英国，此生可能再无重聚的一天，李沐晨的心狠狠地抽痛了一下。她拿起手机，刻意绕开谷德宁正面，偷偷从侧面靠近他。她想偷偷录下谷德宁的声音，不为别的，只为留作纪念，因为他讲英语时的腔调，那如同吟诵优美诗句般的抑扬顿挫，配以他厚重低沉的质感音色，比音乐更动听。

谷德宁叽里咕噜说了几句话，李沐晨自然听不懂，但讲话的情绪是无国界的，很明显，谷德宁的情绪是愤怒。他应该在跟国外的下属讲话，下属的工作没做好，惹得这位老板不开心了。

下午，李沐晨仍然跟谷德宁窝在小屋里，聊天、发呆、打游戏。谷德宁的心情似乎不错，在李沐晨的要求下竟然还为她唱了两首英文歌，听得李沐晨如痴如醉，如梦如幻。这一天的相处竟是她有生之年最为幸福的时光。

傍晚，李沐晨趁谷德宁去洗手间的空当偷看谷德宁的手机，她想看看谷德宁在英国是否有家室，手机相册里是否有老婆孩子的照片。

手机没有设置指纹锁和密码锁，李沐晨轻易地进入了相册。她看到了大本钟，看到了英国的街道上来往的金发碧眼的人，但就是没有在这些照片中找到谷德宁，倒是大部分照片里都有一个大胡子男人。

除了这些照片，还有一张明显是翻拍的老照片，是相框里的全家福。这张照片里总算有谷德宁了，李沐晨一眼就认出了后排中央站着的那个十几岁的少年，正是谷德宁。他开怀笑着，露出整齐洁白的牙齿，眉眼弯弯，梳着规规矩矩的学生头，充满朝气，是个唇红齿白、相貌清秀俊朗的美少年。

少年谷德宁的旁边还站着一个身高比他高一些的女孩子，年纪稍长，跟谷德宁有五分相似，应该是他的姐姐。姐弟俩旁边应该是父母，前排坐着的是祖父母或者外祖父母。

李沐晨掏出手机，她想把这张照片翻拍下来，打算回去好好欣赏照片上的美少年。可她自己的手机还没拿出来，手上的手机却被一只大手夺了过去。她一抬头，面前站着的正是一脸愠色的谷德宁。

“对、对不起，”李沐晨怯怯的，“我、我只是好奇。”

谷德宁的目光渐渐柔软，最后干脆舒了一口气：“没什么，抱歉，我不该对你那么凶。”说完，谷德宁一把搂过李沐晨，又打开那张全家福跟她一起看。

“你还有个姐姐？”李沐晨见谷德宁并不拒绝，反而主动跟她分享这全家福，便有了勇气发问，“你们一家人都移民去了英国？”

环绕李沐晨的手臂突然一用力，李沐晨能够感受到那只手臂在微微颤抖，她有种不好的预感，她问了不该问的话。

果然，谷德宁颤抖着声音说：“他们都死了。”

李沐晨倒吸了一口冷气，虽然满心疑问，却不敢再问。怎么会都死了？老人病故的话可以理解，谷德宁的父母如今也就花甲之年吧，姐姐更年轻。怎么可能一家人除了谷德宁都死了？难道出了什么意外？

谷德宁看了看时间，仿佛一下子从哀痛的情绪中走出来一样，轻松地说：“6点多了，走，咱们下去吃饭。”

将近午夜，李沐晨被噩梦惊醒，她居然梦见自己去见谷德宁的父母，结果就在一家人聚餐的时候发生爆炸，所有人都被炸死了，就连她自己也不例外。清醒后，李沐晨意识到，一定是谷德宁的那句“他们都死了”让她做了这样的噩梦，她潜意识里认定谷德宁家人的死并不是善终，而是横死。

李沐晨转头一看，谷德宁仍然安睡在身旁，睡梦中的他似乎卸下了从前僵硬冰冷的面具，安然纯净如一个与世无争的孩子。他到底有什么故事？为什么他的眼里总是荡着淡淡的哀伤？为什么他那么深不可测，像个无底的黑洞？

李沐晨辗转反侧，再难入睡，便戴上耳机听中午录下的谷德宁讲电话的声音。他到底在为什么事情烦心生气呢？越听李沐晨就越好奇，她想走近他，知晓他的一切，最好能帮他排解忧虑。

李沐晨也顾不得当下的时间不妥，直接把这段录音发给了微信上一个名叫莉莉安的网友。

李沐晨一年多前给一个金海当地的外语学校校长当过一阵子情妇，去学校找这位冤大头的时候认识了学校的一名年轻女老师。女老师当时刚刚入职，是个应届毕业的英语专业大学生，英文名直译叫莉莉安。

当时那位猥琐校长对莉莉安心怀不轨，李沐晨接受了莉莉安的求助，揪着校长老头的耳朵一半撒娇一半教训地告诉他自己会吃醋，以此解救了这位莉莉安。

“嘿，莉莉安，睡了吗？如果还没睡就帮个忙，帮我翻译一下这段话。”李沐晨发送文字信息，而后发送录音文件。

莉莉安上线了，看来也是个夜猫子，她很快就给了语音回复：“大致意思是‘警察因为笑脸杀手的案子一直跟踪监视她，我根本没有机会行动，如果这个时候贸然动手等于自我毁灭。不过你放心，我有我的计划，不但能报仇还能全身而退，但必须等风声过去。’”

耳机里莉莉安的声音让李沐晨难以置信，一时间头晕目眩。这是什么意思？什么报仇？什么动手？

“还有呢，还有一段也比较清晰：‘你以为我不着急吗？我比你更着急结束这一切，只有报仇成功我才能开始崭新的生活。对了，我最近缺钱，再给我一万块，别问我干吗花那么多钱，总之我有我的用处。’”

还没等李沐晨回过神，莉莉安的语音又发了过来：“其余的因为噪声我就听不清了。喂，这都是什么啊？美女，你从哪里听来的这些啊，这段话里提到的笑脸杀手就是最近闹得沸沸扬扬的那个连环杀手吗？”

李沐晨紧紧抓着手机，手指在屏幕前抖个不停，她根本不知道该怎么回应莉莉安，她满脑子都是那几个词，“笑脸杀手”“动手”“报仇”“计划”“缺钱”。

“对了，我反复听了几遍，越听越觉得这个说话的声音耳熟，这么好听的声音，再加上这种音调的英式英语，特别像仁知英语的一个老师MR.GOODMAN。你也知道的，我怎么说也在那儿工作了几个月，虽然跟这个老师不太熟，但还是听过他的课的。”隔了几分钟，莉莉安的语音又发了过来。

李沐晨这下再也无法沉默了，她干脆下床，去到阳台，关好阳台和起居室之间的那扇门，把电话给莉莉安打过去，接通后直奔主题，压低声音却极为激动地问：“什么老师？什么MR.GOODMAN？”

莉莉安被李沐晨的气势吓了一跳，莫名其妙地说：“哦，仁知英语有个海归老师英文名叫ROY GOODMAN，中文名叫罗一，讲一口标准流利的英伦腔，人长得也特帅，你给我发的这段录音的讲述者的声音特别像他。”

“你等一下，我给你发张照片，你看看是不是他。”李沐晨把自己偷拍的谷德宁的照片发过去。原本她偷拍谷德宁只是想留个纪念，没想到会有这种用处。

隔了几秒，莉莉安回话：“没错啊，就是他，你们认识？”

“认识，认识，我们认识。”李沐晨喃喃念着，不知不觉中泪水已经从下巴滑落，滴落在地上。

“你到底怎么啦？”莉莉安在电话那头好奇地追问，“你不会跟他好上了吧？我可要提醒你啊，别看他是个海归，其实穷得很，连房子都没有，就租住在我们学校附近的单身公寓，开个二手破车，每个月的收入就是几千块的工资。你可别被他的外表骗了。当然，要是这次你不图钱，那他倒是比老杜那个色老头强一万倍。跟你说啊，我上个月还跟以前的同事联系过，人家告诉我老杜变本加厉，手脚越来越不老实，女老师们都已经怨声载道啦。”

接下来的话李沐晨根本听不进去，她懒得听莉莉安跟她发牢骚吐槽她之前的金主老杜。她意识到一个问题，她现在所处的单身公寓所在的高层不就正位于老杜的英语学校所在写字楼的附近吗？怪不得早上过来的时候她就觉得这个地方有些熟悉，她一年多前总会去这附近的英语学校找老杜啊。

原来谷德宁是把她带回了他的出租屋！怪不得出去吃午餐要错开中午的饭口时间，那是因为可能会碰见来吃午餐的同事！李沐晨恨不得马上冲回卧室叫醒谷德宁当面质问他为什么要骗她。

李沐晨草草地跟莉莉安说了再见便挂断电话。她突然想到一个问题，如果谷德宁就是个穷老师，月薪几千块，租房住，开二手破车，还要张口找别人要一万块，那么那只从英国邮寄过来的当季新品奢侈皮包是怎么回事？难道是A货？自己从前的火眼金睛哪里去了，居然没能分辨真伪？昨天温存过后送的钻石胸针难道也是假的？可问题是，她还从谷德宁那里拿了两个月的月薪一共10万块啊，而且谷德宁给的是现金。她还把这笔钱存在了银行，这钱通过了银行的验钞机不可能是假的。

谷德宁为什么要这样做？难道10万块就是他的全部家当？难道皮包和钻石都是假的？

李沐晨全身无力地瘫靠在墙上。她突然有种想哭的冲动，可到底为什么想哭，她自己也说不上来。换作以往，被一个穷老师伪装富豪骗了色，收到A货皮包和假钻石，她应该是愤怒到恨不得给对方一记耳光的，可现在她仔细分析复杂的感情中，竟然有些许庆幸。这样也不错，这样一来，她跟他也并非完全没有可能，不是吗？

李沐晨让自己冷静下来仔细分析：谷德宁这个名字是假的，他真正的名字叫罗一；他不是什么英国富豪，而是个穷老师；他也不是付洁的亲生父亲，他欺骗自己，让自己接近付洁，在客厅安装针孔摄像头监控付洁另有目的；他所说的复仇、动手的对象应该是付洁，因为如果他想对她李沐晨下手，早在笑脸杀手案件之前，两人就有独处的时间，他有的是机会可以对她下手，万圣节前夜在夜精灵酒吧后巷的时候就是绝佳的机会，那时杀人绝对可以全身而退。

可谷德宁为什么要对付洁复仇？如果想复仇，直接找机会动手不就可以了？为什么不惜花费大价钱雇用她李沐晨接近付洁？就算谷德宁此举有他特殊的目的，可以他的经济情况，连一万块都需要开口找人要，为什么还要去五星酒店的总统套房取景做戏？要知道，就算皮包钻石都是假的，那一天两万块的总统套房可是真真切切存在的。

难道、难道谷德宁对自己的感情是真的？这个念头从李沐晨的脑子里一闪而过，她想捕捉却又不敢。她不敢相信谷德宁对她动了真情，就算他只是个穷老师，可毕竟他是知道她不堪的历史的，有哪个男人会真心喜欢一个情妇？可除此之外，她找不到别的理由，也不愿去找别的理由。她想，这个世界上总会有那么一个男人因为对她的爱而不计前嫌吧？她其实一直在等这么一个男人，一个她愿意为之舍弃以往奢靡的富贵生活，宁愿跟他缩在小小的蜗居之中，为他洗手做羹汤的真命天子。

李沐晨希望谷德宁就是她等的人，因为她很清楚，她为这个男人着迷，哪怕现在得知他的确是迷人的危险分子，他是个撒谎的穷光蛋，她仍然为之着迷；哪怕现在得知跟着这样一个男人根本无利可图，但她因为自己终于能够跟他相配而隐隐庆幸。

“你在这里做什么？”谷德宁的声音突兀地从身后的黑暗中传来，吓得李沐晨心跳骤停，起了一身的鸡皮疙瘩。

回过神，李沐晨转身面对黑暗中的身影故作镇定地说：“我刚做了个噩梦，睡不着，就来阳台透透气。”

谷德宁打开起居室的灯，灯光也照亮了阳台。他走到阳台伸出手臂环住李沐晨的肩，轻轻把她拥入怀中，声音却透着一丝凉意：“我也睡不着，突然想看电影，要不要一起？”

“好啊。”李沐晨顺从地跟着谷德宁回到卧室。

两人上床后把谷德宁随身携带的笔记本放在中间，由谷德宁操作。他打开了一个文件夹，里面有十几部电影。谷德宁告诉李沐晨，这都是他这个电影爱好者的珍藏。

“看哪部好呢？”谷德宁把李沐晨的手放在笔记本的鼠标区，再把手覆在李沐晨的手上，随着两只手的移动，光标在那些电影图标上来回游移。

李沐晨心不在焉，她一直在考虑要不要跟谷德宁摊牌，要不要直接追问他到底打算如何对付洁复仇，何时复仇，为何复仇；问他对她到底是什么感情，是否只有利用。可是她害怕，她不敢轻举妄动，很奇怪，不是害怕摊牌后对方变脸对她不利，而是害怕对方翻脸，跟她绝交。

“就这个吧。”李沐晨无所谓地双击了一个小图标，她根本没看到底是什么电影，因为现在无论看什么她都无所谓。

第八章

意外收获

覃智勋离开弥漫着烟味的办公区，来到走廊开窗透气。这两天他一直跟着杭天和他的手下在分局连轴转，跟着他们开案情分析会，被纳入专案组，认识新的同事，坐镇办公室汇总各方排查反馈的消息，做一个有权不加班却非要无偿加班的称职顾问。

总体来说，几天的排查并没有取得什么大的进展，覃智勋筛选之后只留下了一个他觉得值得注意的线索，那就是死者尹清华的几个小混混朋友说尹清华最近一段时间十分得意，总说自己要发财了。

警方调查尹清华的背景得知，他是个被父母宠坏的孩子。高中念的是私立高中，高考后父母想送他去国外读书，还把他送进了外语学校恶补英语，可是他在学校没能坚持一周便私自退学，害得父母破费了半年的学费。尹家的经济条件不错，父母经营一家高档酒店，收入可观，所以对尹清华的花钱如流水并没有控制。

除了跟不三不四的狐朋狗友混迹，尹清华根本没有任何特长技能，更没有搞什么投资。他怎么发财？覃智勋觉得尹清华口中的发财发的一定是不义之财。

尹清华很可能在私下做不法勾当，赵良实用情不专，唐馨是个为钱出卖色相的情妇，这三名死者都有劣迹在身，这会不会就是凶手选中他们的原因？至于唐馨和赵良实的关联其实只是凑巧，这个想出名博眼球的笑脸杀手是先选中了唐馨，然后一直暗中跟进警方的调查，从而得知了李沐晨和付洁，又从她们俩着手发现了赵良实这个渣男。也许当时凶手之一正愁找不到一个可以跟尹清华同时杀害的目标，赵良实就自己送上了门。

一只纤细白嫩的手出现在覃智勋眼前，把他的思绪拉回现实。

薛嫱关上窗，竟然用带着点关切的口吻问："这几天没休息好吧？要不你先回家，有进展你再过来？"

覃智勋摆手："不用，在这里跟你们在一起我反而更踏实。对了，那个导游有消息了吗？"

"没有，导游名叫金妍，36岁，在金海市没有亲人，她的同事也报了失踪，派出所的人正组织找人。要把她的失踪案跟咱们的命案并案处理吗？"薛嫱对于覃智勋关注女导游这一点还是很重视的，虽然专案组有几个同事对此并不以为意。其实也难怪，毕竟李沐晨和付洁在三起命案中顶多算是关联人，她们没有条件犯案，最近的跟踪反馈也显示她们没有异常之处。

覃智勋尴尬地笑："是不是并案处理也不是我说了算的，总之女导游金妍这条线还得继续跟进，我已经跟杭天提了，他分派了一个手下专门负责调查她的背景。"

薛嫱还想说什么，杭天的声音传来："智勋，你过来看看，监控上发现了一个可疑分子。"

覃智勋一听监控有收获马上重回办公区，直奔杭天面前的电脑。

电脑上的画面已经定格，背景是赵良实出租屋附近的街道，街灯下一个穿着黑色羽绒服的臃肿矮胖的男人刚掏出手机。

"这已经是经过处理的图片了，可惜还是看不清男人的脸，"杭天有些沮丧，一面前后翻动截图一面说，"但这个男人绝对可疑，赵良实案发那晚零点前后，他一直在赵良实家附近徘徊，像在等什么人。他先后在监控里出现过4次，其中有3次在打电话，但是一直没有开口，应该是电话没打通。”

“唐馨案发那晚，这个男人也在她家附近吗？”覃智勋兴奋地问。因为如果同一个可疑分子两次在案发时间前后出现在案发现场附近，那么一定不会是巧合，他们就可以锁定嫌疑人了。

杭天无奈地摇头，叹息说：“唉，可惜没有啊。我仔细看过唐馨案发现场附近的监控，没有这么一个人甚至类似的人出现。但也有可能这个人就是凶手，只是监控没拍到，或者说，他只是凶手B，而杀害唐馨的是凶手A。”

覃智勋倒是没有太失望，可能是因为他早有预感，嫌疑人不会如此轻易浮出水面，毕竟这次他们的对手是个喜欢跟警方较量、游戏的高智商罪犯。他打量截图中的男人，除了身材特征明显，他估算男人的年龄不小，因为男人的穿衣风格比较成熟，而且看起来都不是便宜货，像一个事业有成的中年男人。按照常理，一个有钱的中年男人半夜出行是应该开车的，可是他没有在车里等人，而是特意穿上厚重的羽绒服站在户外冻得哆哆嗦嗦。为什么呢？很简单，因为车的型号、车牌会标记他的身份，打车的话也容易被司机记住，而他要掩藏他的身份。他一定是把自己的车停在了没有监控的位置。

“等一下，这个男人的脚和裤腿有点不对劲。”覃智勋示意杭天放大图片中男人的脚，“他的鞋子和裤腿上似乎沾了不少雪，还结了冰。”

杭天放大图片后连连点头，但紧接着又疑惑地摇头：“可是监控中的街道，至少赵良实家附近的街道，道路上都没有积雪啊，咱们金海每年冬季的清雪工作还是很到位的。”

薛嫱附和说：“没错，如果是正常行走，鞋子和裤腿不会是这种状态。我的小侄子今年8岁，前两天他的鞋子和裤腿倒是跟这个男人的很像，那是因为他跑到雪堆上面玩了半小时。”

“这男人看着怎么也成年了，如果不是童心未泯或者是有什么精神病，应该不会去雪堆上面玩吧？”杭天调侃。

覃智勋嘴角上扬，露出了然的自信笑容：“当然不是雪堆，应该是附近的树林。科大地处偏僻，距离郊外不远，而且据我所知，赵良实出租屋南面几百米就是一大片树林。既然是树林自然没人清雪，这个男人搞不好就是从树林过来的。从树林过来，在赵良实家附近徘徊，又像在等人，你们能想到什么？”

办公室里的人面面相觑，一时间都参不透覃智勋的意思。

覃智勋转而问杭天：“赵良实的手机里那晚有没有接到什么电话？”

杭天茫然地摇头：“没有，其实赵良实的手机当晚是关机的。要从运营商那里查当晚的拨打记录吗？”

“最好查一下，等人等不到，应该会打电话的。监控里的这个男人拨打电话的时间，应该会跟赵良实关机的手机被陌生号码拨打的时间吻合。也就是说，这个男人当晚等的人就是赵良实。”覃智勋极为笃定。

薛嫱没等接收到杭天的指令，马上转身离去，丢下一句：“我这就去查。”

杭天忙问：“智勋，你的意思是这个男人跟赵良实认识，两人约在那晚见面？但是如果他等不到人，又打不通电话，应该直接上去找人吧？可是程伟业一直守在赵良实家门口，说没见有什么人去找赵良实啊。”

“如果他不知道赵良实家的具体位置呢，你不是说他一直在赵良实家附近徘徊吗？估计他们约见的地点是户外。而他跟赵良实的关系并没有太过熟络，所以不知道赵良实的出租屋的具体位置。其实值得注意的是这个男人每次驻足的位置。”覃智勋说着，伸出手指去指截图中男人的背景画面，他分别指了三张截图的三个部分，那是三栋住宅楼前的简易车棚，车棚里停着自行车、电动车、摩托车。

杭天似懂非懂，挠头说：“摩托车，对了，我记得赵良实就有一辆摩托车。这个男人应该也知道赵良实有摩托，所以虽然不知道赵良实具体住在这附近哪栋楼，但他可以通过找摩托来锁定位置。可这男人到底是谁？不知道赵良实家的位置，却知道他有辆摩托；跟他不太熟络，却在大晚上来找他。”

“我想，他应该是应赵良实的要求，来商议杀人抛尸计划的帮手。赵良实要他帮忙寻觅一个附近的抛尸地点，最好事先带着工具在那个隐蔽的地点挖一个深坑。”覃智勋说完，注视着周围的人，等待着他们恍然大悟。

杭天突然用力一拍额头：“对呀，我怎么把箱子和绳子的事儿给忘啦。赵良实想杀的人就是阻碍他跟新欢恋情的旧爱付洁，因为那天中午在公共教室门前的闹剧，赵良实对付洁起了杀心，所以当晚特意去买抛尸工具。最大号的旅行箱用来装尸体，绳子用来把箱子固定在摩托车上，但一个人杀人挖坑、抛尸埋尸什么的太过吃力，于是他找了一个信得过的人跟他一起，事先帮他找好埋尸地点，挖好深坑，等到真正行动的时候，再两人协作。可是、可是不对呀，杀人这种事，还是越少人知道越好吧？这男人难不成是赵良实的亲爹，所以他才如此信赖他？”

覃智勋摇头：“应该不是亲爹，一来赵良实家境不好，不会有这么一个穿着讲究的爹；二来亲爹不可能不知道赵良实的出租屋在哪儿。我想来想去，有一种可能性最大，那就是付洁的死同样对这个男人有好处。他跟赵良实是一条船上的人。”

杭天一拍桌子：“得嘞，小孟，你赶紧去给我查赵良实的社会关系，看看有没有这么一个中产阶级的矮胖中年男人。”

覃智勋回到属于自己的角落，在沙发上躺下准备小憩一会儿，睡前再想想案情。还没等他闭上眼，薛嫱来到了他的面前，他只好再坐起来："怎么样？运营商那边查到什么了吗？"

"的确有一个号码在那晚12点左右给赵良实的手机拨打了十几次电话。但遗憾的是，在手机号码实名制的今天，还是有些人在钻空子，这个号码是一个不记名的黑卡，线索就这么断掉了。不过这正好可以说明你刚刚的推理是正确的，因为在监控中他3次拨打电话的时间跟通信公司那边给出的拨打记录正好有3次时间吻合。可以肯定，这个男人就是在给赵良实打电话。"薛嫱说话的时候引得杭天那边的几个人围过来，她说完才意识到，自己竟然越过向杭天汇报的程序，径直走到覃智勋这边跟他汇报了。

杭天自然懒得计较这些，他冷笑一声说："这个赵良实还真是讽刺，本来是约好了同伙打算商议杀死付洁的计划，同伙没见着，却先被笑脸杀手灭了。"

覃智勋犹豫着说："如果赵良实找这个男人见面真的是为了商议杀害付洁的计划，我觉得可以从付洁身上着手调查这个男人。但话说回来，就算找到了这个男人也不一定会对连环案有帮助，就像我之前对于唐馨案件密室杀人手法的破解，对查明凶手的身份没有任何帮助。"

杭天重重拍打覃智勋的肩膀，夸张地说："智勋，别给自己太大压力，你已经帮了我们不少了，我还是希望你回家休息一下。"

"休息的事情再说，我更加在意的是网上有关笑脸杀手的信息。尽管警方已经放出消息说解开了唐馨案件的密室之谜，但网友们似乎无视这一点，有一部分网友坚持认为凶手是个可以在警方眼皮底下来去无踪的隐形人，还有一部分网友要求警方公开凶手进出密室的手法，否则就不相信，认为是警方为了平息舆论，息事宁人，故意编谎话。"提到网上有关笑脸杀手连环案的发酵，覃智勋更是一脸愁容。他们在现实中跟凶手较量，而在网络这个虚拟世界中，还有更多的人参与进来，用各自的言论和意见相互较量。两个世界，两场争斗，只能说这个笑脸杀手的确厉害，运筹帷幄，搅弄风云。

提到网络，杭天苦大仇深，哭丧着一张脸附和："可不是嘛，可问题是咱们警方也不能查到什么就跟民众公开什么吧？先不说这样做会引起更澎湃、更难以平息的舆论风波，也不利于咱们的侦办工作继续进展啊，更会让凶手得知咱们的调查进程，从而想办法应对。可是这些网友可不管咱们的苦衷和道理，只从他们的角度出发，或者说是从好奇心出发，就是要一个说法。不给他们说法，他们就胡乱猜测，甚至口出狂言，完全把网络这个大环境当作自家一样胡乱撒泼耍赖。"

覃智勋苦笑着深深叹了口气："这就是笑脸杀手的目的，他深谙群体心理学和传播学，知道他的案子一旦被程伟业半公开，绝对会在网上引起轩然大波，有人会以此炒作、博眼球，从中赚取经济利益，也有一些别有用心的人会趁机捣乱，散播谣言，破坏社会稳定，搞得人心惶惶。"

"没错，"薛嫱愈加愤慨，"我的小侄子跟我说，他们学校里就在疯传一种说法，说笑脸杀手是个来自外星球的隐形人，还能瞬移、穿墙、遁地什么的，他就在我们周围游荡，四处寻找在他看来有罪的人杀死，警察拿这个人根本没办法。我哥的公司里传得就更加离谱啦，说是有个神秘组织在研究高科技武器，隐身衣和改变物质形态的穿墙遁地术，就像电影里的那种高科技其实早就已经研发出来，只不过目前处于试验阶段，这个笑脸杀手就是一个实验员，他的目的不在于杀人，只是为了试验高科技产品的效用而已。网上那些灵异支持者就更离谱啦，非说笑脸杀手是个鬼魂，是电磁波、脑电波之类的，所以来去无踪和瞬移根本不在话下，因为电磁波是无形的，自然没法携带自己的凶器，只能就地取材。"

杭天哭笑不得，无力地说："我的天哪！这都什么跟什么啊？都已经死了三个人了，这些人居然有闲情逸致拿这事儿当作谈资，天马行空地编故事。"

"没办法，人们在网络上获得了话语权，而且是相对自由的话语权，不经筛选甄别、不用负责的话语权，我们又身处一个娱乐至死的时代。我刚刚还在网上看到了一套笑脸杀手表情包呢，虽然很多网友认为拿笑脸杀手做表情包不妥，但辩论的过程本身就是对这个表情包的炒作，那套血腥搞笑表情包的下载量也不小。”覃智勋无力地靠在沙发上，“程伟业的微博更是‘重灾区’，他的单条微博转发量连破纪录，发起的投票的选项也一下子多了十几条，这几天他也频频发布广告软文，不知道从广告商那里赚了多少钱。都说能力越大，责任越大，可现在某些大V是影响力越大，利润越大，他们不在乎导向问题，不担心会造成不良的社会影响，满脑子只有点击转发率，热评、热搜和吸粉的数量，然后再把这些数字全都转化成经济利益，揣入自己的钱包。我们这些网民如果没有清醒理智的头脑，热衷跟风，如盲人摸象，就很容易被带偏，成为他们经济大厦的一块砖瓦。”

“这么说，连环案中有谁是受益者，除非凶手就是程伟业。”杭天打从心底里赞同覃智勋的这番言论。杭天本人不爱上网，不喜欢刷微博，一来是没时间，有点时间都忙于工作或抓紧时间休息；二来也是因为网上传播的一些信息鱼龙混杂，他更喜欢传统的纸媒，每天都看报纸，他更加信任报纸上那些经过一定筛选确认的信息。

薛嫱赶忙补充：“但程伟业不会是凶手吧？毕竟唐馨的案子发生的时候，他就在楼下，这一点小区的保安和监控都能证明，后来他还被保安撵出去了呢。难道他是凶手B？”

“为了博出位赚钱不惜杀人？”覃智勋觉得不太可能，“如果连人都可以杀，那么犯法赚钱的方式有更多更直接的，程伟业不至于这么迂回吧？而且如果他就是凶手，那么他也太大胆了，直接走到警方眼前挑衅。我觉得以程伟业的为人，他应该不会拿自己的身家性命来做这么一场赌局的赌注。”

覃智勋又在办公区的沙发上对付了一晚，早上6点多醒来，7点正式参与不知道第几次的案情分析会，在浓烈二手烟的环绕下频频打哈欠。

会中，杭天接了一个电话。挂上电话，他面色凝重地说："第四个被害者出现了，出发吧。"

第四个案发现场位于金海市一家英语培训学校"仁知英语"。死者杜宽仁，正是这所培训学校的校长，他于昨晚零点左右从15层高的楼上坠落致死。由于他坠落的地点位于高层侧面，围墙之内，比较隐蔽，一直到清晨6点多，清扫员打扫这里时才发现尸体。高坠尸体的形态自然是不言而喻的，值得一提的是尸体的旁边摔得零碎的高倍望远镜和长镜头DV以及DV的三脚架。

这间英语培训学校位于市中心一座高层写字楼的14层和15层。15层的走廊尽头有一间小屋被当作仓库，常年用来堆放一些多余桌椅和教学用具。里面只有一扇窗，窗子正对着的是一座民宅高层。根据副校长的说法，杜宽仁在对面那栋高层里租下了几间屋子作为员工宿舍，学校里有几个毕业没多久的年轻女老师就住在那里。而且，这个杜校长的口碑不太好，经常借机吃漂亮女员工的豆腐。

有了这样的说法，再加上一同坠落的高倍望远镜和DV，警方初步有了推论：杜宽仁昨晚应该也跟以往一样留守在这间小仓库偷窥对面年轻漂亮的女员工，但是他遭遇了笑脸杀手。这一次笑脸杀手没法就地取材，因为仓库里和杜宽仁随身都没有利刃，于是笑脸杀手干脆趁杜宽仁专注于高倍望远镜里的画面时，一把把他从敞开的窗子推下。因为身体翻落带动了窗前的DV和三脚架，所以这些东西也一同坠落。

"我仔细检查过坠落起点，也就是仓库的窗前，并没有发现打斗挣扎的痕迹。"薛嫱走到仓库门口，站定在覃智勋面前，"凶手该不会又是无声无息地进入这间小仓库，趁杜宽仁专注偷窥的时候从背后用力一推吧？"

"杜宽仁如果要来这里偷窥，应该会锁门，凶手就算有钥匙，开门进来也会发出声响引起杜宽仁的注意。哼，当然，如果凶手如传说般能够穿墙遁地，那自然不会发出声响。所以我觉得更大的可能性是杜宽仁认识凶手，对凶手并不设防，放心让他站在自己身后，跟他一起偷窥，或者凶手一早就潜伏在仓库，伺机而动。”

薛嫱撇嘴：“真是恶心，两个人一起躲在这里偷窥女生。如果真是这样，这个凶手也算是杜宽仁信得过的狐朋狗友了。不过这里这么多杂物，到处都是可以躲避的地方，凶手一早就潜伏在这里的可能性也很大。最可气的是仓库门外根本没有摄像头，想来是这个好色校长的安排，因为这里是他偷窥的秘密所在。”

覃智勋指了指墙上的红色笑脸，十分郑重地说：“因为没有利刃割伤死者，没有死者的血迹，所以凶手用这间仓库里的红色记号笔留下这个笑脸标记，这说明一个问题。”

“什么问题？”薛嫱追问。

“说明凶手不惜破坏自己的犯罪模式也要杀死杜宽仁。也就是说，凶手并不是随机选择他认为要惩罚的罪人，或者是根据犯案的便利条件选择特定对象，他打从一开始就圈定了这几个人作为他的猎物。而且这一次凶手并没有那个耐心和时间等到全部条件符合，等到杜宽仁走进一个凶手也能够进入的、方便动手的、有利刃凶器的地方，也没有给程伟业那边发杀人预告就行动了。凶手这一次的行动相比较之前是退步了，一切都是这么草率，草率到让人怀疑这是不是模仿作案。”覃智勋言之凿凿，“如果排除模仿作案，那么杜宽仁这个死者绝对特殊，我们从他身上着手调查最有可能取得突破。”

薛嫱沉吟着：“可是现在没办法排除模仿作案的可能性吧？毕竟笑脸杀手的犯罪模式全都公开在网上了，尤其是这个特殊的笑脸符号，全金海市的网民都会画。”

杭天的电话打过来：“智勋，快来14楼杜宽仁的办公室，有重大发现！”

覃智勋快步往楼梯间走去，身后的薛嫱下意识想跟下去，却马上意识到自己的任务是勘查现场，只好驻足看着覃智勋离开。

刚到校长办公室门口，覃智勋就看见杭天兴奋地举着一个证物袋冲他招手，透明证物袋里面只有一个指甲盖大小的小东西：“智勋，我们在杜宽仁的抽屉里找到了一张SIM卡，还藏得挺隐蔽，你猜怎么着？这就是赵良实案发那晚给赵良实打电话的那个号码！而且这个号码自从使用以来，只在那晚拨打过赵良实的手机。我刚问过这里的老师，确认了杜宽仁的体形，170厘米的身高，85公斤，符合咱们昨晚在监控里看到的那个男人啊。最重要的是，办公室的衣柜里还有跟监控里那个男人相同款式的大衣和鞋子，这鞋子一看就知道被雪水泡过，脏得很。”

“按照我之前的推理，也就是说杜宽仁跟赵良实相识，而且他们俩都有杀害付洁的动机。”因为杜宽仁跟赵良实的隐蔽关联，覃智勋现在已经可以确认，这不是什么模仿作案，“会不会赵良实来杜宽仁的学校打过工？毕竟大学生假期打工的话，很有可能选择培训学校这种地方。”

“我也想到啦，已经叫小孟去查……”

杭天话未说完，小孟就匆匆忙忙进来了：“杭队，按照你刚刚的吩咐，负责人事的王主任在电脑里查了曾经在这里任职的员工的名单，包括短期打工的临时工，根本没有叫赵良实的。我给她看了赵良实的照片，她也说从未见过。但是有意外收获！”

“什么意外收获？你小子别卖关子啦！”杭天不耐烦地催促。

小孟邀功似的说：“反正也是看照片，我刚刚就顺便给这个王主任看了我随身携带的唐馨、尹清华、付洁和李沐晨的照片，你们猜怎么着？这几个人全都连上啦！原来尹清华之前被父母送去恶补英语的学校就是这里，王主任认出了这个只在这里待了一周不到的顽劣学生，还认出了李沐晨！”

“不会吧？李沐晨也来学英语？”杭天一时间没反应过来，而后马上顿悟，“不对，难道李沐晨之前给杜宽仁做过情妇？”

小孟打了个响指，响亮地说："没错！一年多以前，李沐晨跟杜宽仁好过两个月，那阵子她总是来学校找杜宽仁，搞得满城风雨，最后闹得杜夫人都知道啦，闹到杜宽仁离婚呢！"

果然全都连上了！已经可以确定这起案件并不是什么模仿作案，杜宽仁应该是一个变数，让凶手打乱之前按部就班的节奏的一个变数，凶手出于某种原因，不得已在破坏自己犯罪模式的情况下对杜宽仁下手。杜宽仁绝对是一个突破口，顺着他这条线查下去，说不定能够查到凶手。覃智勋欣慰地绽开一个笑容，尽管还不知道这些人之间的隐蔽联系以及凶手的杀人动机，但这绝对是巨大收获。

"行啊，小孟，真有你的，"杭天爽朗地笑，夸赞下属，"这可是大收获，你把王主任叫来，咱们好好跟她聊聊。"

小孟更加得意："叫来了，这会儿就在走廊候着呢。"

跟王主任的谈话没能得到更多的信息，总结来说只有三点：第一，李沐晨与杜宽仁的关系只持续了两个月，李沐晨一直逼杜宽仁离婚，故意闹得满城风雨，让曾经的杜夫人知道，最终导致人家夫妻离婚，杜宽仁离婚后，李沐晨因为杜宽仁除了这间学校一无所有，还背着债务，也离他而去；第二，尹清华是在李沐晨跟杜宽仁分手将近一年后，也就是两个月前才来学校恶补英语的，他应该是不认识李沐晨的；第三，尹清华虽然不爱学习，对英语更没有兴趣，但是他在离开学校前，王主任劝说他留下，告知他学校没法退学费的时候，尹清华说了一句很奇怪的话，他说那点钱根本不算什么，他虽然只在学校待了不到一周，可他学到的是受用一生的本事。

第九章

新的嫌疑

李沐晨像只刚睡醒的小猫，慵懒地在床上伸懒腰，听着洗手间那边传来的谷德宁洗漱的声音，突然有了一种家的感觉。她想象着自己未来要早起给谷德宁做早餐，送他去上班，晚上要在谷德宁回来前做好晚餐，在他进门后给他一个拥抱、一个热吻，两人吃完晚餐之后一起窝在沙发上看电视……如此日复一日，年复一年，该是多么幸福的事。

“你赶快回付洁那边吧，”谷德宁冷冷地发号施令，打破了李沐晨脑中幻想的美好画面，“我也要准备一下回英国，工作上有些麻烦等着我回去处理，咱们微信联系。”

李沐晨恋恋不舍地起床穿衣，好几次想说：你根本不是要回英国，你是要去英语学校上班吧？但最后她都忍住了，她并不想这样戳穿他，她第一次为一个男人的自尊心着想。

李沐晨驾车离开，却没有赶回自己的住处。她直接把车开到了仁知英语所在写字楼对面一条比较隐蔽的小路上，停车透过车窗观察写字楼的大门。她想最后确认一遍，看看谷德宁会不会来这里上班。

本来李沐晨想一直待在车里等待的，确认后就离开，她不想下车让后面跟踪自己的警察得知自己来这里的目的，可是当她看到写字楼门前停着的警车，聚在一起议论纷纷的人们时，还是没能忍住下车去凑个热闹。

“死的是谁啊？”

“好像是14楼的那个英语学校的校长！从楼上掉下来啦，哎哟那个惨啊！”

“什么时候的事啊？”

“昨天晚上吧？反正是今早大楼的保洁来上班的时候发现的，从侧面掉下去的，保安都没发现。”

“对了，听说一起掉下来的还有望远镜什么的呢。”

“对、对，听那个保洁说，还有DV和三脚架，肯定是那个老男人大晚上在楼上开窗偷窥对面住宅楼，结果失足掉下来啦。”

“什么失足啊，我听说是谋杀，是那个笑脸杀手！”

笑脸杀手！李沐晨的心一沉，笑脸杀手又出动了，这次杀的人她又认识！是她一年多以前的情夫杜宽仁！不对呀，笑脸杀手杀的不都是跟付洁有关的人吗？是知道付洁和赵良实去泰国出卖肉体秘密的人啊。难道杜宽仁也知道这个秘密？不可能吧？还是说她之前的推论大错特错？

李沐晨还想再偷听点什么，余光扫到了斜后方一个熟悉的身影，即便那个人换上了一身普通休闲装，还戴上了一副金丝边眼镜，她还是能一眼认出他。

李沐晨下意识地撒腿就跑，甚至把不远处跟踪她的警察吓了一跳。眼看谷德宁马上就要拐过障碍物，一抬头就能看到她，她想也没想就抱住了跟她撞在一起的那个便衣警察，假装是一对情侣，把头紧紧埋在那个她认为绝对安全，不会占她便宜、吃她豆腐的男人怀中。

“拜托拜托，帮个忙。”李沐晨像一只把头钻进沙子里掩藏自己的鸵鸟，紧紧抱住面前的男人，掉转方向，让男人变成她的遮挡物，她小声央求，“拜托拜托，一会儿就好，一会儿就好，不能让他发现我。”

幸运的是这个警察并没有挣扎，应该是被李沐晨的举动惊着了。隔了十几秒，估算着谷德宁应该已经进了写字楼，李沐晨这才敢松手。她一抬头，对上一双惊慌的眼和微微泛红的双颊。她赶忙像个占了人家便宜的人一样弯腰双手合十，连连道歉："对不起，对不起，我刚刚碰到了债主，江湖救急，江湖救急，谢啦。"

李沐晨惊慌失措，不知道如何面对面前的警察，干脆狼狈地跑开，跑回车里，一路开回家。

一进门，一股酸腐的气味扑鼻而来，这才让李沐晨从刚刚的惊魂未定中，从一路上对谷德宁是否发现自己的揣测中脱离出来。

放眼望去，家里已经一片狼藉，厨房和餐厅是重灾区，各种外卖盒子和残羹冷炙就那么堆放着。自己只不过离家两天，付洁这个邋遢女孩就能把她的家变成垃圾站。

还没等李沐晨反应过来，付洁一下子冲过来，像个撒娇的孩子一样抱住李沐晨，哭哭啼啼地说："沐沐，你可算回来啦！你再不回来，我真的活不成啦！我真的好怕，我好怕那个笑脸杀手会找上我。网上说笑脸杀手会穿墙遁地的，我就算锁好门窗，还是怕得要命。"

李沐晨轻拍付洁的背："傻姑娘，网上那些都是瞎说的，这你也信？"

"不是瞎说的，很多人都信。"付洁一本正经地与李沐晨对视，郑重地说，"沐沐，我不信这个世界上有鬼，那是迷信，可是隐身衣什么的那是高科技手段，由不得我不信啊。"

李沐晨突然想到最初与谷德宁见面的那一次，谷德宁说要对她进行一个考核，考核就是一个问题，问的是："你相信这个世界上有鬼吗？"她到现在都不懂，为什么谷德宁要问她这个问题，为什么这个问题能称得上是一项考核。

"沐沐，怎么样？这次你拿回多少？"付洁见李沐晨发呆，用力摇晃她，打量她的背包，"你在这么关键的时刻离开我两天，一定能赚不少吧？”

李沐晨本来想掏出谷德宁送她的钻石胸针打发付洁，但马上就打消了这个念头。就算这枚胸针是假的，她也打算把它当作珍贵的宝贝珍藏起来，便假装气恼：“别提了，碰上个骗子，原来他根本是个穷光蛋，反倒让我着了道，被他骗了色。”严格来说，李沐晨这话倒是大实话。

付洁懊恼地跺脚：“真是倒霉！”

李沐晨拉着付洁一起清理厨房的垃圾，又开窗换气。她故意打发付洁出去倒垃圾，趁付洁不在，她动作迅速地拆下了电视上方鹿头装饰里的针孔摄像头。这样做的原因很简单，因为警察这一次一定会彻底搜查她的家，毕竟笑脸杀手的手下又多了一条人命——杜宽仁。而杜宽仁正是自己一年多以前的情夫。再联系第一名死者唐馨跟自己有过节，李沐晨知道，这下自己是彻底地卷入案件中无法脱身了，搞不好警方又会怀疑自己就是笑脸杀手。

李沐晨把拆下来的针孔摄像头包在毛巾里，用重物砸坏，尽量砸碎，然后把碎片丢进马桶冲水，再把毛巾清洗干净；用来专门跟谷德宁联系的手机卡也用随身的指甲刀剪碎，扔进马桶。做完这些，李沐晨总算松了一口气。这样一来，警方就算怀疑她，彻底搜查她的家，顶多能查到谷德宁送给她的奢侈品牌皮包和钻石胸针，以及她账户上多出来的10万块，对于他们俩的关系就可以简单地定位成男女关系了。

忙完这一切，李沐晨的手机铃响，是一个陌生的号码。她大致猜到了来电的人是谁，接听后习惯性地说道：“早上好。”

对方沉默片刻，轻轻叹了口气后说：“尽管明知道那是情急之下的应变，但看到你对别的男人投怀送抱，感觉还是很糟糕。”

是谷德宁的声音，李沐晨恨不得欣喜地跳起来，他这么说明摆着就是吃醋嘛！

“还是被你发现了啊。”李沐晨苦笑着说。

“这话应该是我对你说。”谷德宁的口吻难得柔和，像个犯错的孩子，破天荒在李沐晨面前如此弱势，“稍后见面详谈吧，我的确欠你一个解释。对了，我送你的东西你怎么处置了？”

李沐晨当然明白谷德宁所谓的东西并不是指皮包和钻石胸针，而是指她刚刚已经处理完毕的东西。谷德宁今早也一定得知了杜宽仁的死讯，知道警察搞不好又会查到她这里。她意味深长地回答：“放心吧，我已经妥善处置了。”

“相信你，那么稍后再联系吧。”说完，谷德宁挂断电话。

果然，没过几分钟，如同李沐晨料想中一样，警察登门，而且是跟付洁一起上来的。李沐晨猜想，耽搁这么久，估计是警方在检查付洁丢弃的垃圾，他们以为她这个嫌疑人在丢弃什么证物。

李沐晨认出带头的就是之前来过的顾问覃智勋和队长杭天。杭天把一张搜查令递给李沐晨，提出要彻底搜查整个房间。李沐晨看都懒得看，把那张纸推到一边，无所谓地说：“搜吧搜吧，反正我问心无愧，你们随便。”

覃智勋示意李沐晨和付洁坐下聊，刚一落座，他便发问：“早上你去过仁知英语所在的写字楼，对吧？所以你已经知道了杜宽仁的死讯？”

“是，我知道了，”李沐晨翻了个白眼，不屑地说，“怎么？就因为我跟杜宽仁一年前有过那么一段，你们就又怀疑我？”

“昨天晚上到今天清晨的这段时间你在哪里？”杭天不太客气地问。

李沐晨做出一副吃惊的表情：“怎么？又来明知故问？你们的人不是一直跟着我吗？我昨晚跟我男朋友在一起，一直跟他在一起，他就是我的不在场证人。”

“你的男朋友叫罗一，是仁知英语的老师？”覃智勋发问。

“对，我真的搞不懂，你们这样明知故问有意思吗？”李沐晨有些不耐烦。

付洁不解地插嘴："沐沐，你不是说你被骗了吗？怎么又说他是你男朋友？"

李沐晨瞄了一眼付洁，有些哭笑不得，这个女孩真是一根筋，在警察面前拆自己的台，幸好她早就想好了说辞："是，他是骗了我，一开始他骗我他是海归富豪，跟我在五星酒店的总统套房约见，我就信了。后来我在他住的地方看见了仁知英语的试卷，又联想到他住的地方就在仁知英语的附近，于是怀疑他其实是个教英语的老师，所以就去学校所在的写字楼门口确认他是不是会去上班。结果他真的出现了。"

"即使这样，你也要称呼这个骗了你的男人为男朋友？"覃智勋对李沐晨刮目相看的样子。

李沐晨用充满敌意的目光瞪着覃智勋，阴阳怪气地回击："怎么？你认为我就活该给色老头当情妇当一辈子，没资格好好谈一场恋爱，结婚生子？"

覃智勋赶忙摆手澄清："不是不是，我不是这个意思。任何人都有追求幸福的权利，你当然有这个资格。对了，你说你昨晚一直跟罗一在一起，他能为你做证？"

"没错，你们去找他问问吧，他就是我的证人。"李沐晨极为自信，也的确问心无愧。

杭天轻咳一下："我们会问他的，可问题是杜宽仁的死亡时间段在凌晨零点至2点，这段时间你们应该都睡了吧。如果罗一睡着了，他就没法确定你有没有趁他睡着后离开。毕竟你昨晚就住在距离案发写字楼一街之隔的地方，来回不过十几分钟。"

"巧了，这段时间他刚好可以为我做证，我们俩那个时间并没有在睡觉。"李沐晨庆幸地说。

覃智勋和杭天面露尴尬，最后还是覃智勋发问："你确定是午夜时分？你俩、你们维持了多久？”

“差不多两个小时，从12点多到凌晨2点多。”李沐晨思索了一下后回答。

覃智勋尴尬地笑笑：“是吗？这么久啊。”

李沐晨这才看清楚两个男人看她的神情，明白他们误会了她的意思，赶忙红着脸澄清：“我们在看电影，一起看电影将近两个小时！”

覃智勋脸上的神态迅速恢复正常：“看电影？在影院看午夜场吗？”

“不是，没去影院，就在家里，用笔记本看以前的老片子。”李沐晨不耐烦地解释。她知道警察一定认为他们并没有去影院看电影，而是在家里，这样一来，只要他们事先对好词，就可以伪造不在场证明。可她依然问心无愧，不在乎警察怎么想。

杭天马上问：“有什么人能够证明你们俩当时在看电影吗？”

李沐晨冷哼一声埋怨说：“怎么？你们警察拿笑脸杀手没办法，就要把矛头转向我？我有男朋友给我做证，你们不信，非要我再找一个证人。我要是再找一个，你们还是不信，还要问有没有另一个能够给这个证人做证的人，这样循环下去有意思吗？哼，欲加之罪，何患无辞。”

杭天被伶牙俐齿的李沐晨顶得没了好脾气：“李小姐，男友的不在场证明就算上了法庭，可信度也是要大打折扣的。”

“少拿上法庭吓唬我，反正身正不怕影子歪，我问心无愧。”李沐晨无所谓似的翻了个白眼，余光扫到卧室那边几个翻动她衣柜的警察，大叫道：“喂，你们小心点，别弄坏了我的东西，那些可都是名牌，弄坏了卖不掉的！”

覃智勋冲李沐晨挥挥手，示意李沐晨把注意力从搜查房间的警察那边移回来：“还有一个问题，对于笑脸杀手相继杀死了两个跟你有关的人，你作何解释。”

李沐晨没忍住扑哧一声笑出来：“我能作何解释？我还等着你们

警方给我答案呢！搅和进这么麻烦的事情，我也是被害人，好不好？莫名其妙就被你们警察跟踪，动不动就来问话搜家，要不就是叫去公安局，我也很窝火啊。”

“好吧，说说你跟杜宽仁的关系，”杭天打断李沐晨的牢骚，“我听说，一年前你闹到杜宽仁离婚，人家离了，你倒把人家甩了。”

李沐晨不屑地哼了一声，理所应当似的说：“不然还留着他做什么？他老婆得了大部分家产，杜宽仁穷得就剩一间破学校，还背着大额贷款。他都混到这份儿上了，还妄想跟我结婚。结婚啊，就凭他？又老又丑，又穷又色，我当初要不是走投无路，也不会饥不择食找上他。”

覃智勋微微蹙眉，像捕捉到什么：“既然你根本看不上他，为什么频频去学校找他，闹得满城风雨，闹到杜夫人知道你们的事？”

李沐晨理所应当似的说：“找他陪我逛街、给我花钱啊，至于他老婆，他当时跟我说，他老婆早就知道他在外面彩旗飘飘，他找小三是他老婆默许的呀。”

覃智勋和杭天对视一眼，不再问什么，似乎认可了李沐晨的说法。因为她的说法的确在理，很多出轨的男人都会欺骗小三说家里的原配是默许的，更有甚者骗小三说原配跟他是开放式婚姻，原配在外面也有男人之类的。

李沐晨不耐烦地长长吐出一口气，似乎说得口干舌燥，一口气喝了半杯水：“还有什么问题吗？这房子也搜这么久了，到底有没有搜出什么啊？”

一个短发女警走到李沐晨面前，在茶几上放上两张纸和印泥，冷冷地说：“录指纹，十根手指都要，用力按，按在相应的位置上。你们两个都要录。”

一直沉默的付洁突然火了：“干什么啊？搜房子也就算了，凭什么要我们的指纹？”

杭天敲了敲茶几上的文件：“就凭我们有这个权利。小洁，别人不理解，你应该理解的，毕竟你父亲生前……”

付洁懊恼地大叫一声：“够了，别提那个人！”

李沐晨忙轻拍付洁的后背安抚她：“小洁，咱们是斗不过他们的，既然问心无愧，录指纹就录指纹吧，赶紧完事儿让他们走。”

付洁喘着粗气，又犹豫了一会儿才松口，勉为其难地说：“那、那就录吧，真是烦死了，我怎么会这么倒霉，卷进这种事儿。”

等到警察撤离，付洁发起了大小姐脾气，在房间里乱丢东西，大声咒骂。李沐晨听得出，付洁咒骂的是笑脸杀手，她恨那个杀手杀死了她心爱的赵良实，还给她的生活带来了危机和麻烦。

等付洁发泄了一阵子，李沐晨拉起她的手：“走，咱们出去下馆子。”

到了饭店，李沐晨确认了跟踪的警察等在门外后才开口：“小洁，现在警方很可能怀疑我是凶手，很可能刚刚趁搜查的时候在家里放了窃听器，你不是不想让警方知道你的秘密吗？所以以后咱们在家里说话一定要小心，有什么重要的事情最好出来说。对了，手机也要注意，搞不好已经被他们监听了。”

“不会吧？还要窃听我们，太过分了！”付洁恼怒地用力一拍桌子，“沐沐，还是你想得周到，幸好有你在，不然我真的不知道该怎么办。”

“小洁，你先冷静一下，咱们得好好重新分析。首先你必须告诉我，你认不认识杜宽仁。”李沐晨尽量压低声音，不让邻座的人听到她的话。

付洁马上摇头：“我根本没听过这个名字。你说他是什么英语培训学校的校长，可我压根儿没去过任何培训学校。”

李沐晨又用手机上网搜到了杜宽仁的照片给付洁看，付洁还是极为笃定不认识这个人。

“现在又死了一个人，而这个人跟我有关，跟你没有一丝关联，也就是说，咱们之前的推论——笑脸杀手只选择知道你和赵良实去泰国的秘密的人杀害，搞不好是搞错了方向。也就是说，可能唐馨不是在网上劝你的那个网友‘悔悟’，她跟杜宽仁一样，是跟我有关的人。赵良实和尹清华则是跟你有关的人。”李沐晨双手抱头，感觉自己深陷旋涡中，而且越陷越深，根本无法脱身。一方面她要搞清楚谷德宁所谓的复仇到底是怎么回事，到底付洁跟他有何仇怨，并且努力阻止谷德宁复仇；另一方面她还得继续帮付洁，也是帮助自己分析，到底笑脸杀手是何许人也，为什么选择跟她和付洁有关联的人加以杀害。

倏地，一个大胆而恐怖的想法从脑中闪过，会不会谷德宁是笑脸杀手？李沐晨被这个想法吓出一身冷汗。但很快她便打消了这个念头，毕竟她跟谷德宁昨晚可以相互做证，而且谷德宁没有杀害这些人的动机。她想，必须尽快跟谷德宁，不，是跟罗一见面，好好谈谈。

第十章

笑脸深意

仁知英语培训学校发生命案，死的还是校长，学校不得不暂时停课。除了领导需要留下来配合警方办案，其余老师全部放假。

覃智勋和杭天回到学校找罗一扑了个空，王主任告诉他们罗一也住在对面的住宅楼，杜校长给他也租了一间员工宿舍。

在得到具体地址出发之前，覃智勋特意要王主任配合，调阅罗一的人事资料，对他有个简单了解。

罗一，39岁，单身，没有婚史，户籍在邻省的某县城，18岁赴英国留学，读的是一所没什么名气的大学，专业是金融，毕业后一直留在英国一家证券公司上班。直到去年才因为父母过世而回国，随即来到金海市谋生，因为一口流利地道的英式英语，被杜宽仁以高薪聘用。因为罗一属于难得的人才，杜宽仁为他租的员工宿舍不同于其他员工，是个单间。而且据学校里其他老师的说法，杜校长极为看重这位罗老师，称他是不可多得的人才，两人私下也算是朋友。

按下门铃后没多久，单身公寓的门打开，站在覃智勋和杭天面前的是一位温文尔雅的男人。他穿着居家服，头发蓬松随意，戴金丝边的眼镜，手里还端着一杯咖啡，一脸漠然，一开口却是动听的男低音：“你们是……”

杭天出示证件：“我们是警察，有关杜宽仁的案子想找你了解一些情况。”

罗一有些茫然，但还是侧身让他们进屋了。他端着咖啡杯坐在床沿，伸手示意覃智勋和杭天坐在简易沙发上：“早上上班的时候，我听说了杜校长的事，同事们说凶手是那个笑脸杀手，因为现场留下了红色记号笔画的笑脸。”

覃智勋听得出罗一的潜台词，意思是他可不知道有关笑脸杀手的事情，为什么要来找他问话？

“你认识李沐晨吗？”覃智勋开门见山。

罗一嘴角微微上扬，笑意一闪而过，是那种略带甜蜜温暖的笑，他大方回答：“认识。”

“你和她是什么关系？”杭天有些心急，想赶快确认李沐晨是否有不在场证明。

罗一斟酌了一下，不紧不慢地说：“我们的关系比较复杂，可以说是追求者与被追求者的关系，也可以说是欺骗者与被欺骗者的关系。”

杭天不耐烦地说：“说简单点。”

“简单来说，就是我这个肤浅的老穷光蛋看上了她那副年轻貌美的皮囊，又深知她一向只与有钱人为伍，便把自己伪装成一个英籍华人富豪接近她，为了她破费不少。等到感觉她对我动了些许真情的时候，我再对她吐露实情。我承认，我这么做挺浑蛋的，但对方也不是什么高贵清白的圣女，我们倒还算相配。”罗一有些自嘲，但非常坦荡。

“所以你昨天就把她带回你的这间公寓了？”覃智勋不同于杭天，倒是对罗一和李沐晨的关系挺好奇。

“是，其实也是因为我手里的钱只够一晚五星酒店的费用，我不得不把她带回来，说这里是我家的老房子。我想这样也好，干脆在这房间里留下蛛丝马迹，让她自己起疑，自己确认。因为我实在是没有勇气主动坦白。”罗一说到最后一脸落寞。

杭天还是很心急：“昨晚你们一直在一起？李沐晨中途没有离开过吗？”

罗一有些不满地问：“怎么？你们怀疑沐晨？到我这儿来是确认她的不在场证明？”

“是。”杭天回答得干脆利落，“虽然你喜欢李沐晨，你为她做证的可信度不高，但我们还是想来这里确认一番。”

罗一毫不掩饰他对覃智勋和杭天的不满：“我可以拿我的人格保证，昨晚一整晚，沐晨都跟我待在这里，她不可能是凶手。”

接下来，罗一在覃智勋的提问下给出了与李沐晨相同的答案，他们俩于晚间零点过后到凌晨2点左右一直在一起看电影，两点半的时候李沐晨又沉沉睡去，罗一没有睡觉，而是批阅试卷一直到凌晨4点。所以他可以证明，至少到凌晨4点，李沐晨都是有不在场证明的。

杭天在听说罗一喜欢李沐晨之后就料到会是这么一个结果，得到答案的他用眼神示意覃智勋不要再跟这个罗一浪费时间。

覃智勋跟着杭天起身离开，在出门的时候他突然想到一个问题：“对了，你是怎么认识李沐晨的？据我所知，李沐晨在一年多以前频繁出入仁知英语，她当时还是杜宽仁的情妇，而你在一年前入职，你应该是跟她错开了才对啊。”

“我看过她的照片，在杜校长的手机里看过他们俩的合影。当时杜校长跟我说，这就是当初害他妻离子散的小妖精。我对她也算是通过照片一见钟情。”罗一有些不好意思地苦笑。

“好吧，谢谢你的配合。”覃智勋诚恳地说。

回到车里，杭天才发问：“智勋，你觉得这个罗一的话可信吗？”

“我觉得还是可信的，至少他的讲述没什么漏洞，而且你们不是也查过这栋高层住宅楼单元门口的监控和写字楼的监控了吗？没看到李沐晨晚上出来，也没看到她进入写字楼。”覃智勋回想以往的案件，李沐晨也算是都有不在场证明。

杭天一拍方向盘，发泄气愤的情绪：“难道凶手真不是李沐晨？这个该死的笑脸杀手到底是谁啊？他跟这几名死者到底有什么关系？”

杭天发动车子的时候覃智勋的手机接到薛嫱的来电：“覃顾问，你们在哪里？赶快回来，有重大发现！”

“我们正在往回赶，有什么重大发现？”覃智勋紧张地问。

“指纹，我们发现了指纹，凶手的指纹！”

覃智勋挂上电话，把薛嫱的话转述给杭天。杭天兴奋之余小声嘀咕：“这个小薛越来越过分了啊，又无视我这个领导，跟你汇报。”

回到市局，两人直奔技术队，薛嫱的电脑前已经聚集了不少人，他们赶忙凑过去。杭天心急地问：“到底是什么重大发现？”

薛嫱在电脑上打开一张杜宽仁案发现场的照片，照片上是凌乱散落一地的红色记号笔，有二十几支：“这些记号笔本来是一整盒的，被凶手散落在地上，我数了一下，正好一盒，这一次凶手还是没有从现场带走什么，但是留下了他的印记——指纹。”

杭天喜出望外：“你是说，凶手用其中之一的红色记号笔在墙上画上了笑脸，然后没有擦去自己的指纹，也没有带走他使用的那一支笔？”

覃智勋泼了杭天一盆冷水：“上一次凶手也在尹清华的脸上留下了指纹，但凶手没有案底，指纹跟系统内没有匹配。凶手也深知这一点，所以才无所谓自己是否留下指纹，不是吗？否则以凶手的谨慎风格，才不会马虎到不擦去记号笔上的指纹。”

薛嫱郑重点头，双眼炯炯发光，高调地说：“没错，从前系统内的确没有凶手的指纹，可是现在有了。凶手并没有算到在命案发生后，警方会去录取她的指纹！”

覃智勋一怔，薛嫱的话再明显不过，她的意思是就在上午，她亲自录取了凶手的指纹！

“果然，凶手就是李沐晨啊！”杭天跃跃欲试，“走，跟我抓人去。”

薛嫱起身拦住杭天：“杭队，指纹不是李沐晨的，而是——付洁的！”

杭天的脚步僵在空中，难以置信地扭过头：“小洁？怎么可能？她可是……”

杭天的话哽在喉咙，他无论如何都不愿意相信曾经的同事、殉职烈士的独生女儿会是臭名昭著的笑脸杀手。

“不可能吧？你是不是弄错了？是不是把小洁和李沐晨的指纹给弄混了？小洁她还那么年轻……”杭天话说到一半才反应过来，年轻跟凶手并不矛盾，在他的从警生涯中，还逮捕过更年轻的罪犯。

薛嫱又坐回电脑前操作：“不会弄错，指纹是付洁的，尹清华右脸上的血指纹是付洁的左手中指，这也符合两人面对面用手抚摸的正常情况，而记号笔上的指纹是她的右手食指，也符合一般右撇子的用笔习惯。而且凶手不可能是李沐晨，案发的时候她有不在场证明，她的不在场证明就在跟杜宽仁一起坠落的DV里。我们从杜宽仁坠落现场附近搜集回来的DV碎片中找到了数据存储区，还原了大部分案发前拍摄的录像，录像里面正巧录到了对面的李沐晨和罗一，就出现在视频的最后几十秒。这也足够证明DV坠落前的片刻，李沐晨和罗一都在对面的大楼中。”

覃智勋凑到薛嫱旁边：“给我看看当时录到的情景。”

薛嫱操作电脑播放了那段仅有几十秒的视频片段。画面中是一扇亮着灯的窗子，窗前站着一个穿着睡袍的女人，很快，女人身后走来一个男人，两人在窗前拥抱，紧接着画面剧烈晃动，黑暗中闪过一个男人龇牙咧嘴的大脸，同时还听到了摩擦声和一个男人突如其来的惊呼声，随后视频结束。显然，DV录下了杜宽仁坠楼的刹那。

“能够肯定最后闪过的那张脸是杜宽仁的？”覃智勋虽然目不转

睛，但还是看不清那张一闪而过的脸。

薛嫱点开一张图片："你们看，这是画面截图经过加工后的效果，虽然因为惊恐而面部扭曲，表情夸张，但我将这张图片跟杜宽仁的其他照片通过专业软件做了面部比对，就是他本人没错。"

杭天急切地摆手示意薛嫱把画面调回前面："前面录到的那两个人真的是李沐晨和罗一吗？"

"我通过技术还原，已经能够看清画面中的两个人。"薛嫱又调出一张清晰化之后的截图，"你们看，这两个人是不是李沐晨和罗一？"

用不着太过仔细辨认，覃智勋和杭天都可以肯定，画面上的人就是他们刚刚见过的李沐晨和罗一。除了罗一这个人证，李沐晨又有了物证证明她案发时不在案发现场。

"也很有可能摄像机的时间被更改过啊，其实这两人出现的时间并不是在……"杭天看了看视频下方的时间显示，"并不是在零点30秒。"

覃智勋瞥了杭天一眼，微微蹙眉。杭天的心情可以理解，他万分不愿意把付洁当作嫌疑人，巴不得李沐晨是凶手。可他身为刑警，真的不该把私人感情与案情掺杂在一起。

薛嫱叹了口气，解释说："很遗憾，时间是正确的，这一点从之前录到的画面可以得到确认。"

薛嫱又调出了晚间11点的视频文件，画面中是另一扇没有拉窗帘、开着灯的窗户，透过窗户可以看见房间内有两个穿着睡衣的女人，一个在用吹风机吹头发，另一个在电脑前上网。

"这两个女孩就是仁知英语的女老师。"薛嫱介绍，"我也想过相机的时间是否被更改的问题，于是通过学校的王主任联系了这两个女老师，从她们那里确认了，昨晚她们俩的确在23点的时候吹头发和上网，上网的那个女老师记得准确的时间，因为她跟异地的男友约好网聊视频的时间正好就是23点。所以时间不会错。我想，杜宽仁本来是想偷窥和偷拍这两个女孩的，但23点45分的时候，两人熄灯睡觉。可杜宽仁没有结束拍摄，仍置身小仓库中。零点的时候，他可能是注意到隔壁窗子亮了灯，就掉转镜头去拍，正好拍到了李沐晨和罗一，也就是在这时，他被凶手推了下去。”

覃智勋吐出一口气：“李沐晨和罗一的说法也跟这录像一致，两人都说他们在零点左右睡醒，因为睡不着而开始看电影，他们这个时候站在窗前也是合理的。如果是这样，的确可以排除李沐晨和罗一的嫌疑，再加上指纹，我看咱们有必要把付洁带回来好好聊聊了。说不定付洁和赵良实以及杜宽仁真的有什么不为人知的关系，杜宽仁和付洁相互存在杀人动机。”

仅半小时之后，杭天和小孟就把付洁带回市局，带进了审讯室。

付洁不依不饶，大喊大叫着“警察欺负人”，审讯室门外的李沐晨倒是很冷静理智，一再询问警方到底为什么突然把付洁当作嫌疑人审讯。

覃智勋审视李沐晨的眼睛，沉吟片刻后讲了实话：“在杜宽仁的案发现场，我们找到了一支红色记号笔，上面有付洁的指纹。再加上之前尹清华的尸体上也留有付洁的指纹，她昨晚又没有不在场的证据，我们绝对有理由怀疑她。”

李沐晨先是难以置信，确认覃智勋并没有说笑之后是疑惑和茫然。

覃智勋看得出，李沐晨是真的惊愕。其实不光李沐晨，他和杭天又何尝不是呢？付洁是一个看起来毫无心机的任性单纯的女孩，真的不像心思缜密、运筹帷幄、接连残忍杀害4个人的笑脸杀手。

“可是、可是就算昨晚小洁没有不在场证明，唐馨死的那晚，还有赵良实死的那个晚上，小洁真的跟我在一起啊，我可以为她做证，她不会是什么笑脸杀手！”李沐晨沉默片刻后突然找到了救命稻草，急着为付洁辩解。

覃智勋无奈地微笑：“你应该也在网上看到了一种说法吧，笑脸杀手也许有两个人，如果其中之一是付洁呢？你再仔细想想，赵良实案发的那晚，付洁有没有短暂离开过你家，尹清华的案发现场可是离你家很近的。”

李沐晨茫然地问：“短暂是指多久？那晚我们的确一直在一起，可我总得上厕所吧，我中途去过几次洗手间，有一次比较久，有15分钟左右……”

覃智勋在李沐晨的眼中看到了迷惑和怀疑，看得出，她也动摇了。

“可15分钟应该不够她从我家赶到红灯区的窄巷杀人，又折返回来吧？再说了，警察不是一直在我家楼下守着吗？付洁出门他们怎么会看不到？”李沐晨的动摇仅仅持续了几秒，很快她又恢复坚定。

“不好说，我们现在也只是基于指纹的证据对付洁有些怀疑，还没有下定论。李沐晨，你好好想想，假设，我是说假设付洁是凶手之一，最有可能跟她合作的另一个凶手会是谁？或者，她跟你在一起的这段日子里，有没有跟什么人密切接触或联系过？”覃智勋之前的所有解释，其实都是在为这个问题做铺垫。李沐晨是最近一段时间跟付洁走得最近的人，这个问题只能问她。

李沐晨苦笑：“真是可笑，按照你的说法，那我就是另一个凶手啦！因为这段时间里跟小洁走得最近的人就是我，除了我没别人。”

覃智勋无奈地叹了口气，转身走向审讯室。

审讯室中，杭天已经开始了对付洁的审讯。因为付洁是殉职前辈的遗孤，杭天对她还是很客气的。

付洁却一万个不客气：“你们要我说多少遍？我不是凶手，我什么也不知道，一定是你们搞错了，要么就是嫁祸！除了良良，其余死的那几个人我根本不认识！我更加不可能杀害我的良良，我爱他！”

“你爱他，这就是杀人动机，你无法接受他移情别恋，甚至想对你下杀手，只因为你会阻碍他跟新女友的恋情，阻碍他入赘有钱人家的大好前程。”覃智勋没有杭天的好态度，单刀直入。

“你说什么？”付洁一拍桌子站了起来，气愤地叫道，“胡说，良良怎么可能想杀我？”

“不然你以为赵良实为什么要在你大闹学校之后的那个晚上急匆匆地买回大号旅行箱和尼龙绳？旅行箱能用来装尸体，绳子用来把箱子固定在他的摩托车上，从而抛尸。”覃智勋循循善诱，“而且他跟同伙约好，他的同伙甚至已经帮他找好了抛尸的地点。如果不是赵良实出了意外，恐怕你此刻就被埋在近郊树林的地下。”

付洁满眼的泪，顿时抑制不住如泉涌，哭泣正代表她信了，至少非常怀疑这种说法，但还是要嘴硬：“不可能，绝对不可能，良良不会那么狠心的，我们是真爱！”

覃智勋觉得付洁不像演戏，她是真的很伤心，但她是不是现在才知道赵良实对她的杀意，还是不得而知。也许她早就察觉了，所以先下手为强，也算是对负心汉的惩罚。

杭天等到付洁稍稍平静后把杜宽仁的照片推到她面前，仍然温和地问：“小洁，你认识这个人吗？”

付洁狠狠擦了把眼泪，只瞄了一眼，脱口而出：“杜宽仁嘛，沐沐给我看过他的照片，也问我是不是认识他，可我根本没见过这个人！”

“赵良实有没有可能认识他，或者说认识一个英语培训机构的校长？”杭天继续问。

付洁这次是真的沉下心来思考，想了半分钟，她又激动地双手揪扯头发：“良良从没跟我提过什么英语啊，校长啊，我真的不知道！”

覃智勋轻咳一声，话锋一转：“好吧，就算你不知道杜宽仁，那么你总该知道金妍吧，你跟赵良实两次去泰国旅游的导游。”

付洁抿了抿嘴，气势弱下来：“那个导游啊，我记得她，记得她姓金，是个30多岁的女人。第一次我跟良良到了曼谷后，我就因为水土不服而上吐下泻，只能在酒店里休息，也是她帮我买的药。你们怎么会提起她？她跟这案子有什么关系？”

“她失踪了。”覃智勋紧盯着付洁的脸，捕捉她每一丝细小的表情变化，“几乎在笑脸杀手出现的同一时间。你不觉得这太过凑巧了吗？”

“你的意思是她就是笑脸杀手？”付洁抬头，眼神对上覃智勋之后又闪躲开。

“她如果不是笑脸杀手，那么很可能是笑脸杀手的下一个猎物，也可能，她早就死了，只是尸体还没有被发现。付洁，我再问你一遍，你跟赵良实为什么要在短时间内两次参团去泰国旅游？为什么两次都是参金妍的团？你们在泰国到底做了什么？”

付洁不耐烦地回答：“我不是说过吗？因为第一次我身体不舒服，害得我跟良良一直待在酒店里，根本没跟大家一起游玩，回来后一直觉得可惜，良良才提议再去一次的，报名参团的事情都是他负责的。至于我们做了什么，参团旅游还能做什么？就是到处走，到处玩，到处拍照呗。”

“真的没发生什么别的事情？”覃智勋看得出付洁在说谎，他有八成的把握，这对小情侣和导游金妍在泰国一定发生了什么事，而这件事情绝对跟眼下的连环案脱不开干系。

“没有没有！”付洁暴躁地拍着桌子，像只发怒的小豹子。

说话间，薛嫱敲门后推门进入，把一个封皮五颜六色的本子和一个作文本放到杭天面前，神色凝重地说：“这是从付洁姑姑家里找到的。据她姑姑说，这是付洁小时候的东西，杭队，你看看吧。”

覃智勋和杭天一起先把目光锁定在那本颜色鲜艳的本子上，看得出，这是一本年代久远的图画本，封面图案是可爱的卡通形象，下面还写着歪歪扭扭的几个字——光华小学三年级（3）班，付洁。这是付洁小学时候的图画本。

杭天狐疑地翻开第一页，只看一眼他就愣住了，不是因为幼稚的画，而是因为右下角的一个图案，那是一个笑脸，三条弧线组成的笑脸。

覃智勋在杭天惊异的同时迅速翻动，一本有二十几幅画，每一幅画的右下角都有这么一个图案，而且看得出不是后加上去的，是跟图画一起完成的。

付洁像想起什么似的，狐疑地问："这不是我小时候的东西吗？把这种东西拿来做什么？"

杭天把图画本推到付洁面前，指着右下角的笑脸标记，严肃地问："小洁，这个是你画的吧？"

付洁的脸色瞬间像蒙上了厚重的阴云，她急于解释："是我画的，但那是好多年前的事情了，我根本不记得啊。我小时候是爱画画，当时想模仿画家，我和好几个同学都有在画下面留下符号签名的习惯。这跟那个什么该死的笑脸杀手没关系！"

杭天揉乱头发，像对自家孩子般苦口婆心地说："小洁，两起命案现场有你的指纹，这两起命案你又没有确切的不在场证明，你还有杀害赵良实的杀人动机，现在又有这些画上的笑脸签名，我们不得不把你作为重点调查对象，把你作为嫌疑人，怀疑你就是笑脸杀手的其中之一。"

"我没杀人，我真的没杀人！你们、你们这样做，对得起、对得起我殉职的父亲吗？"付洁突然号啕大哭。

覃智勋又去看作文本，封皮上写着初二（6）班，这是付洁初中时候的作文本，其中有一页被折角，估计是薛嫱特意提醒他们直接看折角的那一页。覃智勋翻开一看，那是一篇名为《我的理想》的作文。

印象中，大部分人的小学、初中应该都写过这个题材的作文，当时大家的豪言壮志都是当科学家，当老师医生之类的。现在的孩子们的理想可能更符合时代特征，有一些说真话的孩子会说想当明星、当网红之类的。可付洁的这篇作文让覃智勋大跌眼镜，他觉得以付洁的脾气秉性，理想是当明星嫁入豪门之类的就够离谱了吧，可人家明确写着，理想是有一个性感又可爱的酒窝。

付洁在作文中写道，她的母亲就有一个酒窝，可她没能遗传母亲的酒窝，这一点让她觉得很是倒霉。她曾经对身为医生的母亲提出要做一个人工酒窝，也就是去做个微整形，但是被母亲拒绝了，理由是付洁年龄太小，等到20岁之后，母亲才会同意。作文的最后，付洁信誓旦旦地写道——她一定要拥有一个漂亮的酒窝，这就是她的理想。

这篇作文的得分和评语可想而知。

覃智勋把作文本推到付洁面前，付洁看了几秒后脸色急剧变化，缴械投降般丧气，有气无力地说："没错，这是我写的，可是那都是好久之前的事情了。我妈过世后我早就把什么酒窝的事情忘到脑后了。你们总不会仅凭我小时候的画和作文就认定我是那个笑脸杀手吧？什么笑脸签名，什么酒窝，那都是巧合！"

真的是巧合吗？会有如此巧合吗？覃智勋之前一直弄不明白为什么凶手留下的血迹笑脸会在嘴边多出那么一个圆点，而在看过付洁小时候的图画和作文之后，似乎有了些头绪。但有一件事就连付洁都清楚得很，那就是图画和作文并不能作为证据证明什么。

覃智勋和杭天离开审讯室，留付洁一个人在审讯室里调整情绪，等她平静下来继续审讯。

"唉，其实小洁说得没错，我们的确对不起老付，"杭天一出审讯室便一拳打在墙上，嘴角下垂，努力压抑悲痛地说，"老付殉职的时候小洁才一周岁，孤儿寡母生活不易啊，几年前嫂子也过世了，留下小洁这个孤儿。我们谁也没想到去关注这孩子的心理，了解和帮助排解她的伤痛，做专业的创伤治疗。她的家庭背景的确特殊，如果她真的是凶手，那我们，乃至这个社会都难辞其咎。"

覃智勋拍拍杭天的肩："杭天，你先别急着自我批评，付洁到底是不是笑脸杀手其中之一现在还不好说，毕竟还有太多的疑团没有解开。我看付洁这个状态，你们根本没法从她口中得知更多的信息。如果她是笑脸杀手，那么她就是深藏不露；如果她不是笑脸杀手，真是个不知情的受牵连者、被嫁祸者，更是无从招供。”

杭天苦大仇深地说：“没错，咱们眼下要做的除了继续调查，还有这一次一定要封锁好消息，绝对不能让程伟业那帮人知道嫌疑人是殉职警察的女儿，这消息要是传出去引起舆论风波，我可真是吃不了兜着走了。”

“放心，程伟业也是刚刚放回去不久，自己身上的麻烦还没解决呢，谅他也不敢再玩什么窃听，这一次不会走漏风声的。”覃智勋说完，想到了李沐晨，他必须嘱咐好李沐晨，以免消息从李沐晨那里走漏。

19点，覃智勋不知道第几次从审讯室出来，仍然一无所获。就像他说的，要么付洁早就有所准备，面对审讯可以做到滴水不漏，是个心思缜密的变态杀手，要么就是付洁真的什么也不知道。

一抬头，一直等在走廊里的李沐晨迎上来，急切地问：“怎么样？小洁有没有说什么？”

覃智勋耸耸肩：“她只说什么也不知道。”

李沐晨语重心长地说：“你们一定是搞错了，小洁怎么可能是什么笑脸杀手？她不过是个单纯任性的孩子。”

覃智勋坦诚地说：“我也觉得这其中有问题，所以为了付洁的声誉，在盖棺论定前，我希望你能配合警方对外保密。你也知道，现在网上关于笑脸杀手的事传得沸沸扬扬，一旦让网友们知道警方在怀疑谁，那么这个人很可能会遭受网络暴力。”

“那是当然，”李沐晨理所当然地说，“这种事我自然不会外传。”

覃智勋赞许地点头：“那就好，付洁能有你这么个朋友是她的幸运。”

“那我什么时候可以带她回家？”李沐晨像一个关心妹妹的姐

姐，真心为付洁的遭遇而忧虑，心疼这个暂时失去自由的女孩。

“抱歉，我们恐怕得扣留她48小时。你总不能睡在这里，还是回去等消息吧，等到付洁可以离开，我会打电话通知你来接她。”覃智勋对李沐晨还算友好客气。

“48小时？那岂不是我后天下午才能来接她？”李沐晨大吃一惊，“她不是警察家属吗？你们怎么可以这样对她？”

“法律面前，人人平等。别说她是警察家属，烈士家属，就算她是现役的警察，昨天刚刚救了人命的英雄，今天涉嫌命案，也得公事公办。”覃智勋虽然语气和缓，话却说得坚定，不容置疑。

李沐晨冷哼了一声，悻悻地转身离去，边往外走边丢下一句话：“要是提前放人记得给我打电话。”

看着李沐晨的背影消失，覃智勋突然冒出一个疑问：为什么李沐晨对付洁如此关切，仅凭两人两个多月的友情？她真的受得了付洁这个脾气大、任性，又好吃懒做，在她家白吃白住的女孩？

“智勋，”杭天的声音从办公区传来，“你快来看看吧，这个程伟业又在网上兴风作浪啦，他这次可真是看热闹不嫌事儿大啊。这次搞得更离谱，竟然还有那么多人追捧他异想天开的说法。”

第十一章

奇葩言论

傍晚，从市局离开，李沐晨驾车直奔罗一的住处，对于仍然跟在她后面的那辆银色尼桑不以为意，反正她跟罗一的关系在警察看来只是简单的男女关系，李沐晨去找他完全合理。

门开了，罗一冲李沐晨绽开一个温暖的微笑：“我等了你一下午，你总算来了。”

李沐晨再见到罗一，心情复杂，甚至不知道该怎么面对这个谎言被戳穿的男人，她担心罗一会因为谎言戳穿，回归真实的身份而在她面前瞬间卑微下去，又担心罗一干脆跟她提出分道扬镳。

“我本来可以下午就过来的，可是因为小洁，因为警察把小洁带回去审讯，我必须陪她一起……”李沐晨熟络地给自己倒了一杯水，喝了大半杯后坐在床沿，就像昨天她在这里时一样。

罗一并没有因为身份的一落千丈而改变对李沐晨的态度，仍然不卑不亢，维持他优雅绅士的风格：“你明知道我不是付洁的父亲，也没钱再付给你佣金，何必继续跟她混在一块呢？”

李沐晨咬了咬嘴唇，干脆开门见山：“因为我要确保你不会伤害她！不是因为她，而是因为你，我不想你变成一个杀人犯！”

罗一眉头轻挑，惊异地问："你什么意思？"

"不要再瞒我了，我录下了你之前打电话的声音，给了一个懂英语的朋友翻译。你提到了复仇，提到现在没有机会下手是因为警察一直在跟踪监视我们。你的复仇对象就是付洁吧，你谎称你是付洁的父亲，雇用我接近她，就是为了监视她，找机会对她复仇。"李沐晨深深吐出一口气，不吐不快地继续，"虽然我不知道你到底打算怎么对付洁复仇，但我不想你走错路，我不想以后去监狱看你！"

罗一低垂眼帘，嘴唇紧紧抿着，隔了半晌才缴械投降般地说："你果然很聪明。没错，我跟付洁的仇恨不共戴天。我原本是想通过你了解和监视付洁的生活，制订一个可以让我脱身的完美复仇计划，我原本的计划是复仇之后马上回去英国，可是，可……"

"可是什么？"李沐晨隐隐感觉到这个"可是"后面的内容与自己有关。

"可是我迟迟没有动手，我对我在国外的朋友谎称找不到机会，因为我不想就此了结一切，永远离开这里。我甚至开始动摇，想放过她，因为你。"罗一直视李沐晨的双眼，第一次饱含深情。

李沐晨痴痴地凝望着罗一的眼："那就留下来，放下仇恨，留下来跟我一起，或者带我走。"

罗一苦笑着耸肩："不然我现在还能怎样？我错过了最佳的复仇机会，现在冒出来一个什么笑脸杀手，警察一直跟踪监视你们。之前我还寄希望于你们俩调查那个笑脸杀手会激怒他，他会冒险对付洁下手。可我这招并不奏效，反而把无辜的你置于危险之中，所以后来我才说要放弃付洁，想让你脱离危险的境地。唉，现在付洁也在警方手里，我再想复仇，难上加难。"

李沐晨紧紧握住罗一的手："这就是天意吧，命中注定，你会错过报仇的机会，命中注定你不会沦为一个杀人犯。也许老天这么安排有他的原因，也许他想你当个普普通通的人，过普通人的日子。罗一，不要报仇了好吗？我们好好过日子。”

罗一难以置信地一把抓住李沐晨的双肩：“沐晨，我没听错吧？你还愿意跟我……我之前为了复仇，害你也置身危险之中……”

李沐晨用力点头，打断罗一：“愿意愿意，只要你愿意为我放下仇恨。你有本事赚钱养家，我也有房子和车，我们可以过上好日子的。”

罗一欣喜的笑容没能持续多久，又唉声叹气：“即使我愿意放下仇恨，我的那个朋友也不会放过我的。”

“到底是怎么回事？什么朋友？”李沐晨追问。

罗一掏出手机，打开一张取景地在英国的照片，照片里的大胡子男人李沐晨还记得，罗一手机里有很多照片上都有这个男人。

“他叫丹尼尔，20多年前他的哥哥死在付洁的父亲付勇手下，而我的父亲也在一场枪战中被付勇射中身亡。还记得我左胸上的那个疤痕吧，没错，那就是枪伤，其实付勇射中我父亲之前，他的枪也击中了我，我倒下之后，目睹付勇向我父亲开枪。那一幕我永远都不会忘记，因为几乎每一晚，我都会在梦里重复经历着那噩梦一般的情景，数不清多少次看见自己的父亲在自己面前被付勇杀死。为了躲避这一切，我甚至逃到了英国，机缘巧合，我跟丹尼尔在伦敦相识，我们同仇敌忾。”罗一回忆往昔，忍不住连连哀叹。

付洁的父亲付勇是个刑警，而罗一的父亲早年在金海市倒卖枪支。付勇追捕他的时候发生枪战，碰巧当时罗一也跟父亲在一起。罗一的父亲被付勇击中身亡，罗一也在枪战中受伤。

在医院被抢救过来的罗一在警察的告知下得知父亲一直以来都在暗中从事走私倒卖枪支，所以被追捕的时候父亲才会掏出随身携带的手枪跟警方展开枪战。罗一知道父亲是罪犯，却无法接受父亲罪有应得，因为不管他做了什么，那个人都是他的父亲！

虽然付勇没做错什么，他是个称职的警察，逮捕罪犯是职责所在，可罗一父亲过世后母亲郁郁寡欢，没过多久就病故了，姐姐也自暴自弃染上毒瘾，最后死于过度吸食毒品。罗一不得不把这笔账算在了付勇头上。他总觉得如果当时付勇没有击中父亲，父亲只是入狱服刑，顶多是无期徒刑。父亲不是犯罪组织的首脑，罪不至死，母亲也不会因为遭受打击而病故，姐姐也不会自暴自弃。他认定付勇就是毁掉他们这个家的罪魁祸首。

可没等罗一想到复仇，付勇便殉职了。没等罗一有能力回国复仇，付勇的妻子也过世了。这个世界上只剩下一个付洁可以承载他的仇恨。

罗一的仇恨并没有随着付勇夫妇的过世而消亡，也没有随着时间的流逝而湮灭，在国外孤独苟活的日子，对亲人的思念反而成了仇恨的养料，再加上遇到了同病相怜的有钱人丹尼尔愿意出资，罗一一年前回到了金海市，只为寻找机会复仇。

“在伦敦的时候，丹尼尔曾经建议我用文身来遮挡胸前的枪伤疤痕，但我拒绝了，我必须留着这道疤痕，付勇在我身上烙下的疤痕，我要用它时刻提醒自己，不可以忘记这家破人亡的仇恨！”罗一的嘴唇颤抖，双眼潮湿，双拳紧攥。

这是李沐晨第一次看到如此感性的罗一，可想而知，多年前的悲剧并没有被时间湮灭，反而在这个男人的心里肆意扩张，他的心已经被仇恨占据。

“这么说，那个丹尼尔也想复仇？那天那个电话就是他打来的？”李沐晨依偎在罗一的怀中轻声问。

“是，因为他是出资人，所以一直在催促我，我却把他给我的复仇资金都给了你。这几天我仔细想过，我之所以这样做是因为我一直在逃避，我并没有真的丧心病狂到要对一个无辜的女孩痛下杀手，从前的我真是被仇恨蒙蔽了双眼。但丹尼尔不同，如果我这边再拖下去，他一定会亲自飞到金海市，要我还钱，或者逼迫我杀死付洁。”

李沐晨想也没想便问："你一共欠他多少？你给我的那10万块我还没动呢，够还吗？如果不够，我这里还有些积蓄，我还有房子和车可以卖掉。"

罗一用力抱紧李沐晨，竟然有些哽咽："傻姑娘，我真的没想到，你会……不过应该不必还的，我想，也许我可以以不变应万变，坐收渔人之利。"

李沐晨一个激灵，罗一的意思是想等待笑脸杀手对付洁下手！这个笑脸杀手赶巧在这个时候出现，简直帮了罗一的大忙。

"虽然我不知道笑脸杀手到底是何方神圣，到底有没有把付洁划入谋害的范围，但眼下我能做的只有等待，看事态如何发展。如果最后付洁安然无恙，恐怕我真的要你帮我还钱了。"罗一无奈地说。

李沐晨却有些急了，挣脱罗一的怀抱大声抱怨："你这是什么话？我宁愿变卖家产替你还钱，也不想让付洁惨死在笑脸杀手手上，你和那个丹尼尔对她的仇恨根本是欲加之罪，简直荒谬。付洁父母双亡，孤苦无依，她也很可怜啊！"

罗一神色暗淡，低沉地说："没错，我的确不是什么好人，因为父亲的罪行没有清白的历史，还曾经心理扭曲到把仇恨转移到一个无辜女孩身上。甚至现在盼望着那个笑脸杀手能够让我坐收渔人之利。唉，卿本佳人，我非良人。"

李沐晨被罗一最后的话刺痛，小声嘟囔："不，你是良人，我非佳人。你虽然有阴暗的一面，但你悬崖勒马，并没有做真正伤害付洁的事。不管是不是主动，你的复仇计划都得偃旗息鼓。我才不是什么好人，没有清白的历史，我就是个过街老鼠，人人喊打。唉，我如果是个历史清白的好姑娘那该有多好，那样的话我觉得就算是美国总统我都配得起！可现在，我觉得街边行乞的流浪汉都比我高贵一万倍。"

罗一苦涩地笑笑，再次伸出手臂把李沐晨环入怀中，嘴巴贴在她的耳边低吟着："傻丫头，美国总统就算了，但你配我，我觉得刚好。"

李沐晨喜欢这句话，虽然这话的引申含义是说她和罗一都不是什么好人，因此而相配。可这个世界上，又有多少人一身清白，毫无污点呢？李沐晨觉得她是可以洗尽铅华，重新做一个好女人的，罗一也可以放下仇恨，自在生活，他们俩还是有机会获得幸福的。

晚上9点，李沐晨在狭小的浴室里洗完澡出来，看到罗一正坐在笔记本前忍俊不禁。

“在看什么？”李沐晨凑过去，坐在罗一的腿上，甜腻腻地在罗一耳边吹气，眼神扫过屏幕，只看了一眼，她便瞬间出戏，“搞什么？穿越时空的笑脸杀手！”

“是啊，这就是程伟业最新的大手笔，想来是因为杜宽仁的案子他没能得到什么内幕消息爆料，为了保持自己的热度，转移网友的注意力，就搞了这么一出。”罗一不屑地摇头。

不怪李沐晨大惊小怪，因为网上的言论，准确来说是程伟业的微博内容的确劲爆，他居然猜测笑脸杀手是穿越时空而来的异时空杀手，因为这个说法可以解释一切。

第一，凶手来去都不带来和带走一片云彩，凶器一定要就地取材，临走留下凶器，那是因为凶手是赤身裸体来到这个时空的，连衣服都带不来，何况凶器？回去的时候还要通过特殊的时空通道，也没法带走什么身外物。

第二，凶手每次都是无声无息地出现和离开，从未让什么人看见，并且没有出现在犯罪现场周围的监控中，这说明凶手到来和离去犯罪现场根本没有走门窗，而是通过时空通道直接进入现场杀人的。

第三，死者赵良实和尹清华几乎在同一时间遇害，赵良实的血迹还能留在距离甚远的尹清华的脸上，那是因为凶手走的也是那条可以瞬间移动方位的时空隧道。在那个晚上，凶手接连穿越两次，先穿越到了赵良实的出租屋，杀人后回到他所在的时空，手指上还沾有少量赵良实的血迹，紧接着他马上再次穿越，去到红灯区的窄巷杀死尹清华。

第四，凶手能够根据社交软件肯定跨年夜唐馨一定在家练瑜伽，几天后的赵良实在出租屋也很好确定，但尹清华午夜时分出现在红灯区的窄巷是不确定因素，凶手怎么能够肯定他的猎物在午夜前后一定是孤身一人，以及会出现的地点呢？那是因为凶手来自未来，未来的他对于过去，也就是我们所处时空的现在是知晓的，很可能凶手曾经的亲身经历就能够确定这几名死者的生活轨迹，因此他才能准确选择穿越的确切时间和目的地，也是适合动手的时机，从而杀人。

第五，凶手为什么要在每次杀人之后留下一个笑脸标记，而且是多出一个圆点的笑脸标记？这是因为这个多出一个圆点的笑脸标记足够特殊，是只有自己才知道的、有含义、有渊源的符号，是他给曾经的自己，也就是处于现在这个时空的自己的一个暗示，告诉曾经的自己，这些人都是未来的他杀死的。现在这个时空的凶手可能还不明所以，不具备杀人动机，但是如果没有未来的凶手改变历史，历史重演走下去，这些死者就会对凶手酿成恶果。未来的凶手想通过这个特殊符号告诉现在的自己，他已经扭转了现在的自己的未来。

虽然最后一条理由有些拗口，但李沐晨还是看懂了。她瞠目结舌，这个程伟业还真是深谙博眼球之道，搞出这么多五花八门的说法，而且是能够自圆其说的奇葩言论，引得网友热议。网友们议论得越热火朝天，他的微博就越火，他本人也就越火，以此带来的经济利益也就越多。

“这个程伟业也太有才了吧！我看还是之前的说法，说笑脸杀手有两个更靠谱。”李沐晨对异时空杀手的言论嗤之以鼻，“不过网友们也真是富有娱乐精神，看投票，居然有绝大部分的人赞同这种猜想。”

“其实我刚刚也投了票，赞同这种猜想。”罗一突然戏谑地说。

“啊？你也跟着凑热闹啊，你真的相信穿越时空？”李沐晨没想到看起来这么理智的罗一也会如此异想天开。

“我不信，但我是科幻电影爱好者啊，我总得有点科幻精神吧。

我觉得大部分投票的网友其实跟我一样，都是抱着娱乐精神去投票的，大家只是选了各自感兴趣的选项而已。或者这里面有程伟业请来的水军和幕后推手，我听说他是有团队的，跟踪报道笑脸杀手的同时对猜想推陈出新，可以维持这个话题的新鲜度和热度。”罗一理性分析。

李沐晨赞同地点头，继续关注网上网友们的跟帖评论。网友们自动分裂为两个阵营：否定穿越论的保守派，他们认为笑脸杀手至少有两个人；支持穿越论的开放派，他们认为笑脸杀手只有一人，而且是从未来穿越而来的异时空杀手，或者是持不能排除这种可能性的观点。其余都是一些看热闹的网友，说一些无关紧要的话，无法分类。

其中一个开放派的网友反驳保守派说：“不要拿你可怜的认知去怀疑广袤的宇宙！虽然现在无法肯定程伟业的猜想是正确的，但也没法排除这种可能性。一切皆有可能。”

另一个网友说：“反正无论事实是不是这样，笑脸杀手是不是从异时空而来，我们最后得到的官方结论肯定不是这样的。”

还有一个网友的评论比较中肯：“别用现在的思维或科学去强迫解释相差太遥远的思维与科学，就好比让15世纪的人去理解哥白尼的日心说。咱们谁能够肯定在未来的几十年，甚至几百年、几千年中，人类没有研发出穿越时空的机器呢？科技本身就日新月异，也许现在人类已经掌握了这种技术，只是碍于某种原因，这种技术不能公开而已，否则整个世界都得乱套。”

另一个网友马上回复上面的网友，持赞同态度：“顶层主，我们本来就应该持开放性的眼光看待这个世界，某些故步自封的人一上来就否定老程的这种猜想，如果他们不是官方的人，那么只能说明他们本身就是狭隘无知的。至少我认为在这一点上，老程能够提出这样开放性的猜想，他就值得我另眼相看。”

又一个开放派反驳保守派，他这样说：“从保守派的网友身上我看到了人类的无知和被固化的思想，如果这个世界上都是这样的人，那么科技早就止步不前了。未知的、没法被解释的就是错误的？还是那句话，未来会怎样谁知道呢？你可以说以咱们目前的技术，没法让现在的我们穿越过去或未来，但未来几十年，或者是几百年后的人穿越回我们所处的现在，我认为绝对有可能！"

下一个网友干脆发了个网页链接，李沐晨好奇地点开链接，页面的名字竟然叫"全球未解之谜，二十大穿越时空的铁证"。

下面的网友蜂拥而至，又发了好几个网页链接，李沐晨接连点开，有"真实发生的穿越时空事件，穿越时空并非无稽之谈，有照片为证""穿越时空十大未解之谜，神秘消失的二十分钟""未解之谜，历史上穿越时空的真实事件汇总""震惊世界的穿越时空事件，宇宙真的存在多维空间吗"。

李沐晨趁罗一洗澡的时候认真看了这几个网页，其中不乏知名门户网站的转载。本来还十分坚定的她此刻也迷惑了，难道自己真的太无知狭隘了吗？她对于未知领域太过自负了？随即她用力摇头，笑脸杀手是不是穿越而来，跟她又有什么关系呢？

突然，李沐晨想到了付洁，想到付洁的指纹两次留在犯案现场，难道笑脸杀手是未来的付洁？这样想了几秒，李沐晨笑出声来，真是无稽之谈，她还是不相信什么穿越时空，她宁可相信就是这个时空的付洁杀了人，也不相信穿越说。她以保守派的身份在网上留言，不吐不快，说："开放派的各位醒醒吧，电影早晚要散场的，你们实在是入戏太深。"

付洁被警方扣留整整48小时，李沐晨终于等到了覃智勋的电话，开车去接付洁。回家的路上，付洁默默无语，一直在用手机上网。李沐晨不知道这48小时到底发生了什么，让付洁的精神状态如此糟糕，她就像变了个人。

"沐沐，我不想回家，你不是说家里可能被窃听了吗？咱们去酒店住吧。"付洁突然提议，声音低沉沙哑。

李沐晨虽然谈不上喜欢付洁这个女孩，但是对付洁的经历十分同情，她明知道自己现在没必要再充当付洁的好友，却做不到就此撒手不管。如果她走了，付洁怎么办？除了李沐晨，不会再有人照顾她了。而且，万一罗一并没有彻底放弃对付洁复仇的念头呢？为了确保罗一不会铸成大错，她也得留在付洁身边。

李沐晨先是回家收拾了一些两人的随身用品和换洗衣物，然后拉着付洁去了不远处的酒店，开了一间标间。她在出门买零食的时候又遇见了之前跟踪监视她们的那两个警察，这一次这两人明目张胆，没有再掩藏，大大方方地坐在了距离她俩所在房间十几米之外的地方——正对着电梯的小沙发上。

付洁根本无心吃李沐晨买回来的东西，仍然一直盯着手机看。李沐晨猜到了付洁在看什么，一定是网上有关笑脸杀手的辩论。

“沐沐，你说，会不会是未来的我穿越回来杀了人？”付洁沉默许久，一开口竟是这么一句话。

李沐晨哭笑不得，苦口婆心地说：“小洁，哪有什么穿越，你别信网上那些言论，那些都是程伟业雇的水军。”

付洁用力摇头，哀伤而镇静：“不，我看了，历史上有很多穿越时空的未解之谜，还有人找专家咨询过，专家说不能排除这种可能性，也就是说，穿越时空是有可能的。”

“专家专家，这年头遍地专家，都是骗人的。”李沐晨想夺过付洁手里的手机，却被付洁躲开了。

“不是骗人的，不是那些网红的直播，论坛的帖子什么的，是电视台的记者采访了科技大学的教授，物理学教授，教授说不能排除这种可能性。”付洁仍然固执己见，把手机死死攥在手里。

李沐晨翻了个白眼，她倒是理解物理学教授这么说的原因，因为这是一种滴水不漏的说法，也确实是大实话，但根本说明不了什么。倒是付洁，她真的很单纯，很容易被洗脑，很难想象如果她被诱拐进洗脑的传销组织后会怎样，她一定是最先着道的那个。

见李沐晨不说话，付洁幽幽地开口："沐沐，如果凶手是我，一切就都说得通了。你先别急着反驳我，你先顺着我的思路想一想。其实我是有动机杀害金妍、'杂毛'和唐馨的，因为他们都知道我肮脏的秘密，如果他们都活着，很可能在不久之后曝光我的秘密，给我造成很恶劣的后果。还有良良，警察跟我说他买了大号旅行箱和绳子是为了杀我做准备，杜宽仁也是他的同伙，为他找到了一个埋尸的好地点。警察甚至在良良家附近的树林里找到了新挖掘的坑和藏在一旁的铲子。我仔细想过，这也是很有可能的，因为我威胁了良良，如果跟我分手我就跟他同归于尽。他一定是怕我把我跟他去泰国做的事抖出来，影响他的前途，所以……"

李沐晨本来还持抵触态度，从未往这个方向思考，现在看来，付洁说得的确有道理："也就是说，杜宽仁既然跟赵良实关系密切到可以一起谋划杀人，他也很可能知道你和赵良实在泰国做的事？正是因为这样，他也死了？"

"是的，就是这样，如果按照这样的思路，一切都说得通，不是吗？未来的我想杀死一切知道我秘密的人，想扭转我的历史。我想，如果这些人不死，他们中的某一个人会曝光我的秘密，害得我万劫不复。"付洁瞪着布满血丝的双眼，极为认真。

李沐晨觉得喉咙干涩，一时间不知道该如何劝说付洁，下意识地跟着付洁的思路思考："所以几年甚至几十年后的你就利用当时已经研发出来的技术穿越时空，回到现在这个改变你命运轨迹的关键时刻，想改变这个时空中的自己的命运？未来的你不单单要杀死历史上曝光你秘密的那个知情人，还以防万一地杀死了其余知道你秘密的人？"

付洁大幅度点头，恍惚地呢喃："一定是这样的，知道我秘密的人都会死，都会被未来的我杀死。其实那个留在现场的笑脸就是未来的我对现在的我的提醒，我小时候爱画画，喜欢在画的右下角留下这么一个笑脸签名。这么多年前的事情我本来都忘记了，可是警察找到了我小时候的图画本。”

“那只是凑巧吧？你小时候画的笑脸也有那个圆点吗？”李沐晨问。

“没有，”付洁急于解释，“警察还找到了我初中时候的作文本，那里面有一篇作文写着我的理想就是希望能够做整形，让自己有一个酒窝！把那个笑脸签名和酒窝联系在一起，不就是那个血迹笑脸吗？”

“这只是凑巧吧。”李沐晨虽然这样说，但也觉得这样的凑巧未免太过蹊跷。

“不，绝不是凑巧，网上不也说了吗？这个特殊的笑脸符号就是穿越回来的凶手给这个时空的自己的一个暗号，这就是未来的我给我的暗号啊。只不过最近我太过紧张愚钝，居然把小时候的画和作文全都忘了。”付洁言之凿凿。

“要是真的能穿越时空，那为什么不直接穿越到几个月之前，穿越到你和赵良实第一次去泰国之前阻止你们呢？那样的话不是更好，也犯不着杀人了啊？”李沐晨努力说服付洁放弃幼稚的想法。

付洁直视李沐晨，眼神中沉淀出从未有过的冷静和理智：“沐沐，你最了解我，你觉得以当时的情况，我会听劝吗？或者说，突然有个长得跟你有些相似的年长的人出现，说是未来的你，特意穿越回来劝你的，你会信吗？我太了解我自己了，没用的！如果是以别的身份来劝，我更加不会理会，那个时候我满脑子都是怎么帮良良赚学费！就算制造点什么意外阻止了我们那趟泰国之旅，我也会想办法再去的。”

“那未来的你可以穿越回更早以前，阻止你认识赵良实不就好啦？”李沐晨执着于让付洁放弃可笑的奇葩言论。

付洁先是一愣，不可思议地瞪着李沐晨，而后马上恢复之前的冷静，徐徐地说：“沐沐，你有没有看过一部电影，叫《时间机器》？”

李沐晨迅速回忆，她的确看过，而且电影的前半部分让她记忆深刻。男主角想利用自己研发的时间机器穿越回过去，改变命运，解救未婚妻，可无论他穿越回去多少次都无法救未婚妻的命，未婚妻总会发生各种意外死亡。

“你的意思是，未来的你也穿越过无数次？”李沐晨明白了付洁的意思。

“对，未来的我如果能够穿越，那么最先选择的就该是穿越到我一周岁那年，阻止我父亲的死，如果失败，就该穿越回四年前阻止我母亲的死。可想而知，未来的我这两次穿越都失败了，就像电影里那样。可未来的我不肯死心，还是一次次地穿越，不能改变更久远的事情，那么就一路往后，尽量去改变后面的历史。我觉得这一次，未来的我终于成功了，因为知道我秘密的人都被她杀死了。”付洁展现出她跟李沐晨相识之后最冷静理智、条理清晰的状态，只可惜，她说的这些，李沐晨还是无法相信。

李沐晨看付洁如此认真坚持如此奇葩的论调，只觉得好笑。她别过头，偷偷苦笑，可笑着笑着，她笑不出来了。李沐晨缓缓扭过头，偷偷打量付洁，她在等待付洁反应过来一个问题，可是等了许久，付洁都没有开口。

李沐晨也是知道付洁秘密的人啊，付洁就不担心李沐晨也会被未来的她灭口吗？如果是以防万一要杀死所有知情人，李沐晨也是其中之一啊！付洁已经自己推理出了以上种种，虽然有科幻色彩，倒也符合逻辑，她就没能想到这一点吗？她就不为这个好友的安危担忧吗？

李沐晨决定给付洁一个提醒，假装不经意地说：“看来这个未来的你穿越回来是要杀死所有知道你秘密的人啊。”

付洁仍然处于恍惚之中，目光空洞呆滞，无法聚焦，嘴里不断重复：“一定是这样的，一定是。”

对于李沐晨的提醒付洁并没有给出回应，这让李沐晨心下的怀疑更甚。自己真的是知晓付洁秘密的人吗？她回想起不久前，其实推理出付洁和赵良实在金妍的牵线搭桥下，去泰国以小情侣的身份为嫖客提供性交易的人是她自己啊，付洁当时只是顺水推舟地默认而已。

天哪！难道付洁骗了她？其实付洁的秘密并不是这个，付洁知道自己并没有得知她真正的秘密，所以才不担心自己也会被害。果然，这个看似单纯无心机的女孩她还是看不透！李沐晨自然不相信什么异时空杀手之说，但是这个说法也给了她一些收获，那就是付洁仍然对她有所保留。她以为付洁是一汪清水，一眼看得到底，实际上她只是以为自己看到了底，其实付洁深不可测。

李沐晨陷入沉思，到底付洁和赵良实在金妍的牵线搭桥下还能在泰国做什么？什么事是比卖淫还要恶劣的，值得付洁用卖淫作为掩护？现在直接追问付洁吗？不，就算她问，付洁也不会说，如果她想坦白，事情发展到眼下的地步，她早就该对她和盘托出了。

总之，这一定是一个性命攸关的秘密，否则付洁不会认定笑脸杀手是未来的自己，在付洁看来，这个秘密是值得未来的自己用接连杀人灭口来守护的。

李沐晨沉思之际，付洁突然变换了口吻，阴森森地说："如果真的是这样，如果未来的我就是笑脸杀手，那么下一个死的人绝对是他！因为我不可能放过那个人！"

"谁呀？"李沐晨被付洁的声音和扭曲的面容吓了一跳，"你还有这么一个恨到入骨的人？如果你这么恨他，为什么现在不……"

"是，我恨他，恨不得他死一万遍，恨不得现在冲到他眼前把他千刀万剐，可现在的我根本不能拿他怎么样，因为他所在的地方我根本进不去。"付洁说着，狠狠地抹了一把溢出眼眶的泪，"他叫何有才，现在在监狱服刑，是无期徒刑，他是杀死我妈妈的凶手！"

李沐晨还记得付洁曾经说过她母亲死得冤枉，死得不值，没想到竟然是被谋杀的。等一下，这正好是一个机会，可以让付洁抛弃幼稚的穿越之说。

“小洁，我知道现在你是开放派，我是保守派，我们谁也没法说服对方，咱们就做一个实验，看看结果如何。”李沐晨诚恳地说，“如果下一个被笑脸杀手杀害的死者就是这个何有才，我就相信所谓的异时空杀手的猜想，相信真的是未来的你穿越回来为现在的你扭转命运。可如果下一个死者不是何有才，你就得面对现实，摒弃异时空杀手这种天方夜谭的猜想。”

付洁先是一愣，而后马上重重点头：“没问题，就这么说定了。那个该死的何有才在监狱，可是如果是穿越而来的杀手，监狱的围墙就不是问题，咱们就等着瞧吧。”

第十二章

复仇使者

覃智勋和杭天特意走访了付洁的姑姑，问及慈善基金的去处，付洁的姑姑声称，因为女儿在国外留学的费用高昂，他们家的经济情况最近又有些紧张，不得已挪动了一部分寄给女儿应急，但只要宽松下来，就会想办法为付洁补上这笔钱，毕竟这笔钱是给付洁的。

杭天几次隐晦地提到了有没有可能剩下的一部分被付洁偷走。一开始这位姑姑还否定，但后来承认，并且说也不能算偷，因为这笔钱本就是付洁的，她原本想替付洁保管，可付洁在没有通知她的情况下私自取走了5万块。

姑姑的说法倒是跟付洁的说法一致，但覃智勋总觉得这位姑姑言辞闪烁，她的话不能百分百相信，毕竟她对付洁不好，还挪用了付洁的钱，用贬低付洁来抬高自己的形象也不是没有可能。想来也是先入为主，覃智勋对这个姑姑没什么好印象，毕竟自己的慈善基金捐赠的是殉职警察的遗孤，可这个女人居然拿这笔钱的一部分去应自己家的急，并且很可能不是什么应急，就是国外的女儿缺了零花钱。

接下来，覃智勋和杭天用了三天的时间去调查付洁和赵良实的两次泰国游。他们去了旅行社，跟旅行社所有的员工了解导游金妍的情况，又找到了大部分跟付洁和赵良实一起参团的游客，逐个走访。然而三天的奔忙后，他们并没有得到什么有价值的消息。

有关金妍，同事们说她是个颇为神秘的女人，好像没有男友，但是有很多暧昧对象。有同事休假逛街的时候看见过金妍跟男人一起出入娱乐场所，也有同事偷听到金妍跟男性打电话，神神秘秘，像在做对方家庭的第三者。

杭天把尹清华、赵良实和杜宽仁的照片给金妍的同事们都看过，只有两个同事表示认得赵良实，其余几个人没有印象。他们之所以认得赵良实，是因为赵良实曾携女友两次来旅行社办理参团旅游的手续，而且这个赵良实是金妍的老乡，这对小情侣每次来都找金妍。

至于付洁和赵良实的两次泰国游：第一次的确如付洁所说，三日游的后两日付洁一直待在酒店房间里，赵良实陪同，金妍后两天每晚回到酒店都会去探望付洁，还给她买药。第二次游玩，付洁和赵良实一切正常，但也有游客注意到，金妍特别照顾他们俩，晚上回到酒店也去过他们俩的房间，待了大概有半小时之久。当时还有游客调侃说导游给老乡特殊照顾，他要投诉呢。

覃智勋觉得，如果这三个人之间有什么秘密，那么秘密事件发生的时间一定是在晚上，地点就是付洁和赵良实的酒店房间。但三个人到底在做什么呢？覃智勋猜想一定是违法的事情，否则付洁不会到了如此境地还守口如瓶。但也有一定的概率是他们什么都没有做，付洁没有撒谎，两次泰国游跟连环杀人案件没有关联。

回程的路上，杭天掉转方向，在覃智勋询问的目光下他为难地说："其实，我是想去一趟监狱。"

"去监狱做什么？"覃智勋不明所以。

杭天撇嘴，犹豫着说："我想去了解一下一个无期犯人的情况，顺便提醒狱警特别注意一下他。"

覃智勋也不再反问，默默等待杭天解释。

杭天拍了一下方向盘，干脆坦白："这个无期犯人叫何有才，他在4年前制造了一场医闹事件，杀死了急诊科的一名女医生季红梅。而这个季红梅，正是老付的遗孀，也就是付洁的母亲。"

覃智勋马上明白了杭天的想法，平静地说："也就是说，如果笑脸杀手真的是付洁，那么付洁对何有才也有杀人动机。可是杭天，既然这个何有才在监狱服刑，应该是安全的，付洁总不可能潜入监狱对他下手。你又何必提醒狱警特别注意他？"

杭天沉吟了许久，艰难地说："智勋，我自然是不信什么穿越说的，但是、但是网上说得真的很邪门儿，咱们也确实没破解赵良实命案中凶手来去无踪的谜题。我是想万一，我是说万一啊，万一凶手真的有什么高科技手段，或者通过什么人能够神不知鬼不觉进入监狱之中……"

"果然，你把网上的言论跟咱们现在掌握的证据结合起来，开始猜测笑脸杀手是从未来穿越回来的付洁了，对吧？"覃智勋并没有显现出讥笑和嘲讽，而是稀松平常地反问。

杭天尴尬地笑笑："当然不是，我怎么可能听信网上那种无稽之谈？我可是警察啊！好吧，我承认我有那么一点点怀疑了，我还特意亲自去请教了咱们金海市最权威的物理学家，想请这位科学家坚定我的信念，帮我排除杂念。我问他时间旅行到底有没有可能。结果人家给我说了一大堆量子、粒子、光子还有老子、儿子、孙子的绕口令，听得我一个头两个大。我说给我一个回答就行，人家就说，不排除这种可能性。得，大老远折腾一趟，问了等于没问，没能排除杂念，也没能排除这种可能性。"

覃智勋哑然失笑："你说的老子、儿子、孙子应该是人家科学家解释的外祖父悖论，到你这里就成了老子、儿子、孙子的绕口令。你不用问人家博士或者科学家，更不用去钻研什么学术文章，你得不到你想要的答案，只是浪费时间，他们能给你的答案只能是：不排除这种可能性。人家说的也确实是事实，事实上真的不能排除这种可能性。”

“那到底怎么办？我看现在连你都动摇了，也认为时间旅行这种事有可能存在，那这案子还怎么办下去？”杭天惊讶于覃智勋的态度。

“好吧，我承认，我跟那位科学家一样，不排除这种可能性，但根据概率学，我认为这种事发生的概率微乎其微。我还是愿意以大概率为基础，以这一切都是凶手阴谋的前提去追查。”覃智勋认真地表明态度。

杭天如释重负：“有你这话我就踏实了，你的话比那个科学家受用多了。但我就是不放心，就是想去监狱看看。万一凶手之一真的是付洁，她的同伙还在暗处，也是很有可能对何有才下手的。”

“理解，你这么一说，我也想去看看这个何有才。”覃智勋话锋一转，“对了，4年前的医闹事件是怎么回事啊？”

杭天重重叹了口气，为覃智勋讲述了4年前的悲剧。

季红梅，也就是付洁的母亲，是一位急诊科医生，是医术高超的主任医师，也是医院急诊科的主任，是本可以晋升、离开辛苦繁忙的急诊岗位却甘愿放弃高薪和晋升机会的工作狂。

4年前盛夏的一个傍晚，救护车送来了一名特殊的伤者，说他特殊是因为他身中数刀，一看就是打架斗殴受了重伤，其中接近心脏的一刀最为致命。而就在这个年轻的伤者被送进手术室的前一刻，医院的走廊里一下子拥进来4个浑身是血、张狂放肆的年轻人。他们看起来都是20岁左右，头发染得五颜六色，手臂上的文身凶神恶煞，他们叫嚣着冲到季红梅面前，为首的一个头发染成五颜六色、手臂上文着死神镰刀图案的小混混一把揪扯住季红梅的衣领，恐吓说如果没救活他的兄弟，他就要季红梅一命抵一命。

季红梅没有理会这个嚣张的年轻混混，在急诊室做了这么多年，她什么阵仗没见过。她一把甩开这个年轻混混的手，一个字没说转身进了手术室。当然，季红梅没忘了让同事报警。

最后伤者心脏失血过多抢救无效身亡，其实在救护车上伤者的心脏就已经停止跳动，所以很快季红梅便从手术室出来了。她想到了那个恐吓她的小混混可能不会罢休，于是叫来了医院的保安，一同告知伤者不治的消息，同时询问这四五个小混混是否知道伤者家属的信息。

可为首的小混混一时间发了狂，声称自己的兄弟是替自己挡刀才受了重伤，兄弟一定不能死。他要求季红梅继续救人，他口口声声地说哪怕是心脏停止跳动了，人死了，也能救活，他看过这样的报道，有一个男人心脏停止跳动两天后又活了，只要坚持救人，就有可能让心脏恢复跳动。

季红梅一开始还妄图给这个为首的小混混简单讲一下医学知识，伤者死于失血过多，跟报道上的情况肯定不同，而且死者心脏停止跳动后又起死回生其实是一种不严谨的说法，严谨的说法是在采用体外循环人工维持供血的基础上抢救一段时间，然后才起死回生的。而这名伤者已经因为失血过多导致脑死亡，没有继续抢救的必要。

但小混混根本不听季红梅的解释，只顾自己大喊大叫，挣脱保安的束缚，说季红梅看不起他们这些小混混，故意不救人。

手术室门外一片混乱，4个小混混似乎还没从刚刚打群架的惯性中走出来，一个个像暴怒的狮子，见谁都要扑咬，3个保安一时间愣是控制不住情势。

谁也没料到，那个为首的小混混脚踝上还有一把匕首，他趁压在身上的保安一个松懈，突然蹿出来，一刀刺在了毫无防备的、正准备躲避的季红梅的胸前。这个手臂上有死神文身的、没有灵魂的、只受冲动激素支配的小混混真的成了季红梅的死神。

这一切发生得太快了，而且正好赶上晚下班的高峰期，医院附近堵车，警察也确实晚了一步。

“唉，后来在法庭上，这个为首的小混混，也就是何有才痛哭流涕，被普及了医学知识的他知道自己怪错了人，也坦诚当时自己就像发狂了一样，根本控制不住自己。他们这群小混混深受港台古惑仔电影的影响，整天喊打喊杀，为了争抢一片地盘的执掌权跟其他的派别约群架。何有才说，是他的老大给他们讲过，老大曾经看过一篇报道，说有个人的心脏停止跳动48小时后又活过来了，只要医院能够持续救人，就有可能起死回生。当时一群小弟听了这个消息群情激愤，对于死亡的恐惧也就大打折扣。”杭天说着，连连叹息。

覃智勋听得心里又酸又堵：“没想到一个混混老大给手下小弟洗脑的谎言居然会间接害死一个无辜的好医生。不过杭天，我终于明白你为什么会放心不下了，是因为何有才当年的发型、发色以及他手臂上的文身，是吧？”

“是啊，我也是在接受付洁是嫌疑人之后才想起，尹清华的发型、发色跟当年的何有才一样。还有唐馨，我记得李沐晨的供词中提到过，万圣节前夜在夜精灵酒吧，唐馨带着两个小弟教训她的时候，她就是死神的打扮。还有，前3名死者都死于心脏中刀，也跟当年付洁的母亲季红梅一样。我想，这些应该不是凑巧。”杭天语气沉重，因为付洁身上的嫌疑越来越大。

“你是说付洁在复仇？她没法杀死真正的仇人何有才，只能选择跟何有才有相同特征的人下手？”覃智勋面色沉重，他真的不敢想象，付洁那样一个看似单纯的任性女孩，会是心理变态的复仇使者。

杭天僵硬地微微点头，不愿开口承认。

覃智勋想，即便付洁真的是凶手，也是凶手之一，她绝对还有一个帮凶，这个帮凶杀死了唐馨和赵良实，而付洁杀死了尹清华和杜宽仁。可很快，覃智勋又推翻了这个猜测，因为他之前的推理认为尹清华脸上的血指纹是凶手刻意沾上赵良实的血液留下的，为的是造成凶手是一人的假象。可如果凶手是付洁，她故意留下自己的指纹，而且是两次留下指纹，这是承担了很大风险的，毕竟警方因为唐馨的案子已经关注到她。如果是机关算尽的笑脸杀手，似乎不该冒如此大的风险。

难道尹清华脸上的血指纹是付洁在不小心的情况下留下的，她自己并不知情？这也说不通，因为她留下的是血指纹，而血液属于死在几十公里之外的赵良实啊。覃智勋想到了程伟业提出的穿越说，程伟业的这个理论倒是解释得通，未来的付洁穿越回来，先杀了赵良实，然后马上再次穿越杀死尹清华，她是在不知情的情况下带着赵良实的血一起穿越的。

想到这里，覃智勋不禁哑然失笑，这几天总是浸淫在网上看开放派的网友们如何支持程伟业的猜想，自己的思维也不自觉跟着跑偏了。但如果摒弃程伟业的穿越论，暂时真的无法给出一个合理的解释。

狱警告诉杭天，何有才自从4年前入狱服刑到现在一直都是个模范罪犯，不但积极参与劳动改造，从不偷懒耍滑头，而且思想上进步很大。从前他是个不学无术的小混混，到了监狱却成了爱看书、爱思考的上进学生。两年前监狱里开设了一个图书室，这个何有才只要有机会就去看书，后来还被破格提拔到图书室工作，先是负责图书室的卫生，后来负责图书分类索引，再往后，他多方运作取得机会，开展起犯人们的图书交流会，他组织大家看书写读后感，统计犯人们想看的书的类别和书目，参与图书室购置新书的意见。在他的带动下，倒是有好多人都变得积极上进了。

覃智勋和杭天心里五味杂陈，但终归还是欣慰的。但覃智勋也能想见，如果付洁得知了何有才的近况，一定不会像他们这些局外人一样欣慰，这反而更能激发付洁的恨意。她会憎恨，为什么这个杀人的魔头如今过得这样风生水起，还有机会读书上进？

覃智勋和杭天在办公室里见到了被叫来问话的何有才。本来杭天是不打算跟何有才正面交流的，但覃智勋提出有问题要问，说何有才很可能提供下一个受害者的身份。

何有才规规矩矩地坐在凳子上，腰板挺直，双手放在膝盖上，表情祥和谦逊，很难想象4年前他的样子。监狱让一个无知无识无灵魂的小混混凶手脱胎换骨了，也可以说，是季红梅的一条命换来了一个年轻人的大彻大悟。覃智勋内心唏嘘不已，季红梅这个好医生如果活着，她能够挽救的生命会更多啊。

“何有才，你曾经说过，是你的老大给你们讲他看了一篇报道，说人死48小时之后还能活过来，是吗？”覃智勋问话的口吻难得有些不友好和严厉，因为他始终无法释怀，眼前这个人曾经是个残忍的凶手，害死了一个无辜的好医生，害得一个女孩成了无父无母的孤儿。

何有才面露愧色，显然也想到了他当年的荒唐与罪孽。他嘴唇紧紧抿着，双眼瞬间湿润，进而痛苦地闭上双眼，缓缓点头：“是，当时我们那群小弟都对老大言听计从，绝对信任，他说了，我们就信了。”

“你们的这个老大是谁？现在在哪里？”覃智勋又问。

杭天后知后觉，原来覃智勋觉得这个老大很可能是下一个受害者。如果凶手之一真的是付洁，另一个凶手跟付洁关系密切，两人约定交换杀人，那么这个老大就有可能成为目标。

“老大叫张满生，我听说一年前他跟别人打架，被砍死了。”何有才抬手用力抹了一把眼泪。

杭天马上给小孟发了一条短信，要对方调查张满生的资料。

“你觉得张满生真的看过那么一条报道吗？”覃智勋问，“会不会是他自己编造的？”

何有才迟疑了一下，肯定地说：“应该是真的看过的，我记得那阵子他特别爱上网看一些八卦新闻什么的，看到什么有趣的、猎奇的故事都会给我们讲。”

“当时张满生是怎么跟你们讲的？你好好回想一下，细节越多越好。”覃智勋觉得，如果张满生真的死了，那么撰写这篇报道的人是不是也有危险呢？如果他的报道真的是为了吸引眼球而片面地强调起死回生，没有科学的解释，凶手也会迁怒于这个报道的作者吧？

就在何有才回忆的时候，杭天的手机振动，收到了小孟的回复。

果然，张满生是个劣迹斑斑的惯犯，一年前死于一场打架斗殴，当时跟他对打的流氓也死了，现场还有两把大砍刀。

杭天把小孟的回复默默给覃智勋看了一下，两人都没说话，等着何有才的下文。

“我想起来了，当时张满生为了让我们相信他说的这个起死回生是真的，还特意强调是在金海市一个大型网站的新闻频道看的报道，说还有记者拍的那个起死回生的人的照片呢。张满生还跟我们说，当时那个人是被送到第一医院的，抢救无效后尸体被家属运回了村里，本来打算3天后下葬，结果就在晚上守灵的时候，棺材里突然传出响声，家属还以为是闹鬼呢。最后闹腾了一番才确认不是闹鬼，是人又活过来了。”

覃智勋和杭天面面相觑，这故事够狗血、够吸引眼球，说是猎奇故事还行，可它居然是新闻报道。可想而知，这报道的作者为了猎奇，为了博眼球，极不负责，很可能是人为地把一则真实的新闻给改造成了伪灵异故事。覃智勋甚至想象得到文章的标题，可能就是什么“死人捶棺，活人吓惨”“棺材里传来奇怪声响”“起死回生不是梦，鬼门关走一遭还能再世为人”“守灵夜遭遇亡者归来”之类的。

又跟何有才聊了一会儿，没什么别的收获，两人便离开了监狱。他们心照不宣，直奔第一医院，想从医院这条线索找到这个大约4年前撰写不实报道的人，抢在凶手之前阻止命案发生，或者以此人作为诱饵，制订计划诱蛇出洞。

第一医院的副院长接待了覃智勋和杭天，提到4年前有关起死回生的新闻报道，这位副院长记忆深刻，并且极为不屑。

根据副院长的介绍，4年多以前第一医院的确有一个年轻的病患经历了心脏复跳的“起死回生”，但绝对不像那篇报道里讲的那样。他还记得那名病患姓李，是个身体素质不错的年轻小伙，他患的是重症爆发性心肌炎，一开始只是感冒症状，但仅仅经过两天，病情就恶化到了最后的心脏停搏。当时医院对他实施体外膜肺氧合（ECMO）辅助治疗。通俗地讲，就是用一套人工心肺临时替代人的心脏和肺脏功能，进行体外循环，以免患者因心脏停搏而出现脏器衰竭和脑死亡。ECMO手术后，医护人员开始了不眠不休的监测看护。30多个小时后，患者的心脏终于有了复跳的表现。

在那之后过了7天，医院才撤下体外循环，10天左右患者才恢复自主呼吸，衰竭的脏器恢复正常用了半个多月，留院观察那就更不必说，总之，患者在医院待了一个多月才出院。

“也就是说，那篇报道的作者完全是信口胡说，扭曲事实，说什么人都已经进了棺材，突然活过来捶打棺材，根本是为了博眼球编造的狗血故事。”杭天跟副院长同仇敌忾，“真是过分，他无视医院和医生护士的功劳，也不去宣传先进的医疗技术，把好端端一篇纪实的新闻报道给写成了猎奇故事。”

副院长冷笑着说：“可不是嘛，当时我就给那个记者所在的单位打了电话，要求他们撤下那篇报道，并且消除不良影响。后来我听说，网站开除了那个记者，责任编辑也给了处分，但是为了网站的声誉，他们并没有积极澄清和更正报道的不实，只是在不起眼的地方发了一个小通知，就这么敷衍了事了。”

“院长，您还记得那个记者叫什么名字吗？”覃智勋问。

院长挠头：“哎呀，都4年多了，我还真的记不得了，当时他也在医院里拍了照片，还采访了当时的一名医生，采访的是谁我也忘了，不过当时那个医生好像叫他程记者。”

“姓程！”覃智勋一下子站起身，甚至忘记跟副院长告别，跨大步出门，丢下一句话，“应该是程伟业！”

杭天忙跟副院长道谢告别，然后快步追出去。

覃智勋直接上了驾驶座，等到杭天一坐进副驾驶，他便马上说：“程伟业的工作地点在哪里？咱们必须马上赶过去。”

杭天掏出自己记事的小本子，在导航里输入了程伟业工作室的地址。说是工作室，其实就是程伟业在家附近租的一套民宅，跟他的两个手下一起在那里办公。而这两个手下，也就是他的团队，负责接业务，拉广告，与网络公司和水军们对接，等等。

杭天拨打程伟业的手机，手机关机，又拨程伟业工作室的固话，电话通了，可程伟业的手下告诉他程伟业今天没来上班，他们打程伟业的手机也是关机，打程伟业家里的电话，也是无人接听，这会儿正打算给程伟业的爱人打电话呢。

“智勋，我本来还以为姓程的记者多的是，你猜到是程伟业有些牵强，可是现在程伟业居然不见了，难道凶手真的抢先咱们一步找上了他？如果程伟业真的出事，付洁的嫌疑不就更大了吗？”杭天虽然很不喜欢这个在他身上偷偷放了窃听器的程伟业，但是此时，他真的打从心底里希望程伟业平安无事。

“看来凶手一早就瞄准了程伟业，他选择程伟业发出杀人预告并不是单单看中了他网络大V的身份，他是想把程伟业卷入其中，然后杀害，这样一来，人们会认为程伟业遭毒手是因为他的报道触怒了凶手，或者是接近了真相。”覃智勋说着用力砸了下方向盘，他责怪自己居然如此后知后觉，忽略了程伟业。他觉得程伟业凶多吉少。

“难道真的是小洁在复仇？”杭天苦着脸，沮丧地总结，“唐馨在万圣节前夜的死神装扮、尹清华小混混的身份和五颜六色的头发，还有程伟业那篇间接害死季红梅的不实报道，这些就是她的杀人动机。杀赵良实是因为他用情不专还对付洁产生杀意，杀杜宽仁则是因为他跟赵良实密切的关系。”

覃智勋不语，杭天所说正是他心中所想，他越发觉得这些不可能都是凑巧，笑脸杀手其中之一极有可能是付洁。

几乎跟覃智勋和杭天同时赶到工作室的还有程伟业的妻子尚华。程伟业的下属给这位正在上班的老板娘打了电话，结果从尚华口中得知程伟业居然昨天一晚没有回家，尚华还以为程伟业去哪里鬼混了。本来尚华还犹豫着要不要报警，可工作室的人说警察刚刚打来电话，而且马上就要赶到工作室，于是尚华也放下了工作匆忙赶来。

“警官，你们可一定要帮我找到我老公啊，我总有种不好的预感，他搞不好是出事了。我早就跟他说，不要掺和什么笑脸杀手的案子，这个凶手神出鬼没的，很危险，可他就是不听啊。”尚华无助地抽泣着。

“你先别急，好好想想，你最后一次见到程伟业是什么时候？他当时说了什么？他有没有说要去哪里？”杭天又转向两个工作室的员工询问：“还有你们两个，也好好想想。”

两个员工说昨天傍晚是他们最后一次见到程伟业，程伟业正常下班，说要回家。尚华则说昨晚将近10点程伟业出门，说要去收一笔账。尚华知道，程伟业每个月的月中都会有这么一天晚上出门去收账，到底是去哪里、跟什么人收什么账，程伟业却神秘兮兮地不肯告诉她。但她知道，这笔账的数目是每个月七八千元。

“收账？程伟业做了什么投资吗？”杭天转而问程伟业的两个员工。

两人面面相觑，都表示不知道程伟业私下做了什么投资。

就在覃智勋跟这三个人确认程伟业是否在4年前写过那篇“起死回生”的报道时，杭天接了一个电话。等到覃智勋从三人口中确认，的确是程伟业撰写的那篇报道之后，杭天挂了电话一脸沉重地走过来：“智勋，第五名死者和新的嫌疑人都出现了，咱们去看看吧。”

覃智勋从杭天的眼中得到了答案，看来不出所料，第五名死者就是程伟业，那么新的嫌疑人是谁呢？

两人赶到的地方并不是什么案发现场，只是抛尸现场。这里是一处位于小吃一条街附近的垃圾站，程伟业的尸体被丢在一堆垃圾之中，他胸前的衣服被染红，心脏处还插着一把水果刀。

这里只是抛尸现场并不是因为这里没有血迹笑脸，而是有人亲眼看到了嫌疑人利用小三轮拉着程伟业的尸体到这里抛尸。这个目击者不但打电话报了警，还在报警前偷偷用手机把这个抛尸的人和三轮车都拍了下来。虽然照片有些模糊，但好歹提供了调查方向。

这一切都发生在今天早上6点多，民警初步排查，根据报案人拍的照片，于上午10点锁定了犯罪嫌疑人。这个人名叫郭俊，在附近的小吃一条街开了一家包子铺。随后警方赶到包子铺，包子铺关着大门，门上挂了个牌子写着“今日暂停营业”。他们便从后门进入，把正在清扫后厨的包子铺老板郭俊逮了个正着，现场还找到了染血的抹布、墩布，等等。包子铺的后厨就是第一案发现场，郭俊就是新的嫌疑人。

覃智勋和杭天又辗转赶到包子铺的后厨，可惜的是，这个第一案发现场却被彻底破坏了。但覃智勋转念一想，就算现场没有被破坏，他们恐怕也找不到什么有用的证据，顶多又是一枚指纹。想到指纹，他给在酒店里跟踪监视付洁的警察打了电话，得到的答案是，他们可以肯定付洁这几天一直待在房间，从未出门，更不可能跳窗离开，因为房间窗子都安装了防盗铁网。

这一次，付洁的不在场证明前所未有的扎实，也就是说，如果排除模仿作案，那么杀害程伟业的就是付洁的同伙——另一名笑脸杀手。

“冤枉，我真的冤枉啊！我没杀人，我发誓！”郭俊被带回市局，送进审讯室，面对杭天和覃智勋，他吓得浑身瑟瑟发抖，倒真的一点不像有勇有谋的笑脸杀手，“警官，请你们一定要查清楚，还我清白，我真的不想再进去了！”

杭天通过简单调查郭俊的背景资料得知，40岁的郭俊是个刑满释放人员，曾经因为过失致人死亡罪入狱服刑6年，出狱后的几年因为有前科一直找不到工作，在两年前借钱开了这家小小的包子铺，但生意一直不景气。小吃街的邻居商户为了压倒这个新来的竞争者不知道从哪里得知了郭俊有前科的事，宣扬开来，包子铺一度面临关门。

就在一年半之前，郭俊的包子铺突然起死回生，甚至成了网红店，不但有慕名而来的顾客，还有顾客愿意在吃饭后留下捐赠。这是因为郭俊本身成了个网红，之前因为包子做出来没人买，他便带着包子在附近寻找无家可归的流浪汉和乞丐，把包子赠予他们。一开始只是几个人看到这暖心的一幕，拍下来传到网上，后来有越来越多的人愿意关注郭俊。

程伟业也是关注郭俊的人之一，他还带着DV专门跟踪报道了这个有前科的包子铺老板的一天。他的录像让网友们看到了小吃街邻居们对郭俊的排挤，看到了郭俊对他们仍然客客气气、礼貌有加，让网友们看到了郭俊改过自新的决心，面对社会抵触和冷遇时候的体谅和理解，还有坚持不懈的正能量，以及帮助穷苦人的善心。

越来越多的人支持郭俊，认为他当初的罪行只是过失致人死亡，而且已经在监狱中得到了惩罚，重新回归社会，社会应该给予他宽容和温暖，况且这个人真的在做好事，而且是坚持不懈地做好事。就这样，包子铺起死回生，郭俊请了两个伙计，收入可观。

换句话说，程伟业算得上是郭俊的恩人，是这个懂得炒作的网络大V拯救了郭俊的事业和人生，让他触底反弹，用一手烂牌赢得胜局。

根据郭俊的说法，今天他一大早来到店里准备开张，却在后厨看到了已经死去多时的程伟业，凶器正是他厨房的刀具，墙面上还画着大大的血迹笑脸，地上散落着染了血的钞票。他马上就明白过来，是传说中的笑脸杀手杀死了程伟业。

紧接着，他开始进行激烈的思想斗争，要不要报警，如果报警了，他的小店生意会受到影响，没人再会愿意买从这间厨房里做出来的包子；如果报警了，大家就会知道程伟业跟自己的关系不寻常，也许会认为之前的一切都是程伟业的暗中运作……总之，报警有百害而无一利。于是清晨7点，郭俊用麻袋包裹着程伟业的尸体，用买菜的小三轮载着送去了垃圾站。随后，他买了一些强力的清洁剂和抹布回来，开始清理现场，并且把染血的钞票收集起来藏好。

血迹不是那么好清理的，尤其是跟后厨的油混在一起、经过昨夜低温后凝固的血迹，于是郭俊只好歇业，打电话跟两个伙计说今天不用来上班，他身体不舒服要去看病，其实是自己躲在后厨打算大干一场，花上一天时间把厨房彻底清理出来。没想到，清理工作才进行一半，警察就找上门了。

覃智勋捕捉到郭俊口供中的关键，问道："你跟程伟业到底是什么关系？他到底有没有暗中运作，帮助你的包子铺起死回生？"

郭俊贼眉鼠眼，紧咬牙关不说话。

杭天只好吓唬他，知情不报、妨碍司法还是得被送进去，再加上郭俊本来就有前科，更要从重处理。这么一吓唬，郭俊果然破了功，但嘴唇不住地颤抖，只顾讨饶，就是不说关键。

"昨晚程伟业去你的店里是跟你见面收账，对吧？"覃智勋见郭俊还是支支吾吾不肯吐露实情，便替他说，"因为当初是程伟业替你策划并且帮助实施了那个触底反弹的计划，把你打造成一个有善心的网红，你的包子铺才起死回生，收入可观。所以程伟业就成了你这间店的投资人，这一年多以来每个月都会来找你收账，而且是偷偷在晚上过来，避人耳目。一旦你不给他上供，以他的能耐自然有办法翻云覆雨，把你打回原形，让你受万人唾骂，没错吧？"

郭俊一听这话，竟突然号啕大哭，像个委屈的孩子。

"但我不明白的是，你这么一间小小的包子铺，除去成本和人工，居然有那么多的利润，可以给程伟业每月上供七八千元。"覃智勋当然还记得，程伟业的妻子尚华说过的数目。

郭俊的脸色唰地煞白，连哭泣都忘在脑后。

杭天一看这架势，显然是有内幕啊，便又声色俱厉一番。最终郭俊还是抵不过杭天的严厉，冲着坦白从宽的政策说道："其实，其实就算我不说，你们要是有心查也能查出来，索性我就坦白吧！你们也看到了，那么一家小铺子，要持续给附近的流浪汉、乞丐提供食物，还有两个伙计的工资，就算有好心的顾客捐赠，也不可能每月有那么多的利润啊。可程伟业的胃口就是有那么大，他等于捉住了我的小辫子，他威胁我，如果我不给他上供那么多，就要曝光我曾经的作假行为，说那些救助流浪汉和乞丐的事全都是演戏。”

覃智勋觉得郭俊还是避重就轻，不肯一下子说到点子上，便一拍桌子，厉声问：“说关键，每月七八千元，这钱怎么来的？”

郭俊痛苦地撇嘴，小声嘀咕：“我也跟程伟业说，就算把全部利润都给他也达不到那么多，程伟业就帮我，哦不，是为他自己想了个办法，他不知道从哪里大批量地给我弄来了过期的、变质的面粉，僵尸肉，还有，地、地沟油……”

“什么？”杭天听到这里实在忍不住，拍案而起，“你居然、居然给你的顾客吃这些垃圾？他们都是信任你，以为你是个大好人才来光顾的，不光光顾，还会捐赠，可你就、就这么回馈人家？简直无耻！”

郭俊哭得更剧烈，上气不接下气地说：“我也是没办法，如果我不跟程伟业同流合污、狼狈为奸，他、他就要我名誉扫地，他说他是网络大V，绝对有那样的能耐，只需要动动手指发条微博就行，到时候他的粉丝自然会帮他大肆宣传。他说别说我这样的社会底层，就算是地位身份更高的人，他想搞垮也是轻而易举。如果那样，我就真的再也没法翻身，不会有单位雇用我，自己做买卖也不会再有生意，我就只能沦为乞丐！我、我只是想好好过日子，想有个谋生的工作而已，我也只是想重新做人啊，却被程伟业利用了，我根本别无选择。”

“所以你就省下了成本，攒够每月给他上供的钱？”覃智勋也是气得手都发抖，但还是努力克制着。

“是、是的，我无数次跟他说过，不能再这样下去。”郭俊懊悔地砸自己的头，“我说他怎么也是个有钱人，怎么就在意我这区区七八千元呢。可他说谁也不会嫌钱多，而且积少成多，也能顺便帮他的朋友解决那些东西的销路问题。以后他会打造更多我这样的网红店铺，明星企业，从中分红。”

“简直混账！没想到程伟业居然是这样的人渣！”杭天咬牙切齿。

“说说昨晚吧，你跟程伟业见面后发生了什么？”覃智勋恢复平静的口吻，回归命案。

“我就把这个月的钱给他了，又求他放过我，可他又把我骂了一顿，各种威胁我，我就先走了。”郭俊诚恳地说。

询问进行了半个多小时，郭俊始终坚持他的说法，他在晚间十点半跟程伟业像以往一样在店里约见，22点45分，他被程伟业骂走，对于之后发生的事情一无所知。问及郭俊后来的行踪，他说他直接去了网吧包夜，因为心情郁闷，他在网吧打游戏一直到凌晨4点多才回租住的地下室。

覃智勋和杭天离开审讯室，杭天说：“郭俊的嫌疑不小，首先，他具备杀人动机，程伟业一直要挟他，这么一直上供下去不是办法，程伟业死了，他也就等于解脱了，完全可以关了包子铺另寻出路，只是没想到，尸体没能处理好，被警方发现了；其次，郭俊很有可能是把罪名推给了笑脸杀手，毕竟犯罪现场被他自己破坏了，他完全可以信口雌黄，说现场有血迹笑脸，反正血迹笑脸多一个圆点这种细节也被程伟业曝光了。”

“如果真是这样，那真的很可怕，警方一天不捉到真正的笑脸杀手，就会有更多的凶手借笑脸杀手之名作案，各种模仿作案会层出不穷。这也是程伟业为了一己之私犯下的罪过，不知道激活了多少潜藏的杀机呢。”覃智勋心情沉重，“不过杭天，你不觉得太过凑巧了吗？我们刚刚查到程伟业就是撰写那篇不实报道，间接害死付洁母亲的人，他就死了。如果郭俊没说谎，人不是他杀的，现场真的有血迹笑脸呢？”

覃智勋话音刚落，身后便传来薛嫱的声音：“现场的确有血迹笑脸，我们已经初步还原了现场的血迹分布状况，墙面上的确有血迹笑脸。而且我刚刚从法医中心那边过来，马法医推断的死亡时间还是在午夜前后。”

“午夜前后，如果是午夜前后，那么郭俊不是有不在场证明了吗？”覃智勋转向杭天，“如果他没说谎，那个时候他应该在网吧。”

“我马上让小孙去证实。”杭天说完便去办公区招呼小孙。

覃智勋低头琢磨，如果程伟业不到23点就拿到了钱，为什么要留在包子铺一直到午夜时分？难道他还约了别人？那人会是凶手吗？

“小薛，程伟业的手机通话记录怎么样？昨晚他都跟哪些号码有过通信往来？对了，还有微信。”

薛嫱不假思索地回答：“昨晚傍晚之后有程伟业给他工作室手下打的两通电话，给妻子尚华打的一通电话，还有就是最后一通电话，是程伟业的儿子打给他的。我看过程伟业的手机，那个号码在他的电话簿里存的名字是‘宝贝儿子’。”

“儿子打给他的？几点？”覃智勋本以为程伟业会接到一个陌生来电，对方想跟他见面，两人把见面地点选在了隐蔽的包子铺。

薛嫱想了一下，肯定地说：“是晚上10点48分，我印象深刻，因为我的小侄子被勒令每天晚上9点必须上床睡觉，所以这个10岁的男孩晚上将近11点还不睡，给爸爸打电话这一点我印象深刻。”

“程伟业的儿子10岁，有自己的手机，晚上睡不着给爸爸打电话，这一点听上去也合乎逻辑。”覃智勋沉吟着说，“有很多这么大的孩子有那种戴在手腕上的电话手表。”

薛嫱点头附和：“是啊，我之前也查过程伟业的通话记录，我记得赵良实案发那晚，程伟业在赵良实家门外蹲守的时候，他儿子也给他打过电话。这个小家伙，看来晚上爸爸不在家就不老实睡觉呢。”

覃智勋一个激灵：“你说什么？赵良实案发那晚，程伟业蹲守在他家门外的时候也接到了儿子的电话？是几点？”

“快零点的时候吧，怎么？这很重要吗？那我这就去确认。”薛嫱被覃智勋的样子吓了一跳。

覃智勋的脸色急剧变化，并不答话，反而抬手示意薛嫱不要说话，自顾自地转身找了一个偏僻的角落低头沉思。

薛嫱不敢打扰，只是原地站着，等待这位顾问侦探能够结束思考，得出结论。

5分钟后，杭天风风火火地从办公区走过来，见覃智勋在走廊的角落里发呆，大大咧咧地边走过去边说：“智勋，网吧那边传来了昨晚到凌晨的监控，别说，郭俊还真的在上网，看来他真的不是凶手。”

薛嫱刚想阻止杭天过去打扰覃智勋，覃智勋却猛地转身，双眼放光：“他当然不是凶手，凶手是笑脸杀手。我想，我知道笑脸杀手是谁了，应该说，我知道笑脸杀手的其中之一是谁了！”

第十三章

不明身份

李沐晨昨天一整晚都在酒店陪付洁，付洁跟她唠叨了一整晚有关穿越时空的可能性。一直到清晨6点付洁才睡着，李沐晨逃也似的离开酒店，直奔罗一的住处。一日不见如隔三秋，李沐晨总算能够切身体会到这句话的深意，罗一的门一打开，她就扑到了罗一怀中，原本睡眼惺忪的罗一也被李沐晨的热情点燃。

温存之后一觉睡到中午12点，李沐晨在罗一的怀抱里懒洋洋地睁开眼，伸展四肢，像一只备受宠爱的、慵懒的猫享受着罗一轻抚她的头发。

仁知英语还处于歇业之中，杜宽仁的前妻干脆准备把企业法人直接变更成杜宽仁的唯一继承人，也就是他们的独生子，顺便整顿学校，消除不良影响，所以学校恐怕要歇业一段时间。罗一得以不用上班，有大把的时间可以陪伴李沐晨。

趁罗一去洗手间洗漱的时候，李沐晨习惯性地抓起手机上网，关注笑脸杀手的案情，关注程伟业的微博，可这一看不要紧，程伟业的微博头条竟然是程伟业的死讯！

“程伟业死了！”李沐晨一下子坐直，对着洗手间的方向说，

“他的工作室对外宣布他死了，而且是被谋杀，被笑脸杀手谋杀的！”

罗一靠在洗手间门口，一面用毛巾擦脸一面揶揄说：“这个程伟业还真是鞠躬尽瘁，哪怕死了也要霸占头条。看着吧，跟他乘同一条船的那些个网络公司、幕后推手和广告商是不会放过他这个死人的，一定会利用他的死再最后赚一次眼球。否则的话，这消息也不会泄露。”

“要是这样，警方一定要气炸了，又一次走漏了消息。唉，这个笑脸杀手一天不落网，我也是一天不得安宁啊。”李沐晨感叹。

罗一坐回床边，一把抱住李沐晨：“你何苦再跟付洁纠缠呢？干脆不管她算了。”

李沐晨马上一口否决：“那不行，小洁本来就身世可怜，现在又在这个节骨眼儿上，精神状况很不好，我不能就这么丢下她，我要是不管她，她真的会崩溃的。”

“身世可怜，哼，谁又不是身世可怜。”罗一不屑地说。

李沐晨生怕罗一又想起家人全都离世的伤心事，马上说：“昨天小洁跟我讲了她妈妈的事，真的是太惨了！她妈妈本来是个治病救人的白衣天使，可是就因为一次医闹事件，被一个小混混捅死了！”

眼看罗一对此颇为感兴趣，李沐晨便把付洁给她讲述的4年前的惨剧转述给了罗一，末了说：“罗一，你就别再恨小洁了，你看，她的母亲惨死，她在这个世界上无依无靠，真的很可怜。”

罗一别过头，并没有如李沐晨想象中那样唏嘘感叹一个好医生的惨死悲剧，而是有所躲闪。

李沐晨突然冒出一个想法，一把抓住罗一的双肩，把他给转过来，面对面郑重地问：“你该不会还没有放弃对付洁复仇吧？我跟你说过多少遍了，你对付洁的恨根本毫无道理！”

“没错，我对她的恨毫无道理，理智上我很清楚这一点，”罗一无奈地耸耸肩，“可是人就是这样，很多事情明知道不对，但就是很难控制自己的感情。她的父亲亲手杀死了我的父亲，父债子偿，这也算是天经地义吧。”

“父债子偿？你还想怎么样？”李沐晨生罗一的气，“你还能怎么样？除了用恨她来折磨自己，你还能做什么？”

罗一低垂眼帘，沉吟许久后低哑着嗓子说：“我知道我必须做点什么，我只有做了才算圆满，才算放过自己。但你放心，我不会杀人，我不做犯法的事情，我只是想、想曝光付洁做的事，她跟赵良实在泰国做的丑事，让她为她犯下的错付出代价。”

“你要毁掉小洁的名誉？”李沐晨一下子站起来，厉声指责，“你怎么能这样？你知不知道名誉对一个女人有多重要？”

“我又不是无中生有，”罗一的声音缓慢而冰冷，像他跟李沐晨初见时一样，“我只是揭露事实而已。我想过了，只要付洁为她的所作所为付出代价，我就能够平衡。”

“阴暗！”李沐晨真的对罗一很失望，“你还是放弃这个念头吧，因为付洁跟赵良实并没有在泰国出卖肉体。”

“怎么会？不是你跟我说的……”罗一大吃一惊，吃惊后是失望，继而转为怀疑，“沐晨，你在骗我吧？现在否认这一点已经晚了。”

李沐晨瞪着罗一，坐到转椅上，跟床上的罗一保持距离，坦白地说：“我没骗你，是付洁骗了我，她跟赵良实在泰国绝对做了什么，但绝对不是简单地出卖肉体供别人享乐。”

在罗一询问的目光中，李沐晨把几天前付洁的反应跟他描述了一番，末了总结：“总之一句话，那就是我根本不知道付洁跟赵良实在泰国的秘密，所以付洁不担心我会被什么穿越时空的她杀人灭口。”

罗一沉默许久，脸上的肌肉由紧绷到放松，最后嘴角挑起一丝玩味的笑。

李沐晨觉得罗一已经做了什么决定，便问：“罗一，你又想做什么？”

“我要弄清楚，付洁在泰国到底做了什么，然后曝光。我跟警方应该是持一致的观点的，付洁在泰国做的事绝对跟眼下的连环杀人案有关，就算我不查，警察也不会放过这条线。你放心，我不会编造什么莫须有的罪名抹黑她，我只是寻找真相，公布真相。”

“什么真相？那是人家的隐私！”李沐晨提高音量，她越来越觉得罗一那张俊秀的脸变得狰狞丑陋。

罗一的脸上还是挂着邪气的笑：“隐私吗？沐晨，不要再自欺欺人了，你我都清楚，付洁的隐私是罪恶的，比卖淫还要罪恶，一定是犯罪，不小的罪，搞不好，他们的身上背着人命，笑脸杀手就是在为惨死在泰国的人复仇。而我，你可以当我是一个好奇的侦探，我就是想知道付洁犯了什么罪，调查出真相之后，作为一个守法公民，我有义务举报，把我所知道的内幕告知警察，协助他们破案。”

李沐晨简直不敢相信自己的眼睛和耳朵，她怒不可遏地站起身，前前后后走了好几步，想马上夺门而出远离这个内心阴暗的复仇男人，可又舍不得：“你，罗一，你怎么可以这样？你就不能为了我、为了我放下这一切吗？最多我答应你，不再见付洁，我们彻底跟付洁，跟案子撇清关系！”

罗一依旧端坐，依旧冷静：“不，沐晨，如果你真的爱我，就该为了我继续跟付洁接触，帮我查清楚，她到底在泰国做了什么。我愿意为你放弃杀人复仇，已经妥协，你也应该为了我妥协，帮我以公布付洁罪行真相的方式求得心理平衡。”

李沐晨的泪夺眶而出，委屈地指着罗一：“你一直在利用我，对不对？从前是用钱，现在你没钱了，就利用我的感情，对不对？你从没有喜欢过我，对不对？”

罗一缓缓站起身，深邃的目光直视李沐晨的泪眼，几次嘴唇微微开启，一开口却是答非所问：“沐晨，我看错了你，我当初真不该找上你。”

李沐晨当然明白罗一的意思，罗一当初找上她是把她看作一个为了钱什么都肯做的女人，可他没想到，自己居然会真的跟付洁产生友情，想去保护付洁。这就是罗一所谓的看错。果然，他还是想利用她！这就是罗一给出的对于她刚刚那个问题的隐晦答案！

李沐晨一把抓起自己的背包，决绝地转身，夺门而去。重重摔门的一刻，她发泄地大叫："骗子！渣男！"

从罗一的住处回到付洁所在的酒店，一进门，正好遇见付洁背着背包要出门。

"小洁，你要去哪里？"李沐晨一把拉住付洁，仔细地打量付洁的脸，这才看到她的表情是从未有过的严肃、决然。

"我要离开这里，去一个没人认识我的地方重新开始。这也是未来的我所期望的，她期望我能告别这些混乱和罪恶，重新开始！"付洁诚恳地说，说完便想挣脱李沐晨的手。

"别傻了，警察不会让你在这个时候离开的。"李沐晨一把抓住付洁，把她拉回房间，"小洁，你怎么还在说那套荒谬的理论？你忘了咱们俩打的赌了吗？你有没有上网看最新消息？下一个死者并不是那个何有才，而是程伟业啊。"

付洁抓住李沐晨的双肩："沐沐，正是因为死的是程伟业而不是何有才，所以我才更加相信凶手就是未来的我。"

李沐晨安抚付洁："你先别急，慢慢说，到底是怎么回事？"

付洁的讲述有些混乱，李沐晨听了半天才总结出付洁的意思。

原来付洁在母亲过世之后就一直沉浸在悲痛和愤恨之中，她憎恨杀害母亲的凶手何有才，更加憎恨何有才在法庭上提到的那个老大，那个说什么人死了只要坚持抢救就能活的老大。何有才被判刑之后，付洁听说他在狱中表现良好，积极学习和配合劳动改造，还受过表扬嘉奖，她就更恨何有才了。但同时心底里有个声音在告诉自己，何有才已经得到了惩罚，他能够改过自新总比执迷不悟要强，更加可恨的是那个始作俑者还逍遥法外。

于是付洁找了个私家侦探，开始调查何有才在法庭上提到的那个老大。她想，如果真的有这么一个人，真的向何有才灌输了那样的思想，那么这个人也该死。如果根本没有这么个人，或者说这个老大根本没说过那样的话，那么撒谎推卸责任的何有才还是该死。而付洁必须知道真相。

私家侦探给出的答案并没有让付洁释怀。他给了付洁一篇已经在网上找不到的新闻报道，称调查结果是，何有才的老大张满生的确看过那么一篇报道，也的确跟手下的小弟们信誓旦旦地说人死也能复生。那篇报道虽然很快在网上消失，却还是被这个私家侦探挖了出来，报道的落款是“程记者”。也就是说，追溯始作俑者，找到的是知名门户网站金海市新闻频道的这个程记者。

后来付洁没钱支付给私家侦探，便打算自己调查这个程记者到底是谁，只可惜一直查不到这个人。而就在刚刚，付洁在网上看到了程伟业的死讯，看到被网友们挖出来的程伟业的履历，程伟业在多年前就职于那个新闻频道，而且正好是4年前离职的。所以付洁确信，程伟业就是那个程记者，追溯源头的话，程伟业也对母亲的死负有责任。

“未来的我已经原谅了何有才，原谅了他当初太过年轻无知，被地痞流氓利用，原谅了这个真心悔改、在狱中积极上进的罪人，却无法原谅为了利益而扭曲事实，散播不实消息的程伟业，无法原谅他自始至终背负着最原始的罪恶却躲在后面不用承担任何责任，甚至过着名利双收的好日子。所以未来的我选择的复仇对象并不是何有才，而是程伟业。”付洁总结着，脸上还挂着大快人心的怪异笑容。

李沐晨觉得付洁说得也不是一点道理都没有，但她还是没法接受这套穿越的理论：“小洁，我也不跟你继续争论，因为我们再怎么争论都没法证实自己的想法是正确的。但你一定要听我的，不要脱离警方的视线，不要以为自己肯定是安全的。如果凶手不是未来的你，而是潜藏在暗处一直窥伺你的变态杀手，你一个人出走落单，不正是给了他可乘之机吗？”

付洁急得攥拳捶打双膝：“沐沐，你怎么就不明白呢？凶手就是未来的我，所以我是不会有危险的！”

“我还是认为凶手是知道你、赵良实和金妍在泰国所作所为的知情者，他的杀人动机跟你们几个在泰国的秘密有关。小洁，如果你真的把我当朋友，就告诉我实情，你们几个在泰国到底做了什么？”李沐晨诚恳地直视付洁的双眼。

付洁一听这话，眼神迅速躲闪，心虚根本无从掩饰：“沐沐，我之前不都说了吗？就是、就是……”

“那是我说的！”李沐晨恨铁不成钢似的用力摇晃付洁，“你当时只是默认，而事实根本不是那样的。否则的话，我也是知道你秘密的人，你为什么从来没有一丁点儿担心我也会被未来的你灭口呢？”

付洁像触电一样站起身，脱离李沐晨的桎梏，后知后觉地狡辩：“那是因为、因为我知道你是我的朋友，所以根本无须担心啊。”

“哼，是吗？可未来的事情谁说得准呢？我现在是你的朋友，不代表永远是你的朋友，也许未来我们会发生一些事，也许未来的你会恨我。”李沐晨想的是，如果未来的付洁知道了自己当初接近她的目的，说不定真的会憎恨自己。

付洁毕竟是单纯的，她干脆卸下伪装：“沐沐，正是因为如此，我更加不能对你坦白。我一旦对你坦白了我的秘密，就等于置你于危险之中。有些事，不知道比知道要好，你懂吗？”

见付洁还是要走，李沐晨追问：“可你要去哪里呢？回你姑姑家吗？”

“当然不可能。”付洁停住脚步，开门的同时头也不回地说，“我手里还有一些钱，打算用作学费，刚刚上网给自己报了个名，现在要去学校报到了。你应该还记得吧？我说过我想开一家自己的蛋糕店，现在我打算从零开始，去学做西点。我要改写自己的人生。”

这倒是好事一桩，李沐晨再也没有理由阻止："小洁，千万注意安全啊。"

透过窗子，李沐晨看到两个跟踪监视的警察也驾车跟着付洁打的出租车离开了，她松了一口气，也好，有警察跟着，凶手应该没机会下手。付洁曾经在泰国犯下的错，甚至是罪，最好能被永远深埋，毕竟这小姑娘身世可怜，如今想振作，想学习，为梦想而努力，重新开始，但愿不要有人再去打扰她。

是的，就连何有才那样的罪人都能够洗心革面，重新做人，为什么付洁不能呢？李沐晨决定回去找罗一，继续对他晓之以理，动之以情，要他放弃追查付洁的秘密，好好跟她过他们俩的日子。

退了酒店的房间，把随身物品搬回住处之后，李沐晨下定决心跟罗一和好，她不想就此错过一个让她心动的男人。她告诉自己，爱情这东西难能可贵，可遇而不可求，既然被她遇见了，就绝对不能轻易放手。

返回罗一住处的路上，李沐晨自嘲地对自己说："李沐晨啊李沐晨，其实说到底你还是想见那个人，还是没法不去喜欢他，而且居然这么没志气，才刚刚分开又回去找人家，不被人家看轻才怪呢。"

傍晚，李沐晨站到罗一的住处门口，鼓起勇气准备放低姿态，做好准备之后抬手敲门。

无人回应。李沐晨突然萌生很不祥的预感，她担心自己再也见不到这个男人了。她拨打罗一的手机，对方关机。李沐晨不祥的预感更甚。

"是你！"李沐晨身后传来一道稚嫩的男声。

李沐晨回头一看，向她走来的是一个年轻的大男孩，眉宇间有一种熟悉的味道。

"你在跟我说话吗？"李沐晨警惕地问，"你是谁？"

男孩挺友好，伸出手想跟李沐晨握手："你好，我叫杜征。"

李沐晨的第一个反应，她并不认识什么叫杜征的人。意识到自己已经把手伸向那个大男孩之后，她才触电似的缩回手："你是、是杜宽仁的儿子？"

杜征尴尬地微笑，收回手："是，我是来找罗一的。"

"你找他谈工作上的事吗？不巧，他好像不在家，我刚给他打了电话，可电话也关机。"李沐晨当然听说了，杜征将会是仁知英语的法人，新任校长。一个新任校长打算重组学校，来跟学校专业水准最高的老师谈谈往后的合作，这很正常。不过转念一想，杜征不过刚刚年满18岁，这种事还是应该由他母亲代劳更合适。

杜征咬了咬嘴唇，像十分为难似的："其实我来找罗一，是想告诉他，他被学校辞退了，并且我还有一些问题想问他。他没在，却让我遇见了你，也许是天意吧。

"辞退罗一？为什么？"李沐晨替罗一抱不平。

"这里不是说话的地方。"杜征少年老成地说，"李小姐，方便的话，我请你喝咖啡，咱们找个安静的地方详谈。我有些话一定要对你说。"

李沐晨听对方这么说，已经确定他认识自己，并且从他对待自己的态度上来看，他知晓自己的底牌。而且，杜征应该是有一些罗一的底牌想告诉她。

"好吧。"李沐晨主动带路，把杜征带去楼下的一家咖啡厅。

在咖啡厅最隐蔽的卡座上，两人相对而坐。点了饮品之后，李沐晨先性急地问："你到底想说什么？是有关罗一的事情吗？学校到底为什么辞退罗一？"

杜征抿了一口咖啡，郑重而严肃地说："其实辞退罗一是我的意见，本来我母亲是不同意的，毕竟罗一在学校属于骨干教师，我们很难再找到他这样优秀的人才。可后来，我母亲也同意了。"

"为什么？为什么你要辞退罗一？为什么你母亲后来也同意了？

你倒是快把话说清楚啊。”李沐晨尽力压制自己的音量，不引起周围人的注意。

杜征坦然地说：“我提出辞退罗一是觉得这个人，唉，怎么说呢？我觉得他——邪恶，有犯罪倾向。”

“邪恶？”李沐晨还是没能忍住，分贝一下子高起来，惹得不远处的其他顾客和服务员一下子把目光集中到她身上。

李沐晨努力克制，难道杜征也知道罗一打算对付洁复仇的事吗？她压着嗓子问：“你凭什么说罗一邪恶？”

杜征身子前倾，努力凑近桌子那边的李沐晨，颇为尴尬地低声说：“很巧，万圣节前夜，我也在夜精灵酒吧。”

李沐晨阴沉的脸色瞬间变成惊愕和狼狈，眼前这个大男孩也见过自己那晚的狼狈相，可这跟罗一的邪恶有什么关系？李沐晨没说话，提着一颗心等待杜征的下文。

“那晚我跟朋友们在那儿狂欢，看到了你被那三个人欺负。你没有戴面具，也没化浓妆，所以我认出了你。其实当时我是想帮你的，毕竟我妈跟我说，你帮了我们的忙，要不是你，我妈也没法离开我那个花心滥情还暗地里转移财产的爸。但我当时真的醉得厉害，走路都不稳，我的朋友也让我不要多管闲事。”杜征的歉意很真诚的样子。

李沐晨不耐烦地挥手：“别说这些了，快说正题吧。”

“后来我醒过来的时候，身边的朋友都走得差不多了，我一个人迷迷糊糊地走到了酒吧后门，然后、然后我就看到了，”杜征抬起手指了指李沐晨，“我看到你，当时你就躺在后巷，好像昏过去了。你身边站着一个人，他手里拿着刀。”

李沐晨还记得当初罗一也这么跟她讲过，说当时有人在后巷想置她于死地，罗一赶到的时候水果刀已经架在她的脖子上了。她当时，包括现在都以为那是老吴的人，也许就是唐馨当时带的两个马仔之一。

“我看见他蹲下，把刀放在你的脖子上。”杜征羞愧地摸了摸额头，“我当时是想冲出去救你的，但是我双腿无力，浑身根本不听使唤，我担心我出去后也会被干掉，就在我犹豫要不要掉转回去找人帮忙的时候，我发现对方也在犹豫，他迟迟没有动手。”

“然后呢？然后你就看到了罗一，是不是？”李沐晨觉得杜征的节奏太慢了，为什么罗一还不登场？

杜征又抬头正视李沐晨，郑重地说：“李小姐，不是然后，我看到的那个把刀架在你喉咙处的男人就是罗一！”

李沐晨一时没有反应过来，等到反应过来后，她干涩地笑笑：“怎么可能？你一定看错了，是罗一救了我，他是救我的人！”

杜征缓缓摇头，同情地看着李沐晨，像看待一个受骗上当的受害者：“李小姐，我看得清楚，就是罗一。当时我还不认识他，我父母离婚闹得很不愉快，说实话我也挺恨我那个花心滥情的父亲，恨不得跟他脱离父子关系，所以父母离婚后我再没去过学校，也就没见过罗一。可就在今天早上，我在学校看人事档案的时候看到了罗一的照片，一眼就认出他就是万圣节前夜我在酒吧后巷看到的那个男人，那个想杀你却最终没有动手的男人，所以我才说、说他邪恶，有犯罪倾向。”

“骗人！”李沐晨本能地抵触杜征的说辞，“罗一怎么可能想杀我？他要是真的想杀我，有那么多机会……”

“他一定是改变主意了，否则当时也不会收起凶器，把你抱走。可他这种人还是很危险的，也许不知道什么时候，他又改变主意呢？说真的，其实那天我看他把你给抱走，我还以为你会遭遇不测，所以一直在关注当地新闻，心想着如果你真的出事了，我一定要去给警方提供信息，画个嫌疑人画像什么的。结果没想到，今天会在罗一家门口遇见你，看样子，你跟罗一，你们已经成为朋友了？”

朋友，岂止朋友？李沐晨一直把罗一当作真命天子，当作命运的恩赐。她本以为自己一生都会跟爱情绝缘，命运却送给她一个让她痴迷的男子，哪怕他最初骗了她，哪怕他经济窘迫，哪怕他心理阴暗，她都可以不在乎，可如果他对她心怀杀意，她也能不在乎吗？她仿佛听到自己从云端坠落地狱粉身碎骨的声音，她如此悲痛是为了什么？还不是因为她已经动摇，已经怀疑罗一，已经相信杜征的话！

不知不觉中，李沐晨已然泪流满面。她狠狠地抹了一把脸上的泪水，努力克制情绪，冷静地问："你母亲也相信了你的话，所以才同意辞退罗一吗？"

杜征耸肩："很遗憾，我母亲不信我，说我那晚喝了酒，记忆错乱。她之所以同意我辞退罗一，是因为我发现学校里罗一的档案资料都是伪造的。而我母亲也联系了英国那边，确认了资料的确是伪造的，根本没有这个人。"

"你说什么？"又一个重磅炸弹，李沐晨被炸得头晕目眩。

"我是说去国外留学和工作的经历，甚至ROY GOODMAN这个名字，全都是伪造的。不得不承认，伪造资料做得很充实、很仿真，甚至骗过了管人事的王主任。但是我可以肯定，那些都是伪造的。也就是说，去英国留学的ROY GOODMAN这个人根本不存在。罗一这个人倒是可能真的存在，毕竟身份证号码如果作假很容易被发现，但真正的罗一绝对不是我们见到的这个人。"杜征言之凿凿，极为笃定。

假的，都是假的！从一开始的英国富豪谷德宁，付洁的亲生父亲，到最后的罗一，海归穷老师，全都是假的！尽管李沐晨一万个不愿意相信，可那个男人骗人的本领她不是没有见识过，他有前科，现在叫她怎么去相信他？

李沐晨默默起身，告别的话都懒得说一句，行尸走肉一般朝门口飘去。

"李小姐，"杜征站起身，朝着李沐晨的方向劝诫，"防人之心不可无，我不指望你能够完全相信我的话，但是你一定要警惕，一定要保护自己，最好离开那个危险的、身份不明的男人！"

第十四章

犯罪重演

晚上7点，覃智勋、杭天、薛嫱三人赶到科大附近赵良实的出租屋。杭天撕开封条，用钥匙开门进屋。房间里仍然维持案发时的情形，赵良实的遗物统统都在，那是因为他的老家的赵家父母身体不好，得知儿子死讯后老母亲心脏病发，父亲在医院照顾，甚至没来得及赶到学校办理后续事宜。

“智勋，现在可以揭晓答案了吧？你说你知道笑脸杀手之一是谁了，到底是谁？”杭天站在不久前赵良实倒下的地方，脑子里呈现出赵良实的死状。

薛嫱也跟着问：“对呀，你说真相要在这里公布，现在咱们人已经身处赵良实的犯罪现场了，快公布答案吧。”

覃智勋点头，直接给出答案：“笑脸杀手之一是程伟业，正是他杀死了赵良实。只不过，程伟业跟赵良实无冤无仇，他并没有杀害赵良实的动机，他是临时被真正的笑脸杀手征用的一个机关的启动者。如果程伟业还活着，那么他的罪名也不是谋杀，而是误杀。”

薛嫱惊疑地问：“又是机关？这个现场也有机关？”

“是的，只不过这一次的机关不是自动关窗，而是一个被外力启动后的杀人机器。”覃智勋先后指了指现场的几个物件，解释说，“这个机关的组成就是这些东西，最大号旅行箱、绳子、凶器水果刀、吊灯、椅子、死者胸前的软包香烟，还有用来敲晕死者的平底锅，最后是这个房间的大门。”

薛嫱和杭天都让自己的大脑飞速运转，想跟上覃智勋的思路，两人像渴求知识的学生一样，眼巴巴等着覃智勋的下文。

覃智勋本来想利用现场的箱子和绳子直接做实验，但马上觉得不妥，不能破坏证物，于是对杭天和薛嫱说：“这样吧，与其我口头推理描述，不如实际验证。咱们干脆从头来一遍，由我来扮演笑脸杀手本尊，杭天扮演死者赵良实，小薛来扮演程伟业，咱们重现一遍案发当晚的情形。如果一切顺利，也就说明推理成立。”

杭天有些茫然：“好的，那我需要做什么？”

薛嫱也有些无措，生怕自己不够机灵会破坏这次案情重现：“我呢？我该怎么做？”

“你们别急，只要按照程伟业的口供去做就可以。这样，咱们先来回顾一下程伟业当时的口供。”覃智勋示意他们三人一起出门，一面往科大方向步行一面回顾。

按照程伟业的说法，案发当天上午，程伟业收到杀人预告，来到科大，在指定的地点看到了一场闹剧，得知了闹剧的中心人物便是劈腿的赵良实，也就是说，笑脸杀手锁定的目标正是赵良实。于是他跟踪赵良实，先是跟踪他和新任女友去食堂吃晚餐，偷听小情侣谈话得知女孩的父亲是土豪，所以付洁就成了阻碍赵良实美好前程的绊脚石。而后晚自习，等到将近20点，赵良实离开学校，程伟业继续跟踪。

三人驻足在科大门口，覃智勋这个总导演给两个演员“讲戏”。

“现在是晚间7点35分，这样，按照案发当晚的时间，在将近20点，定在19点55分的时候吧，你们就从这里开始重演案情。”

“那你呢？”杭天见覃智勋要走，马上拉住他问，“你这是要去哪儿？”

“我作为真正的笑脸杀手，自然要去为我的杀人计划做准备，具体怎么回事，你这个死者很快就会知道了。”覃智勋说着，冲杭天摆摆手，朝一个方向快步走。

杭天和薛嫱进了科大附近的一家小水吧，一边喝热饮驱寒一边等待好戏开演。

19点55分，案情重演正式开始。

杭天自顾自往前走，就像一个普普通通的学生。薛嫱一直紧随其后，跟得很紧，因为此时的杭天就像当初的赵良实，没有任何警惕。就这样，薛嫱跟在杭天的后面，甚至跟在杭天身后不远进了单元门，一直跟到3楼，从3楼的楼梯栅栏往上看，看到杭天开了4楼的房门进屋。

薛嫱来到4楼与5楼间的缓台处等待，就像当初的程伟业一样。

杭天进屋，打开灯，房间瞬间亮起来。他路过厨房的时候被厨房里的身影吓了一跳。覃智勋就在厨房，正在喝刚刚在外面买的瓶装水，见杭天进来，放下水，抄起平底锅就笑着冲杭天走来。

“你、你怎么进来的？”杭天被覃智勋吓了一跳，“钥匙在我这里啊。”

“凶手事先配备了赵良实出租屋的钥匙，我想这一点不难做到，赵良实的防盗门有6把钥匙，他的抽屉里就放了3把，凶手如果事先技术开锁进来过，偷一把钥匙复制不是难事。至于我这把钥匙嘛，就是刚刚离开的时候从抽屉里拿的。”

杭天倒吸一口凉气：“我家多出来的房门钥匙也被我随便放在抽屉里了。看来回去得妥善处理一下。”

“杭天，你现在就是一个昏迷不醒、任我宰割的受害者，配合一下吧。”覃智勋做了一个挥舞平底锅的动作。

“我要做什么？”杭天身子一晃，翻了个白眼，意思是自己已经晕倒了，可实际上，他经过厨房门口往房间里面走，却惊讶地看到了两只一模一样的大号旅行箱，两条一模一样的绳子，其中一套是原来在案发现场的，沾染赵良实血液的，还有一套是干净的，但干净的绳子的长度看起来是染血绳子的两倍：“你刚刚去超市买了箱子和绳子？”

覃智勋走向床铺，卷起赵良实的被子，一面忙活一边说：“除了箱子和绳子，实际上凶手应该还准备了另一套重要的道具，那就是跟死者赵良实当时穿的羽绒服同款或者类似款的羽绒服、裤子和雪地靴。但我刚才在超市没看到跟你穿的类似的羽绒服、裤子和雪地靴，索性买了一套颜色相同、款式不同的羽绒服，假装我买了跟你穿的相同的外套、裤子和鞋，我把羽绒服挂在了衣柜里充当你的，而你原本的羽绒服、裤子和鞋我自然有用处。哦，对了，杭天，脱裤子吧。”

“啊？”杭天一时间没反应过来。

覃智勋把卷好的被子竖起来，模仿一个人形模特一般“坐”在椅子上，又用一截尼龙绳牢牢把被子绑在椅子上：“怎么？你入戏真的这么深，要装作失去意识任人宰割？难不成真的要我帮你脱？”

杭天马上回过味来，麻利地按照覃智勋的吩咐，脱下羽绒服、牛仔裤和雪地靴。与此同时，覃智勋把椅子放倒，又整理了一下被子模特的位置，把自己刚刚买的一整包软包香烟塞在了被子的“心脏”处，为了固定香烟的位置，他还特意用胶带把香烟固定在了被子上。

“没办法，事实上香烟是固定的，因为暂时找不到胸前有口袋的衬衣给被子模特穿，干脆先用胶带固定吧。”覃智勋一边忙活一边解释。

杭天已经目瞪口呆，惊得说不出话来。

覃智勋又把一把他刚刚买来的水果刀垂直插在香烟上，为了固定水果刀的垂直角度，覃智勋小心翼翼地把刀子尽量刺到恰好的深度，让水果刀足够牢固的同时不至于刺太深。

“这个时候刀尖已经刺破了赵良实的表皮，凶手可以用他早就准备好的什么工具收集一点血液，或者在赵良实身上不起眼的地方取一点血，总之要小心保存起来，因为接下来他还得带着这点血液赶往红灯区的窄巷赴尹清华的约。这个取血的过程就免了，毕竟棉被没血，你这个演员也不必假戏真做。”覃智勋一边忙活一边说。

杭天附和：“对，对，没必要。”

“当然，凶手还得找到准确的位置，毕竟心脏是被肋骨保护着的，也就是说水果刀固定的位置必须在两根肋骨之间。我早就说过，凶手具备一定医学知识，能够在短时间内找到心脏位置，也懂得怎样下刀能避免刀子被肋骨卡住，让刀子直刺心脏。这一次跟唐馨的案子不同，凶手必须更加注意这一点，因为这一次凶手没有更改的机会。”覃智勋说到这个计划周全又专业的凶手，不禁眉心紧锁。

杭天看覃智勋的行动，已经将凶手的这个机关猜得八九不离十，也跟着感叹说：“没错，唐馨是凶手直接用水果刀刺死的，当时如果刀子卡在肋骨上，他只要稍微扭动刀子就可以刺入心脏。而这一次，凶手还真没这个机会。”

紧接着，覃智勋把剩下的一半尼龙绳剪断，用力向高处抛掷了几次，终于在第三次成功让尼龙绳的一头从铁艺吊灯上穿过，绳子的两头都垂下来，他用其中一头像打包礼物一样绑住了大号旅行箱，让旅行箱维持与地面平行的状态。然后再去拉扯另一端的绳子，果然，箱子被吊了起来，而且仍然保持与地面平行。覃智勋一路拉着绳子走到门口，等到箱子升起的高度有一米多之后，他把这一端的绳子系在了房门里侧的把手上。

“智勋，你……”杭天想说话，却觉得喉咙干涩，还是保持着沉默的惊讶，看着覃智勋继续忙活。

覃智勋把摆好姿势的、躺倒的椅子和被捆绑的被子模特小心翼翼地推到箱子的正下方，然后迅速穿上了杭天脱下来的裤子、鞋子和羽绒服。

“杭天，你虽然现在还没死，但也等于领盒饭了，现在开始，你扮演另一个道具——摄像头。”覃智勋戴上口罩和羽绒服的帽子，对着镜子整理了一下，确认可以以假乱真后满意地笑笑，又摘下帽子和口罩。

“什么摄像头？”杭天一面穿覃智勋买来的同色的牛仔裤，一面丈二和尚摸不着头脑地问。

“我，也就是笑脸杀手，在离开前会留下一个无线摄像头，就摆在一旁的桌子上，可以通过我的手机监控这里的赵良实，以确保他不会中途醒来。如果发现他醒了，破坏了我设置的机关，我就会实施B计划。”覃智勋解释。

杭天更加惊讶地问：“A计划我差不多已经猜出来了，可B计划是什么？”

覃智勋耸肩：“不知道，也没必要费时费脑去猜这个B计划，因为A计划已经成功了。所以你现在扮演的摄像头其实就是一个无关紧要的道具而已，事实上赵良实一直在昏睡，直至死亡。”

接下来的时间，覃智勋便跟杭天坐在床边聊天，他们俩可以想象，就在距离他们不远处的缓台上，薛嫱那个小姑娘该有多么孤单和无聊。

“智勋，给小薛打个电话什么的问问她的情况吧，万一人家小姑娘冷了渴了呢！”杭天说着，冲覃智勋眨了眨左眼。

覃智勋笑着白了杭天一眼：“杭天，你的老毛病又犯了，别乱点鸳鸯谱啊，我一个人觉得挺好的。再说了，我现在绝对不能拨打小薛的电话。”

“为什么啊？”杭天不解地问。

“我现在要是打了，她就会发现刚刚在去科大的路上我偷偷拿她的手机，做了点小手脚。”覃智勋神秘兮兮地说，“当然，这都是工作需要。”

两人又聊了聊案情，眼看就要到21点了，覃智勋戴上帽子、口罩，拿着房门钥匙起身准备离开，杭天着急地问："智勋，你走的时候别忘了关灯。因为监控显示，22点55分赵良实离开的时候，房间里的灯是灭了的。"

"放心，我会关灯的，只不过不是通过这个开关。"覃智勋说着，指了指门口的电灯开关。

紧接着，覃智勋解开系在门把手上的绳子，把绳子多余的部分折回去，只用右手抓住弯曲的部分，随后用左手大响动地开门，迅速出门，关门，在房门最后马上要关上，只留下一道小缝隙的时候，用右手把绳子弯曲的地方压在门框上，最后在右手松手的同时迅速彻底关闭房门。

当然，这一套动作必须行云流水，而且做之前要弄出大的声响提醒上方缓台上的薛嫱注意躲避好，免得被出门的覃智勋发现。而覃智勋在做这个动作的时候也要用自己的身体遮住上方薛嫱的视线，让薛嫱以为这只是简单的锁门动作。

房间里的杭天松了一口气，他还真的怕覃智勋这套动作没像凶手一样经过训练，不能一次成功，箱子直接落下来呢。而事实是，箱子只是稍稍震动了一下，覃智勋成功了。

覃智勋确认了一下，绳子并没有露在门外，他很满意，接着踩着重重的脚步声下楼，下到3楼的时候突然停下脚步。这让已经下到4楼的薛嫱也不得不停下脚步。

在确认4楼的薛嫱看不到3楼的自己后，覃智勋一面咳嗽一面轻轻打开位于3楼两户房门中间的电表箱，把402室的电闸拉下来。他咳嗽的声音正是为了遮盖他开关电表箱的声音。

这一套动作也是行云流水，干脆利落，很快，覃智勋又踩着重重的脚步下了楼。这一次，他鬼鬼祟祟，走几步就要四下看看，他的举动让身后的薛嫱不敢太过接近，一直跟他保持着距离。因为这个距离，也因为他故意模仿了杭天走路的姿势，更因为他身穿杭天的外套、裤子和鞋，两人的身形又比较相似，他自信身后的薛嫱没有发现端倪。

覃智勋又回到了之前来过的超市，只不过进了室内他还是戴着帽子、口罩不肯露脸，就如程伟业之前描述的一样。覃智勋又买了相同的大号旅行箱和尼龙绳，鬼鬼祟祟地结账，又鬼鬼祟祟地带着这两样东西往回走。

薛嫱在覃智勋身后，只能保持更远的距离，因为覃智勋显然比去超市前还要谨慎警惕。这个时候的薛嫱根本不知道，她在跟踪的已经不是杭天，而是覃智勋。

覃智勋知道身后的薛嫱跟自己距离不近，他进了单元门后突然加快脚步，迅速上到了2楼和3楼的缓台处，把绳子塞进箱子，又把箱子藏在了缓台上堆积的杂物之中，用原本的苫布把杂物遮盖好，掏出他从赵良实家抽屉里拿的单把钥匙，放在缓台的窗台上。随后他几步跨上3楼，打开电表箱，把402室的电闸推上去，又跳下缓台，蹲下身，把自己也藏在苫布之下。

赵良实租住的楼房很老旧，特点就是楼道堆积的杂物无人管理，声控灯不是坏掉就是光线暗淡。这一点成了凶手看中的犯罪条件。

薛嫱在楼下看到赵良实的房间又亮了灯，这才上楼，经过覃智勋躲藏的2楼和3楼间的缓台，根本没发现晦暗的楼道之中苫布下的楼道杂物形状有了变化，径直登上了4楼，还是守在了4楼和5楼之间的缓台。

覃智勋侧耳聆听，听到楼道恢复安静之后才小心翼翼地钻出来，轻轻提着大旅行箱，尽量不发出一丁点儿声音悄悄下楼。回到了杭天的车里，覃智勋给4楼的杭天发了一条微信："我在这边的任务已经完成，现在要带着赵良实的血液出发前往红灯区赴与尹清华之约。"

杭天忙回信："智勋，你不是真的要走吧？"

覃智勋回信："杭天，你真是入戏太深。我把车开走了，你和小薛怎么办？放心吧，我会在楼下的车里等待收工。"

薛嫱尽管又冷又渴，但还是非常专业地扮演着程伟业，她甚至没有主动跟杭天和覃智勋联系，只是静静等待。

晚间10点，薛嫱按照自己的剧本来到402房前敲门。她准备伪装成社区工作人员提醒房间里的杭天注意门户安全。可是薛嫱敲了好久的门，就是不见里面有回应。这个时候的她意识到，是程伟业撒了谎，案发那晚10点，程伟业根本没有见到赵良实。

薛嫱又回到缓台继续蹲守，23点的时候她收到了杭天的微信：“你可以去楼下车里暖和一下，24点之前回来就行。”

薛嫱回复：“没关系，我不冷，既然要重演案情，就要演全套，不能忽视任何细节。”

杭天收到薛嫱的微信后重重叹息，他躺在赵良实的床上，尽管穿着覃智勋留下的羽绒服，但是因为没做什么运动，还是冻得手脚冰凉，这房子的采暖的确很差。薛嫱这小姑娘真是敬业，覃智勋那家伙还真是不懂怜香惜玉。

终于到了午夜时分，薛嫱站起来活动一下冻僵的双脚，搓着手来到402门前，再次敲门。她当然知道不会有人应门，但她好奇的是，接下来到底会发生什么事。

手机振动，薛嫱掏出手机一看，顿时吓得一愣，手机上居然显示“宝贝儿子”来电。她什么时候有儿子了啊？仅仅一秒，薛嫱便反应过来，这是覃智勋的手笔，为的就是还原案发那晚程伟业的手机来电。

“喂？”薛嫱接通电话。

“喂，”覃智勋使用了变声的软件，说话的声音像一个机器人，“程伟业，你好，我是笑脸杀手。”

“你怎么会有我儿子的电话？你把他怎么了？”薛嫱是个称职的演员，她完全站在程伟业的角度。

“放心，你儿子很安全，否则你妻子早就联系你了。我只是偷了他的电话手表而已，为的就是跟你联系，并且不引起警方的怀疑。我知道你现在在哪里，你就守在赵良实的门外，只可惜，我已经在你的眼皮底下去过他家，取走了他的性命，又从你的眼皮底下安然离开。”

“不可能！我一直守在门口，根本没人进出过他家。你该不会想说你真的会隐形吧？”薛嫱语气急促。

“哈哈，我是不是真的会隐形，你进去看过就知道。房门钥匙就在2楼和3楼间缓台的窗台上，要不要进去一探究竟，你自己决定。”

薛嫱脑筋灵光，也是入戏极深，马上冷笑说：“哼，赵良实恐怕早就死了，你想让我开门进去，把杀人罪名嫁祸给我吗？”

“嫁祸？我才不会让你抢了笑脸杀手的风头。总之钥匙就在那里，如何选择看你。我会一直保持通话，是否挂断电话，也看你。”说完，覃智勋保持通话，不再讲话。

薛嫱深深吐出一口气，她知道，以程伟业的性格，他绝对不会无动于衷，更不会现在报警，因为如果现在报警，他就没有机会拍摄现场照片发微博了。程伟业就是这样的人，为了第一手的劲爆消息和照片，他才不在乎是不是会破坏现场。而程伟业之所以会用钥匙开门，不担心自己被栽赃嫁祸，是因为程伟业是随身带着相机的，只要把相机开启摄像模式，用录像为自己做证，就不怕被栽赃嫁祸。

于是薛嫱取了钥匙，兴奋紧张，又打起了十二万分精神，恨不得目不转睛，把钥匙插进锁孔。

“咔嗒”一声，门锁开了，防盗门轻轻向外弹开，薛嫱还没来得及大敞房门，就听到了摩擦和重物落下的声音。她大敞房门一看，瞬间明白过来。正是她开门的动作启动了机关。

杭天蹲在箱子旁，示意薛嫱过来看。

“到底是怎么回事？”薛嫱疾步走到箱子和椅子前，也蹲下想看清楚。

杭天刚想给薛嫱解释机关是怎么设置的，薛嫱的手机里传出覃智勋的声音。

“程伟业，看镜头。”覃智勋用胜利的口吻笑嘻嘻地说。

“镜头？什么镜头？”薛嫱莫名其妙。

杭天嘿嘿笑着移动到桌子边：“那个，我现在扮演摄像头。案发那晚，凶手在桌子这里放了一个摄像头，他就在那边监视着房间里的情形。一定是他通过镜头看到了程伟业进来，所以才会在电话里说看镜头。”

薛嫱可比杭天敬业多了，马上注视着桌子的方向，一脸愤懑地继续表演，低声对着手机那边的覃智勋怒吼：“你、你果然还是设计了我！”

“没错，是你启动机关，直接导致了赵良实的死。现在你有两个选择：第一，保护现场，然后报警，说明实情，这样一来，赵良实抢救及时说不定有一线生机，注意，中刀部位是心脏，生机真的只有一线而已；第二，清理现场，随后再找个人跟你一起进来见证赵良实的死，然后报警，对警方撒谎，这样一来，赵良实必死无疑。你应该清楚这两种选择对应的后果。哦，对了，我相信以你的智商，应该会设计好之后的情节，并且妥善处理你面前的摄像头，被铁艺吊灯摩擦过的那一截尼龙绳。还有最后一点，不要挂失你儿子的手机卡，也不要声张，因为我以后还会用这张卡联系你的，我的朋友。”

电话挂断了，薛嫱拿着手机，站在程伟业的角度，她觉得接下来要做的第一件事就是删掉相机里刚刚录下的内容，因为这内容不但不能证明程伟业的清白，反而会证明程伟业落入凶手的圈套，启动了机关，直接导致水果刀刺入赵良实的心脏。至于这两个选择，无疑程伟业选择了第二种，因为个性使然。作为记者，程伟业没有职业道德；作为网络大V，他不惜以制造假新闻的方式打造了郭俊的网红包子铺。他这样的人根本三观不正，他根本不可能让世人知道是他这个网络大V直接害死了赵良实，尽管是无意的，但前提还有他两次收到杀人预告都没有报警。一旦事实暴露，别说饭碗要丢，搞不好还要承担刑事责任，可谓前途和钱途尽毁。薛嫱觉得，当时的程伟业考虑的时间不会超过半分钟，他很快就会选择第二个选项，也就是笑脸杀手为他准备的，有把握他一定会选的选项——替凶手善后，伪造现场，对警方说谎。

随后，薛嫱仍沉浸在角色之中，她无视杭天的存在，仔细观察被子模特、箱子和绳子，很快她便弄明白这到底是个怎样的机关。

“这个凶手，还真是机关算尽！”薛嫱一面感叹一面想解开绑在箱子上的尼龙绳，但刚一碰触绳子，她便反应过来，先戴上了随身携带的乳胶手套。

“程伟业解开绳子，破坏这个机关的时候赵良实心口的血液应该也在慢慢渗出。尽管他小心翼翼，还是会不小心踩到血迹，但他没时间顾及血足印，这些足印可以最后擦除，他现在的主要任务是彻底破坏这个机关，改变箱子的状态，回收摩擦过的绳子。”薛嫱一边忙活一边说。

“对。”杭天继续分析，“凶手必须解开箱子上的绳子，把这一段绳子带离现场，但箱子就没办法了，只能放在尸体旁边，染血的部分直接浸泡在血泊之中就可以。”

薛嫱忙活得热火朝天，用了十几分钟假装伪造现场，假装擦去血足印，还特意找了另一把椅子踩着去检查铁艺吊灯，果然，上面几乎没有灰尘，显然凶手的善后工作也包括擦去吊灯上的灰尘，以防警方发现有绳子摩擦过的痕迹。最后，她站在墙边，假装抬手去画血迹笑脸，而实际上，血迹笑脸已经画在墙上。

“啊，我懂了，为什么这一次血迹笑脸不是在窗子上而是在墙上，尺寸也小了许多，因为画笑脸的并不是凶手，而是程伟业。程伟业担心自己在窗子上画笑脸会被窗外的人看见。而上一次唐馨的案子里，也就是首次犯案，凶手之所以要画在窗上，画得那么大就是为了让对面的女高中生看见，”杭天兴奋地说，“而这个特殊的笑脸符号，凶手在给程伟业的杀人预告上就有，他照着画上去就可以。”

“行了，现场搞定。”薛嫱说完便跟杭天挥手，“现在我要出去了，待会儿会再次大力砸门，然后吵醒邻居一起报警。哦，对了，我还得带走摄像头，找个绝对安全隐蔽的地方把摄像头、绳子还有房门钥匙全都处理掉，然后才能回来砸门报警。”

杭天喊了一声：“Cut！行了，到此为止，我这就打电话叫智勋上来。”

覃智勋上楼，刚进屋就接收到了薛嫱崇拜钦佩的目光和夸赞：“覃顾问，还真有你的，我就说嘛，你肯定是有些能耐的，否则张局和杭队也不会因为什么慈善基金就让你来当这个顾问！”

“其实这只是我的推理，目前而言，还没有能够证实这个推理的证据。”覃智勋习惯性地谦虚，其实他心里几乎认定了这个推理。

杭天强调：“智勋，程伟业的妻子尚华已经确认，他们的儿子1月5日白天就弄丢了他的电话手表。而程伟业在市局的时候，他妻子尚华跟律师一起来过，当时程伟业叮嘱过尚华要她隐瞒儿子电话手表丢失的事情。我认为，尚华的这些供词算是证据。程伟业为了掩饰自己的罪行，已经跟笑脸杀手同流合污。”

“没错，凶手一定是先给程伟业发出了杀人预告，然后偷了程伟业儿子的电话手表，最后赶来科大附近实施这个计划的。”薛嫱遗憾地说，“如果程伟业还活着就好了，他就是证实这个计划的人证。唉，恐怕也是因为这一点，凶手担心程伟业早晚会暴露，所以才……”

杭天抢过薛嫱的话：“智勋，你说凶手杀害程伟业的动机会不会是因为担心程伟业暴露？其实不一定是因为他撰写了那篇不实的报道，间接害死了付洁的母亲季红梅啊？”

覃智勋理解杭天的心情，杭天真的很想撇清付洁的嫌疑：“我倒是认为笑脸杀手之所以一开始就选定程伟业，把他牵扯进来，原因有很多，除了吃准程伟业不会报警，看上他网络大V的身份可以帮凶手宣传，还有就是程伟业身上背负的罪孽。这个笑脸杀手只杀他认为背负罪孽之人，而程伟业身上的罪孽，也许我们看到的只是冰山一角。”

杭天挠头，重重叹气：“其实我心里也清楚，付洁绝对是案件的核心人物，但我就是搞不明白，她在案子里到底是个什么角色？凶手为什么要在犯案现场留下她的指纹？是不是根据她小时候的图画签名和作文才创造出这么一个特殊的血迹笑脸符号？”

“没错，付洁是所有连环案件的相关人，凶手的杀人灵感和动机一定跟她有关。但我认为付洁可以暂时排除嫌疑，因为根据我刚刚的推理，笑脸杀手的确有两个人，其中之一是被临时征用的程伟业，另外的那个才是真正的幕后高手——笑脸杀手本尊。按照这个前提重新分析，赵良实的案子中，付洁拥有不在场证明：一来，她跟李沐晨下午就离开了科大往回赶；二来，既然凶手能够穿着赵良实的衣服伪装成他，身形一定跟赵良实差不多，而赵良实有一米八的身高，不可能是身高一米六的付洁伪装得了的；三来，笑脸杀手偷了程伟业儿子的电话手表，打电话跟程伟业约见，地点就定在郭俊的包子铺，并于午夜杀死程伟业，而这个时间段付洁正身处酒店房间，有跟踪监视的警察做证。所以付洁可以暂时排除嫌疑。”

“怎么还暂时啊？干脆排除嫌疑不就得了？”杭天松了一口气，他觉得只要覃智勋说付洁没嫌疑，那么付洁就一定不是什么笑脸杀手，但还是对“暂时”这个词不太满意，“智勋，你说话就跟我咨询的那个物理学家一样，滴水不漏啊。我就问你，以咱们现在对案情的分析，付洁她怎么可能是笑脸杀手？”

覃智勋苦笑，自我嘲讽：“没办法，我之前被这个笑脸杀手牵着鼻子走，已经上当好几回了，我可是再也不敢把话说死了，免得以后再被打脸。至于付洁怎么可能是笑脸杀手，当然有可能，也许笑脸杀手除了临时被征用的程伟业，还有第三个人，不能排除付洁就是第三人的可能性。”

杭天做了个鬼脸，大大咧咧地应和：“是是是，就像那个物理学家说的一样，也不能够排除凶手是时空杀手的可能性！现在不能排除的可能性数不胜数。”

薛嫱看了看时间，打断这两个人明显要跑偏的辩论：“咱们还是快回去吧，联系一下通信公司，试着定位程伟业宝贝儿子的手机号码，看看能不能找到凶手的出入范围。”

覃智勋不抱多少希望，毕竟笑脸杀手心思缜密，那个手机一定长时间处于关机状态，只在必要的时候开机。现在程伟业已死，手机的功用殆尽，估计已经被凶手丢掉了。

回程的路上，坐在后排默默分析案情的薛嫱后知后觉地想到了另一个关键：“哎呀，咱们怎么把杜宽仁给忘了啊？出去买大号旅行箱和绳子的人不是赵良实而是笑脸杀手，也就是说赵良实根本没想杀付洁，那么杜宽仁是怎么回事啊？他为什么要给赵良实打电话？为什么在赵家附近徘徊，还在附近的树林里挖了坑？”

副驾驶的覃智勋耸肩，自嘲地说：“这有可能是笑脸杀手的另一个圈套，是让警方确信赵良实对付洁有杀意的另一个佐证。很惭愧，在这一点上，我又一次着了这个笑脸杀手的道。付洁被分手，不甘心地大闹学校，因为赵良实新女友的父亲是个土豪，我就想当然地认为赵良实为了分手或者说为避免日后的麻烦，铲除成功捷径上的障碍，对付洁起了杀心。再加上程伟业颇具诱导性的供述和后来杜宽仁这个同伙又是挖坑又是给赵良实打电话的，我就对此坚信不疑了。实在惭愧，误导了大家。”

“不，误导大家的是程伟业，其实他在开门启动机关之后就已经明白自己上当，知道出门买箱子、绳子的人根本不是赵良实。他为了对警方隐瞒自己被利用这一点，才在供述经过的时候刻意误导大家，说在餐厅听到赵良实和新女友的谈话，得知新女友的父亲开了工厂，等等，就是暗示咱们赵良实对付洁起了杀心，为的就是让咱们认定箱子和绳子是赵良实买来的抛尸工具，而不会怀疑到这两样东西其实是定时杀人机关的工具。”薛嫱为覃智勋抱不平。

杭天咳嗽了一声：“其实说到底，程伟业也是顺水推舟，最开始设局误导咱们的人是笑脸杀手。智勋，照你这么说，这个杜宽仁也是被笑脸杀手利用喽？他的存在只是让箱子和绳子的存在更加合理而已。”

“是啊，我不知道这个笑脸杀手到底对杜宽仁说了什么，能够让这个堂堂校长大半夜跑去树林里挖坑，在外面寒夜中一待就是好久，还不断给赵良实打电话。不过我绝对不怀疑他有这种能力，这位笑脸杀手布局的能耐，我算是见识到了。”覃智勋苦笑，“还有一种可能，也许杜宽仁是笑脸杀手给自己找的备胎，程伟业那边如果没能按照他的计划行动，他就启动杜宽仁来继续，让杜宽仁去启动那个杀人机关。”

“对呀，智勋，你之前不是说笑脸杀手还有B计划吗？说不定这个杜宽仁就是那个没有被启用的B计划。可这个B计划到底是怎么样的呢？”杭天绞尽脑汁地想了半分钟，最后还是败下阵来。A计划已经如此布局精巧，他认为如果没有覃智勋，他自己绝对想不到，所以也就不费神去想什么B计划了。

覃智勋并没有回应杭天，因为他自己也没有答案。他望向车窗外的夜景，难以压抑心头涌上的失落，已经破解了唐馨案件中的密室之谜，刚刚又破解了同时异地杀人之谜，可就算如此，凶手的身份和动机仍然隐藏在迷雾之中。

第十五章

用情至深

一夜无眠。

李沐晨倚靠在床上，戴着耳机不断听着她偷偷录下的罗一用英文讲电话的录音，以及她的朋友莉莉安对这段录音的翻译。

“警察因为笑脸杀手的案子一直跟踪监视她，我根本没有机会行动，如果这个时候贸然动手等于自我毁灭。不过你放心，我有我的计划，不但能报仇还能全身而退，但必须等风声过去。”

“你以为我不着急吗？我比你更加着急结束这一切，只有报仇成功我才能开始崭新的生活。对了，我最近缺钱，再给我一万块，别问我干吗花那么多钱，总之我有我的用处。”

打从听到这些话，李沐晨就认定了罗一口中的“她”指的是付洁，罗一一心想复仇的对象是付洁，原因很简单：第一，是罗一主动找上李沐晨，雇用她成为付洁的闺密的，罗一可以借此通过针孔摄像头观察付洁的生活，罗一在意的人是付洁；第二，如果罗一的复仇对象是她李沐晨，又何必多此一举，直接在后巷趁她昏倒的时候动手不就好了？后巷没有监控，罗一也可以全身而退啊；第三，那之后罗一也有跟她独处的时间，想杀她那更是机会多多。

但今天，李沐晨才被杜征当头棒喝，瞬间清醒，罗一口中的“她”恐怕不是付洁，而是她李沐晨。而跟罗一用英语交谈通电话的人也不是什么身在英国的丹尼尔，而是那个操着一口方言英语的校长杜宽仁。这两人之所以用英语对话，是因为对话的内容涉及复仇和杀人，他们担心被周围的人听到。只可惜，李沐晨当时因为某种奇妙的情感和自信，一丁点儿也没有往这方面去想，一直认定对话中的那个“她”指的是付洁。

李沐晨用一整晚的时间当了一回业余侦探，推理出了一个她几乎认定的版本。

这个版本的开端要追溯到一年多以前。李沐晨当时刚刚因为被公司上司性骚扰而从售楼处辞职，没了饭碗。后来的几次面试都不顺利，连高中毕业文凭都没有的她被好几家公司拒绝，直到她遇到了一位应聘主考官——胡晓璐。

李沐晨那天下午去面试，星级酒店的人力资源部部长胡晓璐告诉她，她没有被录取，可到了傍晚，她就接到了胡晓璐的电话，说有一个高酬劳的好差事，问李沐晨是否有兴趣。这个好差事其实很简单，只要李沐晨以狐狸精的身份去勾引胡晓璐的丈夫杜宽仁，并且闹得满城风雨，让胡晓璐掌握杜宽仁确凿的出轨证据。这样一来胡晓璐就可以按照两人的婚内约定，让杜宽仁净身出户，并且独自背上原本的家庭债务。

一开始李沐晨是拒绝的，随着后来找工作继续到处碰壁，催租的房东嘴脸越加难看之后，她开始犹豫不决。最后，不过半个月的考虑时间，她接受了这份工作，因为这真的是一份清闲还能赚大钱的好差事，唯一的代价和挑战就是需要跟一个又老又色的糟老头上床。

从那之后，李沐晨就假戏真做，真的以被包养为职业，因为她尝到了不劳而获、轻松享受富贵生活的甜滋味，再也吃不得苦了。

后来胡晓璐顺利离婚，杜宽仁甚至没有心思和钱去跟胡晓璐打官司，因为之前他有过几次出轨史，出轨后为了争取原谅，跟胡晓璐签了一份婚内协议，如果再出轨就净身出户和独自承担所有家庭债务，并且这份协议还做了公证。杜宽仁想必也咨询过律师，就算打官司也会输，毕竟他出轨李沐晨证据确凿。

“抛弃”了丧家之犬的杜宽仁，李沐晨马上又搭上了房地产大亨吴昱刚，被他包养，一直到被“后起之秀”顶替，还挨了一顿暴打和羞辱。这一年时间，李沐晨一直沉浸在自己的享乐之中，丝毫没有猜测和设想杜宽仁过的是什么日子，杜宽仁是否得知李沐晨是被其前妻雇用的？他是否知道自己掉入了前妻的圈套？他是否憎恨前妻和李沐晨？

现在回过神，李沐晨才后知后觉，如果杜宽仁知道，哦，不，杜宽仁很可能得知了真相，他一定是恨她和胡晓璐的，恨到恨不得她们这两个联合设局害他沦为丧家之犬的女人去死。可胡晓璐不管怎么说都是他儿子的母亲，况且一日夫妻百日恩，杜宽仁的满心愤恨极有可能转移到了李沐晨这个欺骗他感情，骗得他损失惨重的插足者身上。

杜宽仁想要她李沐晨万劫不复，想杀她以泄心头之愤，但他没有傻到自己动手，因为那样等于同归于尽，他杜宽仁自己还得遭受牢狱之灾。于是杜宽仁便想到也去雇用个人充当杀手替他复仇，他选定的人就是他学校里的老师罗一。

杜宽仁不知道罗一的身份是假的吗？那怎么可能！杜宽仁怎么说也是个老狐狸，创立这家英语学校也有十几年的时间了，自己本身也是出国镀过一层薄金的人，他一定看出了罗一伪造身份资料，但他没有揭穿，反而选定了罗一作为杀手。

为什么选罗一而不是别人呢？是因为杜宽仁抓住了罗一伪造材料的小辫子？是因为罗一爱财，容易被收买？恐怕都不是，李沐晨觉得伪造资料不算什么能够要挟的把柄，花钱的话能够雇到更加专业的杀手吧。李沐晨认为，杜宽仁之所以选上了罗一，那是因为他知道罗一的底细，知道罗一具备某种特殊的条件，知道罗一不会或者说没法拒绝他的要求。具体是怎么回事，李沐晨不敢想，也不想凭空猜测。她刚刚只是想到了一种可能，就已经浑身发抖，她猜想，也许罗一身上本就背着人命，杜宽仁正是看中了罗一的杀人经验。

万圣节前夜，其实罗一是跟着李沐晨去夜精灵酒吧的，他在伺机而动，终于在酒吧后巷那里找到了最适合动手的机会。罗一已经把随身携带的刀具抵在了李沐晨的脖子上，却不知道由于什么原因迟迟没有动手。是因为他看到了后门那里有个醉酒的杜征，是因为可怜她这个刚刚被殴打羞辱的女人，还是罗一决定用更加迂回却保险的方式在日后杀死李沐晨，以确保自己能够全身而退？

李沐晨更愿意相信是第二种，但她的理智告诉她，很可能是第三种猜测。

罗一的计划可能是想监视李沐晨的生活进而寻找合适的时机，制订完美的计划，最后再实施复仇。这样一来，就算李沐晨死了，警方也不会怀疑到罗一身上，因为他们俩之间的雇佣关系除了他们俩无人知晓。

等一下，那么付洁是怎么回事？为什么罗一会把付洁牵扯进来？付洁只是罗一找来的一个配角吗？李沐晨想到了罗一胸膛上的枪伤疤痕，想到了罗一在谈及父亲的死和他自己中枪时候的真情实感，她觉得那些都不是谎言，是真的发生过的。也就是说，付洁的父亲付勇，那个殉职的警察的确是罗一的杀父仇人，而且是害得他家破人亡的不共戴天的仇人。如果是这样，那么付洁就不是什么配角，她李沐晨才是。毕竟在罗一家破人亡的仇恨之下，替老板杜宽仁办事根本不值一提。

罗一啊罗一，你果然是个狠角色，居然想一箭双雕。雇用她李沐晨去接近真正的仇家付洁，让李沐晨在房间里安装那么一个摄像头，远程监控着两个人的一举一动不说，还能在笑脸杀手案件爆发之后，遥控棋子李沐晨为他拆掉摄像头。罗一可真的是一个能够把两个女人和一众警察耍得团团转的高手。

抱着被子痛哭一场之后，李沐晨又开始思考一个最重要的问题，那就是跟罗一相处的时间里，他到底有没有再对她萌生出杀意，或者，有没有想动手的迹象？

李沐晨仔细回想那些两个人在一起的甜蜜瞬间，得出的答案是：没有。反而一遍遍的回忆让她更加心碎，更加明确一个事实，她居然到现在还是无法憎恨这个男人，她还在想他！

李沐晨又扪心自问，罗一之所以没有对她下手是因为笑脸杀手的案子让警察盯上了她和付洁，还是因为他的雇主杜宽仁已死，他已经无须再替他复仇，抑或因为他也对她产生了感情？

这个问题折磨了李沐晨大半个晚上，天亮的时候她下定决心，必须找到罗一问个清楚，她没法就此与罗一分别，带着满心的疑问继续生活。

一大早，李沐晨赶到了罗一的住处，还是没人，罗一的手机依旧关机。李沐晨一面开车在街上漫无目的地到处游荡，一面给罗一微信短信留言将近100条。

李沐晨说：

“罗一，我知道你不是罗一，你的身份是假的。我知道你那天用英语打电话的对象不是什么英国的丹尼尔，而是杜宽仁。

“我已经都知道了，是杜宽仁买通你替他杀我泄愤，对吧？万圣节前夜在酒吧后巷，你根本不是从别人手中救了我，你就是那个企图杀死我的杀手！

“罗一，你又骗了我，你一次次地欺骗我，我恨你！

“罗一，你到底在哪里？我们见面谈谈好吗？我有太多的话想跟你说，我不相信你是坏人，毕竟目前为止你谁也没有伤害。

“回复我吧，拜托，不要就这样消失！你不能这么浑蛋，你得给我个交代，我跟你不是玩玩的，你看不出来吗？我是真心的！

“你该不会去找付洁了吧？难道你去调查付洁的秘密了？不管怎么样，我们见面吧……我答应你，我会帮你。”

傍晚，李沐晨饥肠辘辘，她买了个面包，回到罗一家门口，靠在门边一边啃面包一边等待。渐渐地，李沐晨站不住了，她蹲在门口，抬头看向电梯的方向，电梯每一次发出“叮”的一声，她的心就像潮水涨潮一般汹涌，可每一次，从电梯出来的人都不是罗一。一次次的潮涨潮落，让李沐晨不知不觉委屈得泪流了一脸。她突然有种悲观的预感，罗一再也不会回来了，她再也见不到这个男人了。

晚间11点，李沐晨的手机突然振动，她因为太过激动而一屁股坐在地上。顾不得狼狈的姿势，她慌忙掏出手机，竟然真的是罗一的来电。

“罗一，你在哪里啊？”李沐晨接通电话，情绪如火山爆发一般，“我找了你一天！为什么不开手机？”

“抱歉，沐晨，”罗一的声音难得不再那么冷冰冰，“我这一天都在忙，之所以关机就是不想让你打扰我，我怕我会心软，会因为你的劝说而放弃我原本的计划。”

李沐晨努力压抑哭声，不想因此打扰到邻居：“计划？你的计划就是揭穿付洁的秘密吗？你一定要这么做吗？”

罗一沉默了几秒，豁出去似的说：“我用了一天的时间纠结考虑，再打开手机听到你的留言之后，我就彻底投降了。沐晨，事到如今你居然还愿意信任我，我真的很感动，我们一起离开这里，什么付洁的秘密，什么杀父之仇，都让它们见鬼去吧。沐晨，我只想跟你在一起，我们一起离开这里，好吗？”

李沐晨像个傻瓜一样笑着流泪，不住地大幅度点头：“好，好，你现在在哪里？快回家啊，我就在你家门口。”

“我在街角的24小时茶餐厅，我这一天都没怎么吃东西。”罗一的声音有些哽咽，调整之后温柔宠溺地说，“沐晨，你这一天也没怎么吃东西吧？来茶餐厅，我给你点你最爱吃的慕斯蛋糕和卡布奇诺。”

“我马上过去！”李沐晨挂断电话，猛地起身，因为动作突然又剧烈，她的头一阵眩晕。

一口气跑到街角的茶餐厅，李沐晨一眼就看到了坐在角落的罗一。

罗一起身，笑盈盈地冲李沐晨招手。他像换了一张脸，从前的冷峻忧郁全都一扫而光，取而代之的是温柔的光辉，就像慈悲又超然的唐僧。

李沐晨几乎是奔跑着冲撞到罗一怀中的。她紧紧抱住罗一，像抱住了余生的依靠和幸福。这一天，她就像一个游魂野鬼在这座城市里孤独地游荡，即便她已经在这座城市无依无靠地生活了5年，但就在今天，她第一次感到被孤独吞噬的绝望。

罗一爱抚李沐晨的头发，在她的额头柔柔地一吻："能遇到你这样的小傻瓜，我还真是三生有幸。快坐下吃东西吧。"

李沐晨大快朵颐的同时眼睛一刻不肯放松地注视对面的罗一，像一眨眼对方就会飞走一样。

"大叔，你到底叫什么啊？"李沐晨嘴里鼓鼓的，却嘴角上扬，笑吟吟地问，"这次不许骗人噢，一定要说实话。你要是再骗我、我就、就……"

"就什么？"对方好奇地问，口吻像逗小孩。

"我就缠你一辈子，用一辈子的时间去解你这个谜题。"李沐晨说着哈哈大笑起来。

"其实关于名字，我没有骗过你，我叫谷德宁。"

"啊？你真的叫谷德宁？"李沐晨还是不信，"你的话到底哪句是真、哪句是假啊？"

"我发誓，这个名字是真的，"谷德宁淡然地说，"别急，我们有的是时间，我会给你好好讲讲我的故事。"

"你现在就讲嘛，我真的好好奇。"李沐晨撒娇。

谷德宁耸肩，突然很严肃地说："现在我不想说那些，我只想让你知道一件事，一个我绝对不是骗你的真相。"

李沐晨放下手中的蛋糕，不由得也紧张起来，瞪大眼睛等着谷德宁的下文。

“沐晨，我这辈子做过很多错误的决定，但我做的最正确的决定就是万圣节前夜在酒吧后巷，没有杀你，”谷德宁极为郑重地讲出了这句算不上告白的告白，“幸好当初我没有走错那一步，我们才有了后来。”

李沐晨扑哧一声笑出来，双手抱拳侠气地说：“感谢壮士不杀之恩！”

两人嘻嘻哈哈又聊了一会儿，谷德宁看了看时间说：“不早了，咱们回去休息吧。从明天开始，我得忙于找新工作，赚多多的钱养活你这个小败家子。”

李沐晨信誓旦旦：“明天起我也要去找工作，自力更生。”

谷德宁满意地微笑，抬手示意李沐晨先坐下：“我先去结账顺便去趟洗手间，你在这里等我一下。”

李沐晨乖乖坐下，笑盈盈地目送着谷德宁走去洗手间，消失在距离她几米之外的拐角。

路过的服务员含笑盯着李沐晨看了几眼，仿佛在笑她花痴的模样。但李沐晨不在乎，她知道自己现在看起来有多傻，但她的嘴角就是无法控制地上扬。她掏出随身的化妆镜，想看看自己现在的模样，这么一看却吓了一跳，原来她早就哭花了妆，双眼红肿，却仍然挂着痴痴傻傻的笑。她又想起第一次与谷德宁见面的时候，当时谷德宁说了一句“如果现在你面前有一面镜子，就不会胡思乱想了。别说你现在的脸像一幅泼墨画，就算你干干净净、顾盼生姿，我也不可能对你有什么兴趣”。

现在李沐晨的脸也像一幅泼墨画，可刚刚谷德宁还不是一直含情脉脉地注视她，而且眼神里一丁点儿嫌弃都没有。

“我说的考核很简单，那是因为考核只是一个问题，你只需要实话实说，诚实地回答我这个问题，只要答案符合我的预期，就算通过。”

镜子里李沐晨的笑突然僵住，因为她不自觉地想起了“泼墨画”后面的那句，这么久以来，她都忘了初次见面时谷德宁对她有那么一个考核，问了她一个奇怪的问题。

正想着，手机振动，发来微信的竟然是付洁。一张照片是付洁在四人间的宿舍里坐在上铺，她笑得挺开心，对着镜头比着剪刀手。一条语音说：“沐沐，这是我的宿舍，室友们都对我很好，我们都是为梦想努力的元气少女。等将来我的蛋糕店开业，你就是我店里终生免费的VIP！今天忙了一天，好累啦，马上就休息啦，咱们要保持联系哦。明天下课后再戳你。”

李沐晨像个欣慰的姐姐，总算舒了一口气，付洁能够重新振作，走出男友去世的阴影，实在是太好了。她本来想给付洁回复一条信息，说自己也要开始崭新的人生，但看了看时间，想想还是算了，明天等付洁下课后再互相通报好消息吧。

等一下，谷德宁刚刚一句都没有提到过付洁，他真的一点也不好奇付洁现在怎么样了吗？看来他是真的要放下仇恨了呢。李沐晨犹豫着，要不要告诉谷德宁付洁这个小姑娘已经振作起来的事。

又过了两分钟，李沐晨有些坐不住了，谷德宁去个洗手间怎么这么久？

“服务生，”李沐晨冲一个男服务生招手，又指着洗手间的方向，“能不能帮我去男洗手间看看，我男朋友是不是需要厕纸什么的？”

服务生抿嘴笑笑，点头后朝洗手间方向走去。

不过十几秒的时间，就在李沐晨对着小镜子擦拭自己的小花脸的时候，洗手间的方向传来了一个男人惊愕的叫声：“死人啦！快，快报警！”

李沐晨的心一沉，僵在原位一时间动弹不得，她怔怔地瞅着那个服务生跌跌撞撞地从洗手间跑出来，脸色煞白地冲着同事大叫。

一个顾客模样的男人第一时间丢下女友冲过去，不到10秒的时间，他也跑了出来，径直朝餐厅大门口跑去。

服务生惊魂未定，眼神扫过李沐晨，嘴唇翕动，断断续续地说：“你、你男友，他、他……”

李沐晨的灵魂像从另一个空间被一股强有力的力量打回现实空间，她回过神，冲刺一般奔向男洗手间。

地上是血，鲜红的触目惊心的血，流动漫延的血，聚集在唯一敞开的隔间门口两块地砖下陷的低处。

李沐晨移动沉重的脚步，缓缓走到隔间的正面，目光渐渐上移。她看到了一双脚，毫无生机的、脚尖向两侧倾斜的脚；看到了一双腿，裤子上染了血迹的修长的腿；看到了插着一把刀的胸膛，血液从刀口不断渗出染红整片的胸膛；看到了一张脸，面容安详，双目紧闭的熟悉的脸。

谷德宁的身边还有一卷剩下半卷的厕纸，像一个贪婪的吸血鬼，疯狂吮吸着地面上的血液，已被红色浸透变形。

隔间的侧面隔板上是熟悉的血迹笑脸，那张脸就那么肆意狂妄地笑着，左边脸颊还有一个“酒窝”。

李沐晨无声地跪坐在谷德宁尸体面前，濒临窒息一样大口大口地呼吸。她双手的指甲抓挠着瓷砖地面，留下几道血痕。就在刚刚，就在几分钟之前，这个男人还活生生地在自己面前，他天籁般的声音还在耳侧，他说明天就要开始找工作，赚钱养活她这个小败家子。

接下来李沐晨感觉不到时间和空间，她像行尸走肉一般，被不知道是救护人员，还是警察，或者是服务生的什么人架起来带离了洗手间。耳边嗡嗡作响，周遭的嘈杂和说话声就像快要坏掉的收音机发出的噪声，而她被一个密不透风的毛玻璃罩子罩住，眼前的一切模糊再模糊。

她看到了一个全身白色的人冲着另一个全身黑色的人摇头，听见他们说了一句什么话，其中有“太晚了”三个字。

谷德宁死了，李沐晨清醒地知道这个事实，因为现场的出血量，因为谷德宁那毫无生气的惨白的脸，因为笑脸杀手从不失手。如果她能够再早一些让服务生进去查看，如果她一早就自己去查看，如果她要谷德宁回家再去洗手间，如果她不留下跟谷德宁一起吃东西，而是买回家去吃，如果她没有爱上这个男人……

原来失去所爱的男人是这样一种感觉啊，李沐晨眯着眼，体会着被命运遗弃的孤独和愤恨。她多想像当初付洁得知赵良实死讯后那样放肆大哭，哭到身体抽搐，哭到昏厥，哭到天昏地暗，可她就像被什么密不透风的东西给死死缠住，根本找不到那样一个出口，憋得不断膨胀，胀痛到快要死掉。

"李小姐，"一个熟悉的男人的声音伴随着一只在眼前晃动的手，让李沐晨的思绪回归现实，"李小姐，请节哀。虽然你的状况不太好，但是出于工作，我们还是要问你一些问题，请配合。"

李沐晨看不清眼前的人，因为那层毛玻璃罩子还没有被撤去。

"擦擦吧。"男人又说，还递过来一张纸巾。

李沐晨下意识接过纸巾，刚一碰触到眼睛，纸巾便迅速因为浸湿而柔软了一大片。她终于看清了，眼前的男人是那个叫覃智勋的顾问。

"到底怎么回事？"覃智勋坐到李沐晨对面，隔着桌子温和地问，不像警察，倒像老朋友，满眼都是同情。

对方的温柔让李沐晨的委屈一下子喷薄而出，她终于找到了那个出口，把一腔愤懑倾泻出来。

李沐晨说了一分多钟才意识到自己语无伦次，不知道她的话这个覃智勋到底有没有听懂。

覃智勋耐心听了一会儿，总结说："你是说，他是杜宽仁雇用的杀手，曾经想杀你，而且他因为付勇的关系而憎恨着付洁，当初雇用你接近付洁，就是为了同时监控你们俩，寻找机会制订计划，好让他自己在杀人后全身而退？"

李沐晨愣住，这才反应过来，她刚刚的语无伦次已经把自己所知道的，谷德宁全部的秘密都坦白了。

“对，就是这样。”李沐晨不后悔坦白，她恨不得把一切细节都讲给这个顾问侦探，恨不得对方听后马上就能推理得出结论，找出那个可恶的笑脸杀手，“不过后来他不想复仇了，无论是对我，还是对付洁，我们俩刚刚说好的，要放下一切重新开始，他说明天要去找工作，要赚钱养活我……”

覃智勋沉默，回头看了看几步之外正默默听着两人对话的杭天。

“怎么样？知道凶手是谁了吗？这个该死的笑脸杀手到底是谁？他为什么这样做？”李沐晨用手掌大力拍打桌面，咆哮着，质问着。

“你知道罗一的真实身份吗？”覃智勋平静地问。

李沐晨用力按住胸口，尽量平静下来，哭着断断续续地说：“他真实的名字叫谷德宁，他说他的父亲是被付洁的父亲付勇在一场枪战中击毙的。”

覃智勋释然地点头：“看来他真的向你坦白了。”

“你们查过他？”李沐晨听懂了覃智勋的潜台词，“这是事实，对吗？这一次他没有骗我，对吗？”

“是的，我们查过，他的确没有骗你，谷德宁的父亲是个罪犯，死在了警察付勇的枪下，谷德宁的确具备杀害付洁的动机；因为你的关系，他也具备杀害杜宽仁的动机，原本他是我们的重点怀疑对象。”覃智勋坦诚地说。

李沐晨不满地叫嚣：“现在你们还怀疑他吗？他也被笑脸杀手杀死了！他明明已经放弃复仇了，为什么还要他死？为什么？”

覃智勋的脸上渐渐凝聚出疑惑：“你这是什么意思？谷德宁的死跟他放弃复仇有什么关联？你是不是知道些什么？”

李沐晨被这么一问，也后知后觉，自己竟然说出了这样的话，她真的知道些什么吗？自己这个逻辑到底从何而来？混乱不堪的脑子高负荷地快速运转，她好不容易才找到答案，她一边哭一边苦笑："我只知道，付洁认定了笑脸杀手是从未来穿越回来的她自己，她要杀死所有知道她和赵良实还有金妍在泰国秘密的人，从而扭转自己的未来。对了，还有那个程伟业，写了那篇报道害死她母亲的始作俑者。本来我是不信的，我真的不信！可我应该宁可信其有，不可信其无的，我早该想到德宁也身处危险之中。"

"所以现在你也信了？"覃智勋追问，"你也相信是未来的付洁穿越时空回来杀人？不但杀死了那些知道她秘密的人，还杀死了间接害死她母亲的程伟业，以及想对她复仇的谷德宁？"

"那不然呢？你告诉我，我还能怎么想？德宁之前还跟我说，他想查清楚付洁的秘密，曝光她的秘密，他认定了那个秘密一定是罪恶的。虽然刚刚他放弃了这个想法，可也许未来的付洁认为他始终是个危险因子，也许以后德宁真的会改变主意。"李沐晨双手抱头，额头不住地磕在桌沿。

李沐晨的额头疼痛到麻木，她甚至感觉不到后来的几下她撞击的已经不是桌沿而是覃智勋的手背。

"别傻了，什么穿越时空的杀手，那都是科幻电影、科幻小说里才有的桥段，现实中根本不可能。"覃智勋平静地说。

李沐晨抬起头，看着覃智勋缩回刚刚放在桌沿的、手背通红的手，来不及感激对方的好意，质问道："不可能？那你告诉我，德宁是怎么死的？他在洗手间不过待了五分钟而已，洗手间里没有别人，这餐厅里也没几个客人，还有监控，如果有谁在这五分钟之内进过洗手间，你们不可能到现在还没有查到，不是吗？不然嫌疑人呢？你们怎么没有抓到嫌疑人？"

覃智勋心虚地垂下眼帘，回头又跟不远处的杭天对视一眼。李沐晨看到杭天也是一脸落寞，无奈地叹息。

李沐晨继续哭泣，她趴在桌面上，把头深深埋在双臂之中。她脑子里都是跟谷德宁在一起的点点滴滴，这会儿，有三个细节从那些连贯的画面中突显出来，让李沐晨有些介怀，却又说不上为什么。

第一，初次见面的时候谷德宁说对她有个考核，考核竟然是那么一个无法称之为考核的问题。

第二，谷德宁提出在圣诞夜对李沐晨进行一次测试，测试付洁是否已经把她当作好朋友。

第三，杜宽仁遇害的那一晚，谷德宁说要跟她一起看电影，当时虽然是让她来选，可当时李沐晨刚刚洞悉谷德宁的谎言，根本没心思选什么电影。谷德宁把手覆在她的手上，在笔记本的鼠标区移动光标，点击图标。可以说这个电影等于是谷德宁选择的，她还记得那是一部她觉得很枯燥的、她根本看不进去的电影，好多专业术语，好多人物，乱七八糟的，名字跟什么彗星有关系。

第十六章

才能不济

程伟业宝贝儿子的手机号码一直没有开机，估计那张手机卡已经被笑脸杀手丢弃在这座城市的某个角落。覃智勋和杭天这边的调查暂时陷入僵局，但好在专案组其他调查方向分支的队伍经过这些天的排查带回了几条有用的线索。

首先，调查杜宽仁的背景，查到了他与前妻离婚的内幕，他等于是被净身出户的，虽然婚前个人财产仁知英语学校归他所有，但是家里的贷款和债务也都由他一个人来背。而导致杜宽仁沦为丧家之犬的罪魁祸首就是李沐晨，在杜宽仁前妻胡晓璐任职酒店留下应聘资料的李沐晨。

其次，深入调查尹清华的背景，他的一个朋友因为吸食毒品被拘留，供述了一段跟尹清华的往事。尹清华曾经跟这个朋友和其余两个狐朋狗友在KTV的包房里吸大麻，当时尹清华跟其中一个“麻友”吹嘘自己很快就要发财，到时候还请他们多多关照生意。

最后，负责跟进金妍失踪案的警员走访金妍的朋友同事得知，金妍的身体状况时好时坏，有几次跟团出行的时候因为嗜睡出错，被领导批评的时候她称是因为吃了减肥药。可问题是金妍一点儿都不胖，甚至有些消瘦。金妍还有一个神秘的前男友，虽然分手了但一直保持联系。同事们总是听到金妍骂这个前男友不是人，害了她一辈子，但还是与其保持联系。这个前男友的身份还在继续调查中。

在案情分析会上，覃智勋一面听一面思考，把最新得到的这三条线索与之前的各种细节一一对应，他惊喜地发现，已经可以合成一整套推理，并且有一个嫌疑人浮出了水面。

年初持续了半个月之久的笑脸杀手连环案终于有了突破性的进展！

会议主持人，也就是专案组的组长，市局主管刑侦的张副局长宣布案情分析会结束。

覃智勋清了清喉咙，出声阻止大家离席："等一下，各位，会议还得继续。我对案情有一些想法，准确来说，我有一个推理和一个嫌疑人。"

"有嫌疑人了？"张副局双眼放光，马上招手让离席的人坐回原位。

覃智勋大方回答："是的，我认为案件最新的这三条线索同时指向了一个人。"

杭天忙追问："这三个线索明明是有关三个人的，怎么指向一个人了啊？是谁啊？"

"首先，杜宽仁很可能已经得知了自己被前妻和李沐晨利用，对李沐晨怀有仇恨和杀人动机，而正巧最近这段时间，被杜宽仁看中的员工罗一伪装成有钱人接近李沐晨，并且成功获取对方信任。跟踪监视的同事反馈的信息是，这两人俨然一对情侣，这两天李沐晨不是在酒店陪付洁，就是去罗一那里，一直两点一线地来回跑。"覃智勋表面平静，内心却在自责，居然这会儿才开始怀疑罗一。

杭天插嘴："智勋，你是怀疑杜宽仁雇凶杀人，而且雇的就是他手下的员工？可他干吗要找个老师去做这种事啊？"

"这个问题可以用第二条新线索来解释。尹清华在跟狐朋狗友一起吸大麻的时候说找到了发财之路，还请朋友以后多关照。很明显，他口中的致富之路就是贩毒。再联想之前仁知英语的王主任曾经说过，在她告知要退学的尹清华学费不退的时候，尹清华说过，那点钱根本不算什么，他虽然只在学校待了不到一周，可他学到的是受用一生的本事。贩毒应该不算什么能够受用一生的本事，这个本事，我想应该是指更具专业技术性的——制毒。”覃智勋望向张副局解释。

张副局果然马上明白了覃智勋的深意：“你是说，尹清华是在仁知英语里遇到了一位掌握制毒技术的‘老师’，而且这个‘老师’肯收他这个学生。这么说，这个仁知英语还真是不简单，一个英语学校，居然还能藏着这么一个罪恶人才。”

“智勋，这个人难道是罗一？”杭天着急地问，跃跃欲试地想冲出去逮捕罗一，生怕晚一分钟他就会溜走。

覃智勋冲杭天做了个少安毋躁的手势：“是的，我怀疑罗一曾经是个毒师，或者说现在也是。杜宽仁知道这一点，以此作为把柄要挟罗一，替他杀李沐晨复仇。”

“得，还以为是海归人才，闹了半天是去国外进修制毒技术，回国祸害同胞来啦，”杭天气得攥拳砸了一下桌面，“张局，我这就去把这个姓罗的给抓回来。”

张副局并没有阻止，只是嘱咐他：“没有证据，你先以协助调查的名义请他过来问话，不要打草惊蛇。”

杭天走后，张副局马上指派手下去调取罗一的详细资料，趁等资料的空当又问覃智勋：“覃顾问啊，你说第三条新线索也能指向这个罗一，是因为金妍的表现疑似吸毒？”

覃智勋不情愿地说：“是啊，金妍是付洁和赵良实去泰国旅游的导游，在笑脸杀手第一次犯案后失踪，又疑似吸毒，这不得不让我怀疑这三个人在泰国的秘密跟毒品有关，跟这个海归毒师有关。而且金妍很可能是在前男友的影响下接触了毒品，并且一发不可收拾。她之所以憎恨前男友还跟前男友保持联系，恐怕是因为前男友就是她的毒品来源，或者说，她在靠为前男友办事来赚取毒资或毒品。”

“你的意思，罗一就是笑脸杀手？”张副局追问，他的关注点好像刻意躲过了金妍、泰国和毒品。

“是，我怀疑罗一就是笑脸杀手。除了毒品这个关联，赵良实的案子中的一些细节也让我觉得他就是笑脸杀手。”覃智勋先把他对于泰国和毒品的推理暂时推后，对专案组的成员们解释，“赵良实案发那晚，杜宽仁用不记名的手机卡给赵良实打电话，还在赵良实家附近等人，在那之前他还去了附近的树林里用事先准备好的工具挖了埋尸的坑。一开始，我以为这个坑是杜宽仁和赵良实为付洁准备的，而实际上，赵良实根本没有想杀害付洁，反倒是杜宽仁对李沐晨有杀人动机。也就是说，这个埋尸的坑极有可能是杜宽仁为李沐晨准备的，他跟他的杀手约定好那晚在那里会面，杀手会带着李沐晨的尸体出现，二人一起去埋尸，或让杜宽仁一人去埋尸。”

薛嫱兴奋地叫道：“我懂了，罗一把赵良实的号码给了杜宽仁，谎称为了避免被警方怀疑，暂时偷了一个什么号码作为两人专用的号码。而罗一并不担心赵良实会接听杜宽仁这个陌生人的电话，因为在约定时间之前，罗一已经把赵良实给打晕，并将他的手机关机。这样一来，罗一就巧妙地把杜宽仁跟赵良实牵扯在了一起，而实际上，这两个人根本不认识。”

“是的，事后罗一会跟杜宽仁说那晚的计划有变，没能按照原计划进行的原因就是警方跟踪监视李沐晨，让他根本没有机会动手。而实际上，罗一根本没有真的想杀害李沐晨，他当时忙于约见那个一厢情愿想当他得意门生的人——尹清华。尹清华和杜宽仁都是知晓罗一秘密的人，所以这两个人必须死。”覃智勋虽然嘴上极为自信笃定，但心里还是隐隐有些不安，在笑脸杀手的连环案上，他犯错不止一次，他是真的怕又一次掉入凶手设定的陷阱。

张副局频频点头："要真是你说的这样，这个罗一可真是不简单啊，为了掩饰自己的杀人动机，竟然硬把杜宽仁和赵良实这两个不相干的人牵扯到一块，让我们以为杜宽仁跟赵良实相识，两人之间存在某种关联，因此才都会成为受害者。"

覃智勋了然微笑，感慨地说："是啊，可谁能想到，罗一对杜宽仁的杀人动机其实是源于杜宽仁对他的威胁，还有对他喜欢的女人李沐晨的威胁，不铲除杜宽仁这个不定时炸弹，罗一和李沐晨就没法安生。他对尹清华的动机也很好理解，他并不想收这么个徒弟，可尹清华却以曝光他毒师的身份要挟他。"

薛嫱不解地问："可是覃顾问，杜宽仁坠楼的时候，DV可是真切地拍到了对面大楼的罗一和李沐晨，罗一有不在场证明啊。该不会他又用了什么机关，能够从对面大楼遥控，让杜宽仁自己从窗户坠落？"

覃智勋在会议上边听边分析的时候也想到了这点，解释说："我暂时还想不到能有什么物理或者化学性质的机关，我倒认为与其设计什么复杂的机关，不如利用现成的帮手，也就是之前已经跟他成为同盟的程伟业。不过也可以说罗一设置了一个机关，一个人性机关，这个人性机关使用的道具就是杜宽仁和程伟业本身。"

"对呀，杜宽仁案发的那一天，正好就是程伟业离开警局的那天，程伟业绝对有时间犯案。我就说嘛，杜宽仁的案子程伟业怎么没动用什么无人机航拍？怎么不去报道？原来是做贼心虚，他不敢大肆报道他犯下的案子，怕被人看出破绽。"薛嫱懊恼地拍了一下自己的膝盖，她早就有过这个疑虑，却任凭这疑虑在脑中一闪而过，没去深究。

覃智勋赞同地说："没错，程伟业做贼心虚，不敢报道杜宽仁的案子，又担心自己落后于其他同行，所以在杜宽仁死后他才另辟蹊径，转移网友们的注意力，同时保持自己的热度，那就是搞出了一个什么穿越时空杀手的谬论。"

张副局招手吸引覃智勋的注意："覃顾问，你所说的罗一设置的人性机关，道具是杜宽仁和程伟业，这到底是什么意思啊？”

覃智勋低头组织了一下语言，总结说：“被利用成为机关的除了被罗一抓住把柄只能听从于他指示的程伟业，还有众所周知好色成性的杜宽仁，其实还有一个人——李沐晨，她也是被利用的道具之一。准确来说，是罗一一直在利用杜宽仁对李沐晨的杀意。案发那晚，罗一很可能告诉杜宽仁，他终于找到了适合动手的时机，时间是午夜12点，地点是学校写字楼对面的罗一的出租屋。罗一之所以选定这么一个时间地点，为的就是吸引杜宽仁目睹甚至记录这对他来说大快人心的一刻。杜宽仁自然欣然赞同这个计划，因为提出录下罗一杀人过程的人很可能就是他自己，往后的日子，他心有不甘的时候，就可以重温这段杀人录像来发泄心中郁闷。同时，他也能掌握罗一杀人的证据，这两人相互牵制，彼此狼狈为奸，互不告发，达成一个安全的平衡。”

薛嫱嘲讽地冷哼一声：“只可惜，杜宽仁又一次上了当，他按照约定带着望远镜和长镜头DV来到能够窥视对面大楼的储藏室，本以为能够目睹和摄录下李沐晨的死，却在不知不觉中走入了罗一为他安排的陷阱。那个时候程伟业早就用罗一偷配的钥匙先进入了储藏室，藏在那些桌椅板凳后方，只等午夜时分的到来，按照罗一的指示在那个时间把窗前的杜宽仁推下楼。”

“是的，罗一知道好色成性的杜宽仁以前会在那个储藏室利用望远镜偷窥对面自己学校的年轻女员工，搞不好还会用高倍镜头摄录下女员工的暴露照片，以此要挟女员工被他占便宜，所以他便利用了这一点。讽刺的是，杜宽仁当晚也的确没有辜负自己的名声，真的提前守在那里，在等待目睹仇人李沐晨被杀之前，他还顺便偷看和偷录了隔壁的女员工。”覃智勋毫不掩饰他对杜宽仁这个死者的鄙视。

与会的专案组成员都在认真地听覃智勋和薛嫱两人配合描述的、画面感很强的推理，设想着当时储藏室里的场面。

张副局长长嘘出一口气，说出了此时会议室里所有人的感叹和疑问："这个罗一可真是了不得啊。可红色记号笔上付洁的指纹又是怎么回事？还有之前尹清华脸上的血指纹，罗一是想把罪名嫁祸给付洁吗？"

覃智勋不置可否，其实他对这个问题也没有答案。留下付洁的指纹通常意义上来讲，就是想把杀人罪行嫁祸给付洁，只要他想，他也有机会通过李沐晨获得付洁的指纹，但是这么一个高智商罪犯，想嫁祸却用了这么单一的方法，又有些说不通。

"张局，张局，"被分派调阅罗一户籍资料的警员慌张地进门，叫嚷着一句明显的病句，"罗一的资料显示罗一根本不是这个罗一啊！"

很快，警员把罗一的资料显示在投影仪上。罗一，39岁，初中文化，户籍地在邻省某县城，最关键的是罗一的照片就是个普普通通、其貌不扬的中年男人，看起来像做体力活的，黝黑健壮，根本不是他们见过的那个能够讲一口英伦风味的流利英语，高大俊朗的文化人、英语老师。

大家心照不宣，罗一在仁知英语的履历资料都是假的，杜宽仁很可能在这其中起了一定的作用，顺水推舟或者是主动帮罗一作假骗过学校的人事主任。他之所以这么做，就是为了把这个英语不错的毒师留在自己身边，为他所用。然而这个秘密没有维持在这两人之间，无意中让学生尹清华偷听到，尹清华很可能跟杜宽仁一样，以此作为要挟，让罗一不得不把制毒的技术传授给他。

"这个罗一，不，这个无名氏到底是谁？马上给我查！"张副局显然动怒。

覃智勋理解张副局发怒的原因，其实覃智勋自己也生自己的气，居然任凭罗一这号人物在自己眼皮底下来去自如，只在他作为李沐晨不在场证人的那一次注意到了这个人的存在，并且跟他有过短暂交流；他也没有深挖这个罗一的背景，通过学校的人事主任看了一些伪造的履历就被糊弄过去。其余时候，罗一就是他们的盲点。

“从付勇经手的案子给我查这个人！”张副局补充。

“从付勇经手的案子查？”覃智勋听出了张副局的弦外之音，“这个人会跟殉职的付勇有关？”

张副局痛苦地闭上眼：“唉，付勇生前是市缉毒大队的副队长啊。”

覃智勋只感觉脊背发凉，原来这纷乱线团中间包裹着的竟是毒品！毒品，把付洁、付勇、赵良实、金妍、尹清华和罗一全都串联在了一起。而程伟业和杜宽仁则是游离在毒品之外的，程伟业是因为写了那篇报道间接害了季红梅，被利用后又成了一颗弃子；杜宽仁则是因为要挟罗一，还威胁到了李沐晨的安全，因此两人才被卷入笑脸杀手的连环案中。

覃智勋刚刚就猜到付洁的秘密是人体运毒，他看得出张副局在不着痕迹地躲闪这个问题。覃智勋知道，这个问题不光他和张副局在逃避，这间会议室里有多少付勇的同僚都在怀疑，都在矛盾，都在逃避。覃智勋跟在场的所有人一样，无法接受一个殉职缉毒警的女儿会参与运毒。

杭天那边很快传来消息，罗一不见了，李沐晨也在满世界找人。杭天本来想直接破门而入搜罗一的住处，但张副局不批，因为之前的种种都是他们的推论，并没有证据，他们无权搜家，而且就算搜了也搜不到什么。就算搜到了，那也是罗一希望警方搜到的东西。这个罗一绝对是个布局筹谋的高手。张副局的意思是，以不变应万变，在罗一家楼下守株待兔，分派两个人跟踪满世界找罗一的李沐晨，最好李沐晨能够帮警方引出罗一。

晚上9点，张副局召集剩下的人手开会，还特意把在外面的杭天也叫回来，公布罗一的真实身份。

从付勇生前经手的案件查起，很快就查到了这个罗一，他的本名为谷德宁。

晚间11点多，跟踪李沐晨的警员传回消息，称李沐晨匆忙跑去了街角的一家24小时茶餐厅，他们要找的罗一，不，应该说谷德宁，就在茶餐厅之中。

张副局亲自赶往茶餐厅门外，在车上给属下下达指令，他的意思是先不要马上抓捕谷德宁，以免这个冷血的复仇者以李沐晨为人质，或者危及餐厅里其他服务员和顾客，现在不能肯定他身上是否携带武器，毕竟这是一个心狠手辣的高智商罪犯。张副局主张先找两个生面孔的便衣也进去茶餐厅假装顾客，先去监听谷德宁和李沐晨的谈话内容，然后视情况再做打算。

张副局钦点一男一女两名警员伪装成情侣进去先掌握情况，偷听二人谈话。这对伪情侣就坐在李沐晨和谷德宁卡座的后方，能够把二人的谈话听得一清二楚。他们俩干脆打开小型监听设备，让门外车里的同事们也直接听到他们二人的谈话。

覃智勋听到谷德宁坦白姓名，听到两人对未来的美好憧憬。谷德宁说话的口吻让他有一种强烈的直觉，他觉得谷德宁对李沐晨不是虚情假意，他是真的喜欢上了这个女人。难道他真的放弃复仇了？会吗？已经杀死了那么多人，唯独放弃他最该恨的付勇的女儿？爱情真的有这种力量，能够让一个双手沾满鲜血的连环杀手放下屠刀，变成一个勤恳工作养活爱人的居家好男人？

“张局，什么时候抓捕？”杭天没有心思听这些男女之间的甜言蜜语，心急地问。

张副局毕竟是经验丰富的局长，他早就指派手下的人包围了整个餐厅，餐厅后巷那里安排了四个身手最好的，就是担心谷德宁会从后门逃跑。

“我听着这两人的对话也快结束了，待会儿他们出门的时候，你们在门口左右夹击突袭，分别控制李沐晨和谷德宁，一定要避免谷德宁狗急跳墙以李沐晨为人质。记住，你们面对的是一个心狠手辣的连环杀手，是一个满怀仇恨的变态杀手，是一个心思细腻缜密的高智商罪犯！他身上很可能藏有杀伤性的武器，切不可掉以轻心。”张副局示意杭天马上带人到门口待命。

终于，耳机里传出谷德宁的声音，他提出要带李沐晨回家，但要先去一趟洗手间。

张副局马上让里面的便衣询问服务人员洗手间是否有窗户，通向哪里。得到的答复是洗手间有一扇只能打开一道窄缝的小气窗，通向后巷，张副局便用对讲机联系守在后巷的四个便衣，一定要提高警惕做好准备，以防谷德宁已经看出警方的布控，从后巷逃走。

餐厅的后巷是几家餐馆的后门，对面是堆积的杂物、垃圾和几个泔水桶。四名便衣两个守后门，两个守小气窗，只要有人从这两处出来，他们绝对能够制服。

可并没有人从后门出来，小气窗也没动静。根据伪情侣的汇报，谷德宁去洗手间一直没有出来，伪情侣中的男便衣请示是否进去查看。张副局担心打草惊蛇，担心谷德宁在洗手间设伏，一名警员单独进去危险性太大，便回复先等一会儿。又过了两分钟，就在张副局准备下令让其余属下支援，跟随那个便衣一起去洗手间查看的时候，李沐晨先招呼了服务生进去。

服务生惊慌失措地跑出来，口口声声地说死人了，男便衣马上冲进去确认。的确死人了，谷德宁死了。

因为警方一直守在餐厅前后，所以第一时间前来确认现场和周遭。现场情况是男洗手间里只有谷德宁这个死者，凶手又一次消失无踪。而且这一次他尤其厉害，男洗手间是比以往的唐馨家、赵良实出租屋都要严丝合缝的一个密室。男洗手间入口有两名便衣一直盯着，除了谷德宁无人进出，男洗手间内只有一扇小小的气窗，只能打开一条缝隙，就算破坏窗子全部打开，也没法让一个成年人出入。

周遭的情况也尽在掌握之中，张副局让包围餐厅的警员都原地不动，以防凶手潜藏在附近趁乱逃走。他又调派了更多的人在附近搜索，只要是午夜时间出现在这附近的人，都要严加盘问，留下身份信息。

覃智勋站在男洗手间谷德宁所在隔间的正对面，默默地注视着谷德宁，脑子里只有一个声音——他又错了，又一次中了凶手的圈套，下午在会议上的种种推理恐怕又要全盘推翻。

一转头，对上了杭天复杂的目光，覃智勋在老友的目光中看到了几分同情。自从接手笑脸杀手的案子，他这个顾问频频出错，尽管也在频频纠正错误，但还是免不了让专案组的人失望。

杭天刚想开口说什么，洗手间门外有一句话从其他声音中脱离出来，飘到洗手间里面，钻进覃智勋和杭天的耳朵里——闹到最后，原来还是个没能耐的富二代，用钱买来的顾问职位。

覃智勋苦笑，的确，他下午实在太过笃信自己的推理，如今被推翻，也难怪共事的人会这样评论他。

杭天刚要开口对覃智勋说什么，覃智勋就抬手阻止，无所谓地耸肩说："杭天，我没事，别把我想得那么敏感脆弱。咱们还是专注于案情，一定还有别的解释、别的可能，能够符合所有条件，解答所有疑问。"

薛嫱拍照后，把掉在血泊中的半卷厕纸放入证物袋，一边忙一边像自言自语地嘀咕："现场看起来并没有发生激烈的打斗，但是这卷厕纸被人从墙上的盒子里扯了出来，而且完全被血浸透，还变了形，看来凶手就是用这厕纸蘸了死者的血在隔板上画下血迹笑脸的。也对，洗手间这种环境，用厕纸当画笔再合适不过了。"

马法医初步检查尸体后拔出了凶器，拿在手里打量："这应该是餐厅里的牛排刀，尖头，有锯齿，也正是这些锯齿使得死者短时间内的出血量增加。唉，虽然利刃刺入心脏导致死亡的速度本来就很快，但相比较前面的死者，他应该是死亡得最快的。所以这一次咱们到得这么及时，还是没能从死神手里夺回这条命啊。"

杭天走到覃智勋身边，苦大仇深地说："现在最大的问题是凶手哪儿去了，咱们的人已经把这里围了个密不透风，别说人了，连苍蝇都……"

覃智勋的目光移动到头部高度的小气窗，漫不经心似的泼冷水："现在是冬天，哪有苍蝇。凶手一定使用了什么诡计，不亚于之前唐馨和赵良实现场的诡计，在咱们没有注意到的地方，一定有凶手来去的那条通道。"

杭天撇嘴："我刚刚看了监控，探头正对着洗手间门口，谷德宁进去之后不到10秒，有个客人身上干干净净地出来，那之后再没人进出过男洗手间。那么一个小气窗，别说没法全都打开，就算打开了也没法通过一个成年人。难不成，凶手是小孩？小孩也不可能啊，气窗外面是后巷，后巷门口那里还有咱们的四个人守着呢，要是有小孩从气窗钻出来，他们不可能看不见。"

杭天说得有道理，但覃智勋就是觉得一定还有别的可能。他转身往外走："先去问问李沐晨吧，她怎么样了？"

杭天嘴角下垂，微微摇头："很不好，我看她遭受的打击不小啊，毕竟刚刚还跟谷德宁憧憬美好未来呢，她真的是用情挺深啊。"

"等一下，"身后的马法医突然叫道，"谷德宁的左臂静脉处有几个针眼。"

覃智勋马上转头往回走："针眼？难道……"

果然，谷德宁的手臂上有新旧程度差不多的4个针眼。因为之前推理出谷德宁毒师的身份，现在又有这么4个针眼，洗手间里的警察和覃智勋全都心照不宣，这极有可能是注射毒品的痕迹。谷德宁这个毒师也没能抵抗住诱惑啊。

"回去做个血检，很快就能出结果。"马法医的意思自然是检测谷德宁是否吸毒。

薛嫱一听马法医的话，干脆放下手里的活，开始挨个隔间地翻垃圾桶。一个女技术员，在男洗手间里挨个仔细翻垃圾桶的垃圾。她的举动和敬业让覃智勋刮目相看，同时也不忍再看。

“找到了，最里面的隔间垃圾桶里有一个注射器！”薛嫱提着证物袋朝外面的覃智勋说。

覃智勋起身离开洗手间，朝李沐晨走去。远远的，他就看到李沐晨呆滞地靠在椅子上，整个人像丢了魂，像油尽灯枯。覃智勋看到这样的她，就像看到了两个字——绝望。在以往的侦探工作中，覃智勋也面对过不少受害者的家属，有失去孩子的父母，有失去爱人的男女，可不知道为什么，如今眼前的李沐晨让他对她的痛失所爱感同身受。也许是因为他刚刚还从耳机里听到李沐晨跟那个男人对未来的美好憧憬吧，他真切地感受到了李沐晨几分钟之前的甜蜜幸福，就在短短几分钟前，这个女人以为她找到了一生的依靠，以为她得到了所有女人梦寐以求的真爱和美满的未来。

如果没有之前的推理，直接听李沐晨语无伦次的讲述，覃智勋是绝对听不懂的，但是结合他的推理，他很快就总结出了李沐晨的意思，对方也向他确认，他的推理有一部分是正确的。只是他怎么也没想到，原来最初谷德宁接近李沐晨编造了那么一个名目，还让李沐晨在家里的客厅安装了针孔摄像头，监视这两个女孩在家中的一举一动。怪不得李沐晨会对付洁如此照顾，让付洁免费住在她家。

覃智勋通过刚才监听的李沐晨和谷德宁的对话得知，李沐晨已经知道了谷德宁的真实姓名，但对于谷德宁的背景李沐晨是否知情，这一点还不清楚，于是他问：“你知道罗一的真实身份吗？”

“他真实的名字叫谷德宁，他说他的父亲是被付洁的父亲付勇在一场枪战中击毙的。”

覃智勋释然地点头：“看来他是真的全都向你坦白了。”

“你们查过他？这是事实，对吗？这一次他没有骗我，对吗？”

“是的，我们查过，他的确没有骗你，谷德宁的父亲是个罪犯，死在了警察付勇的枪下，谷德宁的确具备杀害付洁的动机；因为你，他也具备杀害杜宽仁的动机，原本他是我们的重点怀疑对象。”覃智勋坦诚地说。

“现在你们还怀疑他吗？他也被笑脸杀手杀死了！他明明都已经放弃复仇了，为什么还要他死？为什么？”

覃智勋捕捉到李沐晨话里的深意，忙问：“你这是什么意思？谷德宁的死跟他放弃复仇有什么关联？你是不是知道些什么？”

“我只知道，付洁认定了笑脸杀手是从未来穿越回来的她自己，她要杀死所有知道她和赵良实还有金妍在泰国秘密的人，从而扭转自己的未来，对了，还有那个程伟业，写了那篇报道害死她母亲的始作俑者。本来我是不信的，我真的不信！可我应该宁可信其有，不可信其无的，我早该想到德宁也身处危险之中。”

“所以现在你也信了？你也相信是未来的付洁穿越时空回来杀人？不但杀死了那些知道她秘密的人，还杀死了间接害死她母亲的程伟业，以及想对她复仇的谷德宁？”

“那不然呢？你告诉我，我还能怎么想？德宁之前还跟我说，想查清楚付洁的秘密，曝光她的秘密，他认定了那个秘密一定是罪恶的。虽然刚刚他放弃了这个想法，可也许未来的付洁认为他始终是个危险因子，也许以后德宁真的会改变主意。”李沐晨双手抱头，额头不住地磕在桌沿。

覃智勋想也没想便及时伸手垫在桌沿上，让李沐晨的额头撞在他的手背上好几下。李沐晨再抬头的时候，他看到自己的手背和对方的额头都红了，这才意识到自己刚刚下意识的行为似乎有些不妥，不着痕迹地缩回手。

“别傻了，什么穿越时空的杀手，那都是科幻电影、科幻小说里才有的桥段，现实中根本不可能。”覃智勋平静地说。

“不可能？那你告诉我，德宁是怎么死的？他在洗手间不过待了5分钟而已，洗手间里没有别人，这餐厅里也没几个客人，还有监控，如果有谁在这5分钟之内进过洗手间，你们不可能到现在还没有查到。不是吗？不然嫌疑人呢？你们怎么没有抓到嫌疑人？”

覃智勋心虚地垂下眼帘，回头又跟不远处的杭天对视一眼。犹豫了一会儿，他还是为难地开口：“谷德宁的左臂静脉处有几个针眼，你知道吗？”

李沐晨茫然地抬起头，好像刚刚从另一个缥缈的空间被拉回来：“什么针眼？”

覃智勋无奈地苦笑：“李小姐，别装了，你应该知道谷德宁真实的身份，或者真实的职业，既然如此，你会不知道针眼对他来说意味着什么？”

李沐晨看样子是真的很疑惑，紧接着是愤怒：“你到底在说什么？什么真实的身份职业？我根本听不懂。”

覃智勋怔了两秒，随即释然，他想起了刚刚监听到谷德宁对李沐晨说过以后有的是时间给她讲他的事：“看来，谷德宁并没有对你彻底坦白他的过去啊。”

李沐晨突然伸出双手，隔着桌子抓住覃智勋的手腕，不容拒绝地叫：“告诉我，告诉我，德宁到底是谁！把你知道的全都告诉我，我有权知道他的一切！”

谷德宁的真实背景资料覃智勋也是在几小时之前才得知的，其中给覃智勋印象最为深刻的是谷德宁被捕之后的供词。他仔细看过那份文字记录的供词，看后唏嘘不已。他打算把谷德宁的供词讲给李沐晨，而不是简单地从警方或旁观者的角度去讲述案情。

谷德宁，真实的年龄也是39岁，19年前，20岁的他在省工业大学读大二，专业是化学。大三暑假他被父亲叫回位于郊区的老房子，原本是给父亲打下手的，可是回去后的第二天便赶上了缉毒大队的围剿行动。

谷德宁的父亲谷坤是个制毒师，是金海市大毒枭发叔的左膀右臂，是其最信任和看中的技术人才。谷坤位于乡下偏僻的老宅在一年前被打造成了制毒工厂之一，谷坤带着一家老小和几个“员工”在这里“工作”。

谷德宁的谷坤是父亲最得力的助手，也能独当一面，谷德宁的姐姐学习能力不佳，还染上了毒瘾。姐姐的男友也是发叔看中的“人才”，被发叔指派到这里做谷坤的学徒，谷坤却不想把全部技艺都传授给这个外姓学徒，他只想自己的亲儿子谷德宁继承他的衣钵。

谷德宁在这样的家庭环境下长大，已经失去了抵抗的意识和能力。第一次高考报考大学志愿的时候他违逆父亲的命令，偷偷报考了自己喜欢的英语专业，想将来出国留学，离开他厌恶的这个家庭，彻底脱离这种罪恶的勾当，却被父亲发现，被迫辍学回家。第二年重新高考，他最后还是报考了父亲早就为他指定的化学专业。父亲对他的期望是谷德宁能够具备扎实的专业基础，不像谷坤是半路出家。谷坤把未来推陈出新、改良创新的期望寄托于独生儿子身上。

尽管不情愿，却没有胆量与父亲对抗，谷德宁暑假还是回到了乡下的老房子，给父亲打下手，顺便“学艺”。

只是一个学期没见，再看到姐姐的时候，谷德宁震惊了，他没想到姐姐会在未来姐夫的恶意诱骗下吸毒，并且怀上了未来姐夫的孩子6个月之久。姐姐的肚子鼓起来，可她一丁点儿也不像孕妇，而像一个身材畸形的吸血鬼。

谷德宁跟未来姐夫打了一架，算是替姐姐出了一口恶气。他不敢与父亲对抗，只能责怪母亲为什么不早点带姐姐去做人流，要让胎儿长这么大，姐姐的情况根本不能怀孕啊。母亲的回答很简单，姐姐的身体情况不能去医院，否则会暴露他们一家的秘密。得知怀孕的时候胎儿已经有三个多月，药流也晚了，只能这么怀着，等待孩子降生。谷德宁不得不接受这个事实，他即将会有一个外甥，一个生来就带着母亲对他的诅咒的折翼天使。

谷德宁回到老房子的第二天，金海市缉毒大队的三十几名缉毒警悄悄包围了这座生产罪恶的工厂。他们早就盯上谷坤一家，制订了围剿计划，选在谷坤一家最为松懈的中午行动。然而他们还是低估了谷坤的武器装备，线人并没有告知他们，谷坤他们人手一把枪，至少有十几把手枪，还有一把来复枪。

枪战开始的时候，谷坤在谷德宁的手中塞了一把手枪。谷德宁去年暑假就学过怎样使用手枪，怎样瞄准射击，他在空旷的野地上用射击瓶子作练习，当时的他怎么也没想到自己会有一天用手枪去瞄准什么人。

谷德宁躲在房间的桌子下，握着枪瑟瑟发抖，听着枪声、喊声充斥他整个世界。

紧接着，他看到了跑到他房间的姐姐。姐姐一手抱着肚子，一手举枪射击。从窗外射进来的子弹打在了姐姐的肚子上。

谷德宁看着姐姐倒在自己面前，隆起的肚子汩汩冒着鲜血，他哭了。他一面哭一面站起身，丢下枪，想从窗子跳出去。他当时举起了双手大叫：“不要杀我，我不想死，我投降！”

就在谷德宁走向对面一名警察的时候，身后传来了熟悉的声音，那是他的父亲谷坤暴怒的吼叫：“兔崽子，畜生，不许投降！你想出卖你老子吗？给我滚回去！”

谷德宁回头望向还躲在遮蔽物后方伸出一条手臂开枪的父亲，哭着大叫：“爸，投降吧，我不想死，不想让你们死！姐已经死了，姐跟她的孩子已经……”

话没说完，谷德宁亲眼看到面前的警察朝父亲的方向举枪，趁父亲探出上半身来骂他的时候，警察扣动扳机，子弹穿透了父亲的胸膛。

那个开枪的警察正是付洁的父亲付勇，当时缉毒大队的副队长。就在付勇觉得谷坤必死无疑之后，他起身打算换一个遮蔽物继续朝其余同伙发起进攻，可他和谷德宁都没有料到，谷坤并没有马上死亡，他拼着最后一丝力气扣动扳机，子弹射向完全没有防备的付勇。

谷德宁怔在原地，望着倒在脚下的付勇，望着不远处死不瞑目的父亲，想起姐姐中弹的画面，他满眼都是刺眼的红，耳边轰鸣的都是枪声和亲人的悲鸣。他就那么傻傻地站在原地，一直到不知道从哪里飞来的子弹射中了他。

谷德宁在医院醒来，醒来时他已经脱离了生命危险。然而警察告知他，他们一家人只剩下一个他，他的父亲、母亲和姐姐全都死于那场枪战，可笑而讽刺的是，未来姐夫居然趁乱逃脱了。

在律师的劝诫下，谷德宁坦白了一切，替死去的亲人认罪，并且为了争取宽大处理，他还担任污点证人，指证并提供物证，让当时金海市的大毒枭发叔被判死刑。因为谷德宁的指证，警方几乎端掉了发叔的贩毒组织，也是因为谷德宁本身并没有参与太多的制毒作业，他被宽大处理，被判有期徒刑15年。因为在狱中表现良好，也有立功表现，减刑3年，32岁那年，谷德宁出狱。

李沐晨听完覃智勋的讲述，刚刚勉强平复的心情又一次掀起狂风巨浪。她咬破了嘴唇，抽泣着问："你是说，德宁根本没有留学经历，根本没去过什么英国，这些年，他一直在监狱里？"

"是的，因为他英语成绩优异，口语不错，监狱把他跟一个走私枪支的英国罪犯关押在一起，由他来充当翻译。跟一个土生土长的英国人做室友将近10年，也难怪他的英语如此优秀，伪装成高学历海归根本不成问题。"

"走私枪支，"李沐晨仰头长叹一声，"他跟我说他父亲是走私枪支的。还有英国的狱友，这个狱友该不会叫丹尼尔吧？而且已经出狱回去伦敦，留着大胡子在大本钟前拍照呢。"

覃智勋一愣，他的确在资料中看到了丹尼尔这个名字，谷德宁的狱友就叫丹尼尔。

“谷德宁目睹付勇杀死了他的父亲谷坤，而且后来警方的资料显示，从谷德宁姐姐肚子里的胎儿体内取出的子弹也是付勇的枪发出的，也就是说，付勇杀死了谷德宁的父亲和怀孕的姐姐，谷德宁对付勇怀有仇恨，但付勇和妻子季红梅都已经死去，他的仇恨只能转嫁在付洁身上。”覃智勋不打算隐瞒，他想听听对于他的这个猜测李沐晨是否同意，“但是反过来说也成立，谷坤也用最后的力气开枪击中了付勇，被送到医院的付勇抢救无效。如果付洁从她母亲季红梅那里得知了这些，她对谷德宁也是可能怀有仇恨的。也就是说，这两个人因为父辈的死憎恨着对方。”

李沐晨虚脱一样靠在椅背上，眼神空洞地盯着原本她跟谷德宁坐的位置，喃喃地说：“彼此憎恨，不，德宁已经不恨她了，他已经放弃复仇了，为什么还会这样？他明明已经放弃复仇，我们明天是要去找工作的，我们都要开启崭新的人生，要一起走完余下的路，我们说好的……怎么会这样……”

覃智勋本来还想问李沐晨是否发现谷德宁有吸毒的迹象，是否知道谷德宁可能在哪里吸毒，但看李沐晨的样子，问也是白问。

第十七章

苦尽甘来

李沐晨不相信谷德宁会吸毒，在市局走廊的椅子上坐到天亮，哭到天亮。当覃智勋再次出来给她送水的时候，她不知道第几次坚定地说："德宁不会吸毒的，我没发现他身上有什么针眼。"

覃智勋微微摇头："血检的结果出来了，谷德宁有吸毒史，他在注射海洛因。只不过时间很短就是了，他全身也就只有那么四个针眼，应该是在最近的两天扎的。"

李沐晨迷惑地瞪着覃智勋："不可能，他为什么要这样？他没有理由这样啊！"

"我们还在洗手间的垃圾桶里找到了有海洛因残留的注射器，上面有谷德宁的指纹。他应该是在你赶去餐厅前不久，最后一次在洗手间里注射毒品。"覃智勋小心翼翼地说。

李沐晨痛苦地闭上眼睛，明知道警察不会故意骗她，明知道有毒品残留，有指纹的存在，几乎不可能有别的可能性，但还是嘴硬，想为故去的爱人争取清白："不可能的，德宁不是这种人，一定是你们搞错了。"

"谷德宁有没有跟什么人接触？你知不知道他的毒品是买来的，

还是他自己制作的？”覃智勋问。

李沐晨愤怒地瞪着覃智勋：“我不知道！不知道！我要是知道怎么会不说？我已经把我知道的全都告诉你们了！你们还要我怎样？”

覃智勋沉默片刻，看了看时间：“你总不能一直待在这儿，先回去吧，好好休息一下，如果想到了什么，再给我打电话。相信我们，我们一定可以把真凶绳之以法的。”

李沐晨强撑着身子站起来，想也没想便无力地说：“如果真凶根本不存在于我们这个空间和时间呢？你们怎么把她绳之以法？”

覃智勋眯眼瞧着李沐晨，有些失望地说：“你不会真的信了穿越时空的那套说辞吧？那不过是程伟业故意打造的热议话题而已。”

“我原本也不信，可发生的这一切都在逼我去相信，专家不也说了吗？不能排除这种可能性。穿越时空的可能性不能排除。你也说过，付洁如果知道当年她父亲的事，也是会仇恨德宁的，她有杀人动机，不是吗？也许她现在不知道，可未来的她知道了啊。”李沐晨脑子一片混沌，她自己也不知道该不该信，只是相比较以往她的坚定立场，现在的她动摇得很。

覃智勋看她的眼神像看待无知的小孩子，李沐晨觉得这种眼神很熟悉，就像当初自己看待持穿越说的付洁。

覃智勋也不跟她争论这个问题：“用不用我找个人送你回去？”

“不用。”李沐晨一甩手，扶着墙踉跄地往外走，头也不回地说，“找到凶手一定要通知我，我有权知道是谁杀了德宁，是谁毁了我的爱情和未来。哼，如果你们能找到。”

浑浑噩噩地回到家，李沐晨一头栽倒在床上，尽管头痛欲裂，尽管身体疲乏到一秒就可以昏睡过去，但精神不肯麻痹逃避，还亢奋得很，脑子里一幕幕都是曾经跟谷德宁的点点滴滴。

尽管一遍遍地告诉自己，不要再想了，你已经把你知道的一切都告诉了警察，一切就交给警察吧，你该歇歇了。可越是这样想，李沐晨就越觉得心虚，她真的已经对警察和盘托出了吗？她告诉了覃智勋她跟谷德宁的一切，包括客厅的摄像头，包括谷德宁对她讲的所有真真假假的话，但她清楚，还有三个细节，她当时下意识地选择了隐瞒。到底为什么隐瞒，她自己也懵懵懂懂说不清楚。

第一，万圣节前夜过后的那个早晨，她在酒店房间醒来，当时谷德宁对她提出了雇用她的要求之后，还问了一个所谓考核的问题：“你相信这个世界上有鬼吗？”

当时李沐晨的回答清晰简短，老实诚恳，但也算模棱两可，她说：“我宁可信其有，不可信其无。我的确没见过鬼，但我对未知的事情保持敬畏心。”

当时谷德宁似乎对这个答案很满意，直接告诉她，她通过了考核。他说他要找的就是这种脑袋灵光，思路开阔的人。

第二，李沐晨跟付洁成了朋友，付洁搬到她家之后，在圣诞前夕，谷德宁提出要她带着付洁去夜精灵酒吧过圣诞狂欢夜。他还给李沐晨邮寄了一小包淡黄色的粉末，说这是泻药。付洁的性格是睚眦必报的类型，如果她真的认定李沐晨是好姐妹，就会跟李沐晨同仇敌忾，同意替李沐晨给仇人下药，给李沐晨出一口恶气。这算是一个谷德宁设置的测试考核，测试考核李沐晨是否称职，是否已经换得付洁的真心。

当时的结果虽然出了一些意外，那杯下了药的酒恰好被转移到导游金妍那里，但不管怎么说，付洁真的替她去下药了，考核通过。谷德宁对李沐晨的表现很满意，所以才有了后来名牌包的奖励。

第三，杜宽仁坠楼的那晚，午夜醒来，谷德宁和李沐晨在出租屋里一起看了一部电影。当时虽然表面上是谷德宁让李沐晨自己选谷德宁电脑里的电影，可当时她心不在焉，电影等于是谷德宁挑选的。李沐晨记得那部电影挺枯燥的，她根本看不进去，再加上她当时心不在焉，脑子里都是有关谷德宁身份的疑虑，她连电影的名字都没记住，只记得是一部科幻电影，名字有关彗星，里面人物很多，大部分时间都是这些人在一起絮絮叨叨聊家常，还经常扯出一些她听不懂的专业词汇，其中好像有那么一个词叫“坍缩”。

现在想来，李沐晨总觉得这部电影的内容跟现实的案件有关，但具体怎么关联，她也说不清楚。可如果电影是谷德宁选的，那么她绝对有必要再看一遍，如果能有意外收获自然好，就算电影毫无意义，那么再看一遍两人曾一起看过的电影，也算是对他的缅怀。

于是李沐晨也顾不得吃早餐，打开好久没用的笔记本，在搜索引擎里打上“彗星”“坍缩”两个词，很快，她找到了那部电影，名为《彗星来的那一夜》。

电影看完了，这一次李沐晨认认真真、全神贯注。她好像明白了谷德宁给她看这部电影的深意，又好像不明白。但李沐晨觉得，如果付洁看过这部电影，一定会更加确信笑脸杀手是另一个自己，不是通过坍缩，而是通过未来的某种高科技机器穿越回来，目的就跟电影中的女主角一样，只为了改变命运，为了给自己谋求一个更加美好的未来。

脑袋灵光，思路开阔。李沐晨觉得自己好像辜负了谷德宁的这八个字，通过了入学考试，却在学校里科科不及格，让招收她的老师后悔不已。要说她做了什么让这位老师欣慰的事，那就是圣诞夜那晚的考试，她还算完成得不错。

李沐晨觉得正是由于她已经隐约察觉出这三个细节不一般，所以她刚刚在分局，面对那个顾问的时候，才会下意识地隐瞒，还说什么自己也相信穿越说，尽管她当时并没有真的相信，只是动摇而已。

李沐晨的头脑还是很混乱，她越是思考就越是头疼，终于昏沉睡去。

中午，手机铃响，来电的是付洁。李沐晨望着手机屏幕上付洁的照片下面“小洁”这个亲昵的名称，握着手机的手不住地颤抖，她对付洁的感情愈加复杂，难以名状。

“沐沐，我下课啦，跟你说噢，做蛋糕真的很好玩，虽然我现在还没开始做，只是听老师讲了一些理论基础，还是关于食材的基础，什么低筋、高筋面粉啦，淡奶油、黄油……”付洁在电话那头兴奋地讲个不停，李沐晨在电话这边又一次从抽泣到号啕大哭。原本这通电话，她可以告诉付洁，自己也要跟心爱的男友开启崭新人生，她上午应该去面试的，然后中午跟谷德宁见面，两人找个餐馆一边吃饭一边分享应聘心得，下午再各自满怀干劲儿地继续奔跑于各种招聘会。

听到李沐晨的哭声，付洁焦急地问：“沐沐，怎么了？出什么事了吗？你先别哭啊。”

“谷德宁死了，被笑脸杀手杀死了。”李沐晨克制哭泣，哽咽着说。她想听听付洁的反应。

“是嘛，死了啊。”付洁的声音闷闷的，像隔着什么东西说话，听不出语气，随即隔着的东西撤去，付洁的声音恢复正常，“沐沐，你一定要保重身体啊，振作起来。”

李沐晨的心猛地坠落，抑制不住地对着手机大叫：“我从没跟你提过谷德宁这个名字！你早知道罗一就是谷德宁，对不对？”

“我不知道你在说什么，沐沐，我这边信号不太好。”付洁的声音变得飘忽不定。

“是你，对不对？真的是你吧？是你杀死了德宁，就为了给你父亲报仇！”李沐晨恨不得马上冲到付洁面前，揪住她的衣领，要她给一个答复。

付洁的声音又恢复正常，还是从前那个单纯幼稚的小女生：“沐沐，你在说什么胡话？我一直在西点学校里啊，一直跟同学和室友在一起，警察也在学校里监视着我，我怎么可能杀人？我都说了，笑脸杀手是未来的我，可那是另一个我，你不该迁怒于我啊。”

李沐晨发热沸腾的大脑一下子冷却安静下来，对啊，付洁不可能是凶手，自己真的是昏了头。但付洁绝对知道谷德宁这个人，否则刚刚她说谷德宁死了，付洁应该问谷德宁是谁才对，她知道谷德宁就是罗一，所以才会说让她振作的话。

“沐沐，我下午还有课，不能陪你，你自己要好好的。”付洁不等李沐晨再说什么，直接挂断了电话。

多像一句敷衍，但李沐晨知道自己无权责怪付洁的冷漠，因为从前她对付洁的热忱和友谊也都是不纯粹的。她们俩最好就此分道扬镳，不要再有交集。李沐晨丢掉手机，仰面躺着，死死盯着天棚，在白色中眩晕，感受整个世界加速旋转。

不知道睡了多久，李沐晨因为胃部的灼痛醒来。随便找了几粒胃药吃下，没有看剂量，又啃了几块饼干，她又躺回床上，思考接下来她该做些什么。想来想去，她觉得除了清醒着回忆谷德宁和昏睡着梦见谷德宁，别的没有什么可做的，她实在是没有力气去进行理性思考，笑脸杀手的事情就交给警察吧，那个叫覃智勋的顾问看起来还是靠得住的。

一天就这么浑浑噩噩地度过了，天色渐暗，夜晚再度降临，李沐晨起身去了洗手间，打算方便之后继续回来昏睡。手机铃响，这次来电显示是一个陌生的手机号码，她想也没想便接听了。

“喂，早上好。”电话里传出一个女人沙哑的声音，有气无力，倒像极了这时候的李沐晨。

李沐晨倏地坐起来，对方说“早上好”，可问题是现在可是晚上啊，那么这句“早上好”就只有一个含义，那是曾经的她对谷德宁的爱称。

“你是谁？”李沐晨的声音注入了力量。

“你不必知道我是谁，我现在在你家楼下的小花园，楼下保安不让我上去，你带钱下来，我有东西要给你。记住，带够钱。”女人说完便挂断电话。

李沐晨想也不想，手忙脚乱地掏出钱包，现金只有300多元，但好在她有银行卡，附近有自动提款机。她狂奔下楼，一点也不担心对方是什么劫财的坏人，因为对方说了“早上好”。

夜色中，的确有个身影躲在单元门对面不远处的树丛中。李沐晨迈着毫不犹豫的步伐大步往前走，走到那轮廓跟前的时候她才看清，对方是个衣衫褴褛的女人，穿得破破烂烂，并且蓬头垢面，面黄肌瘦。

女人警惕地问：“你是‘早上好’的女朋友？”

“是。”李沐晨的泪一下子涌了出来，她恨不得大声向全世界宣布，“我是他的女朋友，你是谁？”

女人不答，伸出手：“钱呢？把钱给我，我给你‘早上好’的东西。”

李沐晨捂住羽绒服口袋里的钱包，不容置疑地说：“你先把东西给我看，不然我怎么知道你是不是骗子。”

女人迟疑了一下，不知道是不是因为天气寒冷，她微微抖动，吸着鼻涕：“先给我钱，他跟我说的，你会给我钱。”

“我可以给你，但你要先给我看你手上有什么东西。”李沐晨尽量掩饰，甚至做出一副不给看她就走的架势。

女人看李沐晨要走，只好悻悻地从肮脏的口袋里掏出一个信封：“就是这东西，是一封信。他说了，只要我把这个给你，你就能给我钱。”

李沐晨伸手：“给我看看，是不是他的笔迹。”

“那不行，”女人像突然想到了什么，翻转信封，把背面一个图案展示给李沐晨看，“对了，他说过，只要给你看这个，你就一定会先给钱。”

李沐晨定睛一看，信封的背面画着一个图案，是一个镂空的星星，星星的里面还嵌着一颗更小的星星，这正是谷德宁曾经送给李沐晨的钻石胸针的造型。看到这个符号，李沐晨直接掏出钱包，把零零散散所有钞票都给了女人。

“才这么点。”女人一把夺过钱，不满地白了李沐晨一眼。

“我卡里还有一些，你把信给我，我去给你取钱。”李沐晨指了指不远处的ATM。

女人把钱收好，眼珠子转了转说：“今天先把信给你，明天你把钱准备好，我再带着东西来跟你换，他还有一样东西在我这儿。”

李沐晨一把抓过女人递过来的信：“行，明天什么时候见？还是这个时候吗？”

女人想也不想就说：“不行，明晚我有事，白天见面吧，到时候我给你打电话。记住，不许跟警察说你见过我，否则我就不给你东西了。”

李沐晨手里攥着信封，用力点头，看着女人消失在夜色中。她不想问这个女人是谁，跟谷德宁是什么关系，因为她觉得这些问题，不，是所有问题的答案都在她手里的这封信中。她几乎一路狂奔回到家里，关上门的那一刻她就无力地瘫坐在地上，双手捧着那封信，虔诚地用颤抖的双手撕开信封，展开信纸。

内容竟然全都是英文!

李沐晨一边哭一边笑。谷德宁啊谷德宁，你明知道我根本看不懂英文，却还要在这种时候对我嘲笑一番吗？李沐晨捧着信纸走到笔记本前，流着泪，近乎虔诚地敲击键盘，把一封手写的英文信件变成电子稿。而后，她又一句一句地把电子稿复制粘贴到在线翻译的页面中，再把中文翻译一句一句组合成一篇中文信件。

深冬的夜晚，窗外飘起了大片雪花，一片迷蒙中闪烁着万家灯火。大部分人还沉浸在公历新年的喜悦中，更多的人在为农历新年准备着，喜庆着。李沐晨在这间孤独的房子里忙碌着，翻译着，她这个高中都没有读完的业余翻译几乎用了整整一个晚上的时间才把这封爱人的信翻译完毕，并且翻译通顺。工作完成的时刻，也是她读完，不，应该说是潜心研究完这封信的时刻。最后，她蜷缩在这世界的小小一隅，像被遗弃一般地陷入悲恸的沼泽，游离在所有欢庆之外。

天亮的时候，手边的信纸已经被泪水浸得有些皱，回过神的李沐晨小心翼翼、近乎虔诚地把信纸按照原有的折痕折好，轻轻放入信封，爱惜地摩挲着信封背面谷德宁亲手画的那个星星胸针。

第二天中午，守着手机的李沐晨接到了那个女人的电话。

“我不舒服，很难受，你来我家找我吧，记得带钱，越多越好。”女人呻吟着在电话里说，像在承受相当严重的病痛。

李沐晨没有同情，没有关切，冷冷地说：“没问题，地址在哪里？”

记住地址之后，李沐晨挂断电话，已经吃了泡面火腿的她恢复了体力，在楼下的ATM取了5000元，驾车直奔女人给的地址。

女人住在铁路沿线一排低矮平房中的一间，这里远离繁华喧嚣，最喧闹的只有时不时响起的火车轰隆声。

好不容易找到符合形容的、没有门牌号的那一间，还没等李沐晨敲门，门先从里面被打开，一个头发染成绿色的油腻男人叼着烟，上下打量着李沐晨，目光里尽是邪念。

“呦，这就是给你送钱的朋友？”猥琐绿发男人吐掉烟头，舔着嘴唇，头也不回地跟房间里的女人确认。

李沐晨的手插在羽绒服口袋里，握着口红造型的小电击棒，鼓起勇气面对这个男人，而后目光越过绿发男人往里看。这是一间酷似垃圾站一样的房间，女人就半躺在杂乱脏污的“垃圾”之中，蜷缩着身子痛苦地呻吟：“是，就是她，快，快给他钱，我难受，我难受啊。”

绿发男人闪身避让，李沐晨进屋。

“要多少？”李沐晨问绿发男人。

男人笑着问蜷缩的女人：“你要多少啊？”

“越多越好，越多越好。”女人抬头，用乞求的眼神望着李沐晨，意思是，你有多少钱，都拿出来吧。

李沐晨从未如此大方，干脆地掏出钱包，把里面的5000元现金全部掏出，摔在绿发男人面前：“留下东西，快走！”

绿发男人撇嘴，把一沓钱在手里摔打几下，又放到鼻子前满足地嗅了嗅，这才慢悠悠从羽绒服内里口袋掏出一个装着白色粉末的塑料袋，丢到女人面前。

女人抓起塑料袋，一下子恢复了生机，极为熟练地抓起手边的工具，开始忙活。

绿发男人走到门口，推门之前又回头笑吟吟地看着李沐晨：“美女，要是有需求可以找我，丹子有我的联系方式。你这模样，只要肯陪，一辈子免费溜冰没问题啊。”

李沐晨冷笑一声：“快滚。”

绿发男人淫笑着推门：“哈哈，信不信，你跟丹子接触久了，就会来求我的，到时候我让你滚你都不滚。”

绿发男人走后，李沐晨马上在里面反锁房门，从窗户确认绿发男人远离后才松了一口气，转头去看那个被称作丹子的女人，她正沉浸在另一个罪恶的深渊里无法自拔。李沐晨不屑地望着这个堕落的女人，一个字也说不出。可怜她吗？恨她吗？说不上来。

趁丹子沉迷于毒品的时候，李沐晨打量着这间大约20平方米的房间，各种生活用品被随意丢在地上，铁床上的床单脏污不堪，像从未洗过。目光掠过混乱肮脏的各种杂物，李沐晨突然注意到墙角有一只碎了的奶瓶，她的心仿佛被那玻璃碎片刺到一样，突然涌起一阵锥心的疼。

再仔细观察搜索，她又看到了一些跟孩子有关的东西，一只打开了盖子，里面还剩一半奶粉的婴儿奶粉罐子，一张大小刚好可以包裹婴儿的破旧小被子，几块还染着干涸排泄物的、用破布做的婴儿尿布。

“你有孩子？”李沐晨转头质问那个沉浸在虚幻空间中欲仙欲死的丹子。

丹子像根本听不到李沐晨的话，李沐晨跟她完全身处两个空间。

“孩子呢？托别人照顾了吗？”李沐晨一个箭步冲过去，双手抓住丹子胸前的衣襟，恨不得把她这摊烂泥给提起来再摔在地上。

丹子表情扭曲，嘴角挂着涎水，傻呵呵的不知道在笑还是在哭，抬起手指向铁床。

李沐晨嫌恶地甩开丹子，冲到床边，小心地在床上胡乱堆砌的被褥衣物中搜寻着，嘴里还在埋怨："你怎么能这样？房子是冷，但你也不能把孩子这样埋起来，会闷死的！"

然而床上的被褥全都被掀开了，哪有什么婴儿。

"孩子呢？"李沐晨回头质问丹子。

丹子躺在地上，目光仍然指向铁床的方向。只不过李沐晨这次看清楚了，丹子目光所指不是床上，而是床下。

李沐晨弯腰往床下看，一股难以名状的臭味扑鼻而来，她一下子跌坐在地上，泪水瞬间涌出来。她哭着一手用围巾捂住鼻子，一手把床下一只纸箱拉出来。她坐在地上，面对着面前用胶带封死的纸箱，想打开确认，又不敢，她怕她会看见跟谷德宁的死状一样震撼惨烈的场景，但她必须确认才能安心。

用随身的钥匙划开了胶带，颤抖着双手打开纸箱的盖子，只一眼，李沐晨便抑制不住胃部的翻涌，转过头把胃里还未消化的泡面吐了出来。

箱子里是一具婴儿的尸体，僵硬的、紫色的尸体，赤身裸体的尸体。裸露在外的皮肤上还有很多溃烂的圆形伤口，那是冻疮。孩子生前便被冻出了冻疮，饿成了皮包骨，那张小脸极为严肃，双眼紧闭，双拳紧握……

李沐晨几乎是四脚着地爬到了丹子面前，一把揪住丹子的衣服，给了这个女人一巴掌。她嘶吼着："你还是人吗？"

丹子痴痴傻傻，显然还沉浸在她所在的迷幻空间，倒地后继续蠕动着。

李沐晨愤恨的拳头砸在丹子身上，一直到自己的手感觉到疼痛才停手。刚刚那个问题其实李沐晨自己有答案，现在的丹子已经不是人了，更别提是母亲。她不是母亲，不是女人，不是人！她不过是一副腐烂的皮囊，里面裹着出卖给魔鬼的灵魂，她是游走在人间的鬼！

李沐晨倒在丹子身边，满眼都是刚刚看到的那婴孩的死状，挥之不去。渐渐地，她觉得那婴孩的脸变得越来越像自己，面前的丹子越来越像她的母亲，那个早在6年前就过世的母亲。

耳边自己的哭泣声渐渐变为二重奏，附和着的哭声仍然属于她自己，只不过是属于8年前的自己，还在读高一的16岁的李沐晨。

李沐晨被母亲从学校里接出来，她跟老师说家里有急事要马上带李沐晨走。李沐晨莫名其妙地被母亲强硬地拉扯着，急匆匆地上了停在学校门口的一辆轿车。

开车的是个跟母亲年龄差不多的男人。一开始，李沐晨以为那是母亲的男友，因为家庭暴力离异10年的母亲终于交了新男友，这男人有车，看起来挺有钱，李沐晨还挺为母亲和自己高兴的，一来，她能有爸爸了；二来，她不用过苦日子，说不定能有钱读大学了。

可李沐晨错了，男人不是母亲的男友，他只是一个嫖客，母亲也不是她的母亲，母亲沦为了一个皮条客。

16岁的李沐晨哭着从小旅馆的房间出来，看到母亲正靠在旅馆大门前呻吟着抽搐。那之后，恢复正常的母亲往李沐晨的手里塞了一张百元大钞，告诉她可以去给自己买一条新裙子。李沐晨接过了那100元，在犹豫了一周之后，拿着它去商场给自己买了那条她期盼已久的新裙子。现在想想，从买下那条裙子到被胡晓璐雇用上了杜宽仁的床，其实就是一步之遥。

李沐晨心想，若是今天来到丹子的家，看到这一切的人不是她，而是另一个单纯的、不谙世事的清白女孩，她一定会由衷又夸张地质问丹子：你怎么会变成这样？你到底经历了什么，怎么会连最基本的人性都没了？怎么会连做女人最基本的母性都没了？怎么能任凭自己的孩子遭受这样的折磨而死去？

可今天来到这里目睹这罪恶肮脏的人不是别人，是她李沐晨。她不用问，不用怒吼，不用拷问，她早就知晓答案，16岁那年就知道了答案。其实不用那么多问题，不用繁杂冗长地回答她们经历了什么，答案只需要两个字就可以高度概括——毒品。

所以，李沐晨脑海中刻下的那婴孩的脸变成了自己，丹子的脸变成了当年的母亲。她倒在行尸走肉的丹子身旁，双拳捶地，用尽全身力气哭号，把8年前没有流彻底的泪继续流完，把8年前祭奠纯真自己的那场葬礼继续完成。

丹子嗨够了，恢复正常，她把李沐晨推出房间，要李沐晨回去准备5万元，说这是她跟“早上好”商量好的价格，她今晚会去准备“早上好”要她准备的东西，明天一早就可以验收，到时候李沐晨必须一次性把5万元给她。

李沐晨并没有急着离开，她站在丹子家门口，脑子里都是刚刚那个纸箱里的小婴儿。愣了一会儿，她才发现隔壁门口一个正在整理各种塑料瓶、易拉罐的中年女人一直在好奇地看着她。

李沐晨走到那女人身边，友好地问：“大姐，你认识你的邻居丹子吧？”

“认识啊，咋了？”中年女人上下打量李沐晨。

“她有孩子吗？”李沐晨猜想，也许那个婴儿根本不是丹子生的，只是她捡来的，或者是拐来的。

“有啊，还是我给她接生的呢。”中年女人打开了话匣子，讲到丹子是如何因为认识了一个渣男而染上毒瘾，两人一起在这间房子里吸毒，后来如何被渣男抛弃，一个人生下女婴，那可怜的孩子因为母亲孕期、哺乳期都在吸毒，身体孱弱不说，也不喝普通的奶粉，只喝丹子的毒母乳。

丹子靠乞讨和扒窃为生，她的女儿就是她的工具，乞讨时用来博取同情，扒窃时用来让周围人放松警惕。现在是深冬季节，孩子唯一的一套棉衣也是这个中年女人给的。但仅凭这一套棉衣和棉被，根本抵御不了严寒，丹子又总是抱着孩子在外面“工作”，所以孩子生了冻疮，得了肺炎。因为自身抵抗力差，即使涂了药膏冻疮也不好，吃了药，肺炎也不见好转。

“唉，现在好了，丹子把孩子送人了，跟我说是送给了乡下一对不孕不育的夫妻，这孩子终于可以享福喽。”中年女人说着，黝黑的脸绽开一个欣慰的笑容。

李沐晨却不得不马上转身离开，飞奔回车上，趴在方向盘上又一次抽泣不止。最后，她告诉自己，也好，对那个可怜的孩子来说这也算是一种解脱，也许这个投错胎的小天使是真的去天堂里享福了。而丹子，这个满身罪孽的女人也终有她的去处。

“小洁，我必须马上见到你，我有很重要的事情要跟你说。把你的地址发给我。”整理好情绪之后，李沐晨给付洁发微信语音，语气冷静坚定。

隔了五分钟，就在李沐晨打算直接把电话打过去的时候，付洁发了西点学校的地址，说下午4点在校门口的喷水池那里见面。

李沐晨驾车，下午2点便到了西点学校，她把车停在大门对面，可以透过车窗看到喷水池的位置，这么一坐就是两个小时。

4点应该是下课时间，几十个学生从教学楼的大门拥出来。大家有说有笑，打打闹闹，付洁也在其中，甚至跟一个年轻帅气的男生并排出来。两人面对面羞涩地说了几句话，男生做了一个打电话的动作，又跟付洁挥挥手告别，转身汇入几个男生的队伍离开。

等到学生们都散去，付洁才折返回来，在空无一人的花坛边坐下，掏出手机，看样子是要打给李沐晨。

李沐晨下车，径直朝付洁走去。

“沐沐，”付洁看到李沐晨，笑盈盈地站起身，“到底有什么事啊？”

李沐晨几次嘴唇微启，却都没能说出那两个字，最后换了一种口吻，五分亲切、五分酸楚地说：“又交男朋友了啊？”

付洁不好意思地低头微笑：“还只是最初的暧昧阶段，不过应该会朝着恋人的方向发展吧，他是个阳光大男孩，家庭条件也不错。”

“很好，你终于苦尽甘来了。”李沐晨干涩地笑了笑，语气多了几分嘲讽揶揄。

付洁吐出一口气，仰头看李沐晨，眼神中都是坦荡，冷冷地说：“怎么？我不能苦尽甘来吗？”

李沐晨看对方变脸，也收起了虚伪的笑容，反问：“你能吗？”

“我凭什么不能？我前20年过得已经够惨了，凭什么往后的人生不能苦尽甘来？你这样的女人，有什么资格置喙我的将来？”付洁站起身，凌厉的目光射向李沐晨的眼。

李沐晨被那句“你这样的女人”刺痛，果然，付洁一直是清高的，一直在蔑视自己，在付洁眼中，自己是个龌龊低贱的情妇、人人喊打的插足者。果然付洁一直在演戏，她可真是个演技派！

“我觉得你没有资格这样坦荡地开始新生活，付洁，你该去自首！我知道你都做了什么，你该去自首！”李沐晨向前一步，毫不畏惧地逼视付洁。

付洁扑哧一声笑出来：“你知道？你有证据吗？哼，有证据的人都已经死了，你知道有什么用？你觉得警察会相信你，相信一个不堪的情妇，还是会相信我这个烈士的遗孤？你觉得，他们会帮谁？”

李沐晨摇头的幅度越来越大，她原本已经痛到麻木的心又被撕扯开：“小洁，我对你很失望，你辜负了你的父亲，你不觉得愧对他吗？自首，自首才是自我救赎最好的方法，你只有为自己的罪行付出了代价，才能够真正地重新开始。”

付洁耸肩，无所谓地看了看时间：“我要回去了，李沐晨，以后咱们俩还是划清界限比较好，我不想让我的同学和未来男友知道，我曾经跟一个情妇交朋友，他们会看不起我的。”

李沐晨一把抓住转身的付洁，揪住她的衣领把她扯到自己面前：“付洁，记住，我给过你机会！”

付洁一把甩开李沐晨的手，捂住鼻子，阴阳怪气地说：“李沐晨，我忍你很久了，你知不知道，你每一次靠近我，我都觉得恶心，你身上有股子那些老男人的臭味！”

说完，付洁一个潇洒转身，迈着大跨步，哼着“我要飞得更高”的调子渐行渐远。

李沐晨呆呆地站在原地，竟然也下意识去闻了闻自己的围巾和羽绒服，她真的闻到了一股臭味。但她知道，这味道属于她不久前近距离接触的、那个可怜的死婴。

第十八章

最终推理

一大早，张副局又一次召开案情分析会。他主张推翻昨晚覃智勋的推理，重新寻找突破口，真正的凶手隐藏在更深的角落，谷德宁只不过是一个他有意设置的烟幕弹，用来迷惑警方。

“也就是说，这个真正的笑脸杀手比我们昨晚想象的还深藏不露，是个真正的运筹帷幄的高智商罪犯！”张副局的声音里带着怒火和威严，他要求专案组成员各自重新分析已经掌握的线索，然后汇总讨论。

覃智勋没有在众警察面前给张副局留面子，张副局发言的时候，他独自离开了会议室。关上门的那一刻，他听到会议室里有几个同事发出了不屑的声音，显然，他们觉得自己是因为昨晚推理错误，此时觉得没面子逃出来的。看来侦探的面子已经被自己丢尽了。

覃智勋不想理会这些与案情无关的人情世故，他接了一杯热水，去给走廊里那个几乎哭了一晚的李沐晨送去。

李沐晨离开后，覃智勋的脑子里都是刚刚她说过的话。

“如果真凶根本不存在于我们这个空间和时间呢？你们怎么把她绳之以法？”

“我原本也不信的，可发生的这一切都在逼我去相信，专家不也说了吗？不能排除这种可能性。穿越时空的可能性不能排除。而且你也说过，付洁如果知道当年她父亲的事，也是会仇恨德宁的，她有杀人动机，不是吗？也许她现在不知道，可未来的她知道了啊。”

穿越说，未来杀手，付洁的嫌疑。覃智勋第一次认真去思考这些从前他认为荒谬的问题。的确，他之前一直在潜意识里抵触网上那些由笑脸杀手案件衍生出来的各种炒作和娱乐，根本不会把这些非理性的东西跟案情联系，他觉得那些都是程伟业之流博眼球、谋利益的把戏，根本不值得注意。可从昨晚到今早，李沐晨两次提到了穿越，提到笑脸杀手可能是从未来穿越回来的付洁，因为未来的付洁拥有杀人动机，而两个案发现场又有付洁的指纹。

未来杀手真的只是偶然出现的无稽之谈吗？恐怕不是。在这个网络联通世界的时代，在这个人人可以在网络发声的娱乐至死的时代，在这个噱头炒作满天飞的互联网上，数不胜数的自媒体人的营销策略之中，未来杀手应运而生似乎是可以预见的，甚至是可以设计的！

没错，笑脸杀手临时征用了程伟业这个网络大V作为自己的分身启动机关，与自己同时杀人，也许他选中程伟业的原因不单单是看中了他能够不报警配合自己的性格，更是看中了他的职业特性，可以带动和主宰网络言论的能耐。

“你好像特别照顾这个李沐晨呢。”薛嫱不知道什么时候站在覃智勋面前。

覃智勋抬头，又看了看会议室紧闭的门：“会还没开完吧？你怎么也……”

薛嫱在刚刚李沐晨的位置上坐下，诚恳地说：“我也觉得张副局说的都是废话，我还是赞同你昨晚的推理。”

“谢谢，但昨晚的推理是不成立的，因为我推理出的嫌疑人也死了。”覃智勋与薛嫱对视，目光碰撞的一刻他赶忙躲闪，像碰触到了仙人掌一样。他第一次感受到了对方向他传递的某种信息。

“我还是觉得你昨晚的推理不能被完全推翻，我真的很难想象，会有另一套推理解释得通所有细节和疑问。如果真的有，恐怕就是网上的穿越理论了吧！”薛嫱笑着耸肩，把这话当成了一个玩笑。

然而覃智勋更加坚定了他刚刚的想法，穿越理论一定跟案件有关，说不定是凶手诡计的一部分。

“李沐晨很可怜。”沉默了片刻后薛嫱犹豫着说，“但我觉得你不像那种同情心泛滥的人啊，况且她曾经是那样的女人，她喜欢的谷德宁又是那样的男人。”

覃智勋听到薛嫱这句话觉得不太舒服。的确，薛嫱说得没错，李沐晨和谷德宁不是模范情侣，一个曾被包养，另一个就算不是什么穷凶极恶的凶手，也是个瘾君子，这一对很难得到他人的祝福。

“这个世界上又有多少百分之百纯净清白的人呢？我们都曾经或者正在或多或少地背负着恶，在贯穿一生的道德法庭上，多少人能够被宣判无罪？可不完美的人也有权追求幸福，不是吗？他们也想要一个相伴到老的伴，也值得被救赎。”覃智勋也不知道自己为什么要说这些，冷静下来一想，他还是被李沐晨的情绪感染，陷入哀伤消极的气场中了。

薛嫱不再说什么，不太高兴似的离开了。覃智勋仍然坐在走廊的椅子上发呆，一边思考未来杀手的种种，同时耳朵默默接收着从会议室那边传来的偶尔清晰的几个词：“唐馨”“动机”“密室”。

显然，会议室里的专案组成员们已经从头开始，从唐馨的案子开始梳理案情。他们现在在讨论凶手杀唐馨的动机，唐馨密室的手法已经解开，所以他们应该在探讨凶手为什么使用密室手法。

的确，当初覃智勋也想过这个问题，凶手为什么一定要制造一个密室，就算他走的时候不关窗也不会暴露他的身份信息，他却大费周章一定要关窗。之前覃智勋认为凶手之所以这样做是为了出名，现在想想，也许除了出名、挑战自己、挑衅警方，他还有别的目的——以诡异的犯案现场去引出凶手穿越而来的后文。

至于为什么选择唐馨作为目标，覃智勋之前一直百思不得其解，但从怀疑谷德宁开始，他就有了答案。之所以杀唐馨，那是谷德宁在为喜欢的李沐晨复仇，毕竟李沐晨昨晚说过，万圣节前夜，谷德宁见证了那场凌虐殴打。

尹清华和杜宽仁在要挟谷德宁，程伟业被谷德宁临时征用之后也成了可能暴露秘密的累赘，所以也必须死，如果事情到这里为止，再排除金妍的失踪，一切都说得通。可问题是唯一的嫌疑人也死了，金妍仍然下落不明。莫非这个消失的金妍才是幕后主使？可破解赵良实密室之死谜题的时候，覃智勋已经可以断定凶手是个身形跟赵良实相像的男人啊。金妍却是身材瘦小的女人。

总结来说，如果凶手是谷德宁，那么他选择这几个人作为目标全都有杀人动机，可谷德宁死了，也就说明凶手另有其人。如果是别的人，选择这些人又有什么动机呢？还有什么人隐藏在幕后，而且是个身形跟赵良实相似的男人呢？根本找不到这么一号人，难道他至今从未出现在他们面前？

关于凶手对几名死者的杀人动机的思考代替了之前思考的主题——凶手故意制造穿越说的动机，两个主题交接的一瞬间彼此碰撞，摩擦出耀眼的火花，覃智勋冒出了一个大胆的设想。仅仅不到半分钟，另一个推理版本应运而生。刚刚薛嫱还说除了昨晚的推理和穿越理论，不会再有第三种可能呢，而覃智勋马上就要公开自己的第三个版本。

覃智勋根本没有时间顾及自己的推理是否会害得自己更加颜面无存还是能够挽回声誉，他满脑子只有案情和推理，想也不想便起身直奔会议室，双手推开会议室的门。

“智勋，”杭天显然很吃惊，“是不是想到什么了？”

在大家的沉默和关注中，覃智勋走回原来的位置坐下，看到自己成了全场的焦点，有些人脸上还带着看他笑话的期待，自嘲地笑笑：“是想到了一些，不管对错我还是想讲出来，大家集思广益嘛。”

“快讲讲。”杭天偷瞄了一眼领导张副局的脸色，看得出张副局也在期待覃智勋的见地，忙催促好友。

“我们其实一直都忽略了一个问题，那就是这些人死了，对谁最有利。一般来讲，在案件中受益的那个人最应该被列入嫌疑人范围。”覃智勋的目光直逼张副局，“现在，我们不妨从这个角度出发来重新分析。”

张副局嘴唇紧闭，显然不愿意接茬，用无声回应覃智勋，意思是让他继续说。

“没错，之前我认为这些人死了，谷德宁是受益者，毕竟谷德宁对唐馨、尹清华和杜宽仁都怀有杀人动机，程伟业则是因为被他利用，他担心其泄露他的诡计所以杀人灭口。但现在谷德宁也死了，就又有一个受益者出现，这个人就是付洁。”覃智勋打算开门见山，让这些不愿面对现实的人直面令人惋惜的现实。

杭天忙抬手阻止覃智勋：“智勋，你别忘了，付洁不可能是笑脸杀手，你推理的笑脸杀手是个男人啊，这点我们还是保留且确信的。”

“没错，付洁怎么能是受益者呢？两个现场都留下了她的指纹，她也算得上是嫌疑人啊，而且死者中有她的男友。”小孟也对这个理论持反对态度。

“我没有说付洁是凶手，我只是说她受益。之前我也说了，付洁、赵良实和金妍去泰国绝对不是简单的旅游，他们三个人的秘密很可能跟毒品有关。再加上两人时隔仅仅两个多月就再次参团去往同一个地方，从这个重复性来猜测，我想，应该是金妍为赵良实和付洁提供了一份差事，一份人体运毒的差事。除了付洁和赵良实，应该还有一些以旅游为名目往返这条线路、来回运送毒品的‘骡子’。”覃智勋话音落下，会议室里陷入沉寂，没人反驳，也没有人赞同。

覃智勋早料到大家不会轻易接受这种推理，毕竟付洁是殉职的缉毒警付勇的独生女。他继续说："而现在，知道付洁这个罪恶秘密的金妍失踪了，跟付洁一起从事运毒的赵良实死了，再也没有人能够站出来指证付洁。我听李沐晨说付洁笃信笑脸杀手是未来的她自己，而跟踪付洁的警察也回馈消息说付洁现在在西点烹饪学校，一改以往的颓废固执，变成了一个积极阳光、热爱学习、追求梦想的女孩。"

"你是说，笑脸杀手其实是在暗中帮助付洁？"张副局反问。

"是的，难怪付洁会认定笑脸杀手是未来的她自己，因为这个杀手所做的一切看起来都是在帮助付洁，帮付洁杀死程伟业这个间接害死她母亲的仇人，帮付洁杀死赵良实这个知晓付洁罪行又变心劈腿的负心汉，帮付洁杀死金妍这个知晓付洁罪行又拖她走下道的女人。网络上的言论也恰好起了推波助澜的作用，最关键的是咱们警方也在这其中加了一份砝码，那就是告诉付洁两个现场都留有她的指纹，并且还让她回忆起了小时候画画的签名和那个渴望有个酒窝的理想。如果我是付洁，我也会这么想。"覃智勋最后这句话说得意味深长。

杭天摆手："智勋，咱们跟付洁那个小姑娘可不一样，怎么能信这些呢？"

"如果凶手的目的不是让咱们相信，而是只针对付洁呢？无论是警方还是无数网友，那些保守派、开放派，他都不在乎呢？"覃智勋循循善诱地发问，"如果事情发展到这一步，所有的一切都在笑脸杀手的计划内，一切都按照他的筹谋进行着，今天这个结果正是他想达成的目的呢？"

张副局冷冷地说："覃智勋，你有话直说。"

"好，我直接讲我的推理。我认为笑脸杀手不是付洁，更不是未来的付洁，而是想对付洁报恩的人。没错，不是报仇，而是报恩。因为他所做的一切虽然从表面看来是杀了付洁的男友，把付洁卷入命案之中，害她活在被杀手盯上的恐惧之中，被警察怀疑的麻烦之中，但实际上对付洁起了积极的作用，一定程度上，抹杀了这个女孩自毁名誉，甚至有辱父母的罪行，还顺便帮她报了仇。”

“你所说的报仇是指程伟业和谷德宁？”张副局反问。

“没错，凶手选上他们俩就是为了替付洁报仇。其实这几名死者和失踪者金妍可以分为5类，没错，尽管一共就7个人，这7个人却可以分为5类。”覃智勋娓娓道来，“第一类就是程伟业和谷德宁，这两人虽说没有直接害死付洁的父母，但都对付洁父母的死负有责任，没办法，直接害死这对夫妻的人要么在蹲监狱，要么已经死了，凶手只能把仇恨转嫁到这两人身上；第二类，也就是金妍和赵良实，这两个人是直接知晓付洁罪行的人，必须灭口；第三类则是尹清华和杜宽仁，我原本以为这两人是因为得罪了谷德宁才被定为目标的，但如果凶手不是谷德宁，那么这两人被凶手选中很可能是因为他们俩是通过金妍和赵良实间接知晓付洁罪行的人。”

“怎么个间接知晓法？你不是说赵良实和杜宽仁不认识，是凶手要造成两人认识的假象，所以才在赵良实案发那夜把杜宽仁骗过去，骗杜宽仁打赵良实的电话吗？”杭天提出疑问。

覃智勋理所当然地说：“我到现在仍然不改之前的这个推论，只不过凶手的动机变了。我之前以为凶手是谷德宁，谷德宁是为了摆脱被杜宽仁要挟和保护女友李沐晨而杀杜宽仁，现在我认为凶手不是谷德宁，而是另一个无名氏，他杀杜宽仁，是因为杜宽仁从尹清华那里得知了付洁曾经为金妍当过人体运毒的‘骡子’。”

“我懂了，”薛嫱突然惊呼一声，“你的意思是，尹清华因为跟一帮狐朋狗友一起吸毒，算是圈子里的人，他很可能从金妍那里听说了付洁参与人体运毒，所以尹清华是个间接知情人，凶手要杀他灭口。尹清华这个间接知情人又把这个秘密传递给了他待过一周的英语学校的校长杜宽仁，所以凶手也要杀杜宽仁灭口。”

“是的，我就是这个意思。”覃智勋敷衍似的冲薛嫱的方向点头。

杭天挠挠头：“可是、可是凶手又是怎么知道尹清华是间接知情人，然后这个间接知情人又走漏风声，把消息传递给了杜宽仁的呢？”

覃智勋转向杭天说：“很简单，通过金妍。金妍一直处于失踪状态，没有发现她的尸体，那是因为她可能还活着，至少活了一段时间。凶手在这段时间内一直在拷问她，使用酷刑折磨，利用毒品作为奖励，要金妍把所有知晓付洁参与运毒的人全都说出来。想让一个女人开口本就不是难事，况且这个女人还有毒瘾，这就更加简单了。毒瘾发作的时候只想要毒品，不会在乎自己说了之后会被灭口。”

“这么说，金妍有可能还活着？”杭天问。

“希望渺茫。金妍是否还活着，取决于她在酷刑折磨和毒品奖励下的表现，凶手会根据她的表现判定她是不是已经把知情人全都讲出来了。一旦他认为金妍已经把所有知情人都说出来，她就毫无价值，可以永远闭嘴了。”覃智勋对金妍的生死问题并不乐观，他倾向于金妍早就死了。

张副局低头沉思，眉头打结，一连哀叹三声，几次欲言又止，最后还是没能说出什么。

覃智勋以为张副局是在感叹付洁这个女孩居然参与人体运毒的事，便不等张副局说话，自顾自往下讲：“其实谷德宁也不能完全算第一类人，他的情况比较复杂，他也算是第四类人。第四类人就是潜在的可能暴露秘密的人。李沐晨曾经说过，谷德宁放弃复仇了，但是想查清楚付洁在泰国到底做了什么，他要以公开付洁秘密的方式寻得心理平衡。然后在谷德宁消失一天后，他又出现，说是连这样的复仇都放弃，彻底脱离仇恨的束缚，打算跟李沐晨双宿双飞。可人的心思千变万化，凶手还是认定他是潜在危机，既然已经杀了那么多人，那么就不能留下这么一个潜在的缺口。”

薛嫱频频点头，随即发问：“那么第五类就只剩下一个最先遇害的唐馨了吧，这第五类到底是什么样的人啊？我到现在都想不明白，除了李沐晨，唐馨能跟付洁有什么关联。”

“我原本以为唐馨跟尹清华和杜宽仁一样，属于间接知情人，也就是第三类人。但一来唐馨跟这两人毫无交集，二来整个系列案件中还有一个位置是空缺的，所以我认为有可能唐馨就是坐在这个空缺上的第五类人。这第五类其实就是凶手的替代品。”覃智勋兀自感叹，“这个凶手心思缜密的程度堪称可怕。”

“替代品是什么意思啊？”杭天追问。

“凶手，也就是笑脸杀手，这个一直关注着付洁，想报恩的人就隐藏在付洁的周围。他自然早就知道了付洁的罪行，既然他想对付洁报恩，那么一定会先对付洁进行劝说，对她晓之以理，动之以情，劝她迷途知返。我想，如果我是这个凶手，劝说一个20岁的小姑娘，我不会以一个大男人的身份出现，而是会在网上假装一个年龄相仿的同性，在聊天中先透露自己曾经做过错事，自甘堕落，现在如何后悔，以此来敲打付洁一番。如果仅凭这样，付洁就能够被打动，迷途知返，那无疑是最好的。”

薛嫱撇嘴咋舌：“只可惜啊，事情哪有这么简单，付洁根本无动于衷吧！”

“是的，于是接下来凶手不得不亮明底牌，说自己知道付洁的秘密，因为她曾经也是金妍手下的一个‘骡子’，一个悔不当初、现在已经洗手不干的回头浪子。”

薛嫱习惯性地配合，说：“只可惜，即使是这样，付洁还是不为所动。这小姑娘的执拗叛逆，我在观察室看审讯过程的时候可是领教过的。”

覃智勋点头，跟薛嫱一唱一和似的往下说：“于是凶手不得不选用更为激烈的办法去制止付洁这个小姑娘继续沉沦犯错。那就是杀死跟付洁一起犯错的赵良实，绑架金妍。这样一来，可以让小姑娘有所忌惮。但忌惮也只是短时间内的，难保以后她不会再次堕落，所以这个办法等于治标不治本。所谓治本的方法，针对付洁这个年龄性格的执拗叛逆，且天真烂漫、异想天开，喜欢看穿越文、穿越电视剧，甚至科幻电影的女孩来说，最有效、最根本的办法，就是由凶手伪装成未来的付洁，杀死所有直接、间接知道她罪行的人，并且尽量让付洁知道尹清华和杜宽仁是间接知道她罪行的人，杀死对付洁父母的死负有责任的仇人，当然，也得杀死那个好心劝诫付洁的网友，因为她同样是一个可能暴露秘密的人。”

“所以说唐馨其实是笑脸杀手随机选择的一个无辜的人，她根本是一个局外人，只是因为她符合那个空缺的条件，所以笑脸杀手把她安放在那个空缺，让付洁以为唐馨就是网上劝诫她的那个知情者。”薛嫱总结。

覃智勋补充：“唐馨不光是软件条件适合成为凶手的替代品，硬件条件也合适。凶手之所以选她，是因为这个进入他视野的女孩喜欢发微博，凶手从微博上了解到了她家的环境，这个环境非常适合他制造密室杀人案件。”

张副局沉默许久，这会儿终于开口：“你的意思是，唐馨的密室杀人案、赵良实和尹清华的同时异地杀人案，以及最后的谷德宁密室杀人案，还有凶器就地取材，凶手来去不留踪影，等等，凶手之所以要故弄玄虚，为的就是引出荒谬的穿越一说给付洁看？”

“没错，就是为了荒谬的穿越说。在这一点上，程伟业可谓不负众望，帮了凶手一个大忙。这也是凶手选择把程伟业拉下水的一个原因，他必须找这么一个能够受他要挟的网络大V，按照他的要求在网上放出穿越说。我想，如果不是网上那些开放派言之凿凿地发表相信什么未来杀手的论调，付洁也不会轻易往这方面去想。一旦网上有人提出来了，而且越来越多的人支持这种论调，付洁再结合现实中案件的种种细节，就一定会产生这种怀疑。网上的这些网友也好，水军也罢，他们和那些说话严谨的专家的言论，相当于一种心理暗示和催眠，从本质上来说，就跟电视上滚动播出让人张口就来的广告语是一样的。付洁这个小姑娘本身就是那种容易受影响的个性，再加上她的潜意识也愿意接受这种说法，毕竟接受这种说法之后就不会再恐惧，因为自己不可能杀自己，所以最后的结果就是凶手目的达成，付洁真的认定了他编织的谎言谬论。”

薛嫱又一次附和覃智勋，着急地说：“没错没错，现在的孩子就是这样，别人怎么说都不听，个性都强得很，只听自己的，主意正着呢。所以让付洁认为这是未来的自己在帮现在的自己扭转人生，她就很可能会打从心底里改邪归正，珍惜未来的自己给现在的自己创造的机会，扭转人生轨道，重新活过。哼，她现在正在过的不就是新生一般的生活吗？”

“这么说来，凶手之所以在现场画下那个血迹笑脸，不是为了嫁祸付洁，而是为了提醒付洁，他是看过付洁小时候图画本和作文本的人。”杭天自言自语似的说。

会议室又一次陷入长久的寂静，没人发言反驳或赞成覃智勋这脑洞大开的推理。

几分钟后，又是杭天最先沉不住气：“智勋，你说得也有道理，我个人而言是愿意相信你的。那么这一次你有嫌疑人人选了吗？这个隐藏在付洁身边的报恩使者到底是谁啊？付洁身边最近多出来的就只有李沐晨了，可她是个女的啊，身材也不符合规格啊。”

薛嫱也补充提问：“对呀对呀，报恩，报什么恩呢？付洁对谁有恩啊？”

“我想，报恩跟报仇一样，其实付洁都只是情感的转移和继承而已，以付洁的个性，我不觉得她能够做出什么让对方以如此激烈的方式报恩的善举。”覃智勋很坦诚地表达了他对付洁的评价。

“会不会是暗恋付洁的人啊？”薛嫱像猜到了谜语谜底一样，兴奋地问。

“暗恋付洁的人？”覃智勋苦笑，“也不是没可能，只不过在另一种可能性面前，这个可能就显得微不足道了。换句话说，我站在一个男人的立场，不觉得付洁可爱到会有人暗恋，而且到了如此痴恋的地步。”

“你说的另一种可能性是什么？”张副局突然低沉地问。

覃智勋深呼吸一口气，郑重地回答：“我猜想凶手可能是曾经被付洁的母亲季红梅抢救过生命的人。毕竟季红梅是急诊科医生，她救过的人命不在少数。救命之恩，可要比暗恋什么的更为深重。”

杭天恍然大悟，用力点头，马上冲张副局询问：“张局，我这就去医院，调阅季红梅经手的病例去？”

张副局皱着眉一言不发，像没听到一样，沉浸在自己的世界里。

覃智勋这才想起，从自己再次进来讲述这些推理后不久，张副局就是这副尊荣，好像知道什么又不肯说似的。他到底在纠结什么？为什么不马上让杭天去调阅病例？难道因为上一次的推理错误，这一次他不赞同自己的推理，觉得自己在胡言乱语，异想天开，推理得不靠谱？

杭天又说了一遍，张副局才回过神，冲杭天说：“去吧，查查病例也好，看看除了谷德宁，还有没有别的可疑的人。”

杭天没有听出张副局话中的全部意义，领命离去。但关注张副局的覃智勋惊得缓缓站起了身。

“张局，你的意思难道是……”覃智勋的话哽在喉咙，不敢相信这世界上竟然会有如此的巧合，命运会如此捉弄这些交织在爱恨情仇中的渺小人类。

薛嫱也没有反应过来，莫名其妙地问：“谷德宁的嫌疑不是早就被排除了吗？刚刚的推理指向的是要对付洁报恩的人啊。”

覃智勋见张副局只是叹气不肯直说，便替他讲明：“张局的意思是说，杭天去调查季红梅经手的病例，会在病例中看到谷德宁这个名字。而且谷德宁不是什么小病小伤，而是在性命攸关的时候成了季红梅的病患，季红梅救了他的性命。要说谷德宁有什么性命攸关的时刻，那么就还是19年前的那场枪战，当时谷德宁中弹之后被送去了季红梅所在的急救中心。”

“唉，季红梅是位称职的医生啊，她救人从来不顾病患的身份地位，不管是富豪显贵还是穷人乞丐，无论是交通肇事者还是受害者，她从来不会把个人情感带入工作。在她眼里，只要是送来她这里的人，统统都只有一个身份，那就是患者。所以当时哪怕她听说了谷德宁是犯罪分子，她仍然全力以赴。可讽刺的是，就在她在手术室里抢救谷德宁的时候，她的丈夫付勇被送进了另一间手术室，最终因为抢救无效身亡，无力回天。唉，就是这么阴错阳差，如果先被送来的是付勇，如果为付勇做手术的是医术最为高超的季红梅，说不定……”张副局没有把话说完，不住摇头叹息。

会议室里的每一个人都能够猜到这个“说不定”的后文，说不定死的就不是付勇这个英勇正直的警察，而是那个罪有应得的罪犯。

覃智勋望着张副局，迟疑了许久后问：“张局，如果是这样，我还是要怀疑谷德宁，怀疑他就是那个报恩的笑脸杀手。我昨天的推理不能被完全推翻，谷德宁身上的嫌疑不能忽视，他是最符合凶手条件的人。”

薛嫱见张副局没有否认，便提醒覃智勋：“可是谷德宁死了啊，如果他是笑脸杀手，那么是谁杀了他？”

覃智勋抬眼去看投影仪上的照片，幽幽地说：“远在天边，近在眼前。”

投影仪上此刻显示的正是谷德宁。

“天哪！难道是自杀？”薛嫱难以置信地叫道，同时做了一个动作比画着，“用自己的右手执刀刺向自己的心脏，那需要怎样的决绝和勇气啊？这又不是武侠小说，一般人哪有这种魄力？”

“是的，这真的很难让人相信，别忘了，只是短短五分钟，根本没有太多的时间犹豫，能做到这样真的不可思议。”张副局显然也不赞同覃智勋的自杀推论。

“如果自杀的动机足够强烈，就能足够决绝。况且，谷德宁本身就是一个心狠手辣的杀手，他在杀死那几名死者的时候同样没有丝毫犹豫，狠辣决绝。我们通常以为只有仇恨，滔天的仇恨能让一个人杀人毫不手软，但在谷德宁身上，恩情比仇恨重得多。”覃智勋几乎已经认定了谷德宁就是自杀，就是那个报恩的笑脸杀手。

小孟伸着脖子，紧紧盯着投影仪上谷德宁那张被放大的脸，纠结片刻后说：“不会吧？为了报仇杀人的案例有很多，但是为了报恩，不但杀人还自杀，这可是前所未有的啊。”

“就是啊，谷德宁根本没有必要自杀啊，他不死也可以达成目的吧？付洁不已经按照他的计划认定了凶手是未来的自己，已经去西点学校学习，已经积极向上了吗？”薛嫱难得也站在覃智勋的对立面，对覃智勋的推论不能苟同。

小孟继续补充：“可不就是嘛，而且谷德宁不是有了李沐晨吗？两人几分钟前还在那儿浓情蜜意憧憬美好未来呢，几分钟后他就能下狠心自我了结？”

覃智勋等了几秒，看小孟和薛嫱都不再提问，这才缓缓地说：“我说过，不能以常理来推断谷德宁这个人，他的确是个狠角色，不但对那些个死者足够狠，对自己狠，对他的女人，他同样不会心软。的确，他的死其实不是必要的，因为唐馨已经作为他的替代品死了，可如果警方查到了他身上呢？如果警方看穿了他报恩的诡计呢？那么一切都前功尽弃。可以说，是警方的调查逼死了他，也可以说，他是畏罪自杀。但更为准确地说，他自杀，是为他的全盘计划画上一个圆满而成功的句号。他把他这条本应该在19年前死去的生命，还给了救命恩人的独生女儿，换得这个女孩的清白和名誉，换得她可以抹杀曾经的罪孽，重新活过的机会，换得她能够以此为戒，不会重蹈覆辙。”

又是沉默，没人说话，只有难以置信和难以接受这番推理的各种感怀嗟叹。几分钟后，张副局首先打破平静：“覃顾问，如果谷德宁是自杀，可以解释为他自己从餐厅后厨偷了牛排刀作为凶器，可是一个自杀的人，而且是一刀刺入心脏的自杀者，他是怎么留下血迹笑脸的呢？而且牛排刀的刀柄上并没有任何指纹，明显被擦拭过，还是那句话，被刺入心脏的人弥留之际怎么还能有力气擦拭指纹？你不要因为无法解开密室之谜，就得出自杀的结论。”

覃智勋看得出，张副局对他的推论不信服，但他还是不以为意，不掺杂任何私人情感，耐心解释：“还是那句福尔摩斯最知名的名言，排除一切不可能，剩下的即使再不可能，那也是真相。谷德宁的命案现场是一个密室，比唐馨和赵良实命案现场都要封闭的密室。如果是他杀，凶手必须在警方的重重包围下神不知鬼不觉地进入餐厅洗手间，而且是在五分钟之内进入、杀人、离开。但这不可能，因为洗手间的气窗根本没法让一个成年人进出，而且气窗只能打开一道缝隙，没有被破坏，也就是说孩童都没法进出。在这种情况下的他杀，只能考虑是凶手本身没有进入犯案现场而实施的谋杀，利用的就是那个小气窗和某种机关。可什么机关能够那么精巧，经过那么狭小的缝隙也能发挥那么大的作用？况且气窗到隔间并不是直线，隔间的上方也不是贯通的。这个机关在从气窗缝隙进来之后得拐个直角才能进入谷德宁所在的隔间，况且一般人进入隔间后会从里面插上插销锁门啊。而且如果有人在操作这种机关，守后门的四个警员不可能发现不了，除非四个人集体撒谎，他们明明看见有什么人利用了什么机关，通过那个小气窗的缝隙杀了洗手间隔间里的人，却出于某种目的共同隐瞒。可四个人同时撒谎的可能性有多少？”

“不可能！”好几道声音同时响起。

覃智勋认得，这几个发声的人正是昨晚守在餐厅后门的刑警。

“我当然相信各位。接下来解释张局提出的血迹笑脸和凶器指纹的问题。其实这个问题很好解释，我之前在赵良实和尹清华命案之后就说过，人不一定是死了才会流血。”覃智勋瞥了薛嫱一眼，“薛嫱不是找到了有谷德宁指纹的注射器吗？我们都以为那是注射毒品用的，实际上，那不过是谷德宁用来抽取自己血液的工具。他在进洗手间之后，用注射器静脉抽血，再把血液染在还剩小半卷的厕纸上。他无须戴手套，因为厕纸根本无法留下指纹，于是直接用厕纸在隔板上画上那么一个不太大的血迹笑脸，之后迅速用这只注射器给自己注射随身携带的毒品，让注射器中不再遗留自己的血迹，而是毒品，再把注射器丢入最里间的隔间垃圾桶。这样一来，警方就会认为谷德宁是之前在最里间注射毒品，然后随意丢弃注射器。”

薛嫱抬手阻止覃智勋：“等一下，你的意思是，谷德宁吸毒是为了让这个注射器的存在不引起警方的怀疑，把自杀掩饰成他杀？”

“是的，马法医不也说了吗？谷德宁的身上只有四个针眼，血检显示体内海洛因含量很少，身体状况也像刚吸毒没多久。李沐晨也说了，之前从未发现他身上有什么针眼。我想，那四个针眼都是他在失踪的短短一天内扎的。唉，吸毒的人有各种各样的原因，可谷德宁的这种动机，怕是全世界也只有这么一例吧。不过也很好理解，既然为了他的这个报恩计划连命都可以不要，死之前的一天内为自己注射毒品也就不算什么了吧？”

薛嫱震惊之余又问：“那么凶器上的指纹呢？是谁擦去的？”

“自然也是谷德宁自己擦的，但跟那个血迹笑脸一样，也是在自杀前擦去的。”覃智勋比画着，“擦去指纹后，把那只空心的、染血的半卷厕纸套在刀柄上，再握紧，便可以避免在刀柄上留下指纹。牛排刀刺入心脏之后，他只需要用尽最后的力气，用一两秒时间把刀柄上的厕纸取下来随意一丢。因为他预计到了出血量，知道血液一定会染透厕纸，而厕纸就算呈现被用力捏变形的状态也没关系，毕竟笑脸杀手曾经用它蘸着血液画笑脸。至此，大功告成。”

小孟瞠目结舌：“如果真是这样，而且是在短短几分钟之内做完这些，那还真的是没有一丁点儿犹豫的时间啊。这个谷德宁是抱着多大的决心啊！”

张副局蹙眉沉吟道：“你前面的说法我还是赞成的，但这个自杀的推论，我还是觉得不可思议。即便季红梅救了谷德宁的命，即便谷德宁愿意用这种杀人的方式去报恩，他也不必对自己如此残忍吧？我觉得你还是低估了一个人对自己生命的珍惜程度，而且是一个在监狱里服刑12年好不容易重获自由的人，而这个人又遇见了一个美女对他痴心一片，他会愿意去死？”

覃智勋知道自己无法说服张副局，也不想再去争论什么：“我保留我的意见，至于真相到底如何，如果真的如我的推理一样，恐怕已经无从查证，我们能够得到的不过是金妍的尸体，一具备受折磨、生前吸食毒品的尸体；如果我的推理是错误的，继续调查下去也许会发现推翻我推理的证据。”

第十九章

相互辜负

李沐晨没有开车，因为她跟踪的丹子是步行，于是她只能步行跟踪。深冬的夜格外冷，尤其是深一脚、浅一脚地踩在没入踝骨的积雪之中。一开始，寒冷犹如无数细密的冰针刺入皮肤，后来，李沐晨的双脚已经麻木，因为踩在积雪太深的地方，雪进入了她的雪地靴。

李沐晨不敢跟得太近，哪怕她们这一路根本没有路灯，唯一的光亮就是月光。丹子看起来也并不清醒，似乎还在毒品的控制下浑浑噩噩，但李沐晨不敢懈怠，她绝对不能让丹子发现自己在跟踪她。

两人就这么一前一后，相隔大概30米的距离沿着铁路前行。李沐晨时不时掏出手机看时间和信号，她担心真的会走到手机收不到信号的地方。

大概走了半小时，还差10分钟到零点的时候，前面那个模糊的黑影终于停了下来，黑影面前有一幢掩藏在夜色中的小平房。丹子掏出钥匙，打开平房的门，进屋后关好了门。

李沐晨忙加快脚步，因为天黑路滑，她好几次摔倒在雪地中，却顾不得身体上的疼痛，生怕耽误时间，一口气冲到平房的门前。她用力拉门，门被从里面锁上。她又挨个往窗子里面望，房子里黑黢黢一片，根本没人。

地下室，这房子绝对有地下室。李沐晨来不及想太多，用尽全力去砸窗踢门，大叫着："丹子，我知道你在里面，快给我开门，我要亲眼见证她的死！"

李沐晨的叫喊和砸门窗声在寂静的午夜，荒芜的野外显得突兀刺耳，但她毫不在乎，似乎想借此机会把一腔的愤懑和哀痛全都发泄出来一样，发疯似的胡乱踢门，放肆大叫。

终于，面前的门开了，丹子一脸惊愕地站在门口："你、你怎么会？"

"'早上好'的信里说，你该在昨晚就行动的，为什么要拖到今天？果然你办事就是不牢靠，还是我亲自动手才放心。"李沐晨不等丹子反应，直接一把推开她，强行进门。

丹子悻悻地关上门："昨晚我身体不舒服，不就晚一天吗？有什么大不了的？"

李沐晨看到房子角落里果然有一处地下室的入口，从那个洞里透出惨白的光。她径直朝那里走去。

从陡峭的木梯爬下去之后，李沐晨眼前一亮，这哪里是小平房的地窖，这是一处宽敞的地下室啊，而且有白色的节能灯。二十几平方米的空间里只有两样东西最为显眼：一是一个巨大的铁笼子，里面关着一个蜷缩抽搐、蓬头垢面的女人；二是女人对面靠墙的一排工作台，其实说那是试验台更合适，因为上面还有一些蒙尘的实验器具，烧杯、试管、坩埚，还有各种带刻度和不带刻度的玻璃瓶，等等。

看来这里不单单是囚禁这个女人的囚笼，也曾经是制造邪恶粉末的实验室、小工厂。

"你要动手？"丹子指着满地狼藉说，"正好，'早上好'说了，必须用这里的东西当作工具，我刚还愁不知道用什么好呢，你挑吧。"

果然，这谎言骗过了丹子，谷德宁用英文写信防的就是丹子偷看信的内容，无形中也帮了李沐晨一个忙，让丹子对她还算信任。李沐晨犹豫了一下，把一只大号的玻璃烧瓶摔在地上。这声音吓得丹子小声惊呼了一声，吓得笼子里的女人突然尖叫。

李沐晨小心捡起一块摔成锐角的玻璃碎片，对着丹子说："帮我找找什么东西能把这东西包裹一下，不然我没法用力。"

"你的围巾不行吗？"丹子指了指李沐晨的脖子。

"那怎么行？一定得是这房子里的东西才行。"李沐晨不容置疑，又补充说，"他信里是这么跟我说的。"

丹子无奈，也不愿意得罪这个能够给她钱的金主，只好四处寻觅起来。

就在丹子毫无戒备地转身背对李沐晨的时候，李沐晨把随身携带的口红电击棒抵在了她的腰间。一阵刺啦刺啦的电流声后，丹子倒地，虽然没有彻底失去意识，但也动弹不得。李沐晨在丹子迷离的眼睛里看到了诧异和愤怒，但她有种报复的快感，为床底下那个可怜的女婴。

笼子里的女人看到了希望的曙光，双手抓住笼子，恨不得把脸从栅栏缝隙中挤出来，嘴巴里含糊不清地念叨着："救我，救救我，你是来救我的，对吧？"

李沐晨走到笼子前，蹲下身打量这个女人，这个宛若电影中丧尸一般的女人："你是金妍？"

"是，是，我是，救我，救我出去。"女人枯枝一般的手突然从缝隙中伸出来，一把抓住了李沐晨的手臂。

李沐晨嫌恶地一把甩开，就好像有虫子会顺着那条枯枝爬到自己身上一般："你还活着，哼，你真的还活着，你知不知道，你本应该在昨晚就死了。我来就是来确认你到底是活着还是死了。你要是死了，我就成全他；你要是还活着，我就得辜负他，去成全更多无辜的人。你还活着，丹子的孩子又死了，被我看到你还活着，看到丹子那可怜的孩子，这就是天意吧。"

女人根本听不懂李沐晨的话一样，手臂胡乱摆动，想再抓住李沐晨。

李沐晨看到了笼子上大大的链锁，想到钥匙很可能就在丹子身上，或者藏在这地下室的某个角落，但她没有心思去找，她接下来要做的就是打电话，把这个烂摊子交给警察。

回到地面，走出这间囚禁堕落灵魂的监狱，李沐晨仰望头顶的星星，苦笑着流下眼泪："德宁，对不起，我要辜负你所做的一切，就像你辜负了我一样，我们俩注定相互辜负，而不是相互成全。你非良人，我非佳人，你终究还是找错了人。"

找到那个叫覃智勋的顾问的号码，李沐晨按下了拨通键："喂，我是李沐晨，你定位我的位置，来找我吧，我现在跟金妍在一起。"

说完，李沐晨保持电话处于通话状态，回到地下室，坐在木梯上，俯视着下面还在努力挣扎想站起来的丹子，以及在笼子里用一双浑浊乞求的眼注视自己的金妍。她掏出了随身携带的那封信，那封谷德宁给她的英文信。很奇怪，不知道是因为那晚一整晚的翻译工作，还是信的内容太过深入人心，或者是她本身也有些英语天分，她现在再看这封英文信，竟然可以直译，就仿佛纸上的字母全都变成了方块字，谷德宁的笔迹幻化成了他动听又动情的诉说。

我最亲爱的沐晨：

抱歉，我又一次骗了你。今晚我一定会跟你说我放下了仇恨，打算跟你开启崭新的人生，从明天起去找工作，赚很多钱来养活你这个小败家子，然而这些都是骗你的，因为我没有明天，我的生命将会在今天午夜终止。

今晚零点左右，我将会被笑脸杀手杀死，也就是被我自己杀死。

原谅我必须在生命的最后一刻还对你说这样残忍的谎言，原谅我的自私，因为只有这样，你和警方才不会怀疑我是自杀。

沐晨，我犹豫了好久，还是决定给你留下这封信，一是因为我不想再骗你，既然我注定要离开你，那么就留给你真相吧。这样一来，你才能知道你爱过的男人到底是怎样一个人，日后回忆的时候才能够坦然面对这段日子，这段短暂又充满着欺骗和利用的感情；二是因为我有一个自私的请求，我希望你能继续跟付洁做朋友，照顾这个孤苦伶仃的女孩，避免她再次误入歧途。

我到底是谁，到底为什么要做这一切，相信警方也会跟你讲一个版本，但他们所知道的是片面的，我这里的才是全部的真相。

还是从头说起吧，从21年前，我18岁的时候开始说起。18岁那年，我第一次参加高考，考前报志愿的时候我瞒着父亲报了英语专业。之所以要瞒着他是因为早在我高一的时候他就给我下达了不容反抗的命令，将来一定要学化学专业。以前我不懂，为什么父亲一定要这么专制，不顾我的兴趣理想，而且恨不得我把所有其他学科都荒废了，所有时间都用来研究化学。

高三那年，我终于明白了父亲到底为何如此固执，因为他想要我继承他的事业，而他的事业其实并不是我一直以来所认为的工厂技师，母亲也不单单是工厂会计，我的父母从事这份第二职业已经有三年时间，这份秘密的第二职业就是——制毒。

原来大我四岁的姐姐早就知道了父母的秘密，她跟随父亲学习制毒有一年的时间了，可一年过去，姐姐只能勉强算个助手，父亲对她很失望，对于姐姐的学习能力差这件事，父亲认为是姐姐初高中的基础没有打好，更没有读过大学。所以父亲便把继承和发展扩大他事业的重任寄托在我身上，他一定要我读大学，而且要学化学专业，毕业后能够青出于蓝而胜于蓝，做很多他现在做不了的工程，降低成本，创新生产更加超前的新型毒品。

得知这一切的我那时才后知后觉，家里为什么能够住上大房子，为什么能够换大彩电，为什么妈妈和姐姐能够戴上金首饰，为什么我能够穿上从国外买回来的名牌球鞋。从前，在我不知情的时候，我很喜欢这些东西，喜欢这种令人艳羡的生活，而得知了这生活是用什么换来的之后，我只想逃，逃离这个家，甚至为了远离他们，我想逃离这个国家再也不回来，让他们永远无法找到我。

所以我偷偷报考了英语专业，并且递交了志愿单。9月，我怀着对未来出国的美好憧憬来到金海大学。军训过后，就在我上大学的第一节英语专业课的时候，在我正用英语流利地为全班同学做自我介绍的时候，我的父亲闯入了教室，强行把我拉走。在教室外，他给了我一记响亮的耳光。我想，教室里的老师和同学应该都听到了。然而更大的噩耗是，父亲告诉我他正在替我办理退学手续，他要我回高中复读一年，重新报考金海大学的化学专业。

我欺瞒家人私自报考英语专业的秘密曝光，也就意味着我憧憬的美好未来就此泡汤。我永远也忘不了那一天，父亲带着我去继续办理退学手续，当系主任真诚地问我是不是真的后悔报考英语专业，是否真的考虑好要退学的时候，我咬着牙，在父亲的淫威下用尽全身力气点了头。那一刻，我感觉自己好像死了，活着的只是一具牵线木偶，被我父亲生生推进了深不见底的深渊。

19岁的夏天，我又一次参加高考，秋天，又一次踏入金海大学的大门，走过英语系的教学楼，走进了化学系，从此与那些我根本不感兴趣，甚至没来由憎恨的化学方程式、定律和化学实验为伍。

大一那年暑假，父亲把我叫到了乡下的老房子。我原本以为是要跟爷爷奶奶团聚，可没想到，爷爷奶奶早已经搬去城里，老房子被他们打造成了制毒的小作坊，要我去是给父亲打下手的。除了我，还有几个发叔派来的学徒，有一个名叫贾磊的男孩长得眉清目秀，二十五六岁的样子，跟我的姐姐眉来眼去。我妈跟我说，他是发叔的侄子，很可能就是我未来的姐夫。

大一的暑假被我过成了一场无法脱离的噩梦，开学的时候，我几乎是逃离那里的。回到学校的我想过离家出走，想过举报他们，犹豫了好久，甚至有两次已经走到了公安局的门口。可我始终没法做到出卖我的家人，亲手把他们送入监狱，送到刑场。现在想想，其实当时我应该那样做的，我当初如果真的那样做了，也就不会有后面的悲剧。

大二暑假，我又被叫回老房子帮忙。再次回去的时候我发现发叔派来的学徒帮手又多了几个，姐姐的肚子也鼓了起来。原来姐姐染上了毒瘾，而且是在未来姐夫贾磊的蛊惑下染上的。这一点其实父母都已经知晓，但是并没有太大的反应，也许他们认为做这一行，染上毒瘾是早晚的事吧。姐姐在吸毒期间怀了孕，母亲不敢也不能带她去医院堕胎，于是只能任凭胎儿在姐姐肚子里发育。他们打算让姐姐把这个孩子生下来，尽管大家都知道，这孩子不会健康，他身上背负着他的母亲给予他的诅咒。母亲，本该是这个世界上最爱自己孩子的人，是孩子最为依赖信仰的至亲，姐姐却是一个诅咒她亲生孩子的恶魔。

我恨姐姐，就像恨我的父母一样，但我又深深爱着他们，因为他们是我的亲人。我只能把愤怒发泄到未来姐夫身上。我跟贾磊打了一架，要不是父亲他们拉架，估计我们俩会打得你死我活。我想把贾磊打死是因为他祸害我姐姐，他想把我打死是因为我死了，他就可以成为父亲的继承者，成为发叔的左膀右臂。

第二天，就在我躲在房间里养伤的时候听到了第一声枪响。我透过窗子往外一看，这才发现老房子已经被警察包围。我原本以为父亲会带着大家束手就擒，当时我竟然有些庆幸，可没想到父亲他们居然有枪，居然想抵抗。

很快，父亲跑到我的房间，在桌子底下找到了瑟瑟发抖的我，往我手里塞了一把手枪，要我像去年夏天练习的那样对着警察开枪。他告诉我，如果不杀光这些警察，我们一家人都是死刑。

我从未想过自己会制毒，更没想过自己会杀人，可是我一直以来都别无选择。我躲在房间的桌子下，握着枪瑟瑟发抖，听着枪声、喊声充斥整个世界。我在等待，等待世界安静下来，我不知道我更期望哪种结局，是更期望警察死光，还是自己连同家人的生命一起在这里葬送。我想，一家人的话，在黄泉路上也不会孤单吧。

就在我麻木等待的时候，姐姐跑到了我的房间。她跑得挺吃力，不单单是因为她挺着大肚子，也因为她整个人已经形如枯槁。她大喊着，让我开枪，骂我是个胆小鬼。而我只是哭，我很委屈，因为我根本不想加入他们，我不该遭遇这些。暑假，我原本跟同学们约好了要一起去打工，然后用打工的钱出去旅游。我这时候应该在哪个餐厅里端着盘子，面对的都是说说笑笑的食客，不该是枪林弹雨。

姐姐一边开枪一边骂我，突然，从窗外射进来的子弹打在了姐姐的肚子上，打出了一个血窟窿，血液一开始是喷射出来，而后汩汩流出。姐姐倒下了，她的肚子似乎会动，那个躲在里面的六个月的胎儿似乎在啼哭，在喊疼，比我还不甘，比我还委屈。我知道那是幻觉，但幻觉中，我真的听到了婴孩的啼哭。

我承认，当时我恐惧到痉挛，我哭得像个孩子，我一面哭一面站起身，丢下枪，想从窗子跳出去。我举起双手大叫："不要杀我，我不想死，我投降！"

我面前是一个警察，他穿着制服，端着枪，看到我举着双手出来说要投降，先是一愣，然后马上冲我大叫："快，快到我身后来！"

我知道我当时站的位置没有任何遮挡，非常危险，下意识便听他的话往他的方向走去。然而我的身后传来了父亲的声音，他很生气，暴怒地吼叫："兔崽子，畜生，不许投降！你想出卖你老子吗？给我滚回去！"

我回头望向还躲在遮蔽物后方伸出一条手臂开枪的父亲，哭着大叫："爸，投降吧，我不想死，不想让你们死！

姐已经死了，姐跟她的孩子已经……”

我的话没说完，因为我的左肩中弹，子弹是由父亲的枪发出来的，他开枪后还在大骂：“畜生，想出卖老子，老子毙了你！”

我中弹向后栽倒，我不敢相信，不是虎毒不食子吗？父亲怎么可能对我开枪？就在我不愿相信事实的电光石火的刹那间，那条熟悉的手臂，那条曾经怀抱着还是婴孩的我的父亲的手臂又一次朝我的方向伸过来，同时还有一句父亲那熟悉的声音爆出的粗口，很难听。

就在我以为父亲会再给我一枪的时候，一个黑影扑到我身边，是那个警察。他居然为了救我而从遮蔽物后面跑出来，跑到毫无遮蔽暴露在最危险境地的我身边。他用力拉扯倒在地上的我，想把我拉回他原先躲避的地方。父亲却毫不犹豫地举枪，射中了这个想救他亲生儿子一条性命的警察。

警察中枪了，他跟我一样，都伤在左肩，但他并没有急于自己先逃回遮蔽物的后方，而是努力用右臂拉扯我，仍然想把我拉回去。

在意识到父亲对我开枪后，我本来已经万念俱灰，只想躺在地上等死，但看到一个陌生人，还是跟我这个犯罪分子站在对立面的警察居然拼命想救我，我下意识便跟着他一起往遮蔽物的方向移动。我们俩极为狼狈，因为中枪的疼痛，几乎是在地上艰难地爬行，就在距离遮蔽物还差一米的时候，那个警察用力一推，先把我推回到遮蔽物的后方，而他的左侧腰部又被从后方射出的子弹击中。

靠在院子里木质仓房的拐角墙壁上，我问那个警察：“为什么要救我？我不是你们要抓捕的罪犯吗？”

他说：“我们调查过你的情况，知道你参与制毒的时间很短，并且你刚刚投降，表示你有悔过之心。我想，你只是个生错了家庭、缺少觉醒和反抗意识的孩子而已。”

我说：“不管怎样，你是警察，我是罪犯啊。”

他说：“傻孩子，你还年轻，只要肯悔过，肯改造，你还能重新开始。”

我听了他的话，心里说不上什么滋味，这个陌生的警察看起来也就30岁出头，可是我竟然在他脸上看到了父亲般的慈爱，那是我在自己亲生父亲的脸上从未看到过的。

后来，我失去了意识，再醒来时已经身在医院，我躺在ICU病房中。再后来，我被转去普通病房，身边没有一个亲人陪伴，因为我特殊的身份，也没有老师和同学来探望。我像被整个世界遗弃了。

警察告诉我，在那场枪战中，我的亲人全都死去，但贾磊逃掉了。警方方面，死了一个副队长，伤了八名警员，其中有两名重伤，还没有脱离生命危险。殉职的副队长名叫付勇，要了他性命的两枚子弹都是由我的父亲射出的。

再后来，我的律师告诉我，我的父亲和姐姐正是由那名殉职的警察开枪击毙的。但对此，我没有任何感觉。

我对警方隐瞒了一些事情，警方以为我是被流弹射中，也就是说他们以为我父亲是无意中射中我的，对此我默认，我不想让任何人知道我父亲想杀死我的事实。警察也绝对想不到一个父亲会故意射杀自己的亲生儿子。

我也不想让警察知道，他们的副队长是为了救我这个罪犯而受伤身亡的，当时我觉得这对于一个警察来说挺耻辱的，而且非常不值。当然，我也有一些自私的想法，我害怕他们如果知道这个副队长是因我而死，他们会把仇恨发泄在我身上。

住院期间我才知道，原来救我的医生，那个每次来查房都对我不苟言笑的女医生，其实就是那个警察的妻子。对于我这样一个病患，她居然还能保持一个医生的专业水准和职业道德，没有一丁点儿为难我，或者让我多吃一些苦头。其实我宁愿她在为我检查伤口的时候，故意弄疼我，把我结痂的伤口弄破，让我再遭罪一回，那样我心里还能好过一点。可她除了从未对我笑过，没给过我她给其他病患的温柔和蔼，其他该做的都做得一丝不苟，她对我已经仁至义尽。

听医院里其他医生护士闲聊的时候，我得知，我先于那个警察被送到医院的急救中心，急救中心医术最好的主任救了我，当她从我的手术室里出来的时候，却接到了其他手术室医生的通知，她的丈夫因为失血过多，抢救无效，死在了手术台上。

医生们和护士们没说，但我往后的十几年里一直在想，如果当时先被送来医院的是那个警察，如果给那个警察做手术的人是他的妻子，医术最好的主任，警察会不会活下来？如果是那样就好了，我宁愿死的人是我。尽管我觉得我也挺无辜的，但那个警察不但无辜，还伟大。

出院后我接受了一个事实，我其实并不无辜，我其实有很多机会可以摆脱罪恶的家庭，独善其身，哪怕不去揭穿他们，哪怕只是自己逃离也好。可我是懦弱的，说什么舍不得家人其实全都是借口，究其原因就是我的懦弱无能。就像那个警察说的，我缺少觉醒和反抗意识。也许潜意识里我也想继承父亲的衣钵，后半生享受荣华富贵。

其实没有律师的劝诫下，我也早就下定决心要把我知道的一切全都坦白，不为宽大处理，真的不为这个，我只想让那个警察泉下有知，让他知道他没有白白救我，为了后半生我能问心无愧地告诉自己，这对夫妻没有白白救我一回。

因为我的指证，发叔被判死刑，金海市最大的贩毒组织几乎土崩瓦解，可惜的是还剩一条漏网之鱼——贾磊。

在狱中，我终于重获自由。没错，这个时候的我才是自由的。我可以选择继续自学英语，一年间，我把监狱里为数不多的英语类书籍看了无数遍，背了无数篇英语文章，记了无数个英语单词，但始终不是有老师、有课本的系统学习，我的口语和语法知识都十分有限。

幸好，服刑的第二年，我遇到了丹尼尔。丹尼尔比我年长10岁，罪行是改装贩售枪支。丹尼尔的中文不太好，入狱之后狱警跟他的交流就成了问题，于是我作为监狱里英文最好的人，就自然而然成了一个半吊子的翻译，被安排与丹尼尔同住。

丹尼尔是个过气的小导演，以前在英国专门拍摄警匪类电视剧，因此有机会接触很多仿真枪道具。后来他失业，便走上了改装仿真枪，走私到他的第二家乡——中国的犯罪道路。说中国是他的第二家乡，那是因为丹尼尔有四分之一的中国血统，他的奶奶是个中国人。

在监狱里，我是丹尼尔唯一能够勉强交流的朋友，渐渐地，我成了他的中文老师，他成了我的私人外教。等到10年后丹尼尔出狱的时候，他能说一口地道的中文普通话，我能说一口足以以假乱真的地道英伦腔。

丹尼尔带给我的不光语言上的收获。丹尼尔作为一个过气导演，却热爱这份职业，他还总是愿意跟我讲电影。他无意中跟我提起过蒙太奇的拍摄手法，但是我不以为意，只是听个热闹，可在后来，蒙太奇却给了我一些灵感。

因为在狱中表现良好，也有立功表现，我被减刑三年。

32岁那年，我真正意义上重获自由，就像那个警察说的那样，经过改造，我可以重新开始了。

然而想象是美好的，现实是残酷的。出狱后的五年时间，我过得极为悲惨，一来是因为有前科，很难找到合适的工作，只能去一些不看档案的小公司暂时打杂，一旦被他们知晓了我的前科劣迹，我就会在昔日同事们的白眼歧视中被辞退；二来是因为贾磊一直在暗地里追查我的下落，他把我视为出卖他叔叔，害死他叔叔的不共戴天的仇人，东山再起的他开出了1000万元的高价来买我的命。我不得不隐姓埋名，提心吊胆，躲躲藏藏地苟延残喘。总之，这并不是我想象中的重新开始，像我这样的人，没有资格重新开始。

尽管自己的境遇已经很艰难，但我知道季红梅孤儿寡母的境遇也好不到哪里去。而造成她们母女俩悲惨命运的罪人就是我。如果不是我，他们一家三口现在还过着平淡而幸福的生活。

没有班上的日子和上班时候的节假日，我总会偷偷跑去急救中心附近，偷偷关注着季红梅，要么就是去学校，躲在角落里观察那个从小缺少父爱的小女孩。季红梅的值班表我记得很清楚，她独自下夜班的路上，我都会尽量腾出时间来偷偷尾随，算是暗中保护，我担心她一个女人走夜路会有危险。季红梅的女儿付洁放学的路上如果被不良少年欺负，我也会以路人的身份跳出来，替她赶走或者打走那些欺负她的人。

这样的日子一直持续到4年前。我原本以为我要这样默默赎罪一辈子，没想到，4年前一个叫何有才的小混混终止了我的赎罪计划，夺走了我另一个恩人的性命。

那天我记得很清楚，当我到达急救中心的时候正好赶上骚乱，远远地，我就看到了一个手臂上文着死神文身的小混混突然冲到季红梅面前。在惊叫和混乱中，我跑到了那群人之中，好不容易才拨开眼前围绕在季红梅身边的医生，看到了躺在地上血流不止的季红梅。

当时季红梅也看到了我，她的眼神像定格在我脸上。我知道，她认得我，她认出了我，她一定早就发现了我这个罪人，发现了我想赎罪的种种行为，她知道我总是来偷偷看她，偷偷跟在她身后送她回家，我偷偷修好她坏掉的自行车，冬天的早晨偷偷去铲掉她家门口的冰，雨天为她预约一辆出租车停在她家门前……她都知道，她知道这都是我做的，但她并没有拒绝，并没有赶走我，默许我去做这些能让我好过一些的事情，接受我的好意。她真的很善良，像她的丈夫一样。

仅仅几秒的时间，季红梅就被医生带走，送往手术室。我跟在那群医生护士之中，根本不受控制地跟着，想送她进手术室。而她的眼神也一直盯着我，她的嘴角动了动，我认出了她的口形，她对我说："付洁"。

我知道，任何一位母亲在弥留之际都放不下自己的孩子。她这是在把付洁托付给我啊！她一定是希望我能把对他们夫妻的歉意、善意都转移到他们唯一的孩子身上，那个可怜的、自此在这个世界上真的孤苦无依的小姑娘。

季红梅死了，如果不是那个小混混被警察带走了，我想我当时会跟他同归于尽。我在医院的男洗手间里捂住嘴巴，无声痛哭。当初得知父母亲人离世的消息时，我都没有这样悲恸。季红梅跟我说过的话不过寥寥，都是什么"还疼吗""伤口恢复得不错""暂时不要沾水"之类的话，可我对她的情感就像亲人一样。我的亲人死了，我突然感到活在这个世上再没有了意义，除去赎罪，我活着还能做什么？

之后我有过几天的迷茫，甚至有轻生的念头。我知道自己是病态的，一直活在过去的阴影中。我出狱后赖以生存的人生信念就是赎罪和报恩，但我的恩人在我眼前被一个无知无识的混混给杀死了。我想去看心理医生，好好拯救一下我这病态的灵魂，但后来我又觉得，我不该把钱花费在拯救自己身上，我应该把我有限的精力和财力花在恩人的女儿付洁身上，因为恩人临死前把她托付给了我。我又找到了活着的意义，那就是守护付洁。

我跟远在英国的丹尼尔一直保持联系，他比我过得好很多，经常会在经济上接济我。他得知了我的境遇后劝我放下过去，过好我自己的人生。他说他不是专业的心理医生，但能明白我的感受。我从小没有感受到真正的父母之爱，在这方面一直是缺失的，甚至从父母那里得来的全都是负能量，所以我受不了别人对我的好，别人对我好一点，我总是要以全部的真诚热忱去回报。何况是付勇和季红梅这两个两次救了我性命的人？我把积攒了数十年应该回馈给父母的爱都给了他们。我这样自然是不对的，是病态的。

我同意丹尼尔对我的分析，却不同意丹尼尔对我的判断。我认为我用我的爱、我的余生去回馈我的两个恩人并不是错的，这是我欠他们的！

那之后，我把付洁当成了我报恩的对象，当成了我生命的主题，我必须守护这个女孩，尽我全部力量，哪怕豁出去这条命。但默默关注和帮助付洁始终无法起到什么大的作用，尤其是当我得知付洁经过青春期的叛逆和在姑姑家寄人篱下的生活，已经变成了一个执拗任性、难以接近的问题女孩之后。我知道，我必须变得足够好，才能以另一个身份，光明正大地出现在她身边去直接帮助她。

两年前，我终于给自己弄了一个假身份，我变成了罗一，再在外形上变换风格，打算在弄虚作假的基础上变成一个背景清白的英语老师，同时也试着开启我人生的新篇章。去年，就在杜宽仁刚刚离婚后不久，我以罗一的身份去杜宽仁的学校应聘。我伪造了海归经历的资料，以为能够骗过那个看起来不太精明的校长。

然而我始终低估了这个看起来满脑子只有荷尔蒙的老家伙。一开始，他假装没有看出我的资料是伪造的，很热情地聘用我，还总是夸赞我是人才，私下里总是跟我走动。但很快，他对我坦白，其实他早就看出我的资料是假的，知道我的真实身份，但他出于对人才的爱惜，还有对于我们这种刑满释放人员的同情，所以就睁一只眼闭一只眼了。

当时我对杜宽仁当然是感激的，可没过多久，我就感觉出他不对劲儿。他总是有意无意地提起他离婚的事情，说他被前妻和前妻雇用的一个狐狸精骗得不名一文，虽然是个校长，却背了一身债。他总是向我灌输他的仇恨，引导我跟他一起责骂那个骗了他的狐狸精，也就是你，沐晨。

我当然劝他向前看，不要总是抓住过去不放，心里充满仇恨生活不会快乐。我跟他说，你应该对得起你的名字，宽仁，而不是把你的名字变成一种讽刺。我以为他真的把我当朋友，会听进去我的一片苦心规劝，他却撕破了脸，直接提出如果我不帮他报仇解恨，他就会想办法联系贾磊，拿我的命去换那1000万元的奖金给自己还债。

杜宽仁说："你的人生早在20年前把手伸向那些罪恶的仪器、粉末时就已经注定，无法改写。所谓的重生，不过是一场没人愿意配合出演的独角戏，都是你的一厢情愿罢了。你所谓的美好人生其实是假象，是建在沙滩上的城堡，可以被一波海浪轻易冲刷到全线坍塌。你用10年时间盖的罗马，任何一只蝼蚁都可以轻易拆了城墙。”

我花费了十几年的时间才换来一个重新开始的机会，他却要把我崭新的生活毁于一旦。更重要的是，我的重生是付勇用他的命换来的，是要用来向付洁报恩的，他却因为这肮脏变态的私欲妄图毁掉它！我绝不允许，不允许杜宽仁如此践踏我的人生，践踏付勇的生命！

我当时就冒出了一个想法：如果杜宽仁一定要毁掉我，那么就让我在他毁掉我之前，毁掉他。

我对杜宽仁动了杀意，因为我知道就算我真的被他威胁杀死了你，我一样逃不出厄运，不是成为一辈子被他要挟，成为他的工具，就是被拿去换那1000万元。但很快，我开始犹豫，我不能再次犯罪，那样同样辜负了付勇。可没想到，尹清华的出现又给犹豫的我加了一把火。在尹清华的逼迫下，我最终坚定了信念，我要把杜宽仁和尹清华这两个社会上的毒瘤彻底铲除。

尹清华很年轻，不过20岁，就像当年的我，原本我也想像当年的付勇一样，给这个年轻人一次改过的机会。可无论我怎么劝诫，尹清华就是不为所动。他偷听到了我跟杜宽仁的谈话，成了另一把悬在我头上的砍刀。他要我教他制毒，把他培养成一个毒师，从此自给自足不说，还能成为第二个发叔，垄断金海市乃至全中国的毒品市场。如果我不教，他可比杜宽仁的条件便利得多，他说他认识贾磊手下的一个马仔，直接说一句话，就能得1000万元的奖金。

在这样的逼迫下，我也犯不着犹豫了，不是吗？反正不是他们死，就是我亡。我死了，付洁怎么办？可他们死了，算是这座城市的福气。

虽然下定了决心，但我并没有想好怎样了结这两条肮脏的性命。就在我苦思冥想的那段日子里，我也没有忘记默默关注付洁的生活。我知道付洁交了一个研究生男友赵良实，一个挺穷的男孩子，但似乎人穷志不短，也算是个好孩子。一直到暑假，我得知他们俩居然参团去泰国旅游，这才意识到事情不对劲儿。就在一周前，两人还在为赵良实的学费发愁啊，当时我听到付洁说慈善基金会的那笔钱被她姑姑全都寄给了国外的表妹，他们俩绝对不可能有钱去境外旅游。

我偷听到他们俩谈话时提到了导游金妍，赵良实说金妍是他的老乡。于是我利用跟尹清华的关系，调查得知了金妍的背景。金妍的前男友是贾磊的小弟，金妍在前男友的影响下吸毒，后来成了贩毒组织的一员，专门负责带领人体运毒的骡子往返金海和曼谷这条旅游线路，从曼谷携带冰毒至金海。

我怎么也没想到，付洁，缉毒警付勇的女儿会走上这样一条路，这真是比1000万元买我的命还要恐怖的噩耗。得知这个消息的我对付洁的情感一下子变质，我恨她玷污了她父亲的名誉，但我更恨我自己，如果不是因为我，付洁有双亲的疼爱又怎么会误入歧途？所以说，害付洁堕落的罪魁祸首其实还是我。

我不是没想过报警，让警察和法律制止付洁的行为，阻止她泥足深陷。但考虑再三，我不能这样做。我本身就是刑满释放人员，我知道重新踏入社会面临着什么。我不能让付洁也面临这样的人生。一个警察的女儿犯罪进入监狱，她会面临怎样的境遇？我不敢想。

我更加不敢想的是，我如果恩将仇报，毁掉付洁的名誉，把她送入监狱，我该怎么向付勇和季红梅的在天之灵交代。我是来报恩的，不是来报仇的啊。我绝不允许自己变成一个恩将仇报的畜生。当年我没有胆量揭发亲人的罪行，如今，我仍然做不到揭发付洁的罪行。

于是我别无选择，我只能在网上伪装成一个女网友，一个过来人，劝诫付洁迷途知返。没错，我就是那个“悔悟”，被付洁删了后又加，加了后又删的“悔悟”。

尽管如此，我并没有说服这个执拗的女孩。时隔两个月，她跟赵良实在“十一”黄金周又一次参团，在金妍的带领下前往曼谷。我知道，如果我再不有所行动，寒假、“五一”，甚至更加频繁，这对小情侣已经被金妍、被金钱蒙蔽了双眼，他们会越陷越深。最后的结果无非几种：第一，因为频繁出境而被警方盯上，罪行暴露，付洁身败名裂，入狱服刑；第二，染上毒瘾，成为一个“活死人”，她还有男友，搞不好以后会步我姐姐和丹子的后尘；第三，也就是最为恶劣的结果，人体藏毒本就承担着巨大风险，一旦毒品包装在体内破裂，很可能一命呜呼。这三种结果无论哪一种，我都不能让它发生。

那段时间，我一面思考如何劝诫付洁，一面思考如何应对逼迫我的杜宽仁和尹清华。我知道，这两个吸血鬼的耐心已经快要耗尽，我的拖延战术支撑不了多久。就在我濒临崩溃的时候，付洁在网上对“悔悟”说的一句话给了我灵感，她说：“你不用劝了，我谁的话也不听，我是我自己的主人，我有权决定我的未来，我只听我自己的！”还有一句：“哪有你说的那么容易，现在的情势不是我想退出就能够全身而退的。我已经没有回头路，索性就孤注一掷，走到最后。”

付洁的第一句话让我想起了电影《蝴蝶效应》。我想既然付洁只听自己的，那么我就为她打造出一个自己，并且要让她相信是未来的她穿越回来想改变命运。重点就是让她自己相信，而不能是外人故意灌输给她的，否则这个执拗的小姑娘一定会逆反地不肯相信。至于如何让她自己相信这么匪夷所思的事情，我想到了丹尼尔这个小导演跟我提过的蒙太奇手法。

“蒙太奇”这个词的原意是剪接，简单说来，“蒙太奇”的一个重要作用就是引导观众的注意力，激发观众的联想。每个镜头虽然只表现一定的内容，但组接一定顺序的镜头，能够规范和引导观众的情绪和心理，启迪观众思考。

我想，我恐怕得以整个金海市为片场拍摄一部电影，而这部电影的观众并不是广大市民和网友，恰恰相反，他们是我这场电影的演员，我的观众只有一个人，那就是付洁。当然，付洁和你都是这部电影的主演之一。

至于电影的其他角色，还有电影的类型主题，我也做了决定。促使我做这个决定的就是付洁的第二句话。她说她没有回头路，那是因为她做的错事在这个世界上不是不留痕迹的，赵良实和金妍都是知情人。只要把所有知情人全都毁掉，也就等于抹杀了付洁曾经的罪过。

所以我要达成的目的有两个：第一，让付洁认定是未来的自己想帮助现在的自己改变未来悲惨的命运，扭转人生，重新开始，这样一来可以从主观上让付洁改过自新。当然哪怕最后的结果付洁没有认定，只是怀疑，但如果怀疑能让她悔悟，那么我的目的也算达成；第二，这其实是更重要的一点，那就是把所有知晓付洁运毒的人全部除掉，这样一来就可以在客观上为付洁提供重新开始的最重要的条件。而且，这两个目的也算是相辅相成的。

我的人生已经因为多年前的罪过而无法重启，像一个烂透了的桃子，无法重焕生机，只能被丢弃腐烂。可付洁不一样，她这只青涩桃子上只不过被蛀虫蛀了一个洞，只要驱虫，只要填补，她还能健康成长，瓜熟蒂落。我必须帮助她，哪怕毁灭本就已经走向毁灭的自己。

那段时间，我一直在酝酿我的电影剧本。如果死的只有赵良实和金妍，那么无疑这部电影是失败的，因为它等于直接告诉警方，付洁、赵良实和金妍这三个人关系密切，警方会直接查明他们在泰国的事情。付洁的罪行暴露，等于我全盘皆输。所以为了丰富剧情，为了避免付洁的秘密曝光，更是为了我的主旨服务，我必须多找几个角色来填充，并且利用蒙太奇的手法，引发观众思考，把这些看起来毫无关系的受害者全都联系起来。

沐晨，万圣节前夜，我是跟踪你去夜精灵酒吧的，我承认当时我有些动摇，曾经动过心思以杀死你来摆脱杜宽仁的要挟。当时我看到你被围攻，当你求助的手抓到我的手时，说实话我是嫌恶的。我当时的想法很阴暗，我甚至盼望着他们俩把你打死，这样一来杜宽仁就不会再逼迫我去杀人了。我告诉自己，你只是个被包养的情妇，不值得同情。

后来，我又目睹了你如何摆脱那个酒保，一个人跌跌撞撞走到了酒吧后门，晕倒在酒吧后巷。当时我更是庆幸，酒吧后巷是监控死角，当时酒吧人也都走得差不多了，那是我最佳的机会。我甚至真的把随身携带的凶器抵在你的喉咙上。但我只犹豫了几秒，便放弃了，因为你是从“死神”手中逃过一劫的人。我说的死神自然是指化装成死神的唐馨。我对死神的形象深恶痛绝，那是因为四年前杀害我的恩人季红梅的何有才的手臂上就有一个死神的文身。我当时告诉自己，当年我没能在“死神”的手里救下季红梅，现在我就不能伤害一个已经从死神手中逃脱的人。

我把你带回了酒店房间，我特意选了星级酒店的房间，因为我当时已经制订了一个计划，把自己伪装成一个有钱人，成为你的雇主，我要雇用你成为我这部电影的女配角。我开始为我的电影做前期的准备工作，所使用的资金其实是我祖父母留下的遗产，一共二十几万元。我用其中一小部分买了辆二手车，毕竟我的计划中一定要使用交通工具，剩下的大部分钱，我几乎都花在了你的身上。我打算把这些钱全都花光，倾尽所有，也算是我拍摄这部“电影”的投资。

至于那个考核的问题，问你是否相信这个世界上有鬼，其实只是我想了解你是否是一个思想开阔的人，在付洁身边能否起到促使她相信穿越论的作用。你的回答我当时很满意，但你后来在付洁身边一再否定穿越论，这点就出乎了我的意料。幸好，你的否定也算正中下怀，付洁比我想的还要叛逆执拗，你越是否定，她越是肯定。

沐晨，你这么聪明应该也猜到了，我之所以要把你卷进这场风暴之中，还有一个原因，那就是一旦警方开始注意你们，杜宽仁就不敢轻易对你动手，我也有了继续推脱的理由，而付洁，她也没办法再去联系金妍或者别的什么人，继续当人体运毒的“骡子”。至于在你家客厅安装针孔摄像头，其实是为了获取付洁的指纹。我通过摄像头记录付洁曾经在客厅碰触过的物品，记录她碰触的位置和手指，然后趁你们出门的时候利用万圣节那晚我偷配的你家的钥匙进入你家，用指模拓印相应位置留下的付洁相应手指的指纹。这个工作其实很难，我用了一个多月的时间，潜入你家20多次才准确取得了付洁十根手指的指纹。

指纹取得之后便是圣诞节，我提出了一个考核你的小测试，给你寄了所谓的泻药，要你要求付洁替你给唐馨下药出一口气。这个时候，我的这场电影正式拉开了帷幕。

因为唐馨万圣节的死神打扮，因为她对你这个同行的狠毒，也是因为我需要这么一个可以顶替网友“悔悟”的人选，我选中了她成为电影的一角——一个死者。我承认，从这时起，我已经变成了一个魔鬼，把魔爪伸向无辜的人。

我查到唐馨圣诞节跟一群狐朋狗友约好了在夜精灵酒吧狂欢，于是我把尹清华也约了过去。当然，那晚我也在夜精灵酒吧，我是跟金妍一起过去的，两天前我便安排了一个邂逅，成了金妍的准男友。

我对尹清华谎称自己认识唐馨，知道唐馨以前是在夜总会做小姐的，但现在被一个房地产大亨包养。我要尹清华假装夜总会老板的手下，去跟唐馨搭讪，请她重回夜总会工作。

我给你的泻药其实根本不是什么泻药，真正的泻药被我偷偷下在了金妍的酒里。金妍拉肚子，我便让我的小弟也就是尹清华扶她去洗手间。我告诉尹清华，他会在洗手间门口看到两个女孩，其中有一个他可能见过，要他不要太意外。尹清华听我这么说当然觉得莫名其妙，他问我会碰见谁，我故作神秘地不说。其实我说的他见过的女孩就是你，沐晨。我曾经刻意给他看过我手机里你的照片，他当时印象还算深刻。去洗手间前我又刻意这么说，为的就是让他在看到你和付洁的时候反应大一点，让你们感受到他似乎认识你们其中的一个。沐晨，你以为尹清华那句“是你”是说给付洁听的，付洁后来也这么以为，可实际上，这句“是你”还真是说给你听的。

就这样，我用我的“镜头”把唐馨、尹清华和金妍联系到了一起，用来启发我的观众付洁自己产生联想。当然，这个时候的你们自然不会有什么联想，但没关系，后面还有我精心设计的镜头和故事情节。

接下来的部分我是主力，跨年夜，我杀死了唐馨，并且设计了一个小机关用以制造密室，凶器是就地取材，还在现场留下了我特殊的记号——血迹笑脸，为的就是给日后会在网络上出现的穿越杀手做铺垫。

有关那个血迹笑脸我必须解释一下，其实灵感来自我偷看过的付洁小时候的图画本和作文。在我这部电影筹拍之前我就打定主意，我一定得留下一个特殊的记号，不但可以作为我的犯罪标记，更重要的是，这个标记必须与付洁有关，也算是一个蒙太奇手法，能够让她自己联想和怀疑。为此，我还当了一回小偷，偷偷潜入付洁的姑姑家去翻看那些被尘封的付洁的物品。

唐馨死后我便去找金妍，提出要带她去见我的父母。因为死的是一个跟她没有任何关联的唐馨，金妍毫无防备。我给她下药，把被迷晕的她带去一处秘密所在，囚禁在地下室的铁笼子里，开始了对她这个瘾君子的各种折磨。我要她把所有知道付洁运毒的知情人全都供述出来。

我对金妍的严刑逼问持续了很久，只要有空，我就会过去，给她一些我买来的冰毒作为奖励。金妍在我的折磨下坦白，她本身也只是前男友手下的一个“编外人员”，她只负责把“骡子”带去曼谷的酒店，然后从曼谷的接头人手里拿到打包好的毒品，让“骡子”藏入体内，等回到金海，她再负责帮助“骡子”排出毒品，把毒品交给她的前男友。也就是说，得知金妍身份的只有她的前男友和曼谷接头人，而知道付洁和赵良实是“骡子”的，只有金妍一个人。他们这样安排也是安全起见，这样一旦被警方发现，不会牵连更多上面层级的毒贩。

程伟业也是我给我这部电影找的一个重要角色。说他重要是因为他是个网络大V，我要宣扬的杀手穿越论必须借由他才能掀起风波，扩大影响。但我不单单看中了程伟业网络大V的身份，我更看中的是他的贪欲造就的性格特点，还有他曾经发表过的那篇间接害死季红梅的所谓新闻报道。

笑脸杀手只有我一个人，怎么在同一时间在相隔甚远的两地同时杀人呢？这就需要程伟业的配合。我用了一点小计谋，把这个一心想利用笑脸杀手为自己谋私利的网络大V拉下水，跟我乘同一条船。当然，同时异地杀人还是为了之后的穿越杀手论做铺垫。为了让警方认为笑脸杀手只有一个人，也是为了让付洁相信笑脸杀手是未来的她自己，我特意在尹清华的脸上用赵良实的血留下了付洁的指纹。

为了把杜宽仁跟赵良实联系起来，我还为警方特意使用了一个蒙太奇的手法。因为杜宽仁一直逼我动手，我便谎称我把你骗到了科大附近，将会在那晚在科大附近动手。我要求杜宽仁为我在附近的小树林里找一个埋尸的地点，挖好埋尸的坑，然后我们两人一起埋尸。杜宽仁上当了，他去了科大附近，也挖了坑，按照我指定的地点一直在赵良实家附近等我。我跟他说我准备了摩托车运尸，他便一直关注有摩托车停放的车棚。可他打我的电话怎么也打不通，因为我给他留下的号码其实并不是我的，而是赵良实的手机，我跟他说：“这种时候自然不能用自己的手机联系，我偷了一个学生的手机，今晚你只能打这个号码找我。”

那之后，沐晨，你偷听到我用英文讲电话的对象的确是杜宽仁，他还在逼迫我杀你，丝毫不知道他自己已经被我列为电影的角色之一，很快就要死去。杜宽仁死的那晚我跟你在一起，我们彼此知道对方不可能是凶手，但付洁没有了不在场证明，她的嫌疑增大，现场还有她的指纹。可付洁自己最清楚，她不是凶手，她没有杀任何人，这样一来，她陷入了恐慌之中，太多无法解释的疑问充斥周围。这个时候我要求程伟业抛出穿越杀手的言论再合适不过。

对了，把杜宽仁推下楼的自然就是我的副手，被我捏住把柄的傀儡程伟业。我在仁知英语任职，弄到那间小仓库的钥匙自然不在话下。我把钥匙给了程伟业，教他如何避过有限的监控提前进入小仓库，然后一定要按照我的要求，在午夜时分趁其不备把站在窗前偷看的杜宽仁推下楼。我还为他规划了一条事后离开写字楼的安全路线。

杜宽仁死了，我也终于可以松一口气，因为我把悬在你头顶的一颗不定时炸弹给拆除了。沐晨，只有这样我才能放心离开。

沐晨，当你告诉我付洁认定了笑脸杀手就是未来的她的时候，我真的很开心，我的目的终于达成，尽管你一直在劝说付洁放弃这荒谬的念头，但正如我前面所说，你反而帮了忙。

程伟业已经帮我杀死了杜宽仁，并且在网上造势，让付洁相信了穿越论，他的利用价值殆尽，于是我亲手了结了他。这个男人居然天真到以为我真的愿意与他结成联盟，为的只是从他的收益中分得一块蛋糕。果然，在爱财之人的眼中，所有人都是爱财之人。

沐晨，本来我可以到此为止的，我真的想过跟你远走高飞，远离这里的一切是非，到一个没人认识我们的地方重新开始。我真的憧憬过我们俩的未来，那也是我在狱中12年每晚都在畅想的未来——找到一个知心爱人，组建一个普通的家庭，平凡而幸福地终老，临死前有儿孙的陪伴。

其实昨天白天我是故意说那些话激怒你的，说什么要调查付洁的秘密公开以寻得心理平衡，其实就是为了让你生气离开。只有你走了，我才有时间去见金妍。我着急见金妍就是因为着急了结这一切，那样我才能够安心地跟你长长久久。我原本的打算是再最后问一次金妍是否还有其他人知道付洁的秘密，然后就了结她，让我的电影完美落幕，跟你远走高飞。但金妍的一句话让我不得不打消这个念头。

就在昨晚，我最后一次逼问金妍，是不是真的没人知道付洁运毒的事情。金妍苦思冥想，为了毒品，她不得不跟我讲所有她跟付洁的对话。她说她想起来了在元旦前夕两个人通电话时候的对话。

金妍问付洁："你为什么要做这一行？如果是缺钱交学费，可以想别的办法啊。做这个真的很危险。"

付洁说："当然不只是为了钱，我是为了找人，找一个隐藏在贩毒组织中的制毒师，这个人是我不共戴天的仇人，他害死了我的父亲，可又被我母亲救回了一条命。我没法接受这样的事实！是他毁掉了我的家，害我成了孤儿，现在孤苦无依。他出狱后一定又回到了贩毒组织中，我只有深入这个组织才能找到他，为父亲报仇。他不死，我这一辈子都不甘心。"

我没有杀金妍，因为我相信她的话，付洁的确可能如此偏执幼稚，她恨我是有理由的。如果我不死，难保她以后不会再冒出这样的念头，想深入虎穴找我报仇。这个小姑娘一定是电影和小说看多了，总觉得自己命运多舛，一定是脑袋上顶着主角光环和国仇家恨的女主角，一定能经过千般险阻、万般考验，最后达成夙愿。我没法改变她，没法消除她对我的憎恨，我真的无能为力，我唯一能让她彻底放弃这可怕又可笑的仇恨的方法，只有一个，那就是——以死谢罪。

我这条命本该在21年前就没了，如果不是付勇，我早就死在了亲生父亲的枪下；如果不是季红梅，我早就死在了手术台上。季红梅临死前曾经把付洁托付给我，我又怎能为了自己美好的未来而置付洁于不顾？我做不到那样，也不想让付洁带着仇恨和可能再次陷入泥潭自我毁灭的危险继续她的人生。所以我别无选择。

说实话，我犹豫了大半天，在死与不死、自私和报恩之间摇摆不定。天平的两端，一边是你，沐晨；另一边是付洁，我恩人的遗孤。最后我下定了决心，坚定的决心。我这个导演和主演要先于电影的结束而谢幕。

对不起，沐晨，我又一次骗了你。我闯入你的生活，让你喜欢上我，我也喜欢上你，然后又绝情离去。真的非常对不起。但沐晨，你是我这一生，这不算短暂却戏剧化的一生中唯一喜欢过的女孩。学生时代，我眼界高，看不上周围的女同学，没喜欢过谁。后来入狱，更加见不到异性，出狱后一直生活窘迫，更没心思去谈什么恋爱。直到遇见了你，我们俩相处虽然短暂，但你让我动心，让我看到了希望。

沐晨，我欠付洁的，已经用命偿还；我欠你的，却只能这样欠着了。希望你能像付洁一样重新开始，摒弃过去的种种，在阳光下生活；希望你能继续跟付洁做朋友，照顾和监督这个孤苦无依的女孩。我知道这样的遗愿很自私，但拜托了。

就像我之前说的，虽然我死了，但电影并没有就此结束，还剩下一个金妍，她也必须被笑脸杀手杀死，而且必须死在我之后，这样警方才不会怀疑我是凶手，怀疑我的动机，从而调查付洁。所以我物色了一个在我死之后杀死金妍的"笑脸杀手"，这个人就是给你送信的丹子。

丹子是个有毒瘾的扒手，不久前她以怀中婴儿做掩护把手伸进了我的大衣口袋。我抓住了她，以一个好心人的身份接近她、帮助她，给她的女婴买了奶粉和冻疮药膏。当然，我也给她钱，让她去买毒品。

丹子会在我死后的第二天晚上按照我生前的要求前往金妍的所在之处，杀人，留下血迹笑脸。然后她会去找你，给你这封信，到时候请替我实践诺言，给她一笔钱作为报酬，保险起见，请送她们母女离开金海。

我死之后警方会告诉你我有吸毒史，但那不是真的。我虽然曾经从事过那份邪恶的职业，但相信我，我对毒品深恶痛绝，是它毁掉了我的家庭、我的一生，连带毁掉了我的恩人和他的家庭。我憎恨毒品，比这世界上任何人都憎恨。如果不是为了伪装自杀，我是绝对不会碰这肮脏邪祟的东西的。我今天只是在自己的手臂上扎了几针，最后一次在餐厅的洗手间才真正注射，为的只是给那支抽血的注射器一个合理存在的理由而已。我到底是怎么做的，相信聪明如你，不用我多说你也能猜到。

沐晨，这就是我，你有权知道的我的一生。感谢你在我生命的“晚上”出现，我走后，你的“早上”才刚刚开始。没有我的日子里，请你一定要保重。

信就到这里为止，我把它交给丹子之后，马上就要动身前往我出租公寓附近的餐厅，我们将会在那里见面。原谅我马上就要对你说出那些甜蜜的谎言。

永别了，沐晨。

早上好

第二十章

最后谎言

凌晨5点，覃智勋反复把这翻译后的版本看了三遍，第三遍过后，他的心情愈加压抑，胸口像堵着一块大石，郁闷沉默许久。

覃智勋望向走廊里坐在窗前发呆的李沐晨，不禁对她刮目相看。这个女人把活着的金妍和丹子，把谷德宁的绝笔，连带所有真相都交给了警察。她是爱谷德宁的，但她的爱并没有让她丧失自我，丧失原则；她爱那个男人，但并不影响她要毁掉那个男人辛苦导演的这出血腥戏码，辜负那个男人的一片苦心。

覃智勋心想，一定是因为在这个女人心中，对毒品的憎恨，对真相的敬畏，高于男女之爱，就像在谷德宁心中，对付洁报恩，付洁的光明未来高于自己的生命一样。

尽管已经知晓答案，覃智勋还是走到李沐晨身边坐下，轻轻地问：“为什么？”

李沐晨涣散的眼神重新聚焦，哀伤地望着覃智勋，沙哑着嗓子说道：“因为丹子的孩子，那个可怜的女婴，我看到了那可怜孩子的尸体，就那样被她的母亲丢弃了。别的孩子都是妈妈的心肝宝贝，可那个孩子早在出生前就遭受了母亲的诅咒，出生后又沦为母亲行窃乞讨的工具，她就这样过完了短暂而痛苦的一生，毁灭于创造她的母亲手中。看到她的尸体的那一刻，我仿佛变成了她，我感到疼、冷，苟延残喘的绝望，对母亲的又爱又恨……”

李沐晨愈加哽咽，没能说完。

覃智勋忙掏出纸巾递上去：“我懂，我懂，你是希望不要再有这样的悲剧发生。你要金妍活着去指证她的前男友，这一次，你想让金海市的贩毒组织连根铲除。你希望这个世界上不会再有让人失去人性的恐怖毒药。”

李沐晨不住地重重点头，一个字也说不出来。

覃智勋默默地感叹：谷德宁啊谷德宁，你终究还是找错了人，你低估了这个女人，小看了这个爱你的女人。你也错估了丹子这个帮手，你不该把这么重要的任务交给一个随时会犯毒瘾贻误正事的瘾君子。

“小洁会怎样？”李沐晨狠狠地抹了一把泪，尽量平静地问。

“杭天已经带人去西点学校提人了，有金妍的指认，付洁恐怕逃不过这个运毒的罪名，具体怎么量刑，得看她这两次运输的毒品重量。”覃智勋坦诚回答。

李沐晨深深望着覃智勋，迫切地问：“小洁是殉职烈士的家属，难道不能网开一面？”

覃智勋坚定地摇头：“虽然付洁的身世让人同情，但法不容情，不可能因为她身世悲惨，父亲是烈士就网开一面。就好像如果谷德宁还活着，也不可能因为他的出发点是报恩，就可以抹杀他是个连环杀人凶手的事实。如果他活着，他必须再次接受法律的审判。”

李沐晨的神态复杂，说不上这样的答案让她高兴还是哀伤，恐怕二者都有吧。

“接下来你打算怎么办？”覃智勋问。

李沐晨深呼吸后坚定地说：“我早就想好了，我会把我的房子和车都卖掉，连同德宁之前给我的钱，以我们俩的名义把这笔钱捐给你那个慈善基金会，用作禁毒基金。希望这笔钱能用作宣传毒品危害和帮助那些深受毒品危害的人，比如丹子那样的女人。至于我自己，自然也不会再自甘堕落，出卖色相，不劳而获。德宁的这一番折腾总不能白白浪费，既然不能拯救付洁，那么就拯救我吧。我打算留下一点钱给自己报个英语班，不是说兴趣是最好的老师吗？我觉得我一定会进步神速的。”

两人正说着，电梯方向传来了付洁的声音。

“天还没亮呢，到底什么事这么重要，非要这个时候问？干吗这么凶？要问快点问，问完赶快把我送回去，上午我还有课呢。”

看到李沐晨后，付洁阴阳怪气地说：“哟，这个职业情妇也在啊，你出门前是不是没洗澡啊，我怎么还能闻到一股怪味道？”

李沐晨懒得抬头看付洁，更加懒得跟她对话，低垂着眼帘，并不搭茬儿。

杭天哀叹一声，冷冷地说：“别那么多废话，先去审讯室。”

覃智勋跟杭天一起进入审讯室，面对一脸怒气、不明所以的付洁。

“你们还要问什么啊？”付洁白了覃智勋和杭天一眼。

覃智勋把翻译成中文的谷德宁留下的信推到付洁面前：“案子结了，你看看吧，这就是真相。信有点长，不急，你慢慢看。”

半小时之内，付洁脸上的表情急剧变化，时而惊叹，时而冷笑，时而心满意足地微笑，时而嘲讽地讪笑，总之是笑容居多。最后，她抬头对覃智勋和杭天说：“这个罪人做的这些又不是我指使的，我完全不知情啊。”

覃智勋审视付洁，低沉地问：“你真的不知情？按照谷德宁的说法，你母亲活着的时候，他一直默默关注和帮助你们母女，你母亲都已经发现他的存在了，你会没发现？事到如今，你坦白又能如何？反正人都已经死了。”

付洁不屑地翻了个白眼，无所谓地说：“也对，反正人都死了，我承认，我发现过他。这个罪人妄想对我们施点小恩小惠赎清罪孽，简直不要脸。我曾经跟我妈说，把他赶走，我再也不想看见这个人了。哼，我妈却说随他去吧。我可没有我妈那么大度，凭什么随他去？这种人就算坐了12年的牢，也抹不去他身上的罪，如果不是他，我爸就不会死！如果我爸不死，我妈也不会因为伤心过度变成工作狂，我们一家三口会幸福地生活，我现在应该在读大学！是他毁掉了我的家，毁了我！”

“那么，你应该是知道‘悔悟’的身份的吧？”覃智勋进审讯室最重要的目的就是弄清这件事，这个问题，他必须找到答案，“你知道在网上劝你迷途知返的人就是谷德宁，对不对？”

“是，不怕告诉你，我是知道，那又怎样？”付洁轻蔑地笑。

“你是故意跟他说了那两句话，对不对？”覃智勋又问。

付洁马上反应过来：“哦，你是说‘我只听我自己的’和‘我已经没有回头路’这两句吗？其实我的重点在于后面那句。说实话，人体藏毒挺痛苦的，第二次之后我就不想干了，我是想退出的。我倒是想退出不干，可是赵良实不同意啊，他那会儿还没找到有钱的新女友呢，指望着我这个傻姑娘帮他赚学费，赚零花钱；金妍也不同意我轻易退出，她手下要是没了骡子，她自己也就没了额外收入，哪有钱去买粉啊。”

“所以你在暗示谷德宁，帮你铲除这两个知情人，好让你能够全身而退，对吧？”杭天终于回过味来，他怎么也没想到他眼中那个单纯任性的小姑娘居然有如此心机。

付洁耸耸肩，无辜地说：“暗示有罪吗？你们要以暗示罪起诉我吗？”

“怪不得，怪不得你在第一时间便接受了未来杀手的穿越说，笃信这么离奇荒谬的说法。那是因为你早就猜到了，这是谷德宁的安排，你只是配合他而已。”覃智勋苦笑摇头，突然对谷德宁这个背负多条人命的罪犯有了一丝怜悯，他竟然被一个看似单纯的女孩耍得团团转。

付洁咧嘴笑着说：“我只是听从我妈妈的话，随他去吧。我只是放任不管他而已啊，随你们怎么想。现在纠结这些还有什么意义呢？就像我刚刚说的，你们能把我怎么样？起诉我？”

覃智勋被付洁的反应刺激到某根神经，他突然顿悟了一个问题：也许到最后，最后的最后，谷德宁还是在欺骗李沐晨，这封信里还隐藏着一个谎言！

覃智勋看付洁的眼神越加阴冷，额头上冷汗涔涔：“付洁，你早就知道这一切都是谷德宁在你的暗示之下的报恩之举，所以你才故意对金妍说那样的话吧？”

付洁做出恍然大悟的神态，笑嘻嘻地反问：“你是说我跟金妍说的入行的原因吗？没错，其实我撒了个谎，我入行完全是因为刺激好玩，为了赚钱，根本不是为了复仇。我当然知道那个人没有重回贩毒组织，他满脑子都是怎么对我报恩。我对金妍说了谎，但是说谎犯罪吗？你们要以说谎罪起诉我？”

覃智勋的眉头拧成一个死结。他能够体会当谷德宁听到金妍转述付洁所说的入行原因时，是如何心痛，万念俱灰。

谷德宁出狱后没有重回贩毒组织，这点别人不知道，但只要付洁稍稍有心去问、去查，就会知道谷德宁不但没有重回贩毒组织，反而上了他们的黑名单，贩毒组织的大哥贾磊开出1000万元买他的一条命。付洁说什么为了报仇而入行根本是拙劣的谎言。她当然知道谷德宁能够在金妍转述这谎言的时候拆穿谎言，也能够读懂她的潜台词：我知道你是谁，知道你在做什么，你如果真的想报恩，那么在杀死那些障碍之后也自我了结吧！你不是想报恩吗？那么你就去死吧！你不死，我心有不甘，没法好好生活！

于是谷德宁只有死路一条，因为他不死就没法报恩，他的存在会让恩人的女儿没法好好生活。谷德宁一定认为，自己本身就是个罪人，就是一只烂桃子，死不足惜。

直到那时，谷德宁才后知后觉、大彻大悟，原来他导演的这部电影，唯一的观众也是电影的“制片人”，电影最初的立意，正是这位制片人给他的暗示。一切尽在这位制片人的掌控之中。他这个导演不过是个傀儡。怪不得，怪不得这个制片人兼观众会如此轻易相信那么荒谬的穿越说。

谷德宁终于知道了付洁是怎样一个女孩，但他在最后还要替付洁隐瞒，在留给李沐晨的信中隐瞒李沐晨付洁是如何利用自己，如何心理阴暗，如何运筹帷幄，为的就是不破坏付洁在李沐晨心中的形象，他希望李沐晨能够代替他照顾付洁。

也对，谷德宁已经没有回头路，从前的他是个罪人，经过12年的赎罪，他想过重新开始，后半生继续对恩人母女赎罪报恩。但如今，他又成了罪人，身上背着几条人命。他也知道，自己这一次的罪行不可能得到赎罪的机会，他自己也无法接受罪人被原谅后再次犯罪还能逃脱，哪怕警察和法律没有找到他，他自己也无法饶恕自己。也许从一开始启动这个蒙太奇计划的时候，他就已经为自己这个导演安排了最终的结局。也许因为对李沐晨的感情，他曾经对自己安排的结局有过动摇，但最后，因为听到金妍如此转述付洁的话，谷德宁知道，他必须坚定。

“所以当你得知谷德宁真的死了，你应该很高兴吧？”覃智勋无力地问。

“是啊，我没想到他真的去死了！当时那个职业情妇给我打电话，告诉我他死了，我差点就笑出声来，幸好及时捂住了嘴巴。挂上电话，我笑到流泪！我终于可以解开心结，放下仇恨，抹去过去的污点，真正开始新的生活啦。”付洁说着，又露出了那种夸张又恐怖的笑。

“你很得意吗？”杭天冷冷地问，眼里流露出无限失望。

“为什么不呢？他活该啊，这是他欠我的！他不过是个罪犯，凭什么要我爸去救他？真是丢人，一个警察居然为了救罪犯而死，这个罪犯又被这个警察的妻子救了。你们不觉得讽刺丢人吗？如果他不死，叫我怎么面对这样的事情？”付洁激动之后马上反应过来，调整状态，恢复平静的浅笑，“那个害死我妈妈的何有才，他居然在监狱里过得风生水起，我再不甘，也无法改变什么。我能做到的就是让谷德宁这个罪人不要在出狱后过得风生水起。哼，他运气不错，跟那个情妇居然还情投意合谈了恋爱，妄想以后两人双宿双飞，凭什么？”

覃智勋觉得付洁的脸和她的眼光似乎能够灼伤他的眼，他别过头，不去看付洁，不去看这只已经被仇恨腐蚀的烂桃子。

“付洁，你知不知道你所说的这一切我们都有录像。”杭天一连哀叹几声后，也不想跟付洁多谈似的，想马上结束对话。

付洁挑眉：“怎么？别以为我不懂法啊，仅凭我说的这些根本没法给我定罪。有人证吗？有物证吗？对了，你们到底要以什么罪名起诉我？暗示罪，还是教唆杀人罪？哼，就凭这两个罪名，你们想起诉都难。”

覃智勋转头再次直视付洁，郑重地说：“我们准备以跨境运毒的罪名起诉你。具体怎样量刑，那得看你运毒的重量。”

付洁像看待白痴一样看着覃智勋，夸张地叫：“我没听错吧？仅凭这封信，就要起诉我运毒？这信能当证据？”

覃智勋和杭天起身，走到门口，开门的瞬间，覃智勋回头说：“你恐怕没法回去上课了，我们会给你找个律师辩护。哦，对了，金妍就在你隔壁的审讯室，是的，阴错阳差，她没有死。早在你来之前，她就全招了，她会作为指证你运毒的人证。并且她手里还有你在曼谷酒店房间里吞食毒品的照片，她的前男友告诉她要偷拍证据，免得你们这些骡子撂挑子。很遗憾，这一点她因为吸食毒品影响了记忆力，没能想起来告知谷德宁。”

审讯室的门关上的瞬间，付洁懊恼愤怒的尖叫声从门缝中钻出来，犹如被激怒的野兽，格外刺耳。

清晨7点，覃智勋送李沐晨走出公安局的大门，两人在门口驻足片刻，覃智勋想再说几句鼓励李沐晨的话，却一时间无从说起。李沐晨则是怔怔看着东方，若有所思。

没过两分钟，遥远天际一个亮点闪现，那是崭新一天的第一缕阳光。

李沐晨望着那缓慢扩散的光亮，欣慰地微笑，直视前方，不知道是在自言自语，还是在跟身边的覃智勋打招呼，她说：“早上好。”

图书在版编目（CIP）数据

蒙太奇杀手 / 时雪唯著 . -- 南京 : 江苏
凤凰文艺出版社 , 2019.6
ISBN 978-7-5594-3508-8

Ⅰ . ①蒙… Ⅱ . ①时… Ⅲ . ①推理小说 – 中国 – 当代
Ⅳ . ① I247.5

中国版本图书馆 CIP 数据核字 (2019) 第 058791 号

蒙太奇杀手

时雪唯 著

责任编辑 张 倩 王 青
特约编辑 蒯 欣
装帧设计 46 设计
出版发行 江苏凤凰文艺出版社
南京市中央路 165 号，邮编：210009
网 址 http://www.jswenyi.com
印 刷 北京嘉业印刷厂
开 本 880mm × 1230mm 1/32
印 张 10.25
字 数 266 千字
版 次 2019 年 6 月第 1 版 2019 年 6 月第 1 次印刷
书 号 ISBN 978-7-5594-3508-8
定 价 42.00 元